D1690436

Varia / Feltrinelli

MARCO MEIER
INGEMAUS

Feltrinelli

© Giangiacomo Feltrinelli Editore Milano
Prima edizione in "Varia" settembre 2023

Stampa Grafica Veneta S.p.A. di Trebaseleghe - PD

ISBN 978-88-07-49366-9

Questo libro è stampato fabbricato da Grafica Veneta S.p.A.
con un processo di stampa e rilegatura certificato 100% carbon neutral
in accordo con PAS 2060 BSI

La citazione a p. 272 è tratta da Johan Huizinga, *Homo ludens*, Einaudi, Torino 2002 (trad. it. di Corinna van Schendel)

www.feltrinellieditore.it
Libri in uscita, interviste, reading,
commenti e percorsi di lettura.
Aggiornamenti quotidiani

Ingemaus

Per Antonia e Sibylle

1.
Meticcia di primo grado

Quello che sta accadendo dietro quella porta, la piccola Inge non lo sa con certezza.

A sei anni non ancora compiuti, cosa sai veramente? Sai che ci sono una mamma, un papà, e che ci saranno sempre per proteggere la loro Ingemaus, la loro topolina. Sai che le loro voci, oltre i muri, anche se non capisci cosa dicono, anche se sono solo chiacchiere di fine giornata o poco più, hanno il potere magico di condurti nel mondo dei sogni.

Sono le voci dei tuoi genitori.

Ma allora perché stasera stanno urlando?

Questo Ingemaus non può saperlo. Non può far altro che chiudere gli occhi e lasciare che la notte si porti via tutto.

Siegfried Schönthal e Johanna Emma Gertrud Rosenmüller, per tutti Trudel, hanno fatto le cose in fretta. Si sono sposati a fine febbraio del 1930, hanno trovato un piccolo appartamento in uno stabile di nuova costruzione nella Königgrätzstraße 7, a Essen, e il 24 novembre dello stesso anno si è avverato il loro desiderio più grande, diventare genitori. Non potrebbero essere più felici. Adesso sono come i tre cerchi del simbolo della Krupp, indissolubilmente intrecciati.

Sopra di loro le industrie del magnate originario di Essen oscurano i cieli, ma sotto quella cappa Ingemaus, come Trudel chiama la piccola Inge, è capace di rischiarare la giornata.

Ci vogliono ancora vent'anni prima che sul tetto del maestoso hotel Handelshof, che sorge di fronte alla stazione centrale, venga posta un'insegna luminosa che recita: "Essen – Die Einkaufsstadt", La città del commercio. Quando nasce Inge, Essen è ancora la città dei proiettili e dei cannoni, centro nevralgico della Germania tra le due guerre mondiali. Quasi un secolo e mezzo prima, la fortuna di Essen è cominciata da una piccola officina e da una famiglia, i Krupp. Carbone, ferro, acciaio. Prodotti di qualità sempre più alta. E che marchieranno a fuoco questa cittadina della Ruhr e la Germania intera. Inge festeggerà i tre anni quando Göring e Hitler stringeranno un'alleanza con diversi capitani d'industria, tra cui Gustav Krupp, e taglierà il traguardo dei sei quando il figlio di Gustav, Alfried, l'ultimo re dei cannoni, siederà al vertice dell'azienda di famiglia.

Siegfried è dirigente presso la Neumann & Mendel di Essen, un'azienda che produce abiti da lavoro. Il suo capo, Lutz Neumann, ama a tal punto il proprio paese che si è arruolato volontario nella Prima guerra mondiale, guadagnandosi la Croce di Ferro di prima classe. Neumann è una persona molto stimata; i cittadini di Essen ripongono fiducia in quest'uomo che conduce i propri affari con un occhio al futuro e un altro al passato, alle generazioni che lo hanno preceduto alla guida della ditta: radici e imprenditoria, un connubio perfetto intorno a un tessuto industriale capace di offrire a tanti l'opportunità di dimostrarsi affidabili, concreti, intraprendenti, insomma uomini d'azienda.

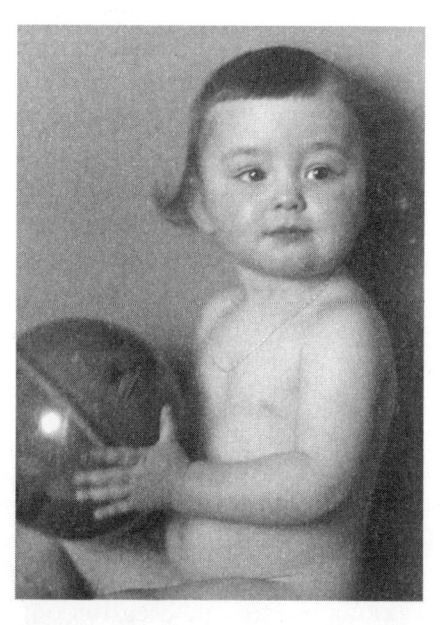

Siegfried Schönthal e Lutz Neumann non condividono solo il luogo di lavoro. Sono entrambi ebrei, ma la religione dei padri non conta molto per loro. Portano con fierezza i loro nomi germanici considerandosi in tutto e per tutto dei buoni tedeschi. E, come tali, sono sempre stati rispettati da chiunque li incontri, a Essen: sono cittadini produttivi di una città che dell'etica del lavoro ha fatto una bandiera. E nemmeno dopo l'ascesa al potere di Hitler nel gennaio del 1933, né Schönthal né Neumann hanno mostrato la minima preoccupazione per la famiglia, il primo, e per l'azienda, il secondo. La reputazione e la considerazione li avrebbero messi al riparo dal montante antisemitismo. La loro ditta è nota ovunque per il suo patriottismo. Ne sono convinti. Eppure quelli appena passati sono stati anni di crisi pesantissima in Germania. Il numero di disoccupati è cresciuto in modo esponenziale. Nel giro di cinque mesi – dal settembre del 1929 al febbraio del 1930 – il numero di senza lavoro incrementa di due milioni di unità. Crisi economica, quindi, ma anche politica. Solo pochi mesi prima della nascita di Inge, nel marzo del 1930 il cancelliere tedesco del Partito socialdemocratico (Spd), Hermann Müller, rassegna le sue dimissioni, alle quali seguiranno le elezioni in cui il Partito nazionalsocialista di Hitler otterrà oltre sei milioni di voti. E Inge ha solo tre anni quando, con i nazionalsocialisti ormai al governo, nei pressi di Monaco di Baviera viene aperto il primo campo di concentramento, in quel momento destinato agli avversari politici: Dachau.

Il padre di Inge e il suo capo, però, non sono degli sprovveduti, e qualcuno ha anche provato a metterli in guardia. Nel 1934 un amico olandese di Neumann, il signor Joosten, glielo dice chiaro e tondo: vendi finché sei in tempo. Joosten è il giovane socio di una grande fabbrica di tute da lavoro che gestisce insieme allo zio, a Tilburg, nei Paesi Bassi. Già diverse imprese di ebrei tedeschi hanno liquidato le loro attività, trasferito i soldi e ricominciato fuori dalla Germania. Neumann è troppo fiero per accettare, troppo attaccato a quello che ha costruito e all'anziana madre, ma Siegfried è libero di dire di sì all'offerta di Joosten: un posto di lavoro a Tilburg. Siegfried però rifiuta. "Finché il mio capo resta in Germania, ci resto anch'io."

Trudel invece è più inquieta. I segnali premonitori sono dappertutto. E se ci sono quelli di cui tutti si accorgono – i cartelli "Ebrei non ammessi" sulle vetrine di negozi, cinema e teatri –, ce ne sono altri, più sottili, ma non per questo meno eloquenti, che la madre di Inge registra attentamente e che forse papà, il loro caro Väti, fa finta di ignorare.

I loro vicini, per esempio, i Neuberg, ebrei e rispettati tanto quanto loro. Gli uomini di quella famiglia prendono lezioni di inglese. Perché? Trudel conosce la risposta, ma non è il caso di dirla ad alta voce, forse solo al marito e, per precauzione, annotarla nel suo diario: "Pensano già a un eventuale espatrio". In quelle pagine registra piccole e grandi persecuzioni nei confronti degli ebrei, frasi fitte di soprusi e vessazioni. Il diario è il mezzo con cui può lasciare traccia di ciò che le sta accadendo attorno senza correre il rischio che qualche parola arrivi alle orecchie di Ingemaus. Preoccupazioni e paure non devono sfiorare la vita di sua figlia.

"Siegfried, non ho avuto scelta."

Questa volta Trudel è stata ben attenta al tono della voce. Oltre la porta Ingemaus sta dormendo, lei ne è certa, dopotutto è stata una giornata molto impegnativa, ma non si sa mai. Madre e figlia sono uscite di casa, allegre, hanno percorso la strada che le separa dalla scuola elementare saltellando, incuranti degli sguardi dei passanti. È arrivato il momento di iscrivere Inge a scuola. Una nuova vita per lei, per tutti, in quel 1936 carico di oscuri presagi.

Sono stati gentili, in segreteria, fino al momento in cui Trudel ha comunicato i dati personali della bambina: padre ebreo, madre ariana.

"Jüdischer Mischling ersten Grades," ha commentato l'impiegato, come se le stesse applicando un'etichetta. Una definizione semplice: Meticcia di primo grado.

Le leggi di Norimberga sono state approvate solo un anno prima e con esse le regole per poter vantare sangue e onore tedesco. Nel caso della piccola Inge significa niente scuola tedesca, a meno che, aggiunge l'impiegato, il provveditore agli studi non decida diversamente.

Trudel non crede alle sue orecchie. Certo, le regole le conosce bene, le conoscono tutti, ma nessuno deve osare intromettersi nella vita della figlia. Così, quel giorno a scuola ha alzato la voce, furibonda, che sentano bene quello che ha da dire, anche i genitori dei bambini "puri". Urla che, se Inge non venisse accettata lì, finirebbe in una scuola ebraica. Se capita già oggi che un insegnante ebreo sparisca da un giorno all'altro, chissà cosa potrà accadere un domani ai bambini.

"Se le cose stanno così," ha concluso Trudel senza abbassare il tono, "allora mia figlia non andrà a scuola." Poi ha preso per mano la bambina e sono tornate a casa.

E adesso, davanti al marito incredulo per quella scenata, Trudel sta raccontando per filo e per segno quello che farà il giorno dopo.

Dall'altra parte della porta Ingemaus lotta contro il sonno: con tutte le emozioni della giornata che le appesantiscono le palpebre non riesce proprio a restare sveglia e ad ascoltare quelle voci concitate. L'unica cosa di cui è certa è che non ha mai sentito sua madre tanto furiosa.

Il mattino seguente Trudel non ha perso un grammo della sua ira. Di buon'ora si reca al provveditorato. E da lì viene spedita dall'ispettore capo Thomas Elgering. È lui che si occupa delle ammissioni scolastiche in prima elementare.

L'ispettore capo Elgering conosce solo due modi per fare il proprio lavoro: fermezza e scortesia. Miscelate insieme, queste attitudini gli permettono di sbrigare le faccende velocemente. Chi non si arrende davanti alla prima, che si fa forza di regole ferree e burocrazia, è costretto a fare marcia indietro davanti a rispostacce che non ammettono replica. Come quella che rifila a Trudel quando la donna ribadisce anche a lui che la figlia non può assolutamente essere iscritta in una scuola ebraica.

"Allora dove?"

L'ispettore capo Elgering ama particolarmente le domande retoriche. Le tiene in serbo soprattutto per le persone come la madre di Inge. Combattive ma con le armi spuntate davanti a un funzionario pubblico.

Trudel, trattenendo a stento la rabbia, prova a spiegargli l'ovvio, e cioè i rischi che corre sua figlia.

"Non può permetterlo, ispettore capo."

Ma quello alza un sopracciglio, sfidandola a pronunciarla un'altra volta, quella frase.

A Trudel non rimane altro che lasciare l'ufficio, ma non si sente né sconfitta né demoralizzata perché ha un'ultima carta da giocare, e così chiede di essere ricevuta dallo *Schulrat*, l'ispettore scolastico, il responsabile del sistema formativo.

L'ispettore scolastico è un uomo che non c'entra nulla con Elgering. Anziano, bonario, gentile. Certamente non un nazista, si dice Trudel, e quando il funzionario rimane in silenzio ad ascoltare le sue rimostranze, lei si convince di essere sulla strada giusta. Ma le buone maniere possono poco contro il labirinto burocratico che il Reich sta costruendo. L'ispettore scolastico consiglia a Trudel di inoltrare una richiesta formale a Düsseldorf, al Consiglio superiore per l'istruzione e, nel caso questa rimanga inascoltata, di rivolgersi direttamente al *Kultusminister*, il ministro dell'Istruzione. Una scalata senza fine verso i vertici delle istituzioni scolastiche. Un'impresa disperata per tutti, ma non per Trudel, che non se lo fa ripetere due volte e nel giro di pochi giorni completa le istanze e le spedisce.

Silenzio. Per mesi. Nessuna notizia né dal Consiglio superiore per l'istruzione né dal ministero. Per Inge quel silenzio ha preso la forma, ancora una volta, delle voci concitate dei genitori che aspettano la sera tardi per discutere sul da farsi. È ancora piccola, Inge, ma nondimeno si rende conto che il tempo sta per scadere: la scuola per lei sarebbe iniziata dopo la Pasqua del 1937, e non vede l'ora di utilizzare le penne e i quaderni che ha comprato insieme alla madre.

Una sera le voci dei genitori le arrivano più nervose del solito, forse perché Trudel ha deciso che sarebbe andata di persona a Düsseldorf, ha intenzione di arrivare a piani ancora più alti, e adesso sta cercando di convincere il marito, che il giorno dopo deve sbrigare delle faccende nella filiale di Mönchengladbach, a darle un passaggio fino a lì. A Trudel non importa fare ore di anticamera nei vari uffici amministrativi, vuole solo una risposta. E quella risposta arriva. Il responsabile all'assessorato dell'Istruzione le conferma che la bambina verrà assegnata alla scuola tedesca. La richiesta di Trudel ha fatto un giro lunghissimo, ma alla fine è arrivata addirittura sulla scrivania del ministro Bernhard Rust, a Berlino. Il quale sosterrà che a dare il diritto a Inge di frequentare la scuola tedesca sono l'anno di nascita, il 1930, e il battesimo, secondo il rito protestante. Il Leviatano delle leggi si è rivoltato contro se stesso.

A casa Schönthal per un po' torna l'allegria. Subito dopo aver ricevuto la splendida notizia, per la felicità Trudel si è addirittura concessa un piccolo lusso: un tè delle cinque nel caffè Tabari di Düsseldorf, dove suona Will Glahé, il fisarmonicista re della polka che in quegli anni spopola con la sua orchestra da ballo. Tutto si sarebbe sistemato. Tutto sarebbe andato per il verso giusto. D'altronde lo dice anche la lettera del sindaco di Essen, il dottor Bubenzer, che Trudel si rigira fra le mani: "Con la presente sua figlia viene assegnata alla scuola tedesca della Steelerstraße 342". E con quella lettera, il giorno dopo, Trudel torna dall'ispettore capo del provveditorato di Essen, Thomas Elgering. Non ha la minima voglia di parlare di nuovo con quell'orribile funzionario, ma già pregusta la faccia del burocrate davanti alla sua vittoria. Trudel è riuscita a far valere i propri diritti in un mondo in cui quei diritti si stanno inesorabilmente erodendo. Il signor Elgering la accoglie con la consueta freddezza, e Trudel, con altrettanta indifferenza, gli comunica che la figlia comincerà a frequentare le lezioni dopo Pasqua. "Gliel'avevo detto," aggiunge a mo' di conclusione, per sottolineare che lei quella battaglia non ha mai pensato di perderla.

Pasqua è passata da poche settimane e Inge torna a casa in lacrime. Il maestro l'ha picchiata con la canna di bambù sulla testa perché, così dice lui, ha disturbato la lezione.
"Non è vero, mamma, mi è solo caduta la lavagnetta."
Fino a quel momento Trudel non ha mai messo in dubbio

le parole di sua figlia e certo non avrebbe cominciato adesso per una lavagnetta di ardesia sfuggitale dalle mani.

"Herr Schandry è un nazista," dice Trudel al marito quella sera stessa. Tanto basta per mettere le cose nella giusta proporzione. La bambina è stata accettata alla scuola tedesca, ma questo non significa certo che l'etichetta di Meticcia di primo grado venga cancellata dalle menti degli insegnanti. Qui non si tratta, come è accaduto poco tempo prima, di imporre a Inge di scrivere con la destra anziché con la sinistra. Qui c'è in gioco molto di più.

Sono tornate le voci dietro la porta, e ora Inge sa cosa significano. Sta per accadere qualcosa.

Trudel si presenta direttamente dal maestro Schandry. Gli indica la canna di bambù che tiene vicino alla cattedra e gli dice che come lui ha usato quell'arma per punire sua figlia, lei l'avrebbe impugnata per colpirlo in faccia se avesse osato picchiarla ancora. E conclude: "La colpirò in modo da lasciarle il segno. E lo farò davanti a tutta la classe".

È uno dei tanti atti di ribellione che, mese dopo mese, vengono inghiottiti da un mare di notizie spaventose. Sempre più negozi di ebrei marchiati con la stella di David e la scritta "Jude". La Gestapo che comincia a fare incursioni sistematiche nelle case di ebrei arrestando i maschi. Un anno dopo, nel 1938, la minaccia è ovunque e nel novembre di quello stesso anno cambia ogni cosa. Dopo la Notte dei cristalli vengono arrestati in tutto il paese circa trentamila ebrei. Centinaia e centinaia di sinagoghe vengono date alle fiamme, sedi di associazioni e luoghi di preghiera ebraici sono distrutti. Adesso anche l'apparentemente inscalfibile Väti cambia, si fa più silenzioso, addirittura rassegnato. Trudel stessa riconosce nel marito questa attitudine rinunciataria, remissiva, quasi appiattita all'inevitabilità di un destino che proprio la Notte dei cristalli sembra serrarsi sul capofamiglia.

A Essen i negozi degli ebrei sono numerosi e la notte tra il 9 e il 10 novembre vengono messi a ferro e fuoco dalle SA e dalle SS. Trudel corre in centro, vuole raggiungere la ditta dove lavora Väti prima che la raggiungano i nazisti che, così si dice in giro, stanno rastrellando le abitazioni alla ricerca di ebrei maschi. Siegfried e Neumann sono consapevoli di ciò che sta accadendo. Un ex commilitone di Neumann lo ha avvertito di quello che sarebbe accaduto da lì a poco, ma Göring in persona tempo addietro ha giurato che agli ex soldati ebrei non sarebbe mai successo nulla. Perché quindi preoccuparsi? Anzi, dopo il lavoro Neumann ha intenzione di fare un salto dall'anziana madre per ritirare la sua vecchia arma che tiene lì e consegnarla al comando di polizia. Väti, per fortuna, è più malleabile e Trudel lo convince a nascondersi nella rimessa che sua madre tiene nell'orto alla Schillerwiese, una zona verde a sud della città. Väti deve stare lì fino a quando non si calmerà la furia cieca di quella notte maledetta. Lutz Neumann, invece, tiene fede al suo proposito e, dopo aver ritirato la pistola a casa della madre, si trova davanti la Gestapo e viene arrestato.

L'odore della città nei giorni che seguono Inge non lo sopporta. Legno bruciato, vapori di combustione, una cappa di fumo che questa volta non ha niente a che fare con le acciaierie Krupp. I nazisti hanno provato a dare alle fiamme anche la sinagoga, ma per fortuna è rimasta in piedi, troppo robusta per crollare. Inge è lì davanti con il padre, mano nella mano, come prima di questo incubo, quando padre e figlia passeggiavano per le strade della città. A Inge piace stare vicina al padre, sentire quella mano che contiene la sua con delicatezza e al tempo stesso con una fermezza che le dà la sensazione che non l'avrebbe lasciata mai. Quell'uomo imponente, leggermente pingue, calvo, introverso e silenzioso è l'opposto di sua madre, una donna minuta, attenta a vestirsi in modo accurato pur senza sfarzo, combattiva, risoluta, ma anche affettuosa. Lui schiva le decisioni, temporeggia, nella sua indifesa tranquillità c'è qualcosa di tenero, nella sua perenne incertezza una calma apparente che rende tutto immobile. Trudel invece prende la vita di petto: è una forza della natura. Ma il ricordo forse più potente dell'infanzia che Inge si porterà dietro per sempre è la sua mano di bambina persa in quella del padre: un conforto così grande da contenere il mondo intero.

La madre di Inge mette alle strette il marito. Non gli è sufficiente tutto questo? O vuole continuare a riporre fiducia nel prestigio dell'azienda come salvacondotto?

La rassegnazione lascia il posto a una nuova consapevolezza in Siegfried: non è più al sicuro, e la sua mera presenza mette a rischio la vita della moglie e della figlia. Perché la Notte dei cristalli a casa si sono davvero presentati agenti della Gestapo. Hanno chiesto di Siegfried, e Trudel in qualche modo è riuscita a respingerli, ha detto che non sapeva proprio dove si trovasse il marito, che mettessero pure a soqquadro l'intero appartamento. E quelli se ne erano andati. Ma la prossima volta cosa sarebbe successo?

La casetta nell'orto alla Schillerwiese non può salvarlo per sempre. Marito e moglie ne discutono a lungo, e c'è una domanda che aleggia e che non ha bisogno di essere pronunciata, tanto permea le loro vite. Tra quanto i nazisti arriveranno ad arrestare Siegfried Schönthal?

Bisogna andare più lontano, possibilmente all'estero, magari nei Paesi Bassi, accettando l'offerta del partner ebreo della ditta Hedemann-Joosten. Sì, è il piano perfetto, e adesso anche Väti si è convinto che l'espatrio è la scelta giusta.

Trudel sa cosa deve fare. Il giorno dopo l'arresto si è presentata a casa della madre di Lutz Neumann. L'ha trovata in lacrime, disperata, quel figlio troppo sicuro di sé è l'unica cosa che le è rimasta, e Trudel le promette che farà di tutto per salvarlo; forse è arrivato il momento di riallacciare i contatti con i soci olandesi. La signora Neumann smette di piangere e le confida che lei, vuole il caso, è una grande amica del console olandese di Essen. E proprio davanti a lui si presenta Trudel per chiedere un permesso di ingresso per Siegfried, ma il console, visibilmente dispiaciuto, dice di non poterlo concedere, che dopo la Notte dei cristalli le frontiere verso i Paesi Bassi sono pattugliate dai soldati della Wehrmacht. "Al momento nessun tedesco può entrare nei Paesi Bassi senza autorizzazione, è tutto chiuso."

Se è riuscita a far accettare la figlia, Meticcia di primo grado, in una scuola tedesca, allora Trudel sarebbe riuscita a far espatriare il marito. Lei è una donna ariana, gode di pieni diritti, e se vuole raggiungere la cittadina di Tilburg, nei Paesi Bassi, nessuno può impedirglielo. Trudel non ascolta alcuna protesta, e pensa che, se le cose dovessero mettersi male, il peggio che potrà capitarle è di essere rispedita indietro.

La madre di Inge prende il treno. Prima tappa, la frontiera tedesco-olandese. E lì cominciano le lunghe ispezioni, prima delle SS e poi della polizia olandese. Le controllano passaporto e modulo per l'ingresso, la perquisiscono e si assicurano che non abbia con sé dei giornali. Lo stesso fa la polizia olandese, ma invece di farla tornare nello scompartimento insieme agli altri passeggeri, Trudel viene respinta e lasciata alla frontiera.

Allora chiede di poter parlare con il capo doganiere e così la conducono da lui. Adesso deve solo inventarsi una storia credibile, e deve anche spicciarsi. Così al funzionario spiega che dall'altra parte del confine c'è il suo fidanzato che la aspetta. Può essere davvero così crudele da trattenerla lì alla frontiera?

In qualche modo Trudel fa breccia nel cuore del capo doganiere e le viene permesso di superare la frontiera a condizione di lasciare in dogana il passaporto e il recapito a cui è diretta. Se non torna entro due giorni, la polizia verrà a cercarla.

Trudel ce l'ha fatta, ha messo piede nei Paesi Bassi. Già, e adesso? Per prima cosa si reca a Tilburg, alla ditta Hedemann-Joosten. Ma il signor Joosten, uno dei due soci della omonima ditta che ha offerto il posto di lavoro a Siegfried, non c'è. Insieme al socio, il signor Hedemann, è andato a una festa di famiglia ad Almelo, una città centocinquanta chilometri più a nord. Trudel si siede al tavolino di un caffè, valuta le alternative, chiede informazioni, alcuni sconosciuti accanto a lei le consigliano di fare attenzione a utilizzare il tedesco in quelle terre. Poi Trudel si alza. Il piano è il solito:

andare dritta all'obiettivo, e una volta giunta lì raccontare a Hedemann e Joosten le cose come stanno.

Ore di treno dopo, Trudel arriva ad Almelo. E piomba nel bel mezzo della festa.

Fino a notte fonda racconta ai due amici imprenditori ebrei la situazione nella quale si trova la sua famiglia. E la mattina successiva riprende da dove si è interrotta. Joosten promette di fare il possibile per riuscire a essere garante di Siegfried Schönthal. Hedemann le assicura che farà lo stesso per Lutz Neumann. Si metteranno subito all'opera per ottenere i permessi necessari, non occorreranno molti giorni. Nel frattempo Trudel deve rientrare a Essen, pronta a ritornare nei Paesi Bassi per completare le procedure per il marito. Non appena gli uffici competenti faranno pervenire ai due soci olandesi il nullaosta, le invieranno un telegramma con la richiesta di volerla incontrare il più presto possibile e di persona per una riunione urgente; sulla richiesta ci sarà anche la data dell'incontro. Con questo telegramma Trudel non avrà problemi a passare la dogana senza chiedere di nuovo un'autorizzazione.

La donna ringrazia i due imprenditori, li saluta e fa il percorso inverso, fino al confine, fino al suo passaporto, e poi fino a Essen.

Due lunghissimi giorni di attesa e al terzo, finalmente, ecco il tanto agognato telegramma. Si riparte per i Paesi Bassi.

Nonostante le rassicurazioni di Hedemann e Joosten, Trudel decide di passare da un altro valico di frontiera, utilizzando di nuovo la storia del fidanzato. Se non fosse bastata, avrebbe estratto il telegramma. Per fortuna tutto fila liscio.

Una volta arrivata ad Almelo, i due imprenditori le consigliano di fare richiesta di permesso d'ingresso per il marito direttamente al ministro dell'Interno olandese, e così fa Trudel. Ai costi di espatrio così come alle garanzie lavorative farà fronte la società Hedemann-Joosten.

Il futuro che Trudel sta scrivendo per il marito passa attraverso carte bollate e vidimazioni, fogli e firme, consensi e autorizzazioni, in un certo senso non in maniera dissimile da come ha gestito l'iscrizione a scuola di Inge.

Un passo sbagliato e tutto ciò che sta costruendo con così tanta fatica potrebbe crollare.

Adesso tocca a Siegfried. Una volta recatosi di persona a Colonia per registrarsi all'ufficio per l'espatrio, tutto si sarebbe messo in moto. Ma le forze in campo sono talmente imprevedibili e numerose che tutto può cambiare nel giro di una notte e così, all'improvviso, la vita della famiglia Schönthal si trasforma in un romanzo di spionaggio. La raccomandata che arriva qualche giorno dopo dai Paesi Bassi sollecita la signora Schönthal a recarsi immediatamente alla frontiera. Lì ci sarebbe stato un cittadino olandese ad attenderla con un'automobile. Il numero della targa è segnato nella lettera. Trudel non può far altro che rimettersi in viaggio. E alla frontiera si presenta davvero un'automobile, anche la targa corrisponde. L'uomo al volante è sbrigativo, non ha tempo da perdere, e appena Trudel sale a bordo le dice che le cose si sono complicate. Il numero di ebrei che cercano di attraversare clandestinamente il confine è ormai in costante crescita e il governo sta cominciando a creare difficoltà. Il risultato sono tempi di attesa più lunghi per ottenere il permesso di ingresso e gli Schönthal, quel tempo, non lo hanno. Per questo bisogna muoversi.

"La frontiera di Kevelaer è pattugliata da una camionetta di SS. Le conosciamo. Hanno chiuso un occhio più di una volta, ma stanno per essere sostituite. Suo marito deve valicare il confine al più presto."

Trudel lo ascolta in silenzio e prende appunti stenografici. L'olandese aggiunge di portare i soldi per pagare l'intermediario, che avrebbe condotto i clandestini nel garage di un prete cattolico.

"Dovrete raggiungere un locale alla frontiera, è un piccolo caffè. Di mattina presto. Vi avvicinerà un uomo con una tuta da lavoro blu. Vi chiederà se avete da accendere. Con voi dovrete avere un quotidiano di Essen. Tenetelo bene in vista. Gli accordi li prenderete con lui. Il suo nome è van Larsen."

Ora o mai più. Siegfried è sull'orlo di un esaurimento nervoso. Trudel è impotente davanti all'uomo grande e grosso che quasi non respira più, ma boccheggia come un pesce. L'altalena emotiva lo sta stremando e il pensiero che a breve finirà il tormento di essere arrestato da un momento all'altro può fare ben poco. Da una parte la sua libertà, dall'altra Trudel e la piccola Inge. Una scelta obbligata, ma nondimeno dolorosa: Trudel è ariana e lei e sua figlia rimarranno in Germania.

Per poter raggiungere di mattina presto il confine, il giorno precedente i coniugi Schönthal prendono un treno per Kleve, dove pernottano in un albergo. L'ultimo tratto, dall'albergo alla frontiera, lo copriranno in taxi. E sarà il più pericoloso. Siegfried viaggia senza passaporto – gli è stato requisito all'ufficio di espatrio di Colonia – e non è difficile immaginare cosa deve passargli per la mente quando due uomini della Gestapo fermano il loro taxi per un controllo e lui è costretto ad allungare un foglio che esibisce una grande "J". Jude. Ebreo.

Esistono i miracoli? Chi risponde di sì è perché spesso ne è stato diretto testimone. Gli uomini della Gestapo lasciano andare Siegfried e Trudel, che forse non hanno neanche il tempo di chiedersi cosa è accaduto perché si verifica un secondo miracolo. Nel piccolo caffè al confine con i Paesi Bassi si presenta davvero un signor van Larsen con una tuta da lavoro blu. Siegfried Schönthal esce con lui in corridoio per discutere, Trudel li raggiunge poco dopo. Nascosti in borsa, ha seicento marchi. L'olandese che ha incontrato qualche giorno prima non le ha detto a quanto sarebbe ammontata la parcella del signor van Larsen, così

Trudel ha portato con sé gran parte dei loro risparmi. Sarebbero stati sufficienti?

Sì, i soldi bastano, ma non è ancora tempo di partire, prima van Larsen deve occuparsi di due ebrei di Berlino, anche loro intenzionati a passare la frontiera. Sarebbe tornato più tardi, a mezzogiorno.

Cosa si dicono i coniugi Schönthal in quelle poche ore? Trovano il tempo di salutarsi oppure rimangono in silenzio, a macerarsi nell'attesa, pregando per un terzo miracolo che faccia ricomparire il signor van Larsen?

A mezzogiorno, l'olandese si ripresenta e dice a Siegfried di seguirlo.

"Arrivederci. Buona fortuna." Così si salutano moglie e marito. È dunque finita? Siegfried se ne è andato per sempre? E la piccola Ingemaus ora è senza padre?

Trudel Schönthal rimane ancora a lungo seduta in quel caffè, la borsa con i soldi posata accanto. Quanto ci mette quel van Larsen a tornare, ad assicurarle che tutto è andato bene? Non vede l'ora di pagarlo e rientrare a Essen.

Assorta in questi pensieri neanche si accorge dell'uomo in abiti civili che si avvicina al suo tavolo: "La signora Schönthal?".

"Sì?"

"Venga con me, per favore!" dice lui, e cerca di afferrarle la borsa. Trudel reagisce all'istante, replica che la borsa è in grado di portarsela da sé, ma lui con fare brusco la spinge in avanti.

"Lei è in arresto."

Questa volta è finita per davvero. A quanto pare uomini delle SS hanno bloccato Siegfried poco prima che valicasse il confine olandese. Probabilmente i colleghi della Gestapo che li hanno fermati al mattino hanno fatto la soffiata e van Larsen non ha potuto fare niente per Siegfried. Forse i miracoli non esistono, pensa Trudel.

Trudel viene trascinata al commissariato di frontiera, attorno a lei le SS la fissano a lungo. È perché sanno cosa sta per accaderle? Nell'ufficio del commissario l'accecano puntandole una luce addosso, e lei racconta tutto, del perché si trovava in quel caffè, del marito che vuole espatriare nei Paesi Bassi, della scelta di quel valico perché pattugliato da SS meno feroci contro gli ebrei, dei soldi che ha con sé e che servono per pagare l'uomo che avrebbe dovuto aiutare il marito ebreo a espatriare.

"Lei mente," dice alla fine il commissario prima di farla spostare in un'altra stanza. Le intimano di spogliarsi completamente, mentre una donna con dei guanti di gomma fa il suo lavoro.

"Una bestia," la descriverà Trudel nelle pagine del suo diario.

"Non ha nulla addosso," dice infine la SS con tono sprezzante. Trudel allora viene ricondotta nell'ufficio del commissario, che adesso sembra molto più gentile, quasi voglia scusarsi per quel trattamento. O forse si è solo tranquillizzato dopo aver chiamato i suoi colleghi a Essen ed essersi accertato che la donna che si trova davanti non ha mentito. Johanna Emma Gertrud Rosenmüller abita in quella città della Renania, ha una figlia piccola che ora si trova dalla nonna e il marito è il solo a voler espatriare. Trudel scopre che Siegfried, interrogato poco prima di lei, è stato colto dalla paura e ha riferito di essere arrivato al confine da solo.

Quante storie come quella avrà sentito il commissario negli ultimi mesi? La famiglia Schönthal non sarà la prima né l'ultima a cercare un futuro migliore per uno dei suoi componenti.

Trudel lo implora. Siegfried ha ottenuto una garanzia per l'espatrio e se si è imbarcato in questa avventura, e se ha mentito, è stato solo per lei e la loro bambina. Il commissario annuisce, ma non può farlo passare.

"Lei e suo marito dovete tornare a Essen il più velocemente possibile. Il coprifuoco per gli ebrei comincia alle 18."

Trudel cerca di replicare, ma il commissario la blocca con un gesto della mano. Non ha finito.

"Per l'espatrio un garante non è sufficiente. Dovrete procurarvi anche un nullaosta fiscale."

Un altro documento! Ma le parole del commissario suonano come un aiuto dal cielo.

"E chi mi garantisce che, una volta giunto alla frontiera, mio marito non verrà ucciso?" chiede Trudel.

"Io."

Trudel deve farsi bastare la garanzia del commissario di frontiera. Per il resto, conterà sulla sua determinazione e su suo padre, che ha lavorato all'ispettorato di polizia di Essen. Grazie a lui, nel giro di un paio di giorni rocamboleschi tra polizia criminale, Camera di commercio e quella dell'industria, dal Comune di Essen arriva il nullaosta fiscale. E così, l'8 dicembre 1938 Siegfried Schönthal è di nuovo da solo al posto di frontiera di Kevelaer. Paga dieci marchi di tasse doganali per attraversare il confine, mentre il signor van Larsen, l'intermediario che avrebbe scortato Siegfried in territorio olandese, ne incassa cinquecento per condurlo nel garage del prete cattolico. Trudel prega il marito di inviarle un telegramma, non appena arriva da Hedemann-Joosten a Tilburg, con il seguente testo: "Buon compleanno!".

E il telegramma arriva il giorno seguente, giusto in tempo visto che il 12 dicembre avviene, puntuale, il cambio delle "misericordiose" guardie SS di stanza al confine di Kevelaer. Da quel giorno, si racconta, nessun ebreo è più riuscito a varcare il confine.

E Lutz Neumann? Ce l'ha fatta anche lui?

Trudel va a casa della signora Neumann, vuole comunicarle la buona notizia di Siegfried, così da infonderle un po' di speranza per il figlio. E non è poca la sorpresa quando si trova davanti Lutz in persona. È esausto, lo si vede chiaramente, è il suo corpo emaciato che parla per lui. E anche se ci prova, non riesce a tenere nascosti i piedi fasciati nelle pantofole. Non vuole raccontare quello che gli è accaduto in quelle quattro settimane a Dachau seguite al suo arresto durante la Notte dei cristalli; dice soltanto che attraverso un suo amico inglese ha ottenuto il permesso di emigrare con la madre a Londra. E da quel momento Trudel non li vedrà mai più.

Scampato il pericolo, resta il vuoto. Restano gli alti e bassi tra il dolore della perdita e un senso di liberazione. Resta la domanda su come spiegare a una bambina di otto anni il senso di tutte quelle discussioni a tarda sera. E resta inevasa la risposta sul perché Inge ultimamente ha dovuto passare tanto tempo sulle colline di Bottrop, la città a nord di Essen dove vive la nonna.

Tante, troppe domande che Johanna Emma Gertrud Schönthal, nata Rosenmüller, affronta, almeno all'inizio, con il consueto pragmatismo. Mentre riempie un baule con vestiti, scarpe, biancheria e tutto ciò che può essere utile per il marito, mentre sbriga le formalità doganali per spedirlo alla Hedemann-Joosten, non è dato sapere se una parte dei suoi pensieri vada alla speranza di poter riabbracciare un giorno il suo Siegfried. Anche perché quell'8 dicembre 1938 non se ne è andato solo il marito e il padre di Inge, se ne è andato anche colui che provvedeva al sostentamento della famiglia, e Trudel è consapevole che da lì a breve dovrà cercarsi un lavoro. Per fortuna la ricerca non si prolunga molto e, dopo una prima risposta negativa per via del suo cognome ebreo, la madre di Inge trova impiego come persona di fiducia presso il centralino telefonico di una locale azienda di costruzioni.

Nel frattempo arrivano le prime notizie dai Paesi Bassi. Siegfried è stato internato in un campo vicino a Hoek van Holland, insieme a tutti gli ebrei entrati illegalmente. "Qui regna una grande confusione e da quel che si sente dire anche le mogli cristiane di ebrei rischiano di essere dichiarate ebree," le scrive. Nel campo, oltre agli ebrei, c'è di tutto:

protestanti, cattolici, dissidenti politici, ma anche uomini e donne emigrati regolarmente.

Nel leggere queste righe, Trudel forse non ha neanche il tempo di chiedersi cosa possa essere andato storto perché Siegfried, poco oltre, le consiglia di chiedere il divorzio. "Così tu e la bambina non rischierete di essere deportate in un lager." Lui gode ancora della tutela di Hedemann e Joosten, e non appena ottenuta una regolare registrazione i due soci si sarebbero adoperati per farlo emigrare negli Stati Uniti. Anche nei Paesi Bassi per gli ebrei le cose si stanno mettendo molto male. Non c'è altra soluzione.

Chiedere il divorzio vuol dire però immergersi di nuovo nei gironi infernali e sfiancanti della burocrazia. La madre si rivolge allora all'avvocato Jaegermann. La cosa migliore da fare, le spiega l'uomo, è recarsi nel campo di internamento del marito e farsi rilasciare da lui una dichiarazione scritta nella quale spiega che, alla luce degli sviluppi politici in Germania, acconsente al divorzio. Così facendo, non sarebbe stata necessaria nessuna tutela legale. Inoltre una legge emanata dai nazisti al momento della presa del potere stabilisce che i matrimoni in cui uno dei due partner è ebreo "potevano essere considerati nulli con effetto immediato".

Un altro bivio. E come per tutti i bivi che hanno contraddistinto finora i trent'anni di vita di Trudel, la strada da imboccare è chiara e ben tracciata, anche se raramente corrisponde a ciò che avrebbe desiderato per sé la giovane donna. Non avrebbe mai voluto abbandonare il marito, ma a lei è sempre toccato il ruolo della combattente, è il suo destino. E poi la strada verso i Paesi Bassi ormai la conosce bene.

Di nuovo senza un visto di ingresso, solo con una lettera del suo avvocato nella quale si dice che per motivi legati al divorzio deve urgentemente parlare con il marito internato nel campo di Hoek van Holland, Trudel giunge alla frontiera olandese dove deve rispondere alle solite domande. Questa volta tutto va liscio, Trudel può tirare un sospiro di sollievo: sarebbe riuscita a rivedere Siegfried. Lui la rassicura, non è più in pericolo. Le conferma che se riuscisse a farsi registrare lì e se la fideiussione di Hedemann-Joosten venisse accettata, presto sarebbe emigrato negli Stati Uniti. Le ha anche già preparato il suo consenso scritto al divorzio. Ma prima Trudel deve passare attraverso un'ultima vessazione. Spetta al tribunale decidere se concedere la separazione. Il presidente del tribunale, un signore di una certa età e molto gentile, per fortuna non solleva rilievi. Non così un giovane giudice nazista che invece sembra intenzionato a far pesare il proprio giudizio.

"Vorrei sapere perché non si è avvalsa della possibilità di annullare il matrimonio, visto che suo marito è ebreo. Ma a parte questo, se non avesse sposato un ebreo ora non si troverebbe a chiedere il divorzio e a dismettere il cognome da sposata."

L'avvocato sta per intervenire quando Trudel lo ferma per prendere la parola. Si alza e rivolta al giudice dice: "Ho sposato mio marito nel 1930, allora non c'erano leggi razziali. Mia figlia è stata battezzata secondo il rito protestante. Certo, se allora fossi stata furba come lo è lei oggi, non avrei probabilmente sposato un ebreo. Ma per poter provvedere al mantenimento di mia figlia devo lavorare, il che però risulta difficile con un cognome ebreo. Questo è quanto ho da dire in proposito. Ora faccia quello che vuole, mi conceda il divorzio oppure no. Ma io non posso dire nulla di male contro mio marito".

Terminata l'arringa, Trudel Schönthal si gira e a testa alta abbandona l'aula del tribunale. L'avvocato le corre dietro, e con la voce affannata che non riesce a mascherare il tono di rimprovero le dice: "Bene, ora ha rovinato tutto".

Ma il 30 giugno 1939, il tribunale regionale di Essen dichiara sciolto il matrimonio ai sensi della legge. Costo del procedimento giudiziario: 280,98 Reichsmark. Da quel momento la madre di Inge riprende il cognome da nubile: Rosenmüller. Comincia un'altra vita, l'ennesima. Madre e figlia diventano indissolubili anche a norma di legge.

Per un po' di tempo torna quella sensazione di leggerezza

e felicità che anni addietro la famiglia Schönthal ha conosciuto. Inge ha perso il padre e non sa bene il perché. Adesso dovrebbe trovarsi negli Stati Uniti, a New York, che per quanto la riguarda potrebbe essere su un altro pianeta. Ebrei, ariani? Cosa c'entra tutto questo con lei? Lei è tedesca e pure protestante, ma anche questo non significa poi molto se non la gioia di trovare i doni sotto l'albero e intonare i canti di Natale, come tutti. Per lei quelle sono solo parole. L'unica consolazione è che le voci dietro la porta sono sparite. La vita continua, ha questa qualità, e nella vita di Inge ci sono cose bellissime, come il mare, che lei adora. È la scuola a portare lei e i suoi compagni al mare, ogni anno, sempre nella stessa colonia, con le stesse camerate da cinquanta letti e la minestra di piselli che fa schifo e che non si riesce a mandare giù. Ma poi c'è il mare che guarisce tutto.

Tra l'agosto e il settembre del 1939, Inge è in colonia tra le dune sabbiose dell'isola di Amrum, sulla costa del Mare del Nord. Nel cuore della notte lei e i suoi compagni vengono svegliati dagli insegnanti. Devono tornare a casa, e in fretta. La Germania ha invaso la Polonia. Sta per scoppiare la Seconda guerra mondiale.

2.
I fisici danzanti

Chissà quanto costa a Inge trattenere un sorriso davanti a quel cavaliere che combatte contro il suo baio bizzoso dal manto chiaro. L'uomo ci prova in tutti i modi a mantenere l'andatura saltata e un'espressione di dignitosa eleganza, ma ogniqualvolta si accorge che le proprie gambe non sono parallele al busto del cavallo, lascia affiorare una smorfia di disappunto. Uomo e animale sembrano due entità separate.

È domenica e Inge, le domeniche, le odia con tutta se stessa. Monotone, noiose, non finiscono mai, e quando non ce la fa proprio più comincia a tempestare la madre con una richiesta, che prende la forma di una sola parola: "Siegen!".

A Siegen, un centinaio di chilometri da Essen, vivono zia Paula, la sorella di Väti, zio Adolf e la cugina Anneliese, e lì le domeniche sono tutta un'altra cosa. Trudel fa sempre un po' di resistenza, ma poi cede quasi subito, anche a lei piace Siegen, e ancor di più le piace passeggiare a braccetto di Paula, proprio come sta facendo in questo momento, incantata davanti ai rami appesantiti dalle prime nevicate.

Adesso poi sono sole, lei e Inge, e Paula e Adolf sono le persone giuste con cui parlare in quel momento perché sono l'immagine speculare di Trudel e Siegfried. Adolf è ariano e Paula, ovviamente, ebrea. Il che fa di Anneliese una "Meticcia di primo grado", proprio come Inge. C'è però una differenza: un padre è una tutela più forte di una madre perché ha una posizione migliore nella società e oltretutto garantisce che il patrimonio e il futuro della famiglia saranno ariani. Ma le cose fanno in fretta a cambiare e Trudel spera che la famiglia della cognata non debba condividere il destino della sua.

L'espatrio di Siegfried, l'avventura olandese, il divorzio. Sono eventi da riempire una vita intera, invece sono accaduti nel giro di pochi mesi, e sarebbe comprensibile se Trudel non riuscisse ancora a metterli tutti nella giusta prospettiva in quello scampolo finale del 1939. È successo davvero? È stata così folle da rischiare il peggio almeno in due occasioni per trovarsi a crescere da sola una figlia in tempo di guerra?

E Ingemaus, soprattutto. Come sta reagendo?

Poco prima, durante il pranzo frugale a casa degli zii in veranda, Trudel non è riuscita a incrociare il suo sguardo, ma osservandola adesso, mentre saltella e ride sguaiata con sua cugina, dà l'impressione che nulla potrebbe scalfirla. Per un attimo forse si augura che quella apparente refrattarietà al peso delle tragedie diventi in un futuro non troppo remoto uno scudo contro le cattiverie del mondo. Se non dovesse esserci più sua madre, chi la difenderà?

Trudel non si stacca dal braccio di Paula e intanto Inge, avvolta nel suo cappotto rosso, sgambetta tra le zolle dei campi. Si sta bene, fuori. Il sole splende, l'aria è frizzante, il paesaggio è fiabesco.

Poi ecco quell'uomo a cavallo. A dire il vero, Trudel non lo nota subito. Si sente strappare il braccio dall'incavo di quello di Paula e quando abbassa gli occhi vede Anneliese che cerca conforto dalla madre. È spaventata, e fissa un punto oltre le loro spalle. Il primo pensiero di Trudel allora è per Inge. Dov'è finita? Si è fatta male? Gli occhi corrono alla ricerca della figlia, del suo cappotto rosso. Anche Paula si mette a strillare, e Trudel sa che la cognata potrebbe urlare in quel modo solo per la cosa che più la terrorizza: i cavalli.

Il prato davanti a loro procede in leggera salita, fino al limitare del bosco. Vedono il cavaliere chino sul suo animale, mentre gli accarezza il manto chiaro, come a ringraziarlo per essersi calmato. Inge è lì, rapita dalla scena; si è avvicinata per accarezzare il cavallo.

"Scusate, gentili signore," dice il cavaliere. Da più vicino le donne ne riconoscono lo status: è un ufficiale. "Non intendevo spaventarvi."

"Nessuno spavento, o forse appena un po', non si preoccupi," risponde Trudel. Vorrebbe aggiungere che anche a lei piacciono i cavalli, da sempre, ma si intromette la voce di Inge.

"Zio soldato, posso salire con lei a cavallo?"

Tipico di Inge, pensa Trudel. Sua figlia è una scalmanata, ormai le è chiaro, e anche decisamente impertinente; detesta andare in giro facendosi tenere la mano e ama prendere l'iniziativa, proprio come sta facendo ora con quello sconosciuto.

Un attimo dopo Inge siede impettita in sella a quel grande destriero, mentre l'ufficiale lo tiene per le redini. L'improvvisato corteo si muove al passo, costeggiando il bosco, in un rispettoso silenzio interrotto solo dalle risate di Inge e dagli sbuffi del cavallo.

"Mie gentili signore," dice l'ufficiale, "vorrei farmi perdonare del piccolo spavento invitandovi a visitare le scuderie."

Per Trudel è l'occasione per ribadirgli che non si sono spaventate, che quel baio dai riflessi rossicci è davvero meraviglioso, ma viene nuovamente interrotta dalla voce di sua figlia.

"Le scuderie!"

Impertinente e anche un po' sfacciata…

L'entusiasmo di Inge ha il potere di sciogliere la diffidenza della cugina, che finalmente si stacca dalla mano della madre e corre in avanti per raggiungere la piccola cavallerizza.

Le scuderie distano poche centinaia di metri, e quando finalmente vi arrivano Inge si lascia scivolare dalla sella, l'ufficiale la prende al volo e la adagia al suolo. Le cugine partono di corsa, infilandosi tra i box e le stalle, si fermano un momento per accarezzare il muso di qualche cavallo e poi ricominciano a saettare avanti e indietro. A nulla valgono i rimproveri di Trudel e Paula, le cugine sono fuori di sé dall'entusiasmo, incuranti degli adulti. "Onkel Offizier, come si chiamano i suoi cavalli, quali sono i più bravi, e i più

coraggiosi? E poi possiamo dargli da mangiare? Per favore?"
E con quella raffica di parole, Inge ha già raggiunto l'ufficiale, che fino a quel momento ha assistito alla scena in disparte. Ora si abbassa per raccogliere un pugno di biada.

"Con permesso," dice, e si avvia verso Anneliese. Le due ragazzine, appena sentono l'incedere marziale annunciato dagli speroni, ammutoliscono.

"Fate come me," dice l'ufficiale. "Prendete un po' di biada, poi avvicinatevi al cavallo che preferite. Mi raccomando, tenete la mano bene aperta e piatta. Dovete guadagnarvi la sua fiducia."

Mentre Inge e Anneliese danno da mangiare ai cavalli, gli adulti si ritirano all'esterno. Zia Paula è diventata improvvisamente molto loquace, e comincia a raccontare da quanto tempo vivono a Siegen, di come si trovano bene, e di quanto sia tutto bello, lì.

"Io e Inge ci fermeremo qui fino a domani," interviene Trudel a un certo punto, quasi d'istinto. L'ufficiale china leggermente il capo.

Il giorno successivo, quando l'ufficiale si presenta alla porta della casa di sua cognata perché, così dice, gli avrebbe fatto piacere scambiare ancora qualche parola, Trudel non ne è affatto sorpresa.

Natale. Il periodo peggiore da trascorrere in compagnia della solitudine, anche se si è in due. Allora Trudel e Inge tornano a Siegen, e nonostante l'inverno morda, l'abitudine della passeggiata dopo pranzo rimane intoccabile.

Inge e sua madre incontrano di nuovo l'ufficiale. E di nuovo durante una camminata nel bosco, come se quell'uomo avesse passato tutto quel tempo a pattugliare l'area in attesa di rivederle. Ricominciano le cortesie, le passeggiate, il tragitto casa-scuderia durante il quale possono conoscersi meglio. Dopo le festività, al momento di far ritorno a Essen, Inge chiede di poter rimanere ancora qualche giorno con la cugina Anneliese. La madre cede quasi subito: lì Inge sarebbe stata al sicuro. E così, dopo aver salutato la figlia, Trudel sale sulla macchina di zio Adolf.

La stazione è un viavai di militari. Ormai la loro presenza si è trasformata in uno sfondo neutro, in un paesaggio talmente abituale da risultare quasi scontato. Forse per questo motivo, o forse come estremo tentativo di legarsi alla figlia, Trudel, ancora sul predellino della carrozza, alza la voce per sovrastare l'assordante rumore del treno in partenza.

"Adolf, mi raccomando. Ingemaus non può perdere il treno del 3 gennaio. Il giorno dopo è il mio compleanno, lo sai, e vorrei tanto festeggiarlo con lei."

Adolf la rassicura, Inge sarà su quel treno, la accompagnerà lui stesso. Trudel lo ringrazia e si accomoda nello scompartimento insieme ad alcuni soldati.

"È libero il posto accanto a lei, gentile signora?"

Quel modo di esprimersi così educato, così compito, e quell'accento che cade sempre sul "signora"! Le basta questo per riconoscere l'ufficiale Heberling, il suo ufficiale.

Quando Trudel solleva la testa per dirgli che è libero, Heberling fa di nuovo quel gesto col capo chinato leggermente in avanti.

E così viaggiano insieme fino a Hagen. Chiacchierano, sorvolando sulla guerra. Che sia per esorcizzare quello che potrebbe accadere a chi veste l'uniforme della Wehrmacht o per non infrangere quel bozzolo di intimità che si sono costruiti piano piano, fatto sta che l'ufficiale scende e i due si salutano alla stazione di Hagen con la vaga promessa di rivedersi di lì a breve. Ma l'ufficiale si affretta ad aggiungere: "Mi pare di aver sentito che il suo compleanno sarà il 4 gennaio. Cercherò di essere il primo a farle gli auguri, quel giorno".

4 gennaio 1940. Alle 7 del mattino suona il campanello di casa Schönthal. Trudel, ancora addormentata, si avvia all'ingresso per girare la chiave cosicché il panettiere possa depositare il pane. Come tutte le mattine. E come tutte le mattine, Trudel torna a letto, quei minuti strappati al sonno sono una benedizione. Inge dorme nella sua stanza, Adolf, che ha fatto

il viaggio con lei, riposa sul divano. La giornata sarà lunga e, spera Trudel, divertente. È il suo compleanno!

Ma il campanello suona di nuovo.

Trudel corre all'ingresso, pronta a dirne quattro al panettiere, ma si ritrova davanti l'ufficiale Heberling. In mano ha un mazzo di mughetti.

"Ma è impazzito?" gli chiede.

"Buongiorno, signora."

La madre di Inge gli dice che non può farlo entrare. Assolutamente! Di là c'è anche il cognato, sarebbe sconveniente. Uno scandalo.

L'ufficiale scoppia a ridere. Poi le chiede se possono incontrarsi in mattinata, in città, all'hotel Handelshof, e se ne va.

Cominciano a scriversi e vedersi regolarmente e con il tempo quella che è nata come un'amicizia fortuita si trasforma in una relazione. Qualche settimana dopo, l'ufficiale, che prima della guerra ha lavorato come sellaio, viene trasferito a Gottinga nella Caserma Zieten con l'incarico della gestione delle scuderie, dei corsi di equitazione per i giovani soldati, la cura e il mantenimento dei cavalli, così come i loro equipaggiamenti e impieghi militari. Tra Essen e Gottinga ci sono oltre duecento chilometri, ma una scusa buona per vedersi è facile da trovare.

"Rosenmüller, c'è il tuo generale cavallerizzo alla porta!"
Trudel si è abituata alle sorprese dell'ufficiale, così quando le sue colleghe alla ditta Hegerfeld di Essen le annunciano l'arrivo dell'uomo, lei non si scompone più di tanto.

Heberling non fa tanti giri di parole. Le dice che le sue intenzioni sono molto serie e che questa visita può considerarla come una proposta di fidanzamento.

È riuscito a spiazzarla un'altra volta. Ma Trudel si ricompone e passa al contrattacco.

"È fuori discussione." Non aggiunge altro.

La madre di Inge fa per voltarsi e tornare al lavoro, ma l'ufficiale ribadisce la sua proposta. Vuole sposarla.

Trudel lo guarda negli occhi. Quella caparbietà, quella determinazione meritano la verità. Gli racconta di essere già stata sposata, e con un ebreo, il padre di Inge. È assolutamente impensabile che lui, ufficiale di carriera della Deutsche Wehrmacht, possa sposarla, con i nazisti al potere.

"Inge è una Meticcia di primo grado."

L'ufficiale perde per un attimo la sua compostezza. La madre di Inge lo vede impallidire. Poi lui china il capo alla sua maniera e con un tono di voce che non tradisce lo choc dice:

"Io ti sposerò comunque, a costo di dover dismettere la divisa!".

"Per quel che mi riguarda, puoi sposare zio Heberling."

Inge ha nove anni quando dice questa frase a sua madre, che le ha appena raccontato della proposta di matrimonio dell'ufficiale, Otto Heberling, concludendo che lui le vuole molto bene. È un brav'uomo, Otto. L'ha capito sin dal momento che l'ha fatta salire sul cavallo.

Giusto il tempo per un matrimonio con il rito semplificato e senza festa, e poi il trasloco da Essen a Gottinga nella Wilhelm-Weber-Straße 42, prima che il neosposo sia spedito in Polonia.

"Ed eccoci di nuovo da sole."

Gottinga all'epoca è una piccola città universitaria che conta cinquantamila abitanti. Vanta la ragazza più baciata al mondo – la Gänseliesel, statua-simbolo di una ragazza che trasporta delle oche eretta davanti al municipio e che, vuole la tradizione, ogni laureato deve baciare dopo aver conquistato il tanto agognato titolo – e una pasticceria, la Cron & Lanz, che da generazioni tramanda una torta alle prugne che mette d'accordo l'intera città.

E poi c'è l'università, la Georg-August, una delle più antiche del mondo e che gode di grande fama. Vi ha insegnato uno dei più importanti matematici della storia, Carl Friedrich Gauss. Così come diversi Nobel vi hanno avuto la cattedra. Da James Franck, Nobel per la Fisica nel 1925, a Walther Hermann Nernst, Nobel per la Chimica nel 1920, a Peter Debye, Nobel per la Chimica nel 1936, solo per citarne alcuni.

Ma di tutto questo Inge ancora non sa nulla. Per lei è un altro trasloco, un'altra casa, un altro inizio. Un altro capitolo di una vita cominciata da poco e che forse ha bisogno dell'atmosfera di una cittadina come Gottinga per sbocciare. Niente più acciaierie, ciminiere, sirene, ma tutti quei bellissimi edifici storici, tutto quel verde pubblico che, appena esce un raggio di sole, permette di vivere all'aperto. Molta tranquillità e un poco di goliardia studentesca. Il tempo sembra rimasto fermo, a Gottinga, a prima della guerra.

A scuola, nel giro di poco tempo Inge trova nuove amiche. Tra queste, Gassy Bach, sua coetanea. Rimarranno legate tutta la vita. Certo, la guerra, sempre più estesa, è una continua minaccia per questa nuova famiglia. Dalla Polonia, "Papi" Heberling dovrebbe spostarsi sul fronte russo. Dopo qualche settimana, però, il comando generale di Kassel, nell'Assia centrale, l'ha promosso a comandante, responsabile dell'equipaggiamento militare dei cavalli e degli animali da soma di tutto il 9° Reggimento della Deutsche Wehrmacht. Il nuovo posto di lavoro di Otto Heberling sarà il comando generale di Kassel, divisione armi e attrezzature, a una cinquantina di chilometri da Gottinga. Farà il pendolare tra gli uffici di Kassel e la Caserma Zieten, nella zona est di Gottinga e a ridosso della Göttinger Wald – una vera e propria foresta di faggi e querce. E così Otto, Trudel e Inge lasciano l'abitazione da poco presa in affitto nella Wilhelm-Weber-Straße e si trasferiscono all'interno della Caserma Zieten. La caserma con le sue scuderie sarà la nuova casa di Inge.

Un colpo di fortuna davvero bizzarro. Proprio ora che la persecuzione degli ebrei diventa di giorno in giorno più sistematica, una caserma dell'esercito tedesco fa da muro di protezione alla famiglia di una bambina di discendenza ebraica.

Uno dei primi regali di "Papi" Otto a Inge è un cavallo, Fritz. Inge ci ha messo poco per imparare a stare saldamente in sella e, così, poter uscire in passeggiata con il suo padre adottivo. Fritz è solo un pony, ma adesso finalmente Inge può esercitarsi come si deve. E poi in questo modo avrà una scusa inattaccabile per indossare pantaloni e stivali da equitazione e non quelle fastidiose calze di seta al ginocchio che ha dovuto mettere per la cresima. Un supplizio. A tal punto che sua mamma ha dovuto arrendersi a maglioni, pantaloni spessi e speroni. Inge non vuole indossare che questi, e quando non cavalca passa il tempo a strigliare Fritz o a correre con le sue amiche per la caserma.

La Caserma Zieten è un'isola che sembra quasi immune alla guerra. Più di una volta Inge svicola via dalle noiose lezioni di latino e ritorna alle scuderie nella speranza che il Maestro di caccia, che tutto decide nell'organizzazione delle battute con gli ufficiali, decida che anche lei può unirsi con il suo Fritz. Sono privilegi che immancabilmente fanno ingelosire le compagne di classe. Ma è una reazione che si spegne subito quando Inge invita le amiche a sfrecciare con le slitte trainate dai cavalli o ad accomodarsi a una tavola che, grazie allo status militare del suo patrigno, conosce qualche penuria in meno.

È un periodo felice, e la stessa Trudel lo definisce così in una pagina del suo diario, anche perché di lì a poco, il 3 novembre 1940, la famiglia si allargherà con la nascita della sorellina di Inge, Maren. Bionda e, anche lei, dal carattere deciso.

Nonostante la guerra Gottinga è una città fortunata. La cittadina della Bassa Sassonia, sulle rive della Leine, con le sue caratteristiche case a graticcio, è situata ai margini delle operazioni militari e non conosce pesanti bombardamenti, se non quello che si verifica alla fine del 1944 e che manda in frantumi le vetrate di alcuni negozi e danneggia i tetti di due chiese, la Johanneskirche e la Paulinerkirche, e la parete nord della Luther-Schule. Americani e inglesi, che alla fine della guerra occuperanno Gottinga, non troveranno un territorio ostile. Una città graziata, forse per un miracolo, forse per la sua poca appetibilità strategica. Meno fortunata, invece, è la popolazione ebraica. Le persecuzioni nei suoi confronti sono sempre più feroci e non risparmiano nessuno, a cominciare dai parenti di Inge. Zia Paula è stata mandata in un campo di lavoro a Kassel-Bettenhausen, mentre Anneliese, la cuginetta di Inge, in un campo per giovani, dal quale uscirà viva ma distrutta nel fisico e ferita nella psiche.

Dalla scuola superiore femminile frequentata da Inge, nella parte settentrionale del centro storico, tra il 1933 e il 1945 vengono espulse numerose allieve, separate dai loro genitori, deportate nei ghetti e successivamente assassinate in un campo di sterminio – Treblinka, Auschwitz, Dachau o Buchenwald – oppure gassate direttamente nei camion. Una cronaca cittadina racconta che, alla fine del 1938, emigrano 204 cittadini ebrei. In tutto fuggono da Gottinga 304 cittadini ebrei. Una cifra che può sembrare modesta, se non si considera che questi numeri non comprendono, o comprendono solo in parte, gli ebrei trasferitisi in città più grandi della Germania, come Berlino, Francoforte, Amburgo, e dell'Europa nella speranza di trovare un lavoro e una vita migliore, oppure imbarcatisi verso gli Stati Uniti. Molti genitori decidono di far emigrare i figli, mentre loro rimangono in Germania. Nel 1933 erano stati soprattutto scienziati ebrei, in primo luogo fisici e professori di Medicina, a lasciare Gottinga in un vero e proprio esodo di accademici. E chi aveva deciso di rimanere si era dovuto arrendere all'ordinanza del 12 novembre 1938 "per l'esclusione degli ebrei dall'economia tedesca", in base alla quale tutte le imprese ebree erano state sottoposte alla "Zwangsarianisierung", l'arianizzazione forzata, il che di fatto imponeva la liquidazione delle aziende. Per la comunità ebraica di Gottinga questa legge sancisce il divieto di partecipare attivamente alla vita della città. D'ora in avanti per gli ebrei rimangono solo i lavori forzati.

Otto Heberling è costretto a lasciare Gottinga perché i suoi superiori lo mandano sul fronte russo, ma per fortuna il suo distacco dura giusto il tempo che la sua famiglia si strugga per lui; poco dopo è già di ritorno.

Le mura protettive della Caserma Zieten sono abbastanza massicce da tenere al sicuro Inge e la sua famiglia, ma spesso le minacce non hanno solo la faccia cattiva di insegnanti nazisti che ti picchiano perché hai fatto cadere una lavagnetta. Le minacce arrivano sottoforma di documenti, di ordinanze, di parole che nero su bianco sanciscono una nuova realtà.

Una sera Otto Heberling torna a casa molto preoccupato. Hitler, racconta alla moglie, ha appena emanato un'ordinanza in base alla quale verranno considerati immediatamente nulli i matrimoni contratti da ufficiali o funzionari con grado di ufficiale con donne precedentemente sposate a un ebreo. L'ordine è da intendersi ancora più tassativo qualora vi siano figli del primo matrimonio. Tutti gli ufficiali hanno dovuto sottoscrivere il documento, e così ha fatto anche lui.

E conclude: "Ma mai e poi mai mi separerò da voi".

La piccola isola felice dove vive Inge comincia ad avere delle incrinature. Ma quanto rischiano di diventare crepe? Inge non si confida con Gassy, la sua amica del cuore, o almeno non abbastanza per destare in lei preoccupazioni. Le due ragazze stanno sempre di più per i fatti loro e cominciano a sviluppare un legame esclusivo. In fondo anche Gassy è una meticcia. Una madre tedesca, morta recentemente, e un padre cileno che non ha conosciuto e che non ha mai messo piede nella Germania nazista. Per gli stranieri, infatti, è impossibile ottenere documenti, il che equivale a mettere in conto di poter essere deportati o espulsi in qualsiasi momento.

Forse è questo senso di costante minaccia e di abbandono a unire le due amiche.

Inge è una bambina solare, sincera fino all'impertinenza, come sa bene sua madre. Con Inge, Gassy non si annoia, e in particolar modo da quando ha perso la madre il loro legame è diventato sempre più stretto. E poi la caserma! Una specie di parco giochi dove Gassy si intrufola volentieri. Lei vive con i nonni nel quartiere di villette che si trova tra il centro storico di Gottinga e la Caserma Zieten.

Per andare a scuola le due ragazzine fanno un tratto insieme. Dalla caserma, Inge percorre una strada di campagna che scende lungo un poggio e che arriva al quartiere delle villette dove incontra Gassy, e insieme proseguono fino a scuola. I nonni lasciano una certa indipendenza alla nipote; finché porta a casa buoni voti non hanno nulla da ridire. E così lei coglie ogni occasione per stare nella caserma dagli Heberling. Anche perché i genitori di Inge le piacciono. Trudel è forte ma non autoritaria. Otto è generoso, gentile, soprattutto con le amiche di Inge, e con Gassy in particolare. Sono due adulti con caratteri decisi, ma non rigidi, né tantomeno ruvidi. Insomma, Inge gode di assoluta libertà e di riflesso anche per Gassy quelle giornate in caserma si trasformano in una boccata d'aria. Ogni volta che si trovano lì, Inge la porta al maneggio, il suo primo palcoscenico. Per il momento si esibisce solo per la sua amica, ma quanto basta per lasciare il segno. Come quella volta che Inge, dopo essersi messa la divisa di ordinanza, e cioè pantaloni da equitazione e stivali, ha montato il suo Fritz, lo ha spronato e senza alcun preavviso si è sollevata sulla sella e come un'acrobata è rimasta per qualche secondo in piedi mentre il pony continuava la corsa. Gassy è stata a guardarla a bocca aperta, ma non è riuscita a dirle di scendere, lassù era troppo bella.

Fuori dalla caserma la guerra avanza e minaccia di abbattere ogni speranza di futuro, ma Inge sembra decisa a non far vincere la tristezza. Ci sono così tante esperienze da vivere! La Gioventù hitleriana, per esempio. Attività fisica dura, sport, marce, etica prussiana e militare. Per i coetanei di Inge la partecipazione è obbligatoria già da un paio di anni, ma per lei, in quanto Mischling, le porte sono sbarrate. Fortuna che non le interessano né le esibizioni di vigore fisico né le fanfare. Men che meno è attirata dalla Lega delle ragazze tedesche – l'ala femminile dell'organizzazione giovanile nazista il cui scopo era educare le ragazze tra i quattordici e i diciotto anni a prendersi cura della casa e dei figli. A Inge piacerebbe piuttosto entrare in un gruppo teatrale della Hitler-Jugend che, fra le altre cose, si occupa di intrattenere i soldati arrivati dalla Russia e ricoverati negli ospedali militari. Si tratta di fare un po' di cabaret, ballare, cantare. Mettere in piedi uno spettacolo. Sarebbe come fare parte di una vera e propria compagnia teatrale. Inge chiede il permesso ai suoi genitori, ma loro ovviamente glielo negano. Nella remota ipotesi che la sua origine ebraica passi inosservata, a titolo di dissuasione le fanno notare che sarebbe troppo complicato andare quattro volte a settimana in città dalla caserma. Inge si sente esclusa, tagliata fuori da quello che fanno tutti gli altri, e allora abbandona ogni remora: decide di intrufolarsi e avvicina uno di questi ragazzi.

"Ciao, mi chiamo Inge, sono intonata e ballo benissimo. Avete bisogno di aiuto?"

Un gruppo teatrale ha sempre bisogno di aiuto e Inge viene coinvolta senza che si indaghi sulle sue origini. Così si unisce a loro, in un tour improvvisato per la città in cui lei di volta in volta recita o balla, alla bisogna. Per la Inge dodicenne è ancora tutto una festa, ogni occasione è un'opportunità da cogliere al volo. Per esempio, quella volta in cui a Berlino il ministro della Gioventù decide di organizzare un grande festival. Ogni città deve mandare una delegazione e del suo gruppo teatrale non si fa avanti nessuno. "Vai tu, Inge!" e lei va. Non c'entra niente con gli altri ragazzi della Hitler-Jugend che partecipano alla selezione, non ha neanche la divisa, la camicia bianca, la cravatta nera e il giubbotto beige, ma ci prova lo stesso e vince. Si va a Berlino. Inge è felicissima, Trudel disperata. Proprio nella tana del lupo deve andare a ficcarsi quella ragazzina che non riesce a stare ferma! Nell'occasione, a salvare Inge sarà la scarlattina, che la costringe a due settimane di ospedale e la priva di un possibile incontro faccia a faccia con Hitler e Goebbels.

Ma nel 1944 nella scuola superiore femminile di Inge comincia a circolare la voce che lei sia figlia di un ebreo.

Inge sente il peso minaccioso dietro quella parola, ma è tutto qui. Non è stata educata seguendo i precetti della religione ebraica, ha ricevuto la cresima ed è cresciuta in un ambiente laico, senza troppo partecipare, se non per il necessario, ma comunque a contatto con un'atmosfera austera e improntata sul *Gewissen*, la coscienza morale, e il rispetto che le si deve portare. E poi davanti a sé adesso Inge ha un solo obiettivo: nella sua isola felice si stanno avvicinando le vacanze estive. Tutto il resto può aspettare. Tutto può rimanere come è sempre stato.

Invece ecco la doccia fredda. Senza nessuna avvisaglia, prima della chiusura estiva il direttore della scuola comunica alla famiglia che da settembre "a vostra figlia, Inge Schönthal-Heberling, nata il 24 novembre 1930 a Essen, Mischling di primo grado, sarà vietato tornare a scuola".

Per la madre di Inge questa lettera deve risuonare come un terribile déjà-vu, che per di più arriva in un momento complicato visto che è in attesa del terzo figlio, Olaf. La gravidanza è in stato avanzato, ma questo certo non le impedisce di mettersi immediatamente in moto per la sua Ingemaus. Il signor Meier, il preside della scuola femminile, si dice subito dispiaciuto, è davvero incredibile che tutto questo putiferio sia nato da un tema assegnato a Inge e ai suoi compagni dopo che in classe era stato letto un libro su Marie Curie. È stato proprio lui, Herr Meier, impressionato da quelle bellissime pagine dell'allieva, a mandare il tema al suo omologo della scuola maschile e questi, altrettanto colpito, ne ha parlato con i suoi alunni. In un involontario effetto domino, il nome di Inge sale alla ribalta tra le quattro mura della scuola. Inge Heberling? Inge Schönthal? Ma non è la figlia di un ebreo? Il preside Meier non può farci niente, anche davanti al fatto che l'obbligo scolastico di Inge copre l'annata fino all'aprile successivo. A Trudel sembra di essere ripiombata nel 1936, quando aveva dovuto lottare per iscrivere sua figlia alle elementari. Il preside consiglia a Trudel di bussare alla porta della direzione scolastica di Gottinga. Trudel fa così e dopo questa porta ce ne saranno altre, per arrivare fino ai più alti funzionari del dipartimento scuole di secondo grado a Hannover. Ancora una volta, Trudel riesce a spuntarla. Il soprintendente all'Istruzione

Möller vuole riceverla personalmente. Möller, un uomo di una certa età, gentile e all'apparenza non di simpatie naziste, le legge l'ordinanza risalente al 2 luglio 1942, e addirittura permette alla madre di Inge di copiarla.

"Mischling ebrei di primo grado, che frequentano le classi dalla prima alla quarta di una scuola di secondo grado o un ginnasio o le corrispondenti classi della scuola media, sono tenuti ad abbandonare la scuola al momento del compimento dell'obbligo scolastico."

Traduzione: Inge può continuare a frequentare il ginnasio femminile di Gottinga fino all'aprile dell'anno successivo.

Non un successo su tutta la linea, ma per la famiglia Heberling è ugualmente un grande sollievo. Per Inge, invece, è una grande vittoria, che decide di celebrare presentandosi in classe vestita da cavallerizza. Si piazza davanti a tutti, a gambe divaricate, poi sale in piedi sul banco. È gracile e piccola di statura, ma in quella posa e con l'espressione decisa sembra un'amazzone. Pesta per terra i pesanti stivali un paio di volte per attirare l'attenzione che comunque ha già ottenuto e poi esclama: "Vi farò vedere io. A voi tutti vi farò vedere io!". Nessuno – Gassy, i compagni, gli insegnanti – reagisce, e tutti, forse, hanno un'idea diversa di quel folle gesto. È impazzita? Cosa diavolo sta succedendo? Solo Inge sa che dietro a quell'atto di ribellione c'è la maledetta ordinanza sui Mischling di primo grado.

Ancora qualche mese di calma, ancora una minaccia spinta un po' più in là. Tutti e tre possono tirare il fiato.

C'è solo un particolare. Olaf ha fretta di nascere e con un mese di anticipo, il 25 settembre 1944, Trudel dà alla luce il fratello di Inge.

Una sera di metà ottobre "Papi" Otto torna a casa con un annuncio. Il suo diretto superiore è in visita alla Caserma Zieten per un'ispezione. Una faccenda di routine, spiega. Nelle scuderie sono ricoverati molti cavalli feriti, tornati dal fronte per riprendersi in vista di future operazioni militari, e il colonnello vuole sincerarsi del loro stato. Il 3° Reggimento di cavalleria trascorrerà le successive due giornate a lustrarsi a puntino, prosegue Otto, che poi con un fil di voce conclude: "Poi il colonnello vorrebbe parlare di una cosa privata con noi".

Non c'è bisogno di aggiungere altro. C'è solo da sperare che l'ispezione vada bene e che la reputazione di Otto conceda loro il tempo necessario per architettare una soluzione. Alla fine Trudel mantiene i nervi saldi e quando Otto le dice che il colonnello sarà loro ospite a pranzo, lei decide che gli presenterà i suoi piatti migliori.

Il colonnello, che viene da Kassel, è un signore avanti con l'età e dall'aspetto bonario, non certo il prototipo del gerarca nazista. E per di più sembra che l'ispezione sia andata bene. Il 3° Reggimento di cavalleria di Otto è in perfetto ordine.

"Questa dunque è vostra figlia?" dice il colonnello di punto in bianco.

Quella domanda, buttata lì come se fosse un altro commento sullo stato di salute dei cavalli, fa piombare Trudel di nuovo a terra. Otto cerca lo sguardo della moglie, di certo non prova a intercettare quello di Inge, perché lei, già dopo la minestra, ha chiesto di poter tornare nella sua camera. Ha quasi quattordici anni e da qualche giorno ha capito che c'è qualcosa che non va in "Papi" Otto. La evita, come se avesse paura di dirle qualcosa. E adesso c'è quell'uomo seduto a capotavola che durante il pranzo non si è mai rivolto a lei, se non per fissarla ogni tanto come per cercare di leggerle qualcosa negli occhi. Per questo Inge ha chiesto il permesso di alzarsi e una volta ottenutolo è corsa a mettere un muro tra sé e quello che potrebbe accadere. Inge deve provare la stessa sensazione di quando a Essen, in un'altra stanza non dissimile da quella, sentiva le voci dei suoi genitori che cercavano di contenersi. Invano.

Le voci dall'altra parte ogni tanto si interrompono, ma poi ripartono. Inge prova a illudersi che non stiano parlando di lei, ma alla fine scoppia a piangere disperata, non vuole lasciare la caserma.

"Il tribunale di guerra ha aperto un procedimento contro

di te, Otto," sta raccontando il colonnello. "Si è venuto a sapere che nella tua famiglia c'è una bambina di origini ebraiche da parte di padre."

A quel punto i toni si fanno più concitati, le parole quasi non si distinguono, e abbastanza infervorati da svegliare Maren e Olaf che fanno il riposino pomeridiano nella stanza accanto. Cominciano a reclamare la madre, che con malcelata soddisfazione abbandona la tavola per andare a tranquillizzare i piccoli. Poi si ferma davanti alla stanza di Inge, entra e, dopo essersi seduta accanto a lei, cerca di spiegarle tutto. Ma Inge non la fa neanche cominciare, e tra i singhiozzi dice che nei suoi quattordici anni di vita non ha fatto altro che viaggiare, da una casa all'altra, da una famiglia all'altra, e teme che quello potrebbe essere il suo destino. "Non è giusto."

Trudel la abbraccia, non sa che altro fare, la consola, le dice di calmarsi. Prende un bel respiro e le racconta quello che ha detto il colonnello.

Otto, dopo pranzo, torna a Kassel con il suo superiore. La città da mesi è sotto continui e pesanti bombardamenti. Nonostante i chilometri che la separano da Gottinga, dall'alto dei campanili gli abitanti possono scorgere i bagliori di luce e le scure nuvole di polvere e fumo che si alzano a causa delle bombe. Non c'è dunque nulla di scontato, quando alla sera "Papi" fa rientro a casa. Ma per la prima volta dopo tanto tempo la mamma di Inge non pensa solo all'ufficiale che avrebbe bussato alla sua porta per comunicarle la triste morte del marito. Ora l'attanaglia anche il pensiero di trasferirsi chissà dove con la sua famiglia di cinque persone.

"Pensavo che, con Papi tornato a Kassel con il capo, tutto fosse perso," annota la madre di Inge nelle sue memorie. "Ce l'avevo con il destino becero, mi ero messa a pregare per te, per i piccoli, per Papi, che per amor mio e vostro aveva messo in gioco veramente tutto, e ora forse anche la propria vita! Ore così amare non si scordano per tutta la vita."

Un anno prima della nascita di Inge, è nata a Francoforte un'altra bambina tedesca che nel settembre di quel 1944 in cui per la famiglia Heberling tutto sembra perduto viene caricata su un treno merci destinazione Auschwitz. Anna Frank e Inge Schönthal non avrebbero mai potuto incontrarsi, ed è altrettanto improbabile che avrebbero condiviso la stessa sorte visto che il rischio maggiore che correva un Mischling erano i lavori forzati e non la deportazione. Ma nessuno avrebbe mai potuto immaginarsi che il destino di Inge potesse dipendere dall'allarme antibombe risuonato a Kassel. In realtà nulla di inconsueto in quella città, dove sono appena arrivati Otto e il suo superiore dopo il pranzo in caserma. È l'ennesima incursione aerea e le bombe stanno già cadendo su Kassel, quando Otto Heberling e il suo superiore, come da procedura, scendono con gli altri in servizio in quel momento nel bunker riservato a loro sotto l'ufficio della divisione armi e attrezzature. A un certo punto il superiore richiama a sé il suo sottoposto Heberling dicendogli di aver dimenticato una cartelletta piena di documenti, tra cui quelli riguardanti lo stesso Heberling.

Otto corre su per le scale, verso l'ufficio del colonnello. Il tragitto non è lungo, gli basterebbero pochi minuti per recuperare la cartellina e rientrare nel bunker. Ancora qualche gradino, poi il corridoio e poco più in là la porta.

Forse sente prima il boato e poi la spinta verso l'alto, come se una mano lo sollevasse dai piedi, e infine l'urto violento contro la parete. Quando riacquista conoscenza e riesce a raggiungere il corridoio, si rende conto che gli uffici dove fino a qualche minuto prima ha lavorato non esistono più. Alle sue spalle, quando la nuvola di polvere si è un poco diradata, ci sono i resti del bunker. Solo più tardi scoprirà che nessuno è sopravvissuto.

L'ufficiale Heberling se la cava con qualche lieve ferita. E i documenti riguardanti la procedura giudiziaria in corso contro di lui sono bruciati tra le rovine in fiamme. Inge è salva per un tragico scherzo del destino.

"Poco dopo, anche la guerra è terminata," scrive in tono lapidario Trudel nelle sue memorie. Gottinga si è arresa. Gli americani e gli inglesi sono entrati in città senza incontrare alcuna resistenza e Otto Heberling è finito per un breve periodo in un campo di prigionia degli Alleati.

Gottinga è tra le pochissime città tedesche capace di rialzarsi in tempi brevi. Dopo soli quattro mesi dall'ingresso delle truppe degli Alleati, il teatro riapre i battenti e inaugura la nuova stagione con *Le nozze di Figaro*. E nel semestre invernale 1945-1946 riprendono anche le lezioni all'università.

Inge è potuta ritornare nella sua classe. Lei e la sua amica Gassy sono al settimo cielo. Anche per loro la capacità di ripresa di Gottinga è un vero toccasana. Ma non è tutto rose e fiori, naturalmente i segni della guerra sono ovunque. Subito fuori Gottinga si trova un grande campo profughi. Migliaia di persone, provenienti dalle zone di occupazione russe. Sono perlopiù tedeschi cacciati dai Sudeti, soldati in congedo e prigionieri di guerra, tutti confluiti verso questa città rimasta in gran parte illesa. Nel giro di poco tempo, il numero degli abitanti di Gottinga sale da cinquantamila a ottantamila. In alcuni momenti i profughi arrivano addirittura a rappresentare un quarto della popolazione cittadina.

Inge, nel tragitto verso la scuola, passa tutti i giorni con la sua bicicletta gialla davanti ai campi profughi e alle case nelle quali essi vivono ammassati. La puzza di quel campo, il tanfo della povertà, odori che non basta una vita per dimenticarli, la invadono ogni mattina, e se potesse pedalerebbe più veloce, ma il campo si trova proprio in cima a una collina così ripida che la costringe a procedere a piedi.

L'anno dopo la fine della guerra è un anno di "rieducazione". Gli inglesi arrivati in città riaprono i cinema, dove vengono proiettate le immagini di Auschwitz e Buchenwald: scheletri ambulanti accanto a mucchi di ossa umane, qualcosa a cui si stenta a credere. E intanto Inge vede ogni giorno le tristi lacere colonne dei prigionieri di guerra entrare e uscire dalle fabbriche.

Anche la scuola di Inge è stata in parte trasformata in

centro di accoglienza. I cittadini di Gottinga devono stringersi il più possibile, fare posto ai nuovi arrivati. I primi mesi manca tutto, e anche il cibo scarseggia. La fame non scompare da un giorno all'altro e di tanto in tanto c'è bisogno di ricorrere a qualche espediente. Di sera, al buio, Inge e altri ragazzi si avventurano fuori città o negli orti di Himmelsruh, in periferia, per rubare un po' di frutta e di verdura da portare a casa. Da un momento all'altro anche l'isola felice della caserma viene investita dalla realtà. Niente più gite con Fritz, niente più corse tra le stalle o caccia alla volpe. Quello di Inge è un brusco risveglio. Ci vuole la fine della guerra per farle scoprire, tutta in una volta, la miseria – venti gradi sotto zero e poco con cui vestirsi; la fame che ti porta a rubare patate, ciliegie e quello che riesci a procurarti al mercato nero, compresa una vomitevole grappa di rape con cui allietare le feste; un Natale accompagnato da un misero mezzo pollo e due patate ottenuti grazie allo scambio con un paio di posate di casa; minestre caldissime e senza sapore distribuite dagli inglesi – e un corpo da adolescente che invece di tendere verso l'esterno decide di aspettare momenti migliori per sbocciare. Quindici, sedici anni, senza seno e senza ciclo. Una ragazzina che sente di essere adulta ma che non ha ancora niente che la fa sembrare tale.

Ciononostante, l'aria che si respira in città, adesso che la guerra è finita per davvero, è indiscutibilmente nuova, è frizzante, forse anche grazie a tutti questi soldati americani e inglesi, così gentili e così belli. E due ragazze come Inge e Gassy non possono non lasciarsi rapire. Ma a Gottinga c'è poco o nulla per distrarre e intrattenere i bambini e i giovani. Perlopiù sono lasciati liberi di fare quel che vogliono. Allora si gioca a palla per strada, di macchine ce ne sono ancora pochissime. Il teatro e il ballo sono gli unici svaghi che permettono di uscire di tanto in tanto anche la sera. E così, è inevitabile costruirsi una certa cultura teatrale. L'elegante neoclassico Deutsches Theater ora è diretto da Heinz Hilpert, un allievo di Max Reinhardt, il dio del teatro tedesco che torna dall'esilio portando qualche sua messinscena. Ragazzi e ragazze prendono posto nell'Olimpo, come viene chiamata la fila più in alto. I biglietti sono praticamente regalati. Per l'ingresso, grazie alla tessera studentesca, basta un marco e si può assistere non solo ai classici recitati dai migliori attori, ma finalmente anche alle pièce di autori banditi durante il nazismo – Brecht, Schnitzler, Büchner – e poi il teatro nuovissimo, dalle *Mosche* di Sartre a *Il generale del diavolo* di Carl Zuckmayer. Si patisce ancora la fame, ma quest'altra fame può essere placata tutte le sere. Inge ne ha tanta e Gassy è ben lieta di provare nuovi gusti insieme a lei. Il teatro è un mondo di sogno che fa la sua comparsa ogni giorno, come il cinema, del resto, ma in quel periodo i film proposti sono perlopiù pellicole sentimentali tedesche che Inge non sopporta.

È una educazione in recupero. Tutto è compreso, gli stimoli numerosi, e Inge adesso può sbarazzarsi della lampadina che ha usato fino a quel momento per leggere sotto le lenzuola. Leggere le è sempre piaciuto, e in mancanza di altro ha divorato di tutto, dai romanzi approvati dal ministero della Propaganda fino alla letteratura rosa. Non ne può più di Goethe e Schiller, Hölderlin e Kleist, così come non ne può più di storie ambientate durante una battuta di caccia con l'immancabile donzella bionda da salvare. Ora arrivano Hemingway, Faulkner, Wolfe, Sinclair Lewis, Fitzgerald. In realtà non se ne sono mai andati, ma il regime ne ha proibito la diffusione, e con loro gli esponenti più alti della letteratura moderna e internazionale. Inge, e tanti come lei, incontrano per la prima volta questi grandi autori grazie alla straordinaria idea di Ernst Rowohlt, il geniale editore che ha fondato l'omonima casa editrice nel 1908 e che durante la guerra è stato costretto a chiudere l'attività. Rowohlt riprende da dove si è fermato e per farlo ha bisogno di carta e delle licenze. Così si reca da Amburgo a Stoccarda. Là deve conferire con il governatore della Germania Sud Ovest, in mano francese, e convincerlo della bontà del progetto. Il governatore accetta con l'unica condizione che l'editore dovrà pubblicare autori francesi come Sartre, Camus, de Beauvoir. Rowohlt acconsente, ma a un certo punto anche quella carta comincia a scarseggiare, o almeno quella adatta per i libri, così l'editore ha un'altra idea: pubblicare i romanzi su carta di giornale e in formato tabloid. Gli "Zeitungsromane". Un'invenzione che lascerà il segno nella vita di molti lettori e sui loro polpastrelli, imbrattati dall'inchiostro rilasciato da quella carta poco porosa. Per tre anni – dal 1946 al 1949 – questi "giornali" rimetteranno in contatto i lettori con la cultura letteraria, fino a quando, nel 1950, Rowohlt non lancerà sul mercato i primi libri tascabili, i "Ro-Ro-Ro", Rowohlt Rotations Romane. Una nuova collana a un marco e mezzo.

E poi, ovviamente, c'è il ballo, alimentato anche dalla vigorosa ripresa delle attività universitarie e della vita sociale che queste creano a corollario. Gottinga è il fulcro delle scienze naturali e per Inge e Gassy gli attempati signori della fisica sono ottimi ballerini. E a proposito di fisici: in città ne abitano alcuni di conclamata fama internazionale, come i premi Nobel Otto Hahn e Max Planck. La nipote di Max Planck frequenta la stessa classe di Inge e Gassy al ginnasio e un giorno le invita alla sua festa di compleanno. Le ragazze accettano con piacere; in quel periodo c'è una festa ogni settimana e non sono mai abbastanza. Inoltre quella sera a casa Planck giocheranno a travestirsi per improvvisare qualche spettacolo tra di loro. Il nonno della festeggiata siede su una sedia a dondolo Thonet. Lui vorrebbe intrattenersi un po' con loro, scambiare due parole, ma Inge e Gassy sono impegnate in tutt'altro, si stanno preparando per la festa. Max Planck allora tenta un ultimo affondo e chiede a Inge cosa vuole fare da grande.

"La ballerina classica," risponde lei, suscitando le risate del grande fisico.

Per i giovani, ragazze e ragazzi indistintamente, tutto gira solo attorno a un argomento: le lezioni di ballo. Per molti è l'unico modo per tornare a provare una sensazione di libertà. Inge e Gassy si iscrivono alla scuola di ballo Rödiger-Martens che si trova in Baurat-Gerber-Straße. Il loro maestro si chiama Otto Hack, ha solo sedici anni, ma visto che nelle scuole di ballo i maschi sono merce rara, l'insegnante titolare del corso lo ha cooptato come ballerino per le diverse classi di età. Otto è uno dei pochi fortunati che la guerra l'ha solo sfiorata, avendo di poco scansato il servizio militare nella Wehrmacht. Nota subito Inge: piccola, minuta, estremamente agile e con una parlantina niente male. Sempre in movimento, un piccolo vortice in gonnella. Inoltre ha il particolare dono di stringere subito conoscenza con tutti, e lo fa con tanta disinvoltura. Insomma, una ragazza per cui perdere la testa.

Peccato che a quei tempi nella scuola di ballo Rödiger-Martens non si suoni il jazz – che nei trascorsi nazisti veniva definito "musica dei negri" – e nemmeno lo swing, insomma la musica arrivata dall'America e dall'Inghilterra. Al giovane ballerino e alla sua classe toccano ancora i balli di società in voga, al massimo un po' di foxtrot, non proprio adatti per scatenarsi, e il più delle volte Otto Hack paga un debito alla propria inesperienza e si dimostra rigido come un manico di scopa. La scuola costa poco, ma bisogna comunque pagare, e Inge vi può partecipare gratis grazie alla sua bravura, una sorta di borsa di studio. Se all'inizio i maschi si contano sulle dita di una mano, ben presto la sala da ballo si popola di ragazzi, la maggior parte dei quali di ritorno dalla guerra. Per Inge e Gassy questi giovani solo di qualche anno più grandi sono uomini a tutti gli effetti. Hanno vissuto esperienze di cui loro hanno avuto solo un accenno grazie al cinema e si atteggiano da navigati *tombeurs de femmes*. Alcuni di questi sono studenti universitari e visto che Inge e Gassy diventano ogni giorno più brave, cominciano a stilare una graduatoria. Studenti di Giurisprudenza? Cretini. Medicina? Un po' meglio. Chimici? Meglio ancora. Filosofi? Favolosi. Fisici? Il massimo. Questi ultimi soprattutto organizzano feste indimenticabili. Affittano una sala in una piccola trattoria, e poi bastano un grammofono e una grappa sgraffignata dalla farmacia universitaria e il gioco è fatto. Questi "uomini" trattano le ragazze più piccole come delle sempliciotte, schernendole, come nel caso di Inge, perché indossano gonne lunghe cucite in casa con quello che avanza per fare le tende. Il nylon è cosa per chi può vantare uno zio o una zia d'America. Poco male, va bene così. Ballare è bello, porta via i pensieri, ma è altrettanto bello uscire dopo la lezione, passeggiare per le strade del centro, chiacchierare, ridere di una vita che sembra tornata serena. Ai genitori va bene fino a un certo punto, perché allora come oggi conta la sottile linea che divide un accettabile andamento scolastico da uno pessimo. I voti di Inge e Otto Hack colano a picco, e se per Inge basta una strigliata dei genitori per rimetterla in riga almeno per un po', per il giovane Otto si prepara un collegio in Baviera.

Intanto Otto Heberling ha fatto ritorno dalla sua breve prigionia. Adesso la famiglia che ha costruito insieme a Trudel non ha più nulla da temere. Ma dal punto di vista professionale e dello status sociale, Heberling ha perso praticamente tutto. È stato esonerato dalla Caserma Zieten e gli sono stati tolti anche i gradi di capitano. La caserma stessa è stata saccheggiata dai cittadini di Gottinga. Un fatto particolarmente significativo, visto che fino a poco prima gli abitanti ne andavano molto orgogliosi. L'annuale "Wehrmachtstag", il Giorno delle forze armate, ha sempre attirato molti visitatori, interessati a scoprire gli interni di una vera caserma, magari accompagnati dalla stessa Inge che in quella giornata speciale amava mostrare la scuderia e le sue prodezze da cavallerizza. Ma di tutto questo non è rimasto più nulla. Gli Heberling devono traslocare in un appartamento in centro, nella Groner-Straße. Per Otto Heberling la perdita del rango così come del lavoro deve aver rappresentato una profonda ferita e inferto una pesante umiliazione, nonostante i suoi tentativi di tornare al mestiere originario di sellaio. Deve imparare ad adattarsi, trasformare la sua vita da soldato in una vita da civile. Dal campo di prigionia americano, però, Otto non torna solo con speranze infrante, ma anche con una grave infezione allo stomaco – probabilmente dovuta al cibo mangiato nel campo – che lo costringe a un lungo ricovero nell'ospedale di Gottinga.

Per Inge è come se si chiudessero tanti capitoli in una volta sola. La scuola, la vita protetta della caserma, un padre emigrato nella terra delle grandi opportunità, un secondo padre incontrato forse troppo tardi. Nonostante tutto la sua infanzia è stata bella, ma Inge sa che Gottinga è solo una tappa. C'è sicuramente qualcosa più in là. Molti suoi amici le hanno sempre riconosciuto una dote riassumibile in un'unica parola di origine yiddish, *chuzpe*. È una di quelle parole che racchiudono accezioni negative e positive insieme, come solo i lemmi più pregnanti sanno fare. Impertinente? Sì, sua mamma la definirebbe così, con una voce velata di affetto. Presuntuosa? Anche, quando si esibisce senza paura sul suo pony Fritz. Intuitiva? Certamente.

Inge per chi le sta intorno è sempre stata un'incendiaria, capace di entusiasmare le persone accanto a sé per realizzare l'idea che ha in mente.

Spavalda. Ecco, il suo maestro di ballo Otto Hack la definirebbe così. Ingemaus è spavalda. Non ha paura dell'audacia e non ha paura delle proprie idee.

Eccone un'altra. Ora è tempo di partire.

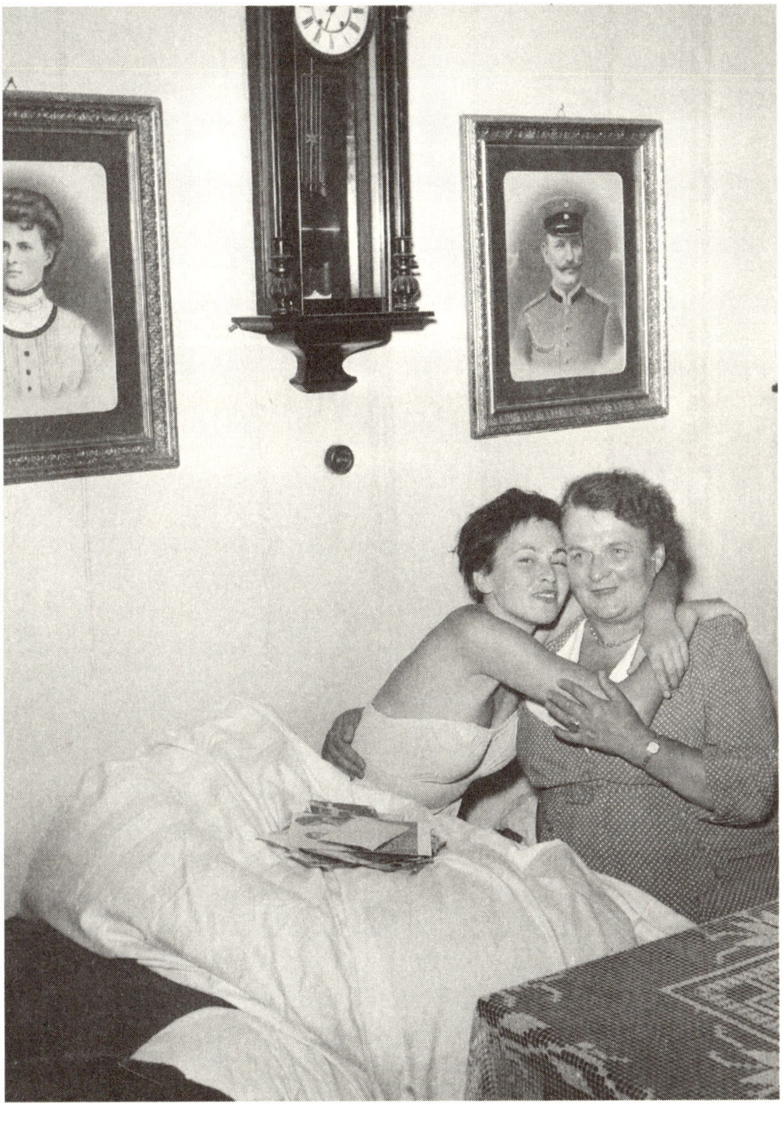

3.
Il lettino da campo

Un venerdì mattina di gennaio del 1950, l'aria è frizzante, ma non fa freddo, non buca la pelle. Inge si è piazzata su una strada subito fuori Gottinga. Oltre a una valigia e una borsa da viaggio, porta con sé anche la sua bicicletta gialla. Spera di trovare velocemente un passaggio verso nord. In prima battuta ha pensato al treno, ma non può permettersi il sovrapprezzo per la bici. Poco dopo si ferma un piccolo autocarro. Il camionista abbassa il finestrino e le chiede: "Dove è diretta?".

"Ad Amburgo," risponde Inge, come se fosse dietro l'angolo, mentre in punta di piedi cerca di scorgere il viso del guidatore.

"Va bene," sente rispondere, e un attimo dopo si trova davanti un corpulento camionista in canottiera, nonostante sia pieno inverno. L'uomo scende dall'abitacolo, afferra bici e valigia e le sistema con poca grazia sul pianale, non prima di aver scoccato uno sguardo sprezzante alla bicicletta gialla. Inge lo ignora e sale con la borsa in cabina, dove viene subito investita da un odore stantio, come se l'uomo lì dentro ci vivesse. Poi però allontana il disgusto, la voglia di fare un passo indietro, dire che ha cambiato idea, perché in quel miscuglio di afrori distingue l'odore di sapone, sudore e cuoio, i sentori della caserma, dei fine settimana durante i quali, insieme ai giovani soldati, puliva e lucidava con il grasso selle e finimenti.

Non può che essere un buon segno e allora addio Gottinga! Inge non può saperlo, ma quella sensazione che sta provando, come di un incantesimo che si realizza davanti ai suoi occhi, la incontrerà più volte nel corso della vita. Quella che sente è una gioia indescrivibile, ha l'intima certezza che la libertà, la sua libertà, sia a portata di mano. Che davanti a sé ci sia un futuro radioso, e che per raggiungerlo basti procedere lungo il presente, dove finalmente è giunta.

Il rapporto che ha con il tempo è peculiare. Qualche anno dopo, Inge dirà che lei ha sempre avuto occhi piccoli ma una memoria visiva molto forte. Il passato, per lei, è un luogo di cui si conserva un ricordo persistente, ma è *passato*, e per esso ci può essere, forse, gratitudine, anche solo per aver permesso di lasciarci alle spalle le privazioni della guerra. Il presente è il primo passo verso il futuro, dove a Inge piace vivere. Inge è grata di essere una sopravvissuta, di essere entrata in un'altra vita.

Fuori dal finestrino è un continuo alternarsi di campi coltivati e fitti boschi. Quel paesaggio Inge lo conosce perfettamente, ma ora la "ragazza perbene" della piccola città vuole tuffarsi, senza reti né protezioni, nel grande mondo di una vera città.

Alle sue spalle, Gottinga non fa che rimpicciolirsi, e insieme a lei sembrano allentarsi gli ultimi legami. Ha abbandonato la scuola un anno prima della maturità; quello che insegnano lì non le interessa, e allora piuttosto che essere solo una pessima allieva ha deciso di chiudere anche quel capitolo. La situazione economica della famiglia è tutt'altro che rosea. Trudel ha trovato lavoro presso il tribunale, è vero, ma ci sono anche i due fratellastri, Maren di dieci anni, e Olaf, di sei, da sfamare. I soldi non bastano mai. Inge deve andarsene, e lo fa.

Il camionista è piuttosto scontroso, risponde con dei grugniti alle domande della ragazza, che vuole sapere tutto delle strade che stanno percorrendo. Ma alla fine la cantilena del motore ha il sopravvento con il suo effetto soporifero. Nonostante ciò, lei non vuole addormentarsi e di nuovo tenta di attaccare bottone con il camionista, ma lui continua a non spiccicare parola, gli occhi fissi davanti a sé. Di tanto in tanto, però, a Inge pare che le guardi le gambe. O se lo sta solo immaginando? Forse avrebbe fatto meglio a mettersi un paio di pantaloni, pensa, mentre cerca di allungarsi la gonna colorata ancora più sotto le ginocchia.

"Quanto dura il viaggio?"

"Quattro ore tutte," risponde il camionista e addirittura accenna un sorriso. L'ultima innocua domanda di Inge sembra aver aperto uno spiraglio perché ora l'uomo si fa più loquace.

"Dove è diretta, esattamente? Amburgo non è mica una piccola città. Io vado al porto, devo caricare una spedizione che arriva dall'America e poi me ne torno subito a Kassel. Torna anche lei a Gottinga questa sera?"

"No, io resto ad Amburgo, è lì che abiterò e lavorerò in futuro."

"Non è l'unica ad avere questi sogni," le risponde lui.

"Sarà," replica Inge, "ma io settimana prossima inizio a lavorare come assistente in uno studio fotografico. Mi troverò un appartamento e vivrò lì per un po'."

"Complimenti, lei è una sveglia. Mi ero già fatto l'idea che lavorasse nella moda." E con la coda dell'occhio lancia uno sguardo all'unico lembo di pelle lasciato scoperto.

"È per come mi vesto?" gli chiede Inge, che senza accorgersene alza di un'ottava la voce.

"Per una che arriva da Gottinga, in modo piuttosto vistoso," farfuglia lui.

A questo punto è Inge che lo squadra. "Una grande città richiede un altro abbigliamento. E poi non voglio sgualcire le due cose più belle che ho. Non penso che nei primi tempi avrò molte occasioni per mettermi a stirare."

Comunque, continua Inge, se la lascia vicino all'Alster, le fa un grande favore. Non conosce la città, sa solo che l'atelier fotografico di Rosemarie Pierer, dalla quale inizierà a lavorare il lunedì successivo, si trova a Eppendorf, a quanto pare un quartiere residenziale, per l'appunto vicino all'Alster. Una volta in zona chiederà informazioni. E per il resto c'è la bicicletta, con quella arriverà velocemente a destinazione.

"Va bene, facciamo così," risponde il camionista. "Mi chiamo Max."

"Inge."

E restano in silenzio per il resto del viaggio.

Due ore più tardi Inge Schönthal, neanche vent'anni, si ritrova con una borsa, una valigia e la bicicletta gialla sul Mundsburger Damm. Fa un respiro profondo – aria di città, di una grande città –, ma anche odore di mare, le sembra.

"Come arrivo all'Alster?" chiede a una donna che le passa accanto.

"Se percorre questo argine, arriva direttamente alla Sechslingspforte e si ritrova sull'Alster esterna."

Inge segue le indicazioni e una volta al fiume si siede sul prato che fiancheggia l'acqua. Qui l'Alster esterna si allarga, e poi va a finire nell'Elba. Adesso è davvero lontana da casa.

Manca poco alle 16. La madre le ha preparato due panini con burro e paté di vitello e del tè in una vecchia borraccia termica. E ora? Inge si siede su una panchina e comincia a mangiare. Mai panini le sono parsi più buoni. È nostalgia quella che la sta già assalendo? Olaf e Maren in quel momento stanno sicuramente tornando a casa da scuola. Forse li ha salutati troppo velocemente quella mattina. È che si è svolto tutto così in fretta. I fratelli sono scappati via di corsa. La madre ha pianto un po', poi l'ha presa tra le braccia e ha detto: "Ingemaus, ce la farai. Fatti viva presto".

Rosemarie Pierer, di dodici anni più grande di Inge, ha aperto il suo primo studio fotografico a Gottinga, nell'immediato dopoguerra. Chiamarlo studio è un generoso complimento. È talmente piccolo che la camera oscura è stata sistemata in un vecchio armadio. Inge ha conosciuto Rosemarie Pierer dai Meyerhoff, una famiglia agiata di giuristi che viveva in una delle ville del quartiere residenziale a nord del centro storico di Gottinga. Pierer era di casa dai Meyerhoff e a un certo punto anche Inge aveva iniziato a frequentarli per via di Günther, che era sposato con una delle figlie.
Günther era uno di quegli strampalati professori di Fisica disinvolti nel ballo che allietavano le serate di Inge e Gassy. Inge, allora appena sedicenne, lo trovava decisamente bizzarro e questo ai suoi occhi lo rendeva un uomo curioso. A quanto si diceva, il professore si era follemente innamorato di lei e, nonostante avesse già una moglie, non perdeva occasione per corteggiarla. Si era messo in testa di insegnarle a giocare a tennis, ma non c'era stato nulla da fare perché Inge per quello sport era veramente negata, e allora ecco che per continuare a flirtare con la giovane ballerina non gli rimaneva che aspettare i pomeriggi a casa Meyerhoff, che presto si erano trasformati in un ritrovo per i ragazzi di Gottinga. Era Lola, la più giovane delle figlie dei Meyerhoff, una vera bellezza, corteggiata da tutti, un tantino capricciosa e famosa per i suoi *rencontres*, come si usava chiamare i party, che organizzava nei saloni della villa di famiglia. Lì si ritrovava la Gottinga che vestiva all'ultima moda, prendendo ispirazione dai soldati americani e inglesi che passeggiavano per il centro storico. I ragazzi avevano scarpe a punta, brillantina sui capelli e il pettinino sempre a

portata di mano. Le ragazze, invece, prediligevano vestitini colorati e scarpe décolleté per uno stile che poco tempo dopo sarebbe diventato un genere, il Rockabilly. Invidiatissimi erano poi quelli che esibivano un paio di occhiali da sole Ray-Ban, magari regalati loro da qualche G.I.: li portavano orgogliosamente giorno e notte. Anche a Gottinga stavano arrivando gli anni cinquanta e per la squattrinata Inge quei pomeriggi in casa Meyerhoff erano come entrare in una fiaba.

Per tutta la sua vita Inge si è tormentata attorno a una domanda: esiste davvero il caso o la nostra esistenza è semplicemente costellata da normalissimi eventi di cui basta cogliere il senso?

Quale che sia la risposta, l'incontro con la fotografa Rosemarie Pierer è sicuramente un evento che le ha cambiato la vita.

In uno dei tanti pomeriggi a casa Meyerhoff, Rosemarie si era avvicinata a Inge e le aveva chiesto se fosse interessata a farle da assistente nello studio fotografico che nel frattempo aveva spostato ad Amburgo. Gottinga era ai margini del mondo e Berlino, in macerie, dopo il Secondo conflitto mondiale non era più la capitale tedesca dei media, Amburgo l'aveva spodestata. Era lì che si stavano insediando nuovi quotidiani, settimanali, riviste, agenzie di stampa e di pubblicità.

"Fotografia?" aveva detto Inge.

Fino a quel momento non aveva mai pensato alla fotografia, né tantomeno a un lavoro in quell'ambito. Ma quella proposta caduta dal cielo aveva il sapore dell'opportunità. Un po' di soldi, una città in fermento, persone interessanti da conoscere.

"Fotografia?" aveva ripetuto Inge. "Perché no!"

Ed eccola Inge, un paio di mesi dopo, un venerdì sera davanti a una bianca villa anseatica Jugendstil. Sulla targhetta c'è scritto STUDIO PIERER. Sono passate due ore da quando si è seduta su quella panchina e l'appuntamento con la fotografa è per le 18. Inge non resiste più, anche se leggermente in anticipo suona al campanello.

Rosemarie Pierer sale la stretta scala a chiocciola che arriva dalla cantina e va ad aprire.

"Inge, che bello, sei arrivata!"

Le due donne si abbracciano.

"Ho fatto un viaggio avventuroso a bordo di un camion. Non sai quanto sono felice di essere qui," le dice Inge.

"Dai, vieni che ti mostro dove dormirai. Non aspettarti un granché, ma credo che per i primi tempi possa bastare."

Inge avrà a disposizione un lettino da campo installato nello spazio antistante la camera oscura, dove fra le altre cose Rosemarie tiene anche i reagenti. La nuova assistente avrebbe potuto impiegare quel vecchio baule a mo' di armadio per i suoi vestiti e, se non fosse bastato, alle pareti spoglie alcuni appendiabiti avrebbero fatto al caso suo.

"Ma è fantastico," commenta Inge.

"Purtroppo non c'è il bagno, dovrai accontentarti del lavandino della camera oscura. Ma puoi venire da me una, due volte la settimana per fare la doccia. Il gabinetto, invece, è di sopra."

"Ma è fantastico," ripete Inge.

Rosemarie, infine, le consegna un mazzo di chiavi. "Adesso questa è un po' casa tua."

Oltre la soglia dello studio Pierer c'è tutto un mondo da scoprire e Inge ha intenzione di farlo alla sua maniera, prendendo la bici e pedalando alla scoperta della città, direzione porto.

"E sabato sera? Cosa fai? Pedali ancora?" le chiede Rosemarie, che non lascia tempo a Inge di capire se si tratta di una battuta o di una provocazione. "Sabato c'è l'incontro annuale dei pubblicitari e grafici di Amburgo. Ci saranno sicuramente tante persone interessanti. Se ti va..."

Inge accetta senza pensarci due volte.

Sembra che i pubblicitari, i grafici e i giornalisti più alternativi e radicali del mondo dei media si siano dati convegno alla Deutsche Presse-Agentur (Dpa), la più importante agenzia di stampa tedesca, che ha ripreso a lavorare nell'autunno del 1949 e che si trova proprio a due passi dallo studio fotografico. Si chiacchiera e si spettegola, si beve e si fuma molto fino alle prime luci dell'alba. Quella sera Inge scopre che nella cantina della grande villa un po' délabré della Dpa c'è anche una mensa. È un'informazione preziosa, visto che lì si può mangiare per meno di un marco.

Quella sera, all'incontro con i pubblicitari, Rosemarie le presenta un sacco di persone importanti dell'ambiente; alcuni nomi Inge li ha già sentiti. C'è un certo Rudolf Augstein, che un paio di anni prima ha fondato il settimanale "Der Spiegel" e che gira di qua e di là, emanando un'aura autorevole, quando non si scatena nei balli. E poi un tale importante, Axel Springer, che nel 1949 ha fondato l'"Hamburger Abendblatt" e nel 1952 la "Bild", il quotidiano popolare per definizione; anche lui è sempre in movimento, passa gesticolando elegantemente da un capannello all'altro, e alle giovani donne regala mazzetti di viole (Springer si attribuiva un pizzico di femminilità che secondo lui lo rendeva irresistibile).

Inge sente la testa che le scoppia.

Sdraiata sul suo lettino da campo, Inge non riesce a prendere sonno. L'euforia che ha provato fino a qualche ora prima è stata sostituita da un velo di irritazione che non si aspettava. Dove è capitata quella sera? In una vasca di pescecani o in un Eldorado? si chiede.

Amburgo è in preda a una sorta di febbre dell'oro, solo che al posto delle pepite ci sono giornali da fondare, riviste da lanciare, nuovi pubblici da scoprire. Non si fa altro che parlare di progetti innovativi. Tutti vogliono essere protagonisti di questo cambiamento. Non c'è editore che non stia ideando qualche nuova testata. I giornali locali si stanno attrezzando per diventare a diffusione nazionale. E poi ci sono i nuovi arrivati. Nel 1946 è uscito per la prima volta il settimanale "Die Zeit". Nel 1947 è stata la volta del settimanale di attualità "Der Spiegel", al quale un anno dopo si è aggiunto il settimanale illustrato "Stern". Un anno dopo ancora l'editore Springer pubblica, insieme all'editore John Jahr, "Constanze", un nuovo femminile tedesco. Si parla poi con insistenza di un rotocalco nazionale, che dovrebbe uscire di lì a poco. Non c'è città tedesca in cui si percepisca maggiormente l'arrivo di una nuova epoca. E a foraggiare tutto ci sono anche i miliardi di dollari messi a disposizione dall'European Recovery Program, il "Piano Marshall", varato nell'aprile del 1948 dal Congresso americano a favore della ricostruzione del Vecchio continente e in particolare della Germania.

L'ubriacatura iniziale di Inge comincia a trasformarsi in nausea. Tutte le persone con cui ha parlato, si rende conto, hanno usato le stesse parole enfatiche: fantastico, facile, a portata di mano. Ma Inge non riesce a togliersi dalla testa quella sensazione di aver conosciuto tanti giovani dinamici e brillanti, ma anche un po' vuoti e alcuni un tantino ottusi. Il giudizio che dà su quella serata è lapidario e venato di una certa dose di sicurezza nel farsi un'idea delle persone alla prima stretta di mano, o almeno dopo le iniziali battute di circostanza. A Gottinga, negli anni dell'adolescenza, l'ambiente culturalmente effervescente l'ha messa in contatto con grandi intelligenze, come quelle della cerchia dei giovani fisici. È un periodo in cui le battaglie si vincono a colpi di arroganza intellettuale e non con lo sfolgorio di un vestito nuovo. Inge inconsciamente impara a giudicare, senza per questo negare a se stessa il desiderio di averne almeno un po', di quello sfolgorio. Sono tempi in cui conquistare il mondo sembra la cosa più facile da fare.

Inge è un po' ingenua, presuntuosa? Sì, e lei non lo negherebbe mai, perché sono le qualità che le hanno fatto capire che, nonostante tutto, lì ad Amburgo sta succedendo qualcosa di importante. Soprattutto per i giovani si stanno aprendo moltissime opportunità professionali. Sulla scia della ricostruzione, durante il primo periodo dell'era Adenauer, il paesaggio mediatico sta radicalmente cambiando e per farne parte bisogna cogliere l'attimo.

Il motore del cambiamento, però, dovrà essere soprattutto femminile. Com'è possibile, si chiede Inge, che quella sera a presentarsi a lei come futuri capitani d'industria siano stati solo maschi giovani e compiaciuti?

Inge diventa il braccio destro di Rosemarie Pierer e comincia il suo apprendistato. La Pierer si è insediata da poco ad Amburgo, e questo dà a Inge l'opportunità di seguire da vicino come si avvia e gestisce un'attività indipendente. Inoltre sarà l'occasione per acquisire solide basi fotografiche. I compiti che le vengono affidati sono molteplici: c'è la volta che deve trovare la location per una nuova campagna pubblicitaria, e un'altra in cui è a caccia di volti per un casting fotografico. Le riprese in studio, l'uso dei più svariati oggetti per le foto pubblicitarie le insegnano a impiegare correttamente le luci. E infine, anche se i dettagli tecnici non l'hanno mai veramente interessata, impara a usare le diverse apparecchiature fotografiche: da quelle professionali di grande formato a quelle piccole, molto più maneggevoli e da poco sul mercato. Impara a lavorare in camera oscura, si esercita negli ingrandimenti e a stampare su carta baritata, che esalta i bianco e nero e la profondità delle immagini.

Ma anche se queste due donne giovani, attraenti e capaci non passano inosservate nell'ambiente, gli affari languono. Spesso mancano i soldi per buttarsi in progetti più grandi, che potrebbero garantire guadagni più cospicui, e almeno all'inizio le idee non sono propriamente a fuoco. Così le descrive, qualche anno più tardi, John Jahn, giornalista di "Constanze" e quasi omonimo dell'editore della rivista stessa.

>Arrivavano da Gottinga. E io non dirò nulla contro quella città e nemmeno contro i suoi abitanti. Quel che c'era da dire l'ha già detto Heinrich Heine, e nel frattempo è passata molta acqua giù per la Leine e sotto il Gänselieselbrunnen. Arrivavano da Gottinga, una città nella quale si vive bene, ma solo per chi vola alto. Una città per poeti e studiosi. Professori democratici, come i "Göttinger Sieben" – tra cui i Fratelli Grimm, quelli delle fiabe –, erano stati invece licenziati. Per non parlare dei giornalisti famosi. Il più famoso di tutti venne cacciato dall'università, di punto in bianco. Si chiamava: Heinrich Heine.
>Anche alle nostre future giornaliste Gottinga era risultata troppo stretta, e se ne erano andate, loro però liberamente. E si erano subito dirette, viaggiando ovviamente per autostop, ad Amburgo, la porta del mondo. Il che dava già l'idea di quanto fossero grandi i loro propositi.
>Eccole dunque in una grande stanza, affittata loro da una bonaria anziana signora, una stanza che fungeva da soggiorno, stanza da letto, sala da pranzo, cucina improvvisata, ufficio e atelier. Ma perlomeno avevano trovato una definizione accattivante, moderna per questo loro regno démodé. Parlavano del loro studio.
>Lungo una parete di questo studio polifunzionale – e che nonostante i mobili antiquati era allegro, moderno e spazioso – pendevano lunghe file di tende che servivano per fare prove di fotografie a colori.
>"Non vogliamo fare solo foto per la carta stampata, ma anche per l'industria. E fotografare queste tende è una delle nostre scommesse," dissero. (Era l'unica scommessa.) "E per una rivista" (che ha chiuso da tempo) "stiamo preparando un reportage."

"Su quale tema?" chiesi.
"Amburgo, la porta verso il mondo!" risposero le due con una nonchalance degna del reporter più rodato.
"Avete già fatto qualche foto?"
"Certo! Al porto!"
Me le portarono. Dal punto di vista tecnico erano indubbiamente buone, ma così noiose da farmi rabbrividire.
E dopo averne viste altre fui letteralmente sopraffatto dalla compassione per il loro fervore e la loro totale incompetenza. Così mi dimenticai completamente del motivo che mi aveva portato lì – fare un reportage su di loro – e mi misi a buttare giù insieme a loro un piano per un reportage su Amburgo, la porta verso il mondo.
Fu la prima volta che compresero che un reportage fotografico non può essere semplicemente un insieme di scatti senza un filo conduttore. Un reportage richiede molte ricerche, valutazioni. Mettemmo nero su bianco ogni singolo soggetto da fotografare – o, come direbbe il professionista, ogni inquadratura – e discutemmo della descrizione dell'immagine. Per i fotografi dilettanti la descrizione di un'immagine è talmente marginale che il più delle volte non le dedicano nemmeno un pensiero. Di norma si limitano a scrivere "Anziano pescatore", "Il mercato davanti al municipio di Amburgo", "Gigante dell'oceano sull'Elba inferiore" ecc., convinte che tanto tutto il resto il lettore lo evinca dalla foto stessa. È vero che per foto di genere, pubblicitarie e per dépliant, questo tipo di descrizione può bastare. Una fotografia per i giornali, invece, diventa interessante solo con l'aggiunta di informazioni, e più ce ne sono meglio è. Il redattore incaricato di lavorare l'immagine vuole e deve sapere il più possibile, per trasformare quello scatto in una notizia. Ed è per questo che per la stampa, la "foto più bella" non è tanto la migliore, quanto quella che trasmette più contenuti.
[...]
Nelle settimane successive proseguimmo queste chiacchierate, ora già con dei lavori in mano. Spesso, quando telefonavo, mi sentivo rispondere: "Le signore sono in giro a fotografare". Al-

lora sapevo che stavano girando in autostop per la Germania o i paesi confinanti, per fotografare e scrivere reportage, che a un certo punto cominciarono a suscitare anche l'interesse di grandi redazioni. Il ghiaccio era rotto.

Per arrotondare, Inge di tanto in tanto posa per fotografie di moda. Con i suoi capelli corti che ne esaltano gli zigomi alti, gli occhi e soprattutto il sorriso radioso, assomiglia a Leslie Caron, la ballerina e attrice francese che proprio in quel periodo sale alla ribalta con *Un americano a Parigi*, e quindi gli ingaggi non mancano. Tutto questo la coinvolge, la appassiona, ma sa benissimo che il suo futuro non è rinchiuso dentro uno studio fotografico; lo sa fin dall'inizio, quando se ne è andata da Gottinga in direzione centro del mondo. È anche per questo che Inge non perde l'abitudine di saltare in sella alla sua bici gialla e di andare al porto, come ha ricordato il giornalista John Jahn.

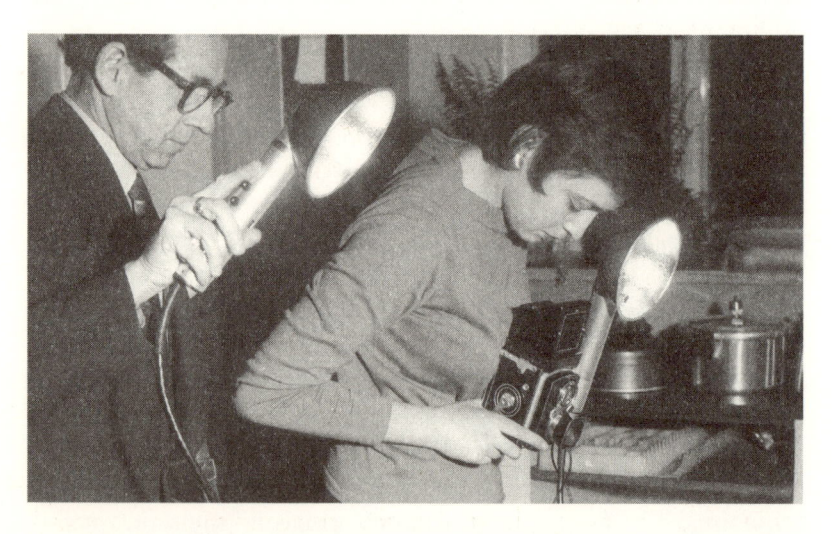

L'arrivo e la partenza continui di grandi navi mercantili e passeggeri le riaccendono l'irrequietezza che la abita sin dalla fine della guerra. Come sarà la vita dall'altra parte dell'oceano? Cosa succede laggiù? Per ora tutto quello che può fare è alimentare quell'irrequietezza, darle linfa e fiato e sudore, così che non si disperda. C'è spazio solo per un'altra domanda: Väti vive ancora a New York?

E poi al porto c'è una miriade di soggetti interessanti. Chi sbarca o chi sale su quelle navi, o chi semplicemente bighellona per quei moli, porta su di sé una storia unica da raccontare, e Inge con la sua Rolleiflex si esercita a narrare tutta la vita che le passa davanti. Quando c'è luce si muove più agile, vista la maneggevolezza della fotocamera, ma non rinuncia agli scatti serali nonostante il flash a quell'epoca sia ancora un aggeggio piuttosto ingombrante.

Nei mesi successivi la liaison professionale tra Inge e Rosemarie si fa solida. Inge potrebbe fare carriera nel campo della fotografia pubblicitaria a fianco di Rosemarie, che, superate le difficoltà iniziali, diventa una delle fotografe più stimate in questo ambiente e successivamente si impone in quella attività a tutto campo.

Ma Inge vuole di più. Il ruolo di assistente inizia presto a starle stretto e l'appartamento senza finestre ha smesso di essere così fantastico come la prima volta che l'ha visto.

Lei e Rosemarie, poi, sono troppo simili, anche se forse non lo ammetterebbero mai. Soprattutto per quanto riguarda gli spigoli che non si vogliono o non si possono smussare. Scoppiano i primi litigi e le prime incomprensioni, l'aria si fa più pesante e non solo per colpa dei reagenti chimici accanto ai quali Inge è costretta ad addormentarsi ogni sera.

È di nuovo il caso a imprimere una svolta. E sceglie un sabato del 1951. È una sera di inizio primavera e Inge è di nuovo al porto di Amburgo a caccia di qualche volto. Macchina fotografica, flash e treppiede a tracolla. A un certo punto, all'altezza di un incrocio, le si affianca una cabriolet Borgward Hansa 1800 bianca. Dal finestrino si sporge un tipo sulla quarantina, capelli impomatati, pettinati all'indietro e occhiali da sole nonostante la luce sia sparita da un pezzo. Le chiede: "È una fotografa?". Domanda retorica, visto come è bardata Inge, ma forse non è la prima volta che l'uomo la vede in azione.

"Diciamo che ci sto provando, perché?"

Lui le dice che è alla ricerca di giovani fotografe per la sua nuova rivista femminile. Non le andrebbe di passare lunedì mattina in redazione portando anche qualche scatto? Poi le porge un biglietto da visita e si dilegua. Sul biglietto si legge Hans Huffzky, caporedattore di "Constanze", la rivista espressamente progettata per un pubblico femminile e che sta spopolando in edicola. La sede si trova praticamente dietro l'angolo dello studio fotografico. Inge quasi non ci crede. Ci sarà da fidarsi di quell'uomo che l'ha abbordata in quel modo? L'unica maniera per scoprirlo è mettersi al lavoro. Passa il fine settimana in camera oscura per assemblare un portfolio decente. Sceglie tra le foto che le piacciono di più, ne stampa quasi due dozzine.

Lunedì mattina Inge si trova davanti alla villa dove da poco si è insediata la redazione di "Constanze". Come al solito è arrivata prestissimo, addirittura prima degli impiegati, ma la cartelletta con le foto quasi le brucia tra le mani e allora suona; per fortuna qualcuno alla reception è già al lavoro, e viene accolta da una signorina gentile.

"Il signor Huffzky non è ancora in sede, e alle 9 sarà impegnato con la riunione di redazione. Non potrà riceverla prima delle 10. Aspetta qui o preferisce passare più tardi?"

"Aspetto."

Accanto alla reception ci sono due sedie a sbalzo Breuer e un tavolino con una mazzetta di giornali e di riviste. Inge si mette a sfogliare l'ultimo numero di "Stern", quand'ecco arrivare il signor Huffzky.

"Ah, bene, è già qui," la saluta e le dice di avere ancora un appuntamento con l'editore e poi un breve incontro con i caporedattori: "Ma tra poco sono da lei". Fa accompagnare Inge in una piccola sala riunioni, e chiede alla receptionist di preparare un caffè per la giovane fotografa. Lì, posati su un tavolo, ci sono numerosi volumi fotografici, mentre dalle pareti pendono bellissime stampe racchiuse in passe-partout e cornici nere. Sono tutte di fotografi di fama, le spiegherà poco dopo Huffzky.

Inge appoggia la scatola Ilford con le sue stampe sulle gambe e afferra un piccolo volume. Parla di un'agenzia che si chiama Magnum, il nome lo ha già sentito ovviamente. È però la prima volta che legge i nomi di Robert Capa, Henri Cartier-Bresson, David Seymour, Werner Bischof e George Rodger. Nella prefazione il francese Cartier-Bresson spiega la sua teoria sul momento decisivo – *le moment décisif*. La caccia. L'istinto. La supremazia dell'intuito sulle conoscenze teoriche e tecniche. Appostarsi e scattare nel momento giusto, decisivo, per imprimere sul taccuino della macchina fotografica quello che l'occhio ha già visto. Ciò che viene descritto in quell'articolo non c'entra niente con la professione di paparazzo, però. Non c'entra niente con l'appostarsi per ore in attesa che passi una celebrità. È la stessa differenza che corre tra un safari al riparo della propria vettura e un'avventura nelle terre selvagge.

Epifania o rivelazione. Per Inge leggere quelle righe proprio lì, in attesa del direttore di una delle riviste più dinamiche dell'epoca, è la conferma che aspetta da un po': sto facendo la cosa giusta. Forse in quel momento nasce anche il turbamento che Inge si porterà dietro per sempre: l'apparente incompatibilità tra gli istanti decisivi che costellano la vita e la casualità che ci mette sul loro cammino. Ma esiste davvero questa incompatibilità?

Inge scuote la testa. Sul tavolo c'è anche un leporello, una sorta di dépliant che si apre a fisarmonica. Pubblicizza la prima esposizione mondiale di fotografia, che si terrà l'estate successiva in Svizzera, a Lucerna. Un pieghevole parla invece di un progetto fotografico internazionale il cui tema è "The Family of Man". L'idea è di un certo Edward Steichen di New York, che tra un paio d'anni vuole farne una mostra itinerante. In quelle poche pagine c'è un mondo.

Inge ha le vertigini, è la stessa sensazione che ha provato quando Rosemarie l'ha portata con sé alla serata dei pubblicitari. Le sembra di essere finalmente giunta al cuore di quella ricerca che da mesi la spinge a inforcare la bicicletta e andare a caccia di immagini. Si sente assalire da un'urgenza e una curiosità quasi incontenibili, insieme ai dubbi che non l'hanno mai abbandonata negli ultimi tre giorni. Sono abbastanza brava?

Scorre velocemente le stampe che ha portato con sé. Forse farebbe meglio ad andarsene, a tornare quando sarà veramente convinta delle sue foto.

Invece resta. E da lì a poco giunge, di ottimo umore pare, Hans Huffzky con al seguito un collega. "Eccoci. Mi può ridire il suo nome?"

"Inge Schönthal."

"E questo è il mio vecchio amico Armin Schönberg. È il grafico e responsabile dei layout. Immagino non abbia nulla in contrario se dà anche lui un'occhiata ai suoi lavori. Su, faccia vedere."

Schönberg libera il tavolo. Inge apre la scatola Ilford e dispone ordinatamente i due servizi fotografici. Il primo è incentrato sulle navi mercantili, l'altro sulle navi passeggeri. In una pausa tra una stampa e l'altra, Inge era uscita dalla camera oscura e si era procurata alcuni numeri di "Constanze", li aveva studiati, aveva cercato di cogliere un criterio estetico che potesse farle da guida per la selezione delle foto. Ecco allora il senso di quella scelta. I due set devono raccontare due storie. Non è proprio Cartier-Bresson ad affermare che la sua macchina fotografica non è altro che un taccuino?

Alla sinistra di Inge c'è Huffzky, alla sua destra Schönberg. Sono piegati leggermente in avanti, sembrano guardare con la massima concentrazione le fotografie. Il silenzio è assoluto. Inge, in piedi, osserva le nuche dei due uomini, cerca di interpretare i micromovimenti della pelle che si contrae e si rilassa. Un buon segno? Oppure ha sbagliato tutto?

I corpi dei due uomini riacquistano la posizione eretta, vanno a sedersi. Il primo a parlare è Huffzky, e Inge ha l'impressione che sia un po' riluttante: "Be', è un buon lavoro. La messa a fuoco non centra sempre l'obiettivo, ma, cara Inge, lei ha indubbiamente talento e soprattutto fiuto per la composizione".

Non serve essere scafate donne di mondo per sapere che questo è solo il prologo. Huffzky si lascia andare contro lo schienale della sedia. È in arrivo la batosta.

"Mia cara, nulla contro le gru, i mercantili, le navi passeggeri. Ma dove sono le persone? Lei deve fotografare le persone. La gente si interessa alle persone, anche le lettrici di 'Constanze'. Voglio vedere le persone."

Nel frattempo Schönberg si è chinato di nuovo sulle stampe, ne sta osservando una in particolare con una lente. Poi si rialza e fa sì con la testa, ma solo per sottolineare che anche lui è d'accordo con quanto appena detto da Huffzky.

"Ecco, qui," dice e punta il dito alla foto che stava osservando poco prima, "qui lei fotografa i passeggeri che si stanno imbarcando. Perché non si è avvicinata di più? In ognuno di quei volti c'è un destino particolare, in ogni volto un'altra storia. È questo quello che vogliono vedere i lettori. Concordo pienamente con Hans. E sono convinto che lei sia in grado di farlo. Deve solo avvicinarsi di più."

Le storie. Il racconto. La narrazione. Non è quello che ha sempre cercato di fare?

Dove ho sbagliato?

Devo avvicinarmi di più?

Quei due uomini hanno finito di torturarla?

"Non si preoccupi, ce la farà," dice Huffzky come se le avesse letto nel pensiero. "Ho visto che prima stava sfogliando il volume della Magnum. Se lo porti a casa e legga attentamente lo scritto di Cartier-Bresson. Lì sta la chiave di volta di ogni buona fotografia."

Inge ringrazia, tiene per sé il fatto che aveva già cominciato a leggerlo e poi ringrazia di nuovo per l'opportunità che le hanno concesso.

"E se non è troppo, posso prendermi il nuovo numero di 'Constanze' all'ingresso?"

Non le sembra possibile, ma l'incontro è durato solo venti minuti e adesso è di nuovo fuori dalla casa editrice. Pochi minuti prima, attraverso le parole di un grande fotografo, è riuscita a dare un nome alla sua propensione verso le cose della vita, e adesso le sembra di essersi giocata il momento decisivo.

Fino alla redazione di "Constanze" è venuta a piedi, e così decide di fare una breve passeggiata lungo l'Alster prima di tornare in studio. Deve ancora inventarsi una scusa da rifilare a Rosemarie, visto che non le ha detto che quella mattina si sarebbe assentata. È quasi mezzogiorno. Potrebbe andare alla mensa della Deutsche Presse-Agentur e mangiare un boccone. Di certo ci avrebbe trovato anche Rosemarie. Ultimamente sembra che tutti i pubblicitari e i fotografi della città si diano convegno lì. E non solo perché non si spende quasi niente.

La mensa è diventata il vortice dentro il quale lasciarsi cadere nella speranza che tra le chiacchiere, i pettegolezzi, le improvvisate riunioni di lavoro nasca qualcosa di veramente interessante. Sempre più spesso capitano anche corrispondenti americani e inglesi. In teoria ci vorrebbe un tesserino di giornalista per entrare. Nei fatti basta conoscere qualcuno che ce l'ha e si accede senza troppi problemi.

Inge si siede ancora un attimo sulla riva dell'Alster. Solo l'anno scorso, pensa, ero seduta sull'altra sponda di questo fiume che scorre placido, e mangiavo un panino al paté di vitello che mi aveva preparato la mamma. Sono mesi che non torna a Gottinga. Della sua amica Gassy non ha più notizie. Nell'ultima lettera lei le ha detto di aver fatto la maturità e di volersi iscrivere all'università. E chissà che combinano i fratellini, il piccolo Olaf e Maren! In quest'anno sono successe così tante cose. E tutto è filato liscio, tanto liscio che c'è quasi da preoccuparsene. Inge non sa se è quello il sogno della sua vita. Fino a poco tempo prima non sapeva di avere occhio per la fotografia e anche adesso non è così certa di quello che sta facendo. La fotografia però può portarla lontano. Magari dall'altra parte dell'oceano.

Avrei dovuto essere più risoluta, pensa Inge, dovevo essere io a raccontare la storia di quelle foto e non loro a rinfacciarmi che non esistesse. O sono stata solo un po' frivola? D'altro canto è stato Huffzky a rivolgermi la parola per strada.

Speriamo si faccia vivo.

Nei giorni successivi Inge raccoglie informazioni più precise su Huffzky. Nell'ambiente della Dpa parlano di lui come di un vero giornalista purosangue, esigente fino a essere maniacale, ma anche grande *charmeur*, pieno di ironia e con forte senso estetico. Nato a Dresda nel 1913, sin da giovane ha dimostrato talento nella scrittura. Inge viene a sapere che a metà degli anni trenta si è trasferito a Berlino come giornalista freelance, con varie collaborazioni nella pubblicistica femminile e che ha anche frequentato circoli intellettuali orientati a sinistra. Dopo la guerra, con l'editore John Jahr, aveva messo a punto il progetto di "Constanze", apparso nel marzo del 1948. L'idea era di portare uno squarcio di colore nel grigiore quotidiano di milioni di potenziali lettrici (anche grazie al fatto che la rivista sarebbe stata una delle prime stampate in quadricromia), farle uscire dal loro isolamento, rompere con il cliché della donna tutta casa e famiglia, e proporre una formula nuova, non più da rotocalco con brutte foto paparazzate di re e principesse, ma moda, servizi di costume aperti al mondo, cinema, feuilleton, cura del sé. Un prodotto commerciale e apolitico che doveva tenere sempre l'asticella una spanna sopra il tradizionale gusto piccolo-borghese tedesco. E ora le vendite di "Constanze" sfioravano il mezzo milione di copie a ogni numero…

La verità è che Inge è assolutamente d'accordo con le critiche che le hanno mosso Huffzky e il grafico durante il loro primo incontro. Quello che conta in una fotografia sono le persone, il loro modo di vivere, le diverse culture, i diversi destini. Ma perché diamine allora ha portato i reportage che ha fatto al porto? No, non sarebbe andata nella mensa della Dpa, oggi proprio non li tollererebbe tutti quei pavoni. Ciò di cui avrebbe bisogno adesso sarebbe un bel giro di valzer, magari con uno dei "suoi fisici" di Gottinga, che nonostante le loro menti eccellenti sarebbero stati troppo impegnati a guardarsi i piedi e l'avrebbero lasciata a volteggiare libera da ogni pensiero.

Inge decide di tornare in studio, vuole sfruttare la pausa pranzo per rivedere i provini a contatto, forse tra i negativi che ha scartato perché troppo sovraesposti si nasconde qualcosa di interessante. E scopre di avere tantissime foto con persone. Se Huffzky non le dà notizie entro un paio di settimane, gli farà avere un nuovo portfolio pieno di storie e di facce. Intanto questo fine settimana si sarebbe messa a caccia di personaggi curiosi. "Ce la farò," pensa. Non ha nessuna intenzione di farsi ricacciare indietro. Ora però deve affrontare Rosemarie. Ma è sicura che capirà, e poi non è che lei si faccia tanti problemi quando c'è da afferrare al volo un affare. Dovrà essere gentile ma ferma, perché quello è un momento decisivo. Poi, all'improvviso, le viene in mente una cosa. Da lì a pochi giorni ha in programma di partire per Parigi, proprio con Rosemarie. Come ha fatto a dimenticarsene? Tutta questa faccenda di "Constanze" le ha fatto perdere la testa.

L'occasione per il viaggio in Francia è nata poco tempo prima. Erano alla mensa della Dpa, quando all'improvviso era entrato un uomo che aveva attirato la loro attenzione. La mensa era costantemente popolata da tipi strani, ma questo spiccava. Alto, di bell'aspetto, tuttavia dava l'impressione di essere appena sceso da un camion dopo un lungo viaggio e che poi si fosse messo addosso la prima cosa che gli era capitata sotto mano. Il completo di tweed aveva dei colori bellissimi, peccato che gli stesse da cani, era tagliato malissimo ed era tutto stropicciato. L'impressione istintiva di Inge troverà conferma poco dopo quando Ulrich Mohr, questo il nome dell'uomo, si avvicinerà alle due ragazze per presentarsi. È un reporter fotografico che lavora soprattutto all'estero, e su "Quick" – la prima rivista pubblicata in Germania dopo la Seconda guerra mondiale, che si occupava principalmente di notizie di costume – era appena uscito un suo servizio su un viaggio in India. Aveva girato il paese per quasi un anno. Prima di tutto questo, però, Mohr aveva prestato servizio nella Marina tedesca durante la Seconda guerra mondiale e su di lui circolano tante voci, tra cui quella di un suo ammutinamento a bordo di un sommergibile verso le coste del Sud America.

Ulrich Mohr, a quanto pare, si era letteralmente invaghito di Inge, e se fosse dipeso da lui si sarebbero messi anche insieme. Inge però era molto più interessata a un'amicizia con un professionista con tanti viaggi alle spalle, non si sa mai che un giorno avrebbero potuto lavorare insieme.

Mohr possedeva una sua casa di produzione, la Drei Mohren, che faceva anche da agenzia fotografica. Inoltre disponeva di una rete di contatti che per i tempi era davvero notevole. E non si trattava solo di contatti tedeschi. Dalle chiacchiere erano passati presto a fantasticare su progetti, e un giorno Mohr si era presentato allo studio comunicando che da lì a poco, nel mese di giugno, sarebbe partito per l'estero, prima per Parigi e poi per Londra. Sapeva che Inge e Rosemarie desideravano fare un reportage sulla moda parigina del momento. "Se vi va di accompagnarmi…" Inge aveva detto subito di sì, era un'occasione che non voleva farsi scappare. Rosemarie si era riservata di capire se poteva ritardare la consegna di un paio di lavori. Infine aveva accettato anche lei.

Il giorno della partenza per la Francia, Uli – così in molti chiamano Ulrich Mohr – passa a prenderle con il suo Maggiolino, lasciando intendere che non si mettano in testa di portare con sé bauli di vestiti e cappelliere. Inge e Rosemarie lo aspettano sulla soglia, cariche sì, ma di treppiedi e attrezzature per le luci. Il bagaglio personale si riduce a due piccole valigie. Uno stupito Mohr fa accomodare Rosemarie sul sedile davanti, mentre Inge, in quanto "mezza porzione", come lei stessa si definisce, può starsene tranquillamente accoccolata tra le borse da viaggio dallo stile esotico che Mohr ha acquistato in chissà quale avventura al Cairo. Inge non fa storie, anche se quelle borse puzzano parecchio.

Inge si è premunita di avvertire Huffzky che si sarebbe assentata per una decina di giorni. Il direttore non si è ancora fatto sentire, ma non si può mai sapere.

Il viaggio è stupendo. Ogni tanto Mohr, anche in piena notte, si ferma per fare qualche scatto, perché gli è stato commissionato un servizio notturno lungo la Route nationale tra Magonza e Parigi, da poco aperta. Per Inge quel viaggio è una prova generale: non le dispiacerebbe, un giorno, viaggiare a caccia di scatti d'autore. Intanto prende appunti, annota impressioni, consigli per quello che verrà. È la prima volta che lascia il suo paese. Anche se non vede l'ora di superare quella frontiera, la dogana tra la Germania e la Francia un poco la spaventa. E se Mohr e Rosemarie appaiono rilassati e addirittura di buon umore mentre espletano le lunghe pratiche burocratiche, Inge se ne sta rannicchiata sul fondo del Maggiolino, tesissima. Durante il viaggio, Ulrich le ha insegnato qualche parola di francese – "Oui, non, monsieur, merci" –, il minimo necessario per la sopravvivenza. "Oui, non, monsieur, merci," continua a ripetere Inge a mezza voce, mentre stringe in mano i franchi francesi acquistati al mercato nero.

Per fortuna va tutto liscio.

Infine: Parigi. Così scrive Inge sul suo taccuino.

Una Parigi tutta illuminata. Notre-Dame, l'Arc de Triomphe, Place de la Concorde. Ci gira la testa da quanto abbiamo da fotografare. Ogni due per tre saltiamo fuori dalla macchina, piazziamo il treppiede nel bel mezzo degli Champs-Élysées. Siamo avvicinate anche da due fotografi francesi che con fare da esperti vogliono sapere tutto sulla nostra fotocamera professionale Linhof. Ci offrono addirittura di comperarla, e a un prezzo astronomico, la tentazione di accettare è stata forte. Stiamo conquistando Parigi. Il tempo è tipicamente novembrino: c'è la nebbia e fa freddo! Usare le pellicole Agfacolor per riprese diurne è una pia illusione. Ma quanto sono fantastici quegli abiti che si vedono lungo Faubourg Saint-Honoré! Con le mie scarpe scalcagnate con la suola di gomma e i calzettoni a quadretti, mi sento piuttosto "boche". Gli sguardi rapiti degli uomini non possono dunque essere rivolti a noi, ma alla Linhof che, con il flash attaccato, ha un che di maestoso. Qualcuno mi racconta che le parigine sono poco o punto interessate alla tecnica e che qui non si vede mai una signora con in mano una macchina fotografica. E a proposito del termine "boche". Un giorno ci siamo ritrovati sulla macchina un bigliettino con scritto SALE BOCHE!! [sporca tedesca]. Molto charmant, no?

Il 21 giugno trova il tempo di spedire una lettera a "Papi" Otto, ricoverato in ospedale: qui in Francia tutto bene!

Parigi è un immenso viale costeggiato da *moments décisifs*. Ce ne sono talmente tanti che addirittura prendono forma umana e si rivolgono direttamente a Inge. Come due mannequin biondissime e originarie di Vienna che incontrano sul boulevard Saint-Germain. Una di loro sembra addirittura conoscere Inge.

"Ehi, ma tu non sei di Amburgo?"

Rosemarie e Inge non si fanno scappare l'occasione e le mettono subito davanti all'obiettivo per un piccolo servizio di moda. E così faranno anche i giorni a venire.

Un'altra volta, un reporter del "National Geographic Magazine", appena tornato dalla Grecia, le preleva letteralmente dalla strada e con la sua Packard Clipper, un catafalco, le porta a fare un lungo giro per gli arrondissement parigini. Il tour finisce davanti a un negozio di cappelli, dove in vetrina ne è esposto uno proveniente dalla Corea. Inge e Rosemarie entrano nel negozio e cercano di convincere in tutti i modi il proprietario a prestare loro una serie di questi cappelli così esotici. Chi li ha mai visti in Germania cappelli del genere? Sarebbe un reportage meraviglioso. Hanno in mente di realizzare un servizio a colori, ma con quella pessima luce grigia non c'è speranza per la loro pellicola Agfacolor. Allora, dopo aver finalmente tirato dalla propria parte il proprietario perché conceda loro il setting, Inge e Rosemarie passano a "sedurre" cinque elettricisti al lavoro in un negozio poco distante ("c'è bisogno di più luce") e l'intero staff di commessi ("c'è bisogno di più spazio").

Le due ragazze sembrano avere la Francia ai loro piedi. Quando entrano in contatto con le persone, trovano solo disponibilità. E disponibile è anche un caporedattore di "Vogue", che si presta molto volentieri a fare loro da chaperon lungo i corridoi che collegano gli studi fotografici della rivista. Folgorato dalla bellezza teutonica o mosso da sincero afflato da collega, il giornalista tra un consiglio e l'altro dispensa quello che gli sembra il più importante: come muoversi nel mondo della *haute couture*.

Tutto procede a gonfie vele. E anche quando le cose non vanno per il verso giusto, una mano invisibile sembra essere pronta per intervenire. Come quando Inge e Rosemarie conoscono il capo ufficio stampa di Jacques Fath, l'allora re indiscusso della moda, e grazie alla sua intercessione ottengono udienza.

"Ci fanno accomodare in una grande sala tutta rivestita di seta. E io che faccio?" scrive Inge sul suo diario. "Con la mia solita grazia e leggiadria, non getto a terra un calamaio? Quando Fath entra, sono bianca come un cencio dallo spavento. Non solo mi sono macchiata il soprabito, ho pure punteggiato di macchie di inchiostro la tappezzeria." Ma Jacques Fath quasi non si accorge del disastro di Inge. Maglietta, pantaloni di flanella e una specie di amuleto d'oro al collo, lo stilista si dichiara subito entusiasta del servizio fotografico. Si toglie la maglietta, la sostituisce con una sgargiante camicia rosso fuoco e si lascia immortalare in tutte le posizioni, anche sdraiato per terra.

Inge non ha ancora ventun anni e sta oltrepassando la sua linea d'ombra a passo di danza. È stata lei stessa a definirsi in più di un'occasione frivola, sfrontata, magari incurante dei rischi. Ma l'ingenuità che si riconosce è solo uno dei tanti nomi di quella linea che "ci avverte di dover lasciare alle spalle le ragioni della prima gioventù".

Ormai Inge si sente padrona della scena, non c'è più traccia di Ingemaus, della bambina che metteva un muro tra sé e le parole dei genitori. Non ci pensa due volte a prendere in mano la situazione quando, sempre fortuitamente, riescono ad agganciare Jean-Louis Barrault, allora famoso per il film di qualche anno prima, *Amanti perduti*. Lei e Rosemarie organizzano anche con lui uno shooting fotografico, dall'oggi al domani. Solo che in quel lasso di tempo possono capitare tante cose: come non resistere alla tentazione di fermarsi lungo boulevard Auriol e sgolarsi al grido di "Vive la reine!" per salutare l'arrivo della coppia reale danese? Il risultato è un ritardo all'appuntamento che Barrault vive come un affronto. Chi sono queste due parvenu? Un grande attore si concede a due fotografe tedesche alle prime armi e loro lo trattano come l'ultimo degli attori? Barrault trema dalla rabbia. E allora Inge gli tiene un discorso in un inglese raffazzonato. Lo ha imparato a memoria qualche ora prima, forse per avere un'arma per occasioni come quelle.

Quanto può essere davvero ingenua una ragazza così?

E il grande attore?

Lui prima scoppia a ridere e poi risponde cortesemente a Inge in un inglese a sua volta incomprensibile. Dopodiché da burbero attore ferito per l'affronto si trasforma in un modello molto charmant. Ostenta l'atteggiamento di chi delle fotografie sembra interessarsene poco, poi però, quando durante una posa si muove, chiede che la foto venga scattata di nuovo.

Mohr le ha portate a Parigi, ma per il ritorno le ragazze dovranno arrangiarsi. E visto che gli spicci rimasti non bastano per due biglietti ferroviari, l'unica opzione è l'autostop, via Belgio. Una volta a Bruxelles riescono a prendere – quasi al volo – un passaggio su una Ford a sei posti con targa danese, che finalmente le riporta ad Amburgo.

Un altro colpo di fortuna, un altro viaggio meraviglioso. E con in tasca un ricco bottino, pensa Inge.

Inge arriva ad Amburgo il 29 giugno e la prima cosa che fa è precipitarsi alla cassetta della posta. No, nessuna notizia di Hans Huffzky. Adesso però qualcosa è cambiato. Adesso di storie da raccontare ne ha. Così raggiunge la redazione di "Constanze" e alla reception lascia un paio di piccoli servizi fotografici, con preghiera di consegnarli, insieme ai suoi saluti, al direttore. È giusto un assaggio. O meglio, un'esca. Se qualcuno della redazione si fosse fatto vivo, avrebbe avuto un signor dossier sul suo soggiorno a Parigi, con moltissime foto di persone. "Constanze" o un'altra testata poco importa, qualcuno prima o poi si accorgerà di lei.

Rientra in casa, e i pensieri vanno subito alle cose da fare, le valigie da svuotare, l'agenda da controllare, ma prima vuole chiamare sua madre a Gottinga. Trudel salta i saluti e le comunica che Otto è morto. L'infezione allo stomaco che aveva contratto nel campo di prigionia lo ha costretto a un nuovo ricovero e, questa volta, a un'operazione rischiosa e dagli strascichi pesanti. La convalescenza in ospedale avrebbe richiesto una costante cura da parte del personale medico, che invece si è ridotta, così scopre Inge, a una semplice raccomandazione: "Non beva assolutamente". La scorsa notte, però, Otto, lasciato a sé, e con l'unica consolazione delle visite da parte della famiglia, si è reso conto che uscire da lì non sarebbe stato semplice. Nonostante i dolori lancinanti e la sete terribile che gli hanno proibito di placare anche con un sorso d'acqua, il patrigno di Inge si è alzato dal letto, forse per raggiungere il bagno, ma le gambe non sono riuscite a reggerlo. Allora ha afferrato con entrambe le mani il vaso con i fiori che gli ha portato Trudel e ha cominciato a bere quell'acqua maleodorante. La mattina dopo, Otto Heberling morirà per un embolo e a Inge non resta che piangere la scomparsa del suo secondo padre.

Inge si asciuga le lacrime e si rimbocca le maniche. L'aspetta un'estate di lavoro accanto a Rosemarie. Ma quel suo primo viaggio fuori dai confini nella magnifica Parigi ha lasciato il segno, a tal punto che deciderà di tornarci per il suo ventunesimo compleanno, sempre insieme alla sua amica.

"Un compleanno alquanto faticoso, passato in un noto scantinato esistenzialista, dove si suonava musica jazz. Ovviamente toccava fare la corte al cantante perché acconsentisse a farsi fotografare," annota nel suo diario.

Purtroppo però le foto scattate la sera del compleanno nello scantinato esistenzialista sono inutilizzabili. Alla fine il cantante e la sua Combo-Band avevano ceduto, Inge avrebbe potuto scattare qualche foto. Nel frattempo Rosemarie si era messa a litigare con un flash multiplo per cercare di strappare un po' di luce al buio del locale, ma le pellicole non erano abbastanza sensibili per un ambiente così poco illuminato. Il viso del musicista nero era finito per confondersi con l'oscurità dello scantinato. Inge le proverà tutte in camera oscura. Ma inutilmente, il viso del cantante rimarrà per sempre una macchia indecifrabile.

Il 1952 è cominciato da poco, e a febbraio una testata italiana invita le due fotografe a Bologna per un reportage. I costi fino alla frontiera sono però a carico loro. Nessun problema, tanto hanno imparato a viaggiare in autostop. A Bologna Inge fa amicizia con due giovani signore di ottima famiglia e ci impiega poco a convincerle a partecipare a una piccola performance fotografica. Le signore si chiamano Maria e Carmela e sono eccitatissime all'idea di fare da soggetto per Inge e Rosemarie.

"Non avevo mai visto tanto genuino entusiasmo davanti a quel pachiderma di macchina fotografica. Poi Maria e Carmela mi presero sottobraccio, mi comperarono un enorme mazzo di anemoni, e mi trascinarono in un locale elegantissimo per offrirmi qualcosa di nordeuropeo e veramente buono, sandwich e Coca-Cola. A essere sincera avrei preferito del Chianti," annota Inge sul suo taccuino di viaggio. E visto che viaggio deve essere, tanto vale allungarlo, magari in direzione di Roma, dove non sarà difficile trovare dei soggetti interessanti. Infatti da lì, o meglio da Cinecittà, Inge porta a casa un ritratto di Anna Magnani che è tra le sue foto più belle. È durante una pausa delle riprese della *Carrozza d'oro* di Jean Renoir che la Magnani si mette in posa per lei. Nella foto l'attrice si porta entrambe le mani dietro la testa con un gesto quasi imperioso, come a sfidare chi la guarda a osservarla nella sua interezza. Indossa una veste da camera e sotto una camicia bianca, il petto è proteso in avanti, mentre nell'angolo della bocca tiene una sigaretta. È una foto mozzafiato, certo, anche grazie alla bravura di Inge che ha saputo centrare la diagonale, conferendo così all'immagine ancora più drammaticità. E grazie alla bellezza della modella, che la stessa Inge definisce "strana, tormentata", di "una donna vera, tragica, angosciata da drammi sentimentali".

Visto che di lire ne hanno poche, anche il viaggio di ritorno per Inge e Rosemarie è in autostop. Facendo però tappa a Milano. Lì, a un certo punto, Inge si accorge che le manca una borsa nella quale c'erano l'esposimetro, l'adattatore delle pellicole, il cavo per il flash, i rossetti e uno dei suoi taccuini. Di nuovo in strada a fare autostop vengono caricate da un facoltoso industriale milanese. Questi, ascoltato lo sfogo delle due donne derubate, mette mano al portafoglio e dà loro dei soldi. L'aiuto è così generoso da bastare anche per una puntata a Venezia.

"Il Carnevale a Venezia è stato un interminabile stare in coda! C'erano orde di persone in piazza San Marco, al Duomo e al campanile. C'era un sole meraviglioso – e solo l'imbarazzo di soggetti fotografici: pescatori sorridenti che mollavano gli ormeggi, una processione funeraria comunista su una gondola, donne mendicanti che guardavano esterrefatte."

E poi ancora in autostop verso la Germania.

"Ci fermavamo in ogni posto che ci piaceva: Como, Lugano, Zurigo. A Basilea abbiamo investito i nostri ultimi soldi in così tanta cioccolata da farne indigestione. Ma nonostante tutte le meraviglie che avevamo visto, alla fine eravamo contente di essere di nuovo a casa, di avere davanti agli occhi il Jungfernstieg stupendamente illuminato e l'Alster."

Qualche giorno dopo il ritorno dall'Italia, Inge e Rosemarie sono nella mensa della Deutsche Presse-Agentur a bere un caffè. A un certo punto ecco comparire Armin Schönberg, il grafico di Huffzky, che appena le vede sorride e va loro incontro.

"Buongiorno, signorina Schönthal, sa che abbiamo recentemente parlato di lei? Stiamo pensando a un reportage che vorremmo affidarle, sempre che abbia voglia e tempo. Potrebbe venire mercoledì prossimo alla riunione redazionale?"

"Non speravo più di avere vostre notizie," gli risponde Inge sorpresa.

Schönberg accenna a nuovi progetti, nuove testate, ma adesso deve proprio scappare, ci sarà tempo per parlarne. "Le auguro una buona giornata!"

Inge tira un sospiro di sollievo. È già il secondo in poco tempo perché qualche giorno prima è riuscita a confessare a Rosemarie, non senza qualche patema, dei suoi contatti con "Constanze", e l'amica si è detta contenta e dispiaciuta insieme alla prospettiva di perderla, ma certo non le avrebbe messo i bastoni fra le ruote. Anche lei alla sua età aveva girato tanto con la macchina fotografica in spalla.

"È un tempo che non torna più. E se un giorno volessi un lavoro più stabile, puoi rifarti viva con me. Il tuo aiuto sarà sempre benvenuto."

Inge sa da altri fotografi freelance che la vita da "battitore libero", specialmente se si è donna, non è sempre facile, anche se con tutti i nuovi giornali e periodici che stanno nascendo c'è sempre una grande richiesta di testi e fotografie. Ma adesso è ora di superare un'altra linea.

Mercoledì mattina Inge è di ottimo umore, ma al tempo stesso molto nervosa per la riunione di redazione a "Con-

stanze". Esce di casa e, com'è sua abitudine, si ferma alla cassetta della posta. Dentro ci sono gli ultimi tre numeri di "Constanze" che contengono altrettanti piccoli servizi fotografici di Inge e Rosemarie.
L'ansia aumenta.
La receptionist, che ormai conosce bene Inge, la saluta cordialmente.
"Buongiorno, signorina Schönthal, è qui per la riunione di redazione, vero? Il signor Huffzky mi ha pregato di condurla subito in sala riunioni."
Entrando nella sala Inge viene investita da una nuvola di fumo che quasi le ostruisce la vista. Quando la nube si dirada un po', Inge si accorge che Huffzky non è ancora arrivato. Nella stanza ci sono una dozzina di persone, quasi solo uomini, alcuni in piedi, altri seduti. È tutto un discutere, vociare, persino litigare. E tutti gesticolano, con una mano, mentre con l'altra stringono la sigaretta. Qualcosa di importante aleggia nell'aria viziata di quella stanza. Nessuno presta attenzione a Inge, ognuno è preso da se stesso. Che cosa devo fare, presentarmi? Forse è meglio che mi cerchi un posto libero, se c'è. A scuoterla dai suoi pensieri è una mano che le afferra il braccio sinistro. E nello stesso istante cala il silenzio, si sentono solo le labbra che risucchiano i filtri delle sigarette.
"Signor Huffzky... allora sono nel posto giusto?"
"Certo, l'aspettavamo. Le prendo una sedia."
Anche Huffzky si accende una sigaretta e la riunione può avere inizio.
"Di lei vi avevo già parlato durante la riunione di lunedì. Questa promettente fotografa si chiama Inge Schönthal. Recentemente abbiamo anche pubblicato qualche sua foto. Il mestiere l'ha imparato nello studio di Rosemarie Pierer, qui dietro l'angolo, e ora lavora come fotoreporter. Ho pensato di affidarle per la primavera il reportage sulla Spagna."
Huffzky comunica la novità con una certa freddezza, come se aggiornasse i sottoposti che all'ingresso del palazzo da domani avrebbero trovato delle piante nuove. Inge cerca di incrociare lo sguardo di Huffzky, ma il direttore ha già chia-

mato in causa il responsabile del numero di primavera. Gli chiede su che cosa bisogna puntare l'attenzione nel reportage sulla Spagna e perché si è scelto proprio questo paese. Inge ascolta attentamente, le pare tutto molto logico e al tempo stesso generico. Perché è un paese dell'Europa del Sud, del quale i tedeschi conoscono di solito i cliché: la *Carmen*, la corrida, il flamenco, forse Goya e Velázquez, il vino corposo, il generale Franco, qualcuno forse sa anche qualcosa della guerra civile. "Constanze" invece vuole andare più a fondo, vuole scandagliare la quotidianità delle donne spagnole. Vuole sapere se le giovani spagnole possono mettere in discussione la tradizionale divisione dei ruoli. E ancora, qual è il ruolo della Chiesa cattolica e quale quello della monarchia?

"Che cosa dice, potrebbe interessarle questo approccio?" chiede Huffzky.

Inge non si fa cogliere impreparata, e alza subito la posta.

"Certo, ma dopo la riunione mi piacerebbe parlare ancora un attimo con il caposervizio."

Huffzky finalmente si volta verso di lei e la rassicura. "I dettagli sulla tempistica, la lunghezza del testo, il numero di foto, compenso e spese, di tutto questo si accorderà poi con il mio collega."

Inge dovrà aspettare il pomeriggio per parlare con il caposervizio, ma va bene così; nel frattempo si gode il caos organizzato della riunione di redazione.

Il caposervizio le spiega che al centro del reportage devono esserci ritratti di donne, ritratti che però devono anche dare l'idea del contesto sociale. Inoltre sarebbe utile se Inge facesse qualche puntata anche fuori dalle città, per esempio nelle campagne dell'Andalusia.

"Come lei poi ben saprà, per fare un buon ritratto bisogna che si crei una certa vicinanza con la persona da fotografare. È dunque importante prendersi il tempo necessario. Le spese di viaggio sono ovviamente a carico della redazione. E come pensa di viaggiare?"

"Mah, possibilmente in autostop," risponde Inge. "Finora non ho mai avuto problemi. E poi è il modo migliore per incontrare persone."

Per quanto riguarda il compenso, le spiega il caposervizio, se ne parlerà al ritorno. "Restiamo intesi che lei fornirà testi e foto?"

"Sì, certo," risponde Inge, "sono una fotoreporter."

"Un'ultima cosa: ci mandi un telegramma ogni tanto, giusto per aggiornarci su come procede il lavoro. Pensiamo di pubblicare il reportage nell'edizione di settembre oppure in quella di ottobre." Prima di salutarla le dice che i servizi di moda fatti a Parigi gli erano piaciuti molto.

Hanno abboccato, pensa Inge.

"Grazie," dice invece al caposervizio stringendogli la mano.

Inge corre verso l'uscita. È al settimo cielo e il corpo reagisce occupando tutto lo spazio possibile nel minor tempo possibile. Se potesse, ballerebbe. Ma poi una voce interrompe l'estasi.

"Signorina Schönthal," dice la receptionist, "il signor Huffzky desidererebbe parlarle ancora un momento. Ha detto che si fermerà in ufficio fino alle 17, ma se vuole può andare anche subito da lui. Lo trova al primo piano, nel secondo ufficio a sinistra."

Hanno cambiato idea, pensa Inge. Poi bussa alla porta e l'uomo che la accoglie a braccia aperte sta sorridendo. No, non hanno cambiato idea.

"Molto bene," dice Huffzky, "il collega mi ha già detto che vi siete messi velocemente d'accordo su come procedere."

Inge fa segno di sì con la testa.

"E lei vuole davvero viaggiare in autostop? Questa volta sarà sola. Completamente sola."

Sì, lo sa, gli risponde Inge, ma è convinta che viaggiare così sia l'unico modo per entrare in confidenza con un mondo, quello dell'Europa del Sud, a lei ancora sconosciuto. Se poi dovesse rendersi conto che ci impiega troppo, o che la situazione si fa rischiosa, ripiegherà sul treno. Ulrich Mohr le ha raccontato di quanto possono diventare avventurosi i viaggi in treno a sud dei Pirenei.

"D'accordo, la decisione è sua. Ma non si dimentichi dei telegrammi." E poi deve tenere a mente una cosa: "Noi non siamo un periodico di attualità e nemmeno un giornale politico. Noi non siamo come gli inglesi, per noi non esiste la divisione tra notizia e commento. Lei deve trattare il tema da un punto di vista personale. È importante che attraverso le foto e i testi si capisca come si pone lei, cosa pensa lei. Diventi parte attiva della storia. È questo quello che amano le nostre lettrici. Noi non forniamo dati asettici, noi vogliamo comunicare un'esperienza".

"È così che ci siamo mosse a Parigi, Bologna, Roma, Milano e Venezia," dice Inge, e poi aggiunge: "E da questo punto di vista credo di essere anche più adatta di Rosemarie. Per me l'importante è che le persone si sentano a proprio agio davanti all'obiettivo".

"Sono davvero curioso di vederla all'opera."

Inge si accomiata con fare da professionista consumata. "Farò del mio meglio. E grazie per la fiducia," ed esce a piccoli eleganti passi, in perfetto stile "ragazza perbene di Gottinga".

Ma quale professionista consumata! Mentre cammina verso lo studio si sente sopraffare da un misto di paura ed eccitazione. È troppo intelligente per non sapere che la fotoreporter che si è appena aggiudicata questo meraviglioso incarico in Spagna al momento esiste solo come intenzione e volontà di farcela. Le competenze professionali che ha maturato sul campo non sono sufficienti, nonostante a sentir parlare i redattori di "Constanze" lei sia già una fotoreporter scafata.

Ma non è solo questo. Cosa direbbe il signor Huffzky se scoprisse che non possiede nemmeno una macchina fotografica né tantomeno un flash abbastanza maneggevole per portarlo in viaggio? E per fortuna che la storia principale deve essere in bianco e nero. Certo, il signor Huffzky le ha chiesto anche un paio di scatti a colori, magari per la copertina o per l'apertura del servizio, ma a questi Inge penserà più avanti.

Come ci si prepara per un viaggio in Spagna da lì a dieci giorni? Per di più recuperando l'attrezzatura necessaria? Günther, il suo affezionato fisico di Gottinga con cui è ancora in contatto, le ha promesso di occuparsi dell'acquisto di una Rolleiflex. Attraverso l'università non dovrebbe aver problemi a strapparla a buon prezzo e in tempi rapidi. Rosemarie Pierer si offre di assemblare con pezzi di ricambio un flash maneggevole. Infine deve andare ai consolati di Francia e Spagna per richiedere il visto. A Inge piacerebbe passare dalla Svizzera, per rivedere la sua amica Gassy Bach, che nel frattempo si è messa, guarda caso, con un professore di Fisica di Gottinga, appena ingaggiato dall'Università di Berna. Ce la faremo, pensa tra sé e sé un po' melanconica, mentre seduta per un momento sulla sua panchina lungo la riva dell'Alster segue il movimento dell'acqua. "Abbiamo già superato ben altri ostacoli."

Chissà se Inge si accorge di aver usato il plurale. Ci fosse stata sua madre, lì accanto a lei, si sarebbe vergognata di quel comportamento. Trudel non ci aveva pensato due volte prima di partire lancia in resta contro le istituzioni scolastiche, e lei se ne sta lì a rimuginare su quanto si sente inadeguata. A un certo punto a Inge viene in mente una frase che sua madre diceva spesso: "Senza il buio non può esserci la luce". Forse è un consiglio che può applicarsi anche alla fotografia, chissà.

Anche Ulrich Mohr promette di darle una mano per mettere insieme il necessario. E se dalla Spagna avesse portato a casa delle belle foto, le avrebbe potute proporre, attraverso la sua agenzia, ad altre riviste e quotidiani. Mohr è sempre aggiornatissimo sulle novità tecnologiche, e le parla di una macchina fotografica probabilmente più adatta della Rolleiflex, ai tempi ancora molto voluminosa. Anche Leica sta per lanciare sul mercato la "Serie M", un apparecchio molto maneggevole e leggero, pensato proprio per i reporter. Per Inge stila una lista di indirizzi e contatti che le sarebbero potuti tornare utili in Spagna. Le consiglia di andare a trovare un torero, un certo Pepe Luis Vázquez di Siviglia, che si è fatto un nome per l'eleganza delle sue esibizioni nelle arene.

In Andalusia Mohr c'è già stato una volta per un reportage, subito dopo la guerra. Se solo non fosse in partenza per un documentario, l'avrebbe accompagnata volentieri nel suo primo grande viaggio per "Constanze".

Inge vuole partire all'inizio di marzo del 1952. Prima però trova il tempo per un piccolo servizio fotografico. L'impegno è di pochi giorni, e tutti in Germania, quindi raccoglie le attrezzature necessarie, qualche ricambio e comincia a girare in autostop. Quando torna ad Amburgo, non si fa vedere né alla mensa né allo studio; forse gli amici e i colleghi pensano che abbia parecchio da fare prima della partenza per la Spagna, e quindi non la cercano. E Inge non si fa cercare, perché dal breve tour tedesco è rientrata, come si legge da un referto, con una "grave commozione cerebrale, ferita occipitale destra, una serie di costole incrinate e frattura della scapola". L'utilitaria di un certo Karl Langenfeld, che poco prima ha caricato a bordo una giovane donna con una voluminosa macchina fotografica, si è ribaltata diverse volte, e conducente e passeggero ne sono usciti fortunatamente vivi, seppure ammaccati.

Inge si premura di nascondere tra i suoi diari e taccuini il documento nel quale un certo avvocato Heinz Kuhlmann sollecita il signor Karl Langenfeld a far seguito al risarcimento danni da lui dovuto; non può rischiare che la notizia di questo incidente arrivi alle orecchie di "Constanze". Potrebbe significare addio servizio, addio Spagna, addio vita da reporter.

A fine marzo, Inge ottiene finalmente dal consolato il visto turistico per la Spagna, valido novanta giorni. Nel frattempo Günther è riuscito a procurare una Rolleiflex e gliela presta. La Contaflex, di cui le ha parlato Mohr, non è ancora in vendita ed è un peccato, perché sarebbe stata perfetta per Inge. Piccola, leggera, e con obiettivo fisso, il che, è vero, la rende di largo consumo, e quindi poco specializzata, ma al tempo stesso non obbliga una fotoreporter in erba a portarsi dietro obiettivi di ricambio. Anche la Leica M, già oggetto di animate discussioni tra i reporter, sarebbe arrivata solo nel 1954. Per Inge, in realtà, tutto questo non è un problema, anzi. Con la tecnica non ci ha mai preso molto, e a dire il vero nemmeno le interessano le sofisticatezze delle nuove apparecchiature. Secondo lei la Rolleiflex è la macchina ideale, perché "a prova di idiota" – il che non corrisponde totalmente a verità perché presuppone una certa dimestichezza nel saper leggere l'immagine invertita: la destra con la sinistra, e viceversa. E poi la Rolleiflex ha un difetto che Inge, invece, trova meraviglioso. Poco maneggevole e con l'inquadratura che parte un po' dal basso, costringe chi la usa ad armarsi di umiltà. I soggetti non possono quindi essere immortalati da una distanza proibitiva, ma vanno avvicinati, chi fotografa quasi deve entrare nella scena. E a Inge questa costrizione fa solo gioco. In fondo non le hanno chiesto proprio questo?

Finalmente, il 7 aprile 1952, Inge è in Spagna. Per lei quel reportage è come l'esame finale del suo apprendistato fotografico. E non solo. Passando in rassegna i vari filoni tematici di quel viaggio si individuano già gli elementi del suo stile giornalistico. Difficile dire però se lei stessa ne fosse consapevole. Inge Schönthal è arrivata alla fotografia come assistente di Rosemarie Pierer, fotografa di moda e pubblicitaria, due generi che si basano sull'allestimento di set, su una messa in scena studiata a tavolino. Il che fa del fotografo anche un animatore e uno scenografo. È questo il modo in cui Inge e Rosemarie hanno lavorato insieme a Parigi, Bologna, Milano e Venezia. Creavano la scenografia insieme alle persone incontrate, gli oggetti e la situazione del momento. Inge, poi, ha anche un po' di esperienza come modella. Tutto questo bagaglio le torna utilissimo in Spagna, dove di volta in volta imbastisce l'immagine che desidera. Lavora spinta da uno slancio simbiotico con il soggetto davanti all'obiettivo, che si tratti di una giovane e avvenente contadina dell'Andalusia, di una donna dietro a una bancarella del mercato di Siviglia, di una danzatrice di flamenco, o di un gruppo di eleganti segretarie, che, nonostante la frenesia di una grande città come Madrid, riesce a piazzare davanti alla macchina fotografica. Ma anche lei stessa diventa parte attiva della scena che ha in mente.

Di volta in volta, si procura un vestito, un cappello o qualche altro accessorio, come quando si fa prestare un abito andaluso da una ragazza che ha incontrato in un villaggio e che occuperà un posto nel suo reportage. Ora, l'idea di fotografare anche se stessi nel corso di un reportage non è certamente nuova, solo che fino ad allora per Inge ha avuto uno scopo prettamente documentaristico. Nei nuovi servizi l'autoscatto è invece parte integrante del racconto. Lei ama letteralmente mettersi nei panni degli altri, ama i vestiti, il gioco, la scena. Questo selfie *avant la lettre* diventerà una delle cifre dei suoi lavori. Basta osservare i "provini spagnoli": Inge si siede e la coda dell'abito da flamenco crea un tappeto sul quale anche la modella spagnola può accomodarsi.

Tra i suoi scatti diventati più celebri c'è quello di Pepe Luis Vázquez a Siviglia. Il torero, un uomo decisamente bello, le fa indossare uno dei suoi costumi riccamente ricamati.

Il mio primo combattimento con un toro...

...è stato un fallimento. Ma procediamo con ordine: a Siviglia conobbi un mercante di tori e lo pregai di presentarmi a un vero torero. Mi fece conoscere Pepe Luis Vázquez, che guadagnava milioni come torero e aveva aperto l'allevamento di Gana de Ria. Andai a trovarlo nella sua arena privata. Cento chilometri da Siviglia. Solo per me, Pepe Luis, che adesso ha ventotto anni, e suo fratello Manolo di diciannove, all'epoca uno dei toreri più acclamati di Spagna, rilasciarono un toro che non era mai stato a contatto con le persone. Impiegarono circa un'ora a riprenderlo, un bell'esemplare con cui poi fecero i buffoni nell'arena.

Per completare il ritratto dei toreri, Inge torna in Spagna qualche mese dopo, a luglio, in occasione della corsa dei tori a Pamplona.

Durante una corrida a Pamplona, assistetti alla completa follia di Manolo. Doveva uccidere due tori. Gli spagnoli del Nord ruggivano forte, gettavano pane e cappelli nell'arena e urlavano: "Fa' venire tuo fratello!", quando Manolo fece un gesto di stizza. Il toro lo caricò, sbalzandolo via e calpestandolo. A un tratto però Manolo si rialzò e, temerario, affondò lo spadino. Nonostante fosse ferito, lo sconfisse nella maniera classica. Gli spagnoli gridavano entusiasti. Come onorificenza, Manolo ricevette due orecchie di toro, un riconoscimento speciale. Quando fece il giro d'onore, strappai una bottiglia di vino a uno spagnolo e la lanciai nell'arena, urlando: "Manolooo!". Mi riconobbe, bevve e mi lanciò una delle orecchie del toro. Mi colpì alla schiena. Sembrava che avessi combattuto anch'io.
La sera bevvi succo d'arancia con Manolo davanti al suo hotel godendomi la sua fama.

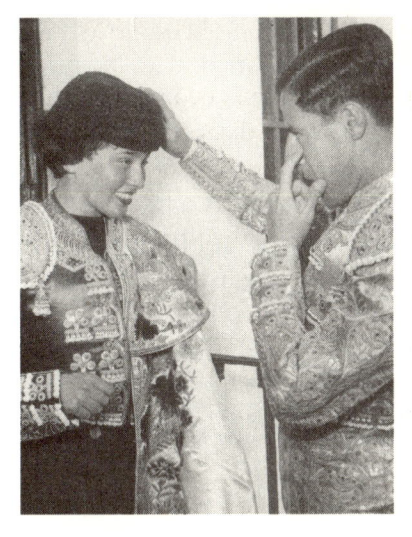

Il reportage in redazione è un successo, tutti ne sono entusiasti. Ecco il nuovo stile che stanno cercando. Hans Huffzky è orgoglioso della propria scoperta: Inge non fa che confermare la nomea di cui lui gode nell'ambiente, e cioè di essere un trendscout eccezionale. Viene deciso che il reportage di Inge verrà pubblicato sui due numeri di fine estate di "Constanze".

Ora non resta che attendere la reazione dei lettori della rivista. Huffzky ha preallertato Inge. I lettori di "Constanze" sono fedeli ma piuttosto apatici, che non si aspetti reazioni troppo marcate.

Dalla lettera di una coppia di Amburgo si legge: "Cara 'Constanze'! Che i tuoi contenuti siano veramente belli è una cosa che probabilmente senti quotidianamente. Ma la storia sulla Spagna, della tua adorabile, impertinente, fantasticamente sincera e spensierata reporter l'abbiamo trovata assolutamente eccezionale. Ecco il turbo per una rivista che ha già una marcia in più. Sono questi i servizi che ci piacciono!".

Dalla lettera di una signora anche lei di Amburgo: "Cara 'Constanze', chissà cosa ne penseranno gli spagnoli del reportage della signorina Schönthal. Chissà se saranno contenti di leggere annotazioni come quella secondo la quale le amiche spagnole 'le si erano avvinghiate attorno e non riusciva più a liberarsene'! O che le ragazze spagnole erano 'testarde come un toro' e buone solo per essere sposate. Sono tante le cose che di questi due servizi non mi sono affatto piaciute".

Dalla lettera di un lettore di Hilden: "Sono veramente perplesso che una rivista come la vostra si avvalga di una 'amazzone girovaga' e pubblichi storie trattate in modo così superficiale. All'autrice raccomando di dotarsi al più presto di un paio di occhiali contro la miopia e al padre di suddetta autrice di vietarle categoricamente di uscire di casa".

Reazioni viscerali e contrapposte, che Huffzky interpreta come un gran successo. Finalmente i lettori di "Constanze" si sono svegliati.

Alla mensa della Dpa non si fa che parlare dell'"amazzone girovaga". A quanto pare è riuscita a toccare un nervo del nuovo Zeitgeist. Per l'amico Uli non è un problema vendere le foto di Inge. Arrivano richieste da tutte le parti. Huffzky è fermamente deciso a continuare a sostenere questo talento naturale. E comincia da subito. Gli ultimi giorni caldi dell'autunno del 1952 li usa per portare "Ingelein" sulla sua cabriolet Borgward a cena da amici influenti di altre redazioni. Tra questi il fondatore e direttore dello "Spiegel", Rudolf Augstein, e il giovane editore Axel Springer, che nel 1945 ha fondato un gruppo editoriale che porta il suo nome. Improvvisamente tutto il mondo dei media che conta ad Amburgo sembra interessarsi a questa rivelazione in gonnella sbarcata non molto tempo prima dalla piccola Gottinga. Tutti questi signoroni si danno un gran daffare attorno a lei, ognuno le porge il suo biglietto da visita. "Ingelein, piccola Inge," la chiamano da ogni angolo. Inge è al centro dell'attenzione, tutti la vogliono, tutti chiedono di lei, tutti la coccolano.

Non è facile distinguere i complimenti sinceri dalle adulazioni. Per qualcuno infatti il temperamento di Inge risulta "sospetto": non c'è da fidarsi di questa ragazzina che ha osato invadere il loro regno. In molti si sentono segretamente minacciati e sperano che quella giovane abbia successo, sì, ma anche la fugacità di una meteora, che si bruci in una stagione.

La persona più vicina a Inge a quei tempi è Ulrich Mohr. Lui continua a esserne fortemente attratto, ma sa che Inge, pur volendogli bene, preferisce che il loro rapporto resti strettamente professionale. Con il successo così improvviso di Inge, però, qualcosa in lui cambia. Continua a venerarla, ma comincia anche a porsi alcune domande. Chi è veramente questa donna? si chiede. Quando l'ha conosciuta pareva un raggio di sole, sempre allegra, piena di un'indomabile vitalità. Adesso a ventidue anni sembra muoversi a due metri da terra, sospinta e sostenuta dal successo. Tutte le redazioni di Amburgo la vogliono. Forse l'ambivalenza che Mohr sente crescere in sé ha a che fare con la gelosia. La natura di Inge sembra a Mohr come la sua grafia: assolutamente illeggibile. Mohr non può chiedere a uno psicologo di interpretare per lui l'essenza di Inge, ma può chiedere a un grafologo esperto, un certo Heinz P. Karpinski di Amburgo, di decifrare i segreti che si celano dietro quelle lettere. Sia mai che in questo modo si riveli qualcosa di utile anche su chi impugna la penna.

Il referto è devastante: "La scrivente paventa una sicurezza di sé e una determinazione che in questa forma risultano fuori luogo. Tutto quello che fa, lo fa per farsi notare. La sua sete di protagonismo e di 'potere' rendono difficile un rapporto più stretto. Il suo spessore umano è insoddisfacente. Manca di empatia e vera partecipazione. Tutto in lei è superficiale. Anche i suoi sentimenti non sono 'veri'. Il suo modo di pensare è materialistico. Nel presentarsi in pubblico è piuttosto attraente".

Come reagisce Mohr alla conferma, forse, dei propri sospetti su quella donna che non riesce a conquistare? C'è un confronto, una resa dei conti in cui Mohr, brandendo quella diagnosi grafologica come la prova schiacciante della loro incompatibilità, chiede a Inge di scegliere tra lui e la carriera? E dopo il confronto, se mai c'è stato, come finisce quella perizia grafologica vergata su un pezzo di carta stropicciato negli scatoloni di Inge?

Ma le cose potrebbero non essere così. Potrebbe essere stata lei stessa a commissionare quella perizia, a mo' di scherzo, nel tentativo di diradare la nebbia che la avvolgeva in quei giorni in cui il successo le pioveva addosso qualunque cosa facesse. D'altra parte negli scatoloni dove Inge comincia a conservare di tutto spuntano anche articoli politici, sociali; una ventenne che si informa su ciò che le ruota attorno in quegli anni frenetici può davvero essere concentrata solo su se stessa? Sono prove labili, certo, giochi di specchi di una giovanissima fotoreporter consapevole di stare volteggiando su uno strato sottilissimo di ghiaccio.

Poi però il lavoro, gli impegni, le cose da fare la distraggono di nuovo. Inge si chiede se non sia arrivato il momento di cercare casa. Una vera casa. Ora i soldi ci sono, anche se non si sa per quanto, ma se fa bene i conti può permettersi addirittura una macchina. Le viene anche offerto un posto fisso in una testata. Un po' di stabilità e di sicurezza, una base da cui partire per altre avventure. D'altronde un porto sicuro al riparo da quel pollaio di maschi, sempre pronti a pavoneggiarsi davanti a lei, e a brigare l'uno contro l'altro per mettersi in mostra, è quantomeno necessario. Gli atteggiamenti di quegli uomini Inge non deve interpretarli solo come conferma del proprio successo professionale. Tra i colleghi c'è chi glielo fa capire chiaramente: più di una persona le dice che il suo modo di porsi allegro e disponibile viene inteso da qualcuno come un invito a farsi avanti. Inge accusa il colpo, ha come l'impressione di non avere più certezze. Non si è mai considerata una donna facile. Poi però arriva un grande incarico e le nubi si diradano in un attimo. È una sera dell'autunno del 1952, Inge vive ancora nello scantinato di Rosemarie. Sente bussare al portone, lo studio non ha un campanello. È tardi, Rosemarie è già andata a casa da un pezzo. Inge è coricata sul suo letto da campeggio e legge un libro.

"Inge, sei ancora sveglia? Sono Armin e ho una novità che potrebbe interessarti molto." Attraverso la stretta finestra della cantina Schönberg vede che c'è ancora luce nello studio. "Ehi, Inge!" la chiama nuovamente. Inge sale le scale del seminterrato e apre la porta.

"Ah, sei tu, è tardi. Dai, entra; ma è successo qualcosa?"

Schönberg è a corto di fiato e si prende un attimo per recuperare l'ossigeno necessario a comunicare la grande notizia. "Un grande armatore ci ha offerto un viaggio gratis su uno dei suoi piroscafi diretto a New York. Huffzky ha pensato subito a te. Partenza nel giro di due settimane."

Schönberg aggiunge poi che a dirla tutta in redazione nessuno si è detto pronto a partire così su due piedi per andare al di là dell'oceano.

Inge, tra i suoi talenti, possiede quello di saper mascherare lo scombussolamento causato da notizie del genere. Ma quella sera invita Schönberg a entrare; meglio sedersi, le tremano le gambe. Quando si riprende almeno un po', chiede: "Ma in riunione ne avete già parlato? Avete già temi riguardanti New York e adatti a 'Constanze'?".

"Le idee non mancano," risponde Schönberg, "bisogna solo capire quali sono realizzabili. Entro mercoledì, tutte le redazioni avranno messo a punto proposte più dettagliate. Si pensava a una visita presso qualche grande testata di moda. Ma perché non partecipi anche tu mercoledì prossimo alla riunione di redazione? Non c'è tanto tempo. Tra poco si parte."

New York. Non può essere una coincidenza. È nella Grande mela che si perdono le tracce di suo padre, emigrato negli Stati Uniti nel 1938.

A Inge è rimasta solo qualche immagine sfocata: un'enorme valigia e la mamma che piange, mentre i suoi genitori si preparano a raggiungere il confine olandese. Günther, il professore danzante di Inge, si era speso tantissimo con la ragazza nelle lettere che si scambiavano, sollecitandola più volte a scrivere al padre, a non lasciare intentato nulla perché forse non viveva neanche più a New York e se lei avesse aspettato troppo, le tracce flebili del genitore si sarebbero perse per sempre.

Ironia della sorte, Inge ha scritto poco tempo prima proprio a Günther per esprimergli il desiderio di andare a New York. Per incontrare Väti, certo, ma anche per visitare quella città dove sono ambientati tanti romanzi che ha divorato.

Non c'è modo di prendere sonno. Percorre i pochi metri quadrati dello stanzino, magari riesce a stancarsi a sufficienza con quel movimento circolare. Cammina, Inge, il tremolio di poco prima è scomparso, adesso la falcata è decisa, sono scomparse anche le piastrelle sollevate del pavimento, il suolo è liscio, come un marciapiede di New York, in lontananza sente la sirena di un mercantile. Alza gli occhi e invece delle assi consunte vede uno spicchio di cielo che si insinua tra le cime di due grattacieli. All'improvviso sente una leggera pressione alla mano. È la sua, di bambina, persa in quella grande del padre.

Chissà a che punto della notte si è addormentata.

Il mattino dopo Inge si sveglia di soprassalto, si siede sul letto, è tutta sudata. Si guarda intorno smarrita, quasi in preda al panico. Sono le 8.30. È in ritardo. Ma cos'è stato, un sogno? La madre che piange, il rumore assordante del mercantile, lei piccola e sperduta tra le strade di New York, la sagoma di Väti che le viene incontro. No, è qualcosa di più di un sogno. Accanto al letto vede l'ultimo numero, fresco di stampa, di "Constanze" che Armin le ha lasciato la sera precedente. Alle 9 c'è un servizio fotografico in studio. E anche se Inge non è più l'assistente di Rosemarie, abita ancora da lei, e così, quando non è in giro, le dà volentieri una mano. Il giorno prima le ha promesso che per le 9 tutto sarebbe stato a posto per lo shooting. E invece eccola qui, imbambolata. Salta fuori dal letto, non ha tempo neanche per un tè, si lava velocemente la faccia, sotto le ascelle, tra le gambe, un paio di colpi di spazzola, due gocce di acqua di lavanda dietro alle orecchie e un velo di rossetto. Dalla sedia prende la prima gonna che le capita tra le mani, ecco fatto. Poco dopo arriva Rosemarie. Mentre sistema le luci e le macchine fotografiche, Inge le vuole raccontare della visita di Armin. Rosemarie ride: "Mia cara, so già tutto. Ieri sera l'ho incrociato al nostro club e ci ha raccontato della traversata su un lussuoso piroscafo diretto a New York. Se puoi, accetta subito".

A dire il vero Inge sta già pensando ai preparativi. Dovrebbe rimandare due servizi, e deve sbrigarsi a chiedere il visto all'ambasciata americana. Huffzky le può dare una mano.

"Hai bisogno anche di una lettera di raccomandazione di 'Constanze' e di un posto dove soggiornare," le dice Rosemarie.

Insomma, ci sono un sacco di cose da fare, il tempo è poco, ma che importa: quando Inge vuole qualcosa, non la ferma nessuno. E lei adesso vuole andare a New York.

Il giorno prima della riunione di redazione chiede un appuntamento a Huffzky. Lui la accoglie con un grande sorriso: "Adesso sì che si parte, mia giovane amica". Poi le dice che se per il giorno dopo riesce a mettere a punto un piano con la redazione, allora lui le presenterà un paio di persone importanti.

"Oltreoceano avrà bisogno di un po' di contatti, altrimenti non va da nessuna parte. Venga da me, appena finita la riunione. E si tenga libera nei prossimi giorni, sia a pranzo che a cena."

I redattori di "Constanze" non mancano di idee, peccato che siano tutte molto vaghe. C'è chi propone un servizio su "Harper's Bazaar", chi ne vuole uno sul "New Yorker". E perché non uno sull'agenzia fotografica Magnum? O un ritratto di Robert Capa? E poi ci sarebbero tutti quei locali jazz. I teatri di Broadway. Wall Street. E ovviamente uno sguardo su Manhattan dall'alto dell'Empire State Building. Anche un servizio su Harlem non sarebbe male, una città nella città. Ma la cosa più importante è che Inge si muova per le strade di New York come ha sempre fatto nelle altre città, cioè a caccia di visi, di persone particolari. Una volta lì troverà sicuramente l'occasione di incontrare qualche personaggio importante. E allora, che cosa ne pensa? Inge si sente leggermente sopraffatta da tutte queste aspettative, ma ciononostante risponde entusiasta: "Fantastico, farò del mio meglio. Di tanto in tanto vi manderò un telegramma con mie notizie. E se dovessi abitare da qualcuno di veramente generoso, qualche volta proverò anche a telefonarvi". Le manca ancora il visto, e la compagnia marittima comincia a farle fretta. Per l'assicurazione devono assolutamente sapere se si imbarcherà oppure no. Inge ha progettato di passare a cavallo di Natale una settimana tranquilla in famiglia, con la madre e i fratelli Maren e Olaf. Ma deve rinunciarvi. Così come deve rinunciare a un incontro con Gassy, l'amica del cuore.

Poi arriva una di quelle sere che Inge non dimenticherà mai.

Huffzky le ha fatto dire di mettersi qualcosa di grazioso, anche se sa bene che con lei una raccomandazione del genere è del tutto superflua. Sono invitati a cena dall'editore di Amburgo Heinrich Maria Ledig-Rowohlt, il figlio e successore di Ernst Rowohlt. Lì per lì, a Inge quel nome ricorda qualcosa e decide di informarsi. Sulla "Welt" trova un articolo su Ledig-Rowohlt. Viene descritto come un tipo alquanto originale:

> Si potrebbe dire che anche questo l'abbia ereditato dal padre, che negli anni dieci, venti e trenta era stato l'editore più stravagante. Ma non è tutto qui: H.M. Ledig è, nel panorama editoriale tedesco, un esemplare a parte. Sotto la maschera del cavaliere galante, dell'uomo che sa godersi la vita, che non disdegna i piaceri, si percepisce un'incredibile volontà di plasmare, trasformare, cambiare. [...] Ha fondato la rivista "Story", dalla quale è poi nata la collana Ro-Ro-Romane (1950), e romanzi in formato quotidiano, a un prezzo inferiore a un pacchetto di sigarette. Non solo quei romanzi erano tra le poche cose che ci si poteva permettere, in più erano anche capolavori di maestri come Faulkner, Graham Greene, Chesterton, Gide e molti altri. Successivamente ne sarebbe scaturita la prima grande collana di tascabili.

Ma certo! Quando era ancora a Gottinga, sulle pagine degli Zeitungsromane Inge si è quasi consumata gli occhi. E poi i Ro.Ro.Ro.!

Da quando si è trasferita ad Amburgo, non ha mai avuto un invito così prestigioso come quello a casa Rowohlt. L'unica esperienza che lontanamente si avvicina l'ha fatta grazie ai Meyerhoff, a Gottinga. Allora però era spettatrice clandestina, alla quale veniva di tanto in tanto concesso di sedere alla nobile tavolata. Questa volta, in compagnia di questi due signori di rango e di una certa età, ha l'impressione di essere lei l'attrazione della serata. Ledig-Rowohlt – sorriso affabile, mani che alternano un sigaro Montecristo a bicchieri di Black Velvet, fazzoletto di seta e calze dai colori sgargianti abbinati alla cravatta – racconta di tutti i suoi amici editori negli Stati Uniti, e ha anche un'idea su dove la gentile signorina Schönthal potrebbe soggiornare. I bicchieri sono continuamente rabboccati con lo champagne – vero champagne, non il Sekt, lo spumante tedesco spesso di pessima qualità! – per accompagnare le pietanze a base di aringhe fresche e insalata di patate e cipolle.

Una serata magnifica, e al momento del commiato Inge esprime a Ledig-Rowohlt il desiderio di incontrarlo di nuovo. Non può sapere che l'ospite di quella sera sarà destinato a diventare una persona chiave nella sua vita.

Huffzky ha fissato un pranzo anche per il giorno dopo. Inge non deve fare niente, se non essere se stessa, curiosa e di buon umore. L'appuntamento è in uno dei tipici locali, piccoli e bui, vicino alla Reeperbahn. Ad attenderli c'è il giornalista americano di origini ebreo-polacche, Melvin J. Lasky, di stanza a Berlino e co-direttore della rivista politica "Der Monat", finanziata dagli Stati Uniti. Lasky è stempiato, porta il pizzetto, fuma continuamente la pipa, e a Inge di primo acchito non sta molto simpatico. In compenso sembra contare sia a New York sia a Londra su ottime conoscenze tra i giornalisti di primissimo ordine. Inoltre, si dichiara disponibile a mettersi in contatto con l'ambasciata americana a Berlino affinché la giovane reporter possa ottenere il visto a breve. Di nuovo tutti i tasselli finiscono negli spazi giusti. Il visto americano arriva, il biglietto per la traversata sul piroscafo di lusso può essere prenotato direttamente alla compagnia marittima. A Inge resta anche il tempo per fare un salto a Gottinga dalla famiglia. Günther riesce a consegnarle, come regalo di Natale anticipato, l'agognata Rolleiflex. Ora è veramente pronta, può partire. Hans Huffzky e Ulrich Mohr si offrono galantemente di accompagnarla al porto la sera del 18 ottobre. Il cielo è limpido, Huffzky propone di salire tutti e tre sulla sua Borgward e, visto il momento speciale, di aprire, nonostante faccia già fresco, il tettuccio. C'è ancora tempo per due chiacchiere, un caffè e una fetta di torta. Huffzky la sera precedente ha detto a Inge di volerle presentare prima della partenza, a mo' di viatico, un'altra persona molto importante. I tre hanno appena ordinato, quando al loro tavolo si avvicina un signore di mezza età, molto elegante. Si rivolge subito a Inge: "Gentile signorina Schönthal. Posso presentarmi? sono Rudolf-August Oetker".

Nel giro di pochi giorni, è già la seconda volta che Inge viene presa in contropiede.

Quel signor Oetker in carne e ossa? L'erede dell'impero delle torte fatte in casa con la bustina di lievito e le belle decorazioni colorate, il re delle creme e dei budini?

"Giusto," le risponde lui sorridendo, "e non solo. Tra poche ore lei si imbarcherà come nostra ospite per New York, su una delle nostre modernissime navi passeggeri." Non è facile mettere in imbarazzo Inge. Ma che l'armatore e imprenditore intendesse accompagnarla personalmente a bordo, non se lo sarebbe mai immaginato. "E mi farà molto piacere se poi, una volta tornata, vorrà raccontarmi come è stato questo viaggio in nave attraverso l'Atlantico."

Infine Oetker le porge ancora una busta: sono un po' di indirizzi che le possono tornare utili.

"Si faccia viva al suo ritorno."

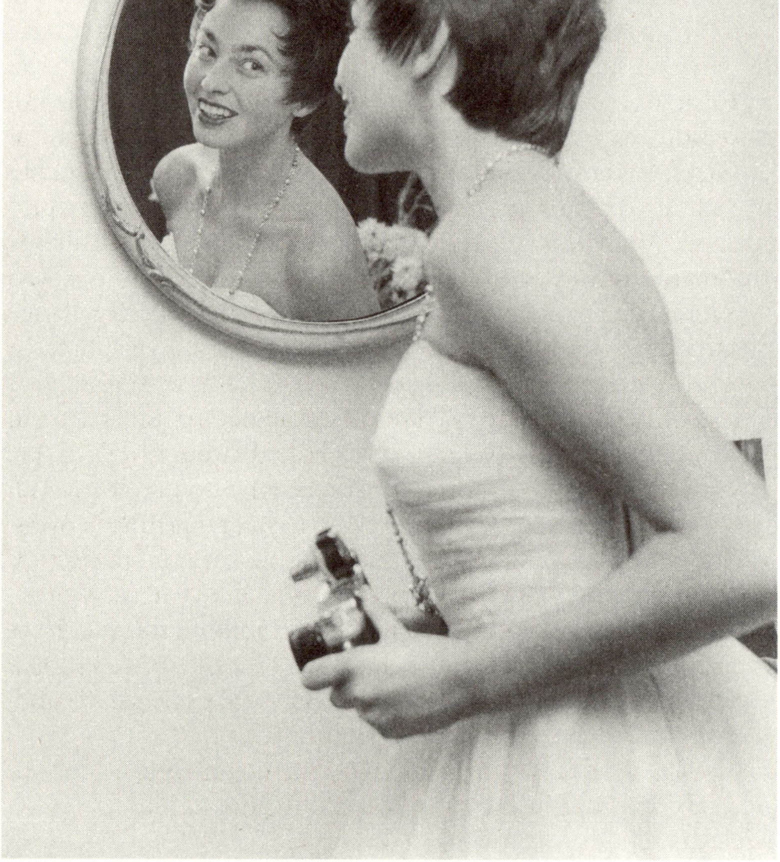

4.
A Star is Born

Ed eccoci partiti! Undici giorni e undici notti dura il viaggio, sempre più vicina al paese delle infinite possibilità, come si dice. A essere sincera, ho paura. Da sola, in cabina, seduta sulle mie valigie, l'avvicinarsi di questo continente lo percepisco sempre più come una minaccia imperscrutabile. In America non conosco nessuno. Be', no, non è vero, conosco Sandra, la figlia di un miliardario. Che fare, disfo la valigia? Ho undici giorni di tempo. Decido di andare sul ponte in perlustrazione. Mi metto a vagare per la nave, scoprendo una piccola stamperia, una sala scherma, una sauna, una palestra, una sala cinematografica, una cella frigorifera e un'enorme cucina. A un certo punto mi perdo e mi ritrovo improvvisamente in una piccola lavanderia immersa in una nuvola di vapore di bucato. Sette cinesi, tutti con i pantaloni bianchi di fustagno, mi guardano e mi sibilano qualcosa simile a "Che ci fa qui lei?". E visto che mi scoccia dire che mi sono persa, indico la mia giacca bianca che per fortuna ha una macchia. Mi viene subito tolta e assicurato che la riavrò smacchiata il giorno dopo.
Senza giacca fa però freddo e così me ne torno in cabina. Lì trovo un biglietto con scritto: "Buongiorno! La nave le dà il più cordiale benvenuto. La cena sarà servita alle 20, dopo ci sarà un concerto nella lounge". Prendo il vocabolario per vedere cosa voglia dire "lounge". Probabilmente qualcosa di simile al foyer. Devo dunque mettermi in ghingheri. Mi pre-

cipito in bagno. Dal rubinetto della vasca (con una scritta in qualche lingua scandinava) esce acqua color verde e ruggine. Ho sbagliato qualcosa? Nient'affatto, si tratta solo di normalissima acqua salata per gente in viaggio sull'oceano. Ci sono ben tre asciugamani. Li uso tutti, uno dopo l'altro, una favola. Sotto di me sento il rumore delle macchine.

Heinrich Maria Ledig-Rowohlt ha dato a Inge tre libri per il viaggio oltre l'Atlantico: *Giobbe* di Joseph Roth, *America* di Franz Kafka ed estratti dei *Diari* di Stefan Zweig. È il suo viatico. Tre letture bandite sotto il nazismo, tre grandi scrittori ebrei per una ragazza promettente che ora, sprigionando il fascino dei suoi occhi affilati, può presentarsi a testa alta con il suo cognome. La traversata è lunga, e a volte non c'è cosa migliore da fare che affidarsi alle parole di chi l'ha già compiuta, come Stefan Zweig, che scrive:

> Arrivo con ritardo. In compenso grandioso spettacolo delle bandiere di stelle nell'aria. Difficile descrivere come spuntano dal buio. Facciate bianche illuminate compaiono magicamente, un colpo d'occhio difficile da sognare: tanta grandiosità, inimmaginabile di notte. Di giorno è architettura, vetro, ferro, pietra, materia, di notte fluttuare di luce quadrata, celle in fiamme rese innaturali dalla forma geometrica. Il fuoco che la natura conosce indomabile domato, qui l'inimmaginabile. Non c'era nulla che le generazioni passate ammirassero di più. E anch'io: New York diventava grandiosa di giorno, era come se si sgranchisse verso l'alto.

Inge non ci mette molto a esplorare la nave. Va in avanscoperta per scoprire come vive l'alta società. Ma la cosa che le piace di più è starsene a leggere sul ponte, comodamente seduta su una delle sdraio, imbacuccata in una pesante coperta di lana. E meno male che sulla nave c'è anche il direttore della "Zeit" Richard Tüngel, altrimenti si sarebbe veramente annoiata a morte. Si sono conosciuti ad Amburgo, tanto per cambiare, nella mensa della Dpa.

Richard Tüngel è stato invitato negli Stati Uniti dal "New Yorker", il sofisticato settimanale fondato nel 1925 che, insieme a "Time-Magazine", è diventato l'esempio da seguire per molti direttori di giornali europei del dopoguerra. Tüngel appartiene alla borghesia anseatica educata al gusto dell'understatement britannico e a pranzo spettegola volentieri della concorrenza: di quel Rudolf Augstein, che con il suo "Spiegel" vuole imitare le riviste illustrate americane. Augstein ama girare lungo l'Alster a bordo di cabriolet americane e da quanto è piccolo sembra scomparire dietro il volante. Si divertono a prenderlo in giro. Ma oltre alle chiacchiere, il tempo passato a tavola può essere sfruttato per qualche lezione di bon ton. Tüngel è ben lieto di fare da docente a Inge. È un insegnante perfetto perché *lui* è perfetto: gentleman, raffinato, educatissimo. Insegna a Inge cosa si mangia, quando si mangia, come si mangia in certi contesti. Così Inge impara come si preparano e si gustano ostriche, gamberetti, caviale e le uova in vetro, servite nei bicchieri. Se mai venisse invitata a qualche pranzo altolocato, sarà pronta.

Quando la nave entra attraverso la foce dell'Hudson, e poi nel porto di New York, Inge è ancora mezza addormentata. È uno spettacolo mozzafiato. Quante volte ha visto quelle immagini sulle riviste? E poi ancora nella sua testa? Ora capisce meglio le parole di Zweig. Ma adesso è tutto diverso, è tutto vero. È il mondo luccicante della modernità e in quel mondo vive suo padre.

Tüngel dice a Inge che il "New Yorker" ha mandato una macchina con autista a prenderlo, perciò, se vuole, può darle un passaggio fino in centro a Manhattan.

"Sarebbe fantastico," dice Inge. "So dove andare, ma non come arrivarci." Se l'autista potesse portarla sulla Fifth Avenue, all'altezza di Madison Square e Central Park, sarebbe perfetto. Per il suo primo giorno americano non ha un piano preciso, ma prima di partire una persona che a New York c'è già stata le ha detto che per accedere al Nuovo Mondo bisogna partire proprio da lì. L'impatto sarà forte, indimenticabile, e poi, ha continuato quella persona, Inge avrebbe dovuto farsi inghiottire dalla subway a Downtown, proseguire per qualche stazione e poi a un certo punto riemergere in superficie. Sarà come nascere una seconda volta. E incontrare la *Gotham City*. Le sirene dei vigili del fuoco e della polizia, i tombini che sbuffano vapore come piccoli geyser attivi.

"Immagino sia stato Ulrich Mohr a raccontarle questa storia, lui tende sempre a enfatizzare," commenta Tüngel. "In questo caso devo però dare ragione a Uli."

Poco dopo Inge si ritrova con borsone e valigia dietro alla Grand Central Station, angolo 40esima Strada-Fifth Avenue. Prima di dileguarsi nel traffico, Tüngel dal finestrino le dice che rimarrà a New York per un paio di settimane e che lo può facilmente rintracciare attraverso la redazione del "New Yorker"; se si facesse viva per un drink o per un pranzo, lui ne sarebbe felice.

È arrivata, finalmente. Distrutta dalla stanchezza, ma entusiasta. Lo sguardo corre su e giù per le facciate dei grattacieli, a sinistra e a destra, verso la luce e poi di nuovo sul traffico, sui grandi e colorati incroci, gli autobus, i taxi. La città si sta svegliando e i marciapiedi si popolano di persone. E se tra quelle facce sconosciute a un certo punto ne spuntasse una più familiare? Quanto può cambiare il volto di un uomo nel giro di quindici anni? Sarà tanto invecchiato papà?

Poco prima di partire gli ha scritto che sarebbe stata a New York per due, tre mesi, e che le avrebbe fatto piacere rivederlo. Non ha mai ricevuto risposta, ma probabilmente i tempi erano stati troppo stretti. Poi però Inge scaccia il pensiero del padre e chiede a una passante se c'è un autobus che la porti direttamente all'Upper East Side. Le viene risposto che la cosa migliore è prendere un bus in Lexington Avenue, tre strade più avanti, a destra. Ancora sulla nave, studiando la mappa di Manhattan, si è immaginata di recarsi come prima cosa al Metropolitan Museum of Art, fare colazione nel caffè del museo e poi telefonare ai padroni di casa che l'avrebbero ospitata. Avrebbe abitato sulla Fifth Avenue, vicino al museo. Nel frattempo si sono fatte quasi le 10 e nella guida c'è scritto che il museo apre alle 9.30.

La brodaglia grigia che viene servita come caffè è imbevibile, in compenso le uova al tegamino e gli *hash browns* veramente squisiti. Sazia e soddisfatta, Inge si siede sulla scalinata del museo. Il sole autunnale getta uno stretto fascio di luce sulla strada e sui gradini. La verranno a prendere tra le 11.30 e mezzogiorno, così le è stato detto al telefono. Ma quanto è fantastica questa *Gotham City*, pensa lei. In più ha la fortuna, come scoprirà di lì a poco, di abitare in una zona decisamente esclusiva. Rudolf-August Oetker, la cui presente ricchezza di armatore e, naturalmente, di re dei dolci oscura un passato nelle Waffen-SS, le ha procurato tramite amici il contatto di Sandra Morgan, la pronipote di John Pierpont Morgan, il banchiere probabilmente più influente degli Stati Uniti a cavallo tra Ottocento e Novecento. Sandra sta studiando al college, così la sua stanza nell'attico è libera e può occuparla Inge. La madre di Sandra invece è una biologa, lavora per le Nazioni Unite ed è specializzata nel controllo delle nascite nei paesi in via di sviluppo.

Davanti alla lussuosa penthouse sulla Fifth Avenue, si apre verso ovest e in tutta la sua bellezza autunnale Central Park. A Inge basta la prima settimana per capire che dormirà ben poco. Ogni sera la casa si riempie di gente che lavora per l'Onu, fumo e cocktail. Appiccicato alla porta, Inge si trova spesso un biglietto che la invita a unirsi al party, oppure a preparare la valigia perché, se le va, il weekend successivo può unirsi a loro nella casa che hanno in Virginia. Lì i Morgan hanno anche dei cavalli. Sa cavalcare, Inge?

Quando non è la padrona di casa a proporle inviti, ci pensa Sandra. Le serate di Inge non sono mai vuote. In numerose occasioni sono soprattutto le famiglie ebree a mostrarsi curiose, a voler sapere cosa ha da raccontare sugli anni del nazismo una giovane donna tedesca con padre ebreo. Le chiedono come abbia fatto a non finire nelle mani delle SS. Com'è la Germania, oggi? Dove sta andando la Germania? Economia, scienza, ci sono novità in questi campi? E soprattutto: la gente si è pentita? Una tortura.

Durante una di queste cene Inge conosce un redattore della rivista di moda "Harper's Bazaar". È lui che a un certo punto le suggerisce di fotografare la crème de la crème dei fotografi di moda americani. Se ha bisogno dei contatti può chiedere a lui. A Inge sembra un'idea brillante: fotografare i maestri!

Il giorno dopo telefona alla redazione di "Constanze" e propone una serie di ritratti di questi fotografi. Il progetto viene accolto con entusiasmo. Pur potendo contare su alcune entrature, raggiungere i maestri non è impresa facile, e allora Inge comincia a scrivere agli agenti di Richard Avedon, Erwin Blumenfeld e John Rawlings, racconta loro del suo progetto di realizzare ritratti esclusivi per "Constanze", la nuova rivista femminile di Amburgo. E mentre attende impaziente la risposta gira, imbacuccata in un pesante cappotto e con macchina fotografica e flash, giornate intere, a volte fino a tarda sera, per le strade di Manhattan. Di facce da immortalare ce ne saranno tante.

> È una giornata orribile. Ho sguinzagliato tutte le mie conoscenze, preparato appuntamenti, creato nuovi contatti. Ciononostante fino a questo momento non ho combinato nulla. E mentre le strade di New York vengono spazzate da una bufera, io me ne sto in attesa di qualche telefonata, di una storia fantastica. Invano. Sono decisamente depressa. E così a un certo punto decido che ho aspettato abbastanza, indosso un vecchio cappotto, infilo la macchina fotografica in una piccola borsa da viaggio scozzese e mi metto a camminare lungo Central Park. Sono appena le quattro del pomeriggio, ma comincia già a far buio e per le strade, normalmente affollate, si vedono solo poche persone procedere a passo spedito.

A un certo punto si concede una piccola sosta. Si siede sulla balaustra di una vetrina in Madison Avenue, la Rolleiflex pronta allo scatto, il flash appoggiato al piede. Osserva affascinata il fiume di persone sul marciapiede e il traffico che scorre in modo stranamente tranquillo. Se ne sta lì per un po', felice e al tempo stesso leggermente spaesata. Pensa al padre. Non ha un suo numero di telefono e non ha mai preso veramente in considerazione la semplice idea di presentarsi all'indirizzo al quale ha scritto qualche settimana prima. E se ci andasse oggi? A piedi da Madison a West Side Central Park non ci vuole molto.

Si avvia. E mentre cammina non smette di guardare i volti delle persone. All'improvviso, ferma a un semaforo, gli occhi di Inge vengono colpiti dal colore di un cappotto. Una donna difficilmente sceglierebbe quella tonalità prugna a cavallo fra viola e marrone. In pochissime oserebbero tanto, pensa Inge, perché è un colore che sbatte, e quindi o sei bellissima e te ne puoi infischiare, oppure finisci per assomigliare a un sacchetto della spazzatura. Ma quella donna all'incrocio, persa nei suoi pensieri, con addosso quell'ampio cappotto scuro, in capo un elegante cappello di feltro dello stesso colore e che a quanto pare nessuno dei passanti sembra riconoscere, è bellissima. Non è Greta Garbo? Sembra raffreddata, tiene la borsa stretta sottobraccio e si soffia il naso. Calza ballerine nere con laccetti e a tracolla ha una di quelle borse tipiche delle ragazze dei college americani.

Il semaforo è ancora rosso. Inge si alza di scatto, tiene la

Rolleiflex ad altezza pancia, guarda velocemente attraverso il mirino e preme il pulsante. Non un secondo di esitazione perché, Inge lo sa bene, la macchina che ha in mano è molto facile da usare, ma è anche molto lenta, non come le Leica che usa Robert Capa. Inge ha solo il tempo che trascorre tra il rosso e il verde, non può controllare la luce, capire se quella donna si è accorta o meno della sua presenza. Click.

Un attimo dopo la donna è scomparsa. Ma era veramente la Garbo? Inge continua a passeggiare per la Fifth Avenue in direzione Upper East Side. Di tanto in tanto si ferma, scatta qualche foto. Prima finisce il rullino e prima potrà farlo sviluppare. Il redattore di "Harper's Bazaar" le ha messo a disposizione il laboratorio interno del magazine.

Due giorni dopo Inge tiene in mano i provini a contatto. Sì, era veramente Greta Garbo.

> Gli occhi sono quelli meravigliosi di sempre, il profilo bellissimo come un tempo e anche senza trucco resta uno dei volti femminili più espressivi. Ma le persone guardano quel volto, visto centinaia di volte nei film, sui giornali, sulle riviste con indifferenza e vanno oltre. Immerse come sono nei loro pensieri, non si accorgono di nulla, non provano alcuna emozione, in poche parole non la riconoscono. Questo fatto mi porta a una delle scoperte più importanti di tutta la mia carriera giornalistica e conferma quanto detto da un mio collega: "Devo il mio successo al fatto che il pubblico guarda normalmente sempre nella direzione sbagliata, cioè dentro di sé anziché verso l'esterno".

Certo la foto avrebbe potuto essere più nitida; in compenso ha colto perfettamente l'attimo. Raramente si è vista un'immagine così della Garbo. Il giorno stesso Inge telefona a Ulrich Mohr e gli racconta di questo piccolo scoop. Mohr le dice di mandargli al più presto una stampa della foto e le dà l'indirizzo di un collega della rivista "Life". Di sicuro anche loro saranno interessati allo scatto. "E per il resto, Ingelein, come va? Come stai?"

"È tutto meraviglioso. Abito in un posto super lussuoso e la settimana prossima comincio a lavorare a una storia sui più famosi fotografi di moda di New York. Avrai mie notizie."

Nella mensa della Dpa di Amburgo non si fa che parlare di lei, Inge Schönthal. Non è partita nemmeno da un mese e già è riuscita a piazzare una foto su "Life", il punto di arrivo per i fotogiornalisti. Se ce la fai con "Life", ce la fai dappertutto. Grazie allo scatto della Garbo, Inge intasca, orgogliosa, i suoi primi cinquanta dollari guadagnati a New York. Poco dopo, la foto viene pubblicata anche in Germania dal tabloid "Bild Zeitung", ma senza crediti fotografici e con una didascalia inventata:

"La 'divina' è raffreddata. Anche Greta Garbo deve starnutire. La 'divina' che ha girato il suo ultimo film nel 1941 – *Non tradirmi con me* – ha da tempo lasciato Hollywood e ora vive ritirata ad Anacapri. Di tanto in tanto va a Roma per gli acquisti dove l'ha incontrata il nostro reporter. E a Roma si è presa il raffreddore".

Intanto tutto tace dagli agenti dei fotografi di moda. Anche i colleghi di "Life" le confermano che trascinare quelle star davanti all'obiettivo è un'impresa disperata. Se si è deciso di stare da una certa parte dell'obiettivo ci sarà un motivo, no?

Inge però è cocciuta e non ha ancora sfruttato gli indirizzi che le ha passato il redattore di "Harper's Bazaar". Il primo fotografo dal quale si presenta è Erwin Blumenfeld, forse perché di lui si dice che sia molto gentile. Il suo atelier si trova a Central Park, al sedicesimo piano di uno dei grattacieli che costeggiano il parco. L'ascensore la porta direttamente all'ingresso dello studio.

> Sono agitatissima. Lui per me è un mito, adoro le sue foto su "Vogue". E non c'è libro fotografico americano nel quale non ci siano riprodotte sue fotografie. Entrata nel suo atelier, mi viene incontro un omino con addosso una camicia sportiva e niente giacca. Blumenfeld mi chiede in perfetto inglese-berlinese: "Cosa posso fare per lei?". Blumenfeld non sembra avere fretta. Intorno a noi tutti si danno un gran daffare: ci sono almeno dieci macchine fotografiche posizionate, i flash non fanno che lampeggiare, ed è un continuo correre avanti e indietro. Noi due, invece, ce ne stiamo comodamente seduti su un divano di pelle. Gli dico: "Lei è una persona famosa", ma Blumenfeld si schermisce. "Ma *nein*, che famoso e famoso. Questo è il modo di vedere europeo. Qui a New York un fotografo non è che un manovale un po' più bravo della media".

Poi il "vecchio mago" comincia a raccontare.
"Lo chiamano Mago perché non c'è foto sua che sia stata realizzata normalmente," spiega Inge nel suo articolo per "Constanze". "Il più delle volte usa uno specchio o frammenti di specchio per 'rompere' l'immagine. E ancora la luce e trucchi cromatici."

Blumenfeld dunque racconta a Inge la sua vita. Prima della guerra ha lavorato come commesso in un grande magazzino. Nel 1930 si è presentato dall'editore Ullstein con qualche sua foto. Un buco nell'acqua. Kurt Korff, caporedattore della "Berliner Illustrierte" (proprietà appunto della casa editrice Ullstein) che aveva fama di essere uno dei migliori nel campo, non solo gli aveva dato il benservito, ma aveva aggiunto in tono sprezzante: "Non ho mai incontrato un fotografo più incapace". Pochi anni dopo lui stesso pagherà cifre da capogiro per avere gli scatti di Blumenfeld, diventato nel frattempo una celebrità negli Stati Uniti. Prima di dedicarsi esclusivamente alla fotografia, Blumenfeld ha però fatto ancora qualche deviazione. Dal grande magazzino è passato alla moda femminile, poi si è cimentato come attore, successivamente come mercante d'arte, e infine si è ritrovato ad Amsterdam come esperto di pellami. Il primo servizio fotografico gli è stato commissionato nel 1938 da "Vogue" a Parigi. "Finalmente ce l'avevo fatta." E per ripagare questa fiducia, ogni anno produce per la testata una sessantina di pagine. Ma i soldi veri arrivano con la pubblicità. Lucky Strike, per esempio, gli paga trentamila dollari una campagna. Ogni lunedì riceve una decina di modelle. Blumenfeld sfoglia qualche rivista, e se scorge una modella interessante, chiede alle agenzie di mandargliela. Lui le preferisce così come sono, "non con quegli stracci eleganti addosso". Comunque, New York è il posto migliore dove lavorare.

Sì, la nomea di Blumenfeld è confermata. È davvero molto gentile, e generoso. Inge ha materiale più che sufficiente per imbastire il suo articolo. Mancano però alcuni scatti del Mago.

"Tutto, ma non questo," le dice Blumenfeld. "Non vede che sono brutto e vecchio?" Ha appena compiuto cinquantatré anni. Poi però cede e una volta viste le stampe è più che soddisfatto. Prima di accomiatarla, regala a Inge una sua stampa originale e le dice che, qualsiasi cosa le servisse, lui è a sua disposizione. E, *by the way*, aggiunge di avere un figlio della stessa età di Inge.

Pochi giorni dopo l'incontro con Blumenfeld, Inge è nello studio del giovane Richard Avedon. Ed è a lui che fa uno dei suoi più bei ritratti, se non addirittura il più bello dal punto di vista della composizione. Per "Harper's Bazaar" Avedon è la grande *shooting star*. Inge decide di procedere come ha fatto con Blumenfeld. Si reca allo studio e suona il campanello. Che cos'ha da perdere? Le apre un uomo giovane che indossa uno *sweater* blu e un paio di scarpe da tennis. Lei chiede di Avedon e spiega il perché della sua visita. Lui la prega gentilmente, seppur con una certa fretta, di prendere posto indicandole una sedia in un angolo della stanza. Anche qui è un viavai continuo di persone, forse una trentina in tutto. Redattrici di "Harper's Bazaar", modelle, fattorini, camerieri con vassoi sovraccarichi di bicchieri di tè e sandwich. Di Avedon neanche l'ombra. E sì che è passata già mezz'ora. Poi, finalmente, torna il giovane che le ha aperto la porta.

"Eccomi, adesso ho qualche minuto per lei," dice.

"Ah, pensavo fosse il fattorino."

Avedon, ventinove anni, sposato e padre orgoglioso di un maschio, scoppia in una fragorosa risata. E a quel punto anche Inge ride di gusto della sua ingenua impertinenza. L'intervista viene interrotta ogni due per tre, c'è sempre qualcuno che ha bisogno di lui. Avedon racconta a Inge di essere stato nella Marina mercantile e che suo padre gli ha regalato una macchina fotografica quando era ancora un ragazzo. Ben presto la fotografia è diventata la sua grande passione, e dopo aver venduto le prime foto a "Harper's Bazaar", ha lasciato la Marina. Tra un'interruzione e l'altra Inge osserva incantata l'ambiente di lavoro di Avedon. Da qualche parte nascosto c'è un jukebox che suona *Cry* di Johnnie Ray and The Four Lads. Un giovane nero assiste Avedon con l'eleganza e l'agilità di un pugile. Inge è senza parole. Nonostante tutti si diano un gran daffare, non c'è frenesia.

> Nessuno sbraita o dà in escandescenze. Avedon, con quella voce da ragazzo che si ritrova, assegna pacatamente i compiti a ognuno. Sta lavorando con la sua modella preferita, Dorian Leigh. Lo sfondo è sempre bianco e Avedon dietro alla macchina fotografica sembra un atleta pronto allo sprint. È pignolissimo e si occupa anche di ogni minimo dettaglio che riguarda l'abbigliamento della modella. Lo shooting con Dorian Leigh dura un'ora. Avedon l'accomiata con un "ecco fatto, thank you", mentre un'altra modella si sta già preparando.

In quella coreografia non è facile muoversi, ma seppure leggermente imbarazzata Inge riesce a scattare un paio di foto ad Avedon con la sua modella. Poco dopo Inge è di nuovo per strada, di nuovo a caccia, come le piace fare. Sempre con la Rolleiflex e spesso con la pesante apparecchiatura del flash. Così bardata è anche la mattina in cui sulla Fifth Avenue si imbatte, davanti all'ingresso della casa del finanziere e consulente di Roosevelt Bernard Baruch, in un folto assembramento. Politici o uomini d'affari, pensa, in fondo in quegli anni di crescente tensione tra Stati Uniti e Unione Sovietica il nome di Baruch è sulla bocca di tutti. Vale la pena dare un'occhiata. Si incunea tra tutte quelle persone, si fa largo per avere la visuale libera sull'ingresso della casa. Come pipistrelli che escono da una grotta, spuntano manciate di uomini in cappotto e lobbia nerissimi. E tra di loro ce n'è uno che Inge riconosce subito. È sir Winston Churchill! Inge scatta e se ne va di nuovo.

Ora non resta che aspettare il verdetto dei provini a contatto.

La foto di Churchill non è un granché. Sfuocata, luce sbagliata, l'immagine troppo buia. Ma l'uomo attorniato da quelli che sembrano guardie del corpo o agenti di sicurezza in abiti civili è decisamente Churchill. Il bastone, il cappello e quel sorriso sornione.

Richard Avedon e Dorian Leigh, invece, sono celestiali. Sorprendono la stessa Inge. Nella bolgia dello shooting ha scattato a corto di tempo, ma ha colto l'attimo: Avedon sistema delicatamente gli orecchini di Dorian Leigh, la bocca di lei è leggermente socchiusa, gli occhi splendenti. Un'immagine a dir poco commovente.

Blumenfeld e Avedon sono due celebrità. È stupefacente il modo in cui Inge è riuscita ad avvicinarsi a loro e addirittura a convincerli a lasciarle fare degli scatti. Tutti le riconoscono questa intraprendenza, ma alcuni tra i colleghi di "Life" e "Harper's Bazaar" se la ridono sotto i baffi perché tutt'altra storia sarà con il vero re della fotografia di moda e pubblicitaria, John Rawlings. Il quarantenne fotografo delle celebrità è sempre occupato. Irraggiungibile. La centralinista del suo studio risponde ogni volta allo stesso modo quando Inge chiama chiedendo un appuntamento: "Terribly busy, sorry".

Non c'è due senza tre. Inge si presenta allo studio di Rawlings. Il momento decisivo in questa occasione si materializza sottoforma di cinquecento rose rosse. Dietro l'enorme mazzo, forse l'occorrente per allestire uno dei set fotografici, arranca un fattorino. Inge si accoda, può essere il suo cavallo di Troia.

È dentro, le rose spariscono chissà dove.

"Hello, may I speak to mister Rawlings?"

L'incontro con il fotografo Inge lo descriverà così nel suo reportage per "Constanze":

> Sono entrata nello studio fotografico più favoloso che avessi mai visto. È come un acquario, a metà tra il soggiorno di una casa di campagna e un museo. Alcune donne bellissime mi chiedono cosa desidero. E dopo mezz'ora mi viene incontro il "presissimo" John Rawlings in persona, dicendomi che poteva giusto dedicarmi mezz'ora, non di più.

Mentre Rawlings e Inge attraversano lo studio, lui le racconta che fino a quel momento l'atelier gli è costato una cifra come sessantamila dollari. "E in effetti era nuovo di zecca," commenta Inge sempre nel suo articolo.

Ma non vuole certo fermarsi qui, vuole ampliarlo, farlo tre volte più grande. Inge scrive: "L'enorme soffitto è completamente di vetro. Su un grande palcoscenico girevole c'è un divano dorato, attorno al quale delle persone si apprestavano a posizionare un baldacchino rosso. L'assistente di Rawlings è un giapponese". Rawlings racconta a Inge di aver pubblicato la sua prima foto a ventitré anni. Si trattava di un concorso di cani. Poi era passato a "Vogue". La paga? Venticinque dollari a settimana. Sei mesi dopo, la rivista lo manda a Londra, per aprire uno studio fotografico della testata. La cosa di cui va più orgoglioso è quando scopre nuovi visi. La prima volta che ha fotografato Carmen Dell'Orefice, lei ha appena quindici anni e finisce subito sulla copertina di "Vogue", diventando la modella più giovane mai ingaggiata da questa rivista. Oggi Dell'Orefice guadagna così tanto da poter finanziare alla madre gli studi all'università. Rawlings dice a Inge di essere innamorato del suo mestiere e che non c'è altro settore nel quale possa dare libero sfogo alla fantasia come in quello pubblicitario.

Un uomo realizzato, insomma? Sì, ma con ancora un sogno nel cassetto: un giorno vorrebbe poter documentare una spedizione archeologica. Prima di salutarla, Rawlings dice alla giovane fotoreporter che deve assolutamente andare a fare visita al fotografo e scrittore Cecil Beaton a Londra. Un personaggio davvero eccezionale.

"Mi farà avere alcuni dei suoi scatti?"

L'Indian Summer è terminata all'improvviso. Inge se ne rende conto mentre cammina verso l'Upper East Side. Il freddo è pungente, meglio accelerare il passo. Non si è fatta scrupolo a infilarsi tra mura di spallute guardie del corpo e non ci ha pensato due volte a infiltrarsi non invitata negli atelier dei grandi fotografi. Ma l'idea di bussare direttamente alla porta del padre, che non vede da quando ha otto anni, la mette a tal punto a disagio che se potesse eviterebbe anche il pensiero. Ma non può. Come reagirebbe lui trovandosela improvvisamente di fronte? E come reagirebbe lei?

Giunta a casa trova sul letto una busta spessa proveniente dalla Germania. Inge la apre nervosamente. Rosemarie Pierer le ha mandato un po' di posta, e tra questa anche una lettera da New York. Potrebbe essere del padre. E infatti è proprio così. Nella lettera lui la ringrazia e le scrive che sarebbe contento di rivederla. Meglio però se prima telefona.

Il tono della missiva è gentile, ma si percepiscono anche distacco e formalità. Inge ne è irritata. È questo il modo in cui un padre parla alla figlia? "Liebe Inge", ha scritto. Nessuna *Ingemaus*, nessuna *Ingelein*. Le ha scritto anche il numero di telefono. Che fare? Chiamarlo subito? No, meglio domani. Tutta questa titubanza non è nella sua natura e forse la fa irritare ancora di più. È contenta oppure no di aver ricevuto finalmente risposta? Ha deciso. Lo farà domani. Domani chiamerà "papà".

Il giorno dopo, Inge resta un po' più a lungo a letto. Aspetta che i padroni di casa escano per andare al lavoro. È solo una precauzione perché di mattina si trova spesso da sola nel grande attico, visto che Sandra esce sempre molto presto per andare in università.

Inge pregusta già la sua tranquilla colazione con vista su Central Park. Sì, l'Indian Summer è ufficialmente alle spalle: olmi, betulle e ciliegi hanno cominciato a perdere i loro colori; dove prima c'erano macchie di bronzo adesso si vedono le diramazioni dei rami.

Sul tavolo da pranzo trova una cartolina postale inviatale dalla Svizzera. È di Gassy!

> Cara Inge, un grande mercì per la tua lettera. È stata recapitata oggi nelle mie delicate manine, nel frattempo corrose dagli acidi. Tu invece non sei stanca di girare il mondo come una trottola, non ti sono ancora venute le vertigini? Stai attenta a non sfuggire alla forza di gravità, e ritrovarti improvvisamente proiettata nell'universo, e chissà, magari a un palmo di naso dal buon Dio. Gassy.

Se non fosse per l'ultima frase di Gassy che le strappa un sorriso, forse Inge si farebbe assalire da malinconia e tristezza. Quanto le manca Gassy! Per un attimo Inge si concede ai ricordi della scuola a Gottinga, pensa alle ore passate con la sua amica del cuore in caserma, con i cavalli, ai balli, prima con Otto Hack e poi con Günther, il fisico. Un periodo bellissimo, nonostante la guerra e le privazioni. E ancora, le loro scorribande notturne per rubare un po' di frutta e verdura. All'epoca "papà" se ne era già andato per mettersi in salvo dagli sgherri nazisti, come li aveva chiamati una volta sua mamma. Si rammarica di ricordare così poco della sua infanzia a Essen. Solo le voci dei genitori, la paura, il letto sul quale non riusciva ad addormentarsi. Si ricorda poi che sua madre si assentava spesso. "Papà deve lasciare la Germania," diceva. Ogni volta che la madre tornava da quelle perlustrazioni portava a Inge cioccolata olandese con deliziosi ripieni di crema rossa o gialla. Di questo Inge si ricorda perfettamente. E più sua madre si assentava, più suo padre spariva. *Emigrato*, le avevano spiegato. Emigrato, un'espressione apparentemente innocua e invece così subdola. Dopodiché la guerra e...

Il caffè della colazione si è raffreddato. Sono le 9, forse ancora un po' presto per telefonare a Väti. Inge rovista nella borsa, cerca i due rullini che vuole far sviluppare al laboratorio di "Harper's Bazaar". Se le foto a Rawlings sono accettabili, vorrebbe scrivere entro la settimana anche i ritratti dei fotografi incontrati e spedire il tutto a "Constanze" e a Uli Mohr.

Quella mattina il sole si fa desiderare. Inge si aggira nervosa per casa. Passa davanti al divano nuovo: quello vecchio, di lino e bellissimo, l'ha rovinato lei qualche giorno prima, dopo avervi incautamente dimenticato sopra i liquidi chimici che usa per ricaricare il flash; per il dispiacere, e per il pensiero martellante su come ripagare quel disastro, non aveva chiuso occhio per diverse notti. Adesso deve trovare qualcosa per ingannare l'attesa e allora chiama lo studio del fotografo Irving Penn. Le sarebbe piaciuto molto avere anche lui nella serie dei ritratti. Inge sa che fino alla settimana prima si trovava a Parigi, magari è tornato. E ora una voce leggermente piccata dall'altra parte della cornetta la informa che no, non è ancora tornato. Inge sistema la cucina. Poi fa un po' di bucato. Si fanno le 10. Sul tavolo del salone vede un numero del "New Yorker". Oddio, ha completamente dimenticato Tüngel della "Zeit". Sarà sicuramente già tornato in Germania. Peccato. Ma tentare non costa nulla. Chiama la redazione del "New Yorker". Sì, il signor Tüngel si tratterrà a New York ancora fino a sabato, le dice un'assistente di redazione. Al momento è però in riunione. "Richiami tra un'ora. Vuole che lasci detto? Mi ripete il suo nome?"

Dopo un'ora Inge richiama e parla con Tüngel. Lui è contento di sentirla e le chiede: "Ha per caso già qualche impegno per pranzo? Se così non fosse, potremmo mangiare qualcosa insieme a Little Italy," le propone. "Ce la fa a essere per le 12.15 a Washington Square Park?"

"Certo," risponde Inge. "Con la subway ci impiego un attimo."

Inge si sente molto più leggera. Felice, addirittura. Väti può aspettare domani.

Neanche mezz'ora dopo Inge sbuca dalla fermata Broadway/Bleecker Street. A quanto pare Tüngel non è ancora arrivato... no, eccolo. Lei gli fa cenno. Si abbracciano come vecchi amici; bello parlare di nuovo tedesco. Tüngel chiede se è riuscita a realizzare alcuni dei progetti. Sì, ed è abbastanza soddisfatta del lavoro fatto sin lì, lo informa lei, una sua foto è stata comprata addirittura da "Life". Inge prende dalla borsa un po' di provini a contatto e mostra a Tüngel le foto scattate ad Avedon, Rawlings e Blumenfeld. Lui quasi non ci crede, anche se non ne è totalmente sorpreso. Già sulla nave che li ha portati negli Stati Uniti ha capito che Inge non è solo esuberante, ma anche determinata. "Mi sembrano lavori di grande qualità."

Inge dice anche a lui che vorrebbe terminare la stesura degli articoli entro quella settimana. E se così fosse, continua, non è che potrebbero rivedersi venerdì? Lei gli consegnerebbe il malloppo con preghiera di farlo avere a "Constanze". Quello stesso pomeriggio sarebbe andata a ritirare le stampe dal laboratorio di "Harper's Bazaar".

Tüngel accetta volentieri e forse anche con un po' di rammarico perché avrebbe voluto introdurre Inge al "New Yorker". "Ma come lei stessa saprà, pubblicano di rado fotografie."

Per distinguersi, infatti, la rivista punta su pezzi lunghissimi, e la parte iconografica è appannaggio di illustratori e disegnatori, in stile tipicamente anglosassone. Il rapporto tra immagine e testo all'epoca non è solo una questione estetica o di equilibrio tra diversi pesi nella pagina. Quello che c'è in ballo è come si fa informazione. Tüngel, del resto, è a New York proprio per questo motivo. La rivista che dirige, la "Zeit", in questa lotta occupa una posizione mediana, tra chi punta sempre più sull'immagine come "Time", "Life" o "Stern" e chi, come le classiche testate politiche, continua a concentrarsi soprattutto sui testi. In un momento come quello, in cui l'avvento della televisione minaccia di scompaginare nuovamente le carte in tavola, la Fondazione Ford ha organizzato un workshop invitando una ventina di addetti europei nel settore dei media, tra cui appunto Tüngel, per discutere proprio del rapporto tra immagine e testo.

Inge intanto è passata a parlargli del padre, che potrebbe essere lì vicino, e dei due ritratti ai quali tiene molto e che spera di concludere prima di rientrare in Europa: Irving Penn e Robert Capa.

Quel pranzo è stato un po' come tornare a casa. Inge si è aperta e forse, in qualche modo, è pronta per telefonare a suo padre. Sulla via del ritorno ne approfitta e ritira le stampe da "Harper's Bazaar". Sono quasi le 17 quando entra nella sua stanza dell'attico, si stende un attimo sul letto, respinge gli ultimi dubbi e poi alza la cornetta.

Dall'altro capo risponde una certa signora Schönthal. No, purtroppo il signor Siegfried Schönthal non è in casa. Se può essere così gentile da richiamare domani tra le 9 e le 10.

"Mi può dire il suo nome?"

"Inge Schönthal. Sono la figlia di Siegfried."

"Schönthal? Okay, goodbye miss Schönthal."

Che assurdità. Ho appena parlato con la nuova moglie di papà? si chiede Inge. Chissà se hanno figli. La voce era gradevole, solo l'inglese tradiva un lieve accento tedesco.

Ci sono oltre dodici ore da riempire prima della seconda telefonata. Inge valuta le opzioni a sua disposizione, poi si dice che quella potrebbe essere l'occasione perfetta per uscire con Nelly. Nelly è la cameriera nera dei Morgan, e vive a Harlem. Pulisce, cucina, si occupa di tutto, insomma, e con Inge si è sempre intesa bene. Nelly più di una volta le ha proposto di andare a cena da lei, ma Inge insiste per quella sera stessa. Più tardi così racconta la serata nelle pagine del suo diario.

> Nelly mi ha guardato sorpresa, poi ha sorriso. "Voglio sentire del jazz," le dico io. A mano a mano che il bus si avvicina a Harlem, scendono i bianchi e salgono sempre più neri. Alla fine l'unica bianca sul bus rimango io. Mi sembra di avere gli occhi di tutti puntati addosso. Non sono sguardi di rimprovero, tantomeno di giudizio, eppure mi sento a disagio. Le giovani donne indossano abiti molto belli. Per niente appariscenti. Anzi sono grigio tono su tono, con delle sciarpe. Veramente un ottimo gusto. Arrivata alla 157esima Strada sono scesa. Ma di Nelly nessuna traccia. Le case a due piani hanno un aspetto tetro. Lungo le facciate, scale antincendio. La situazione è tutt'altro che rassicurante, al buio la pelle nera sembra tanto lucida. Poi finalmente arriva Nelly. Ci siamo salutate cordialmente e poi siamo entrate in una di queste case. La stanza di Nelly è semplice ma molto accogliente, ha anche una cucina e una doccia. Ha preparato waffel e pollo arrosto, una cena deliziosa come quelle che cucina nella Fifth Avenue. E Nelly sembra proprio contenta nel ruolo di donna di casa. Indossa pantaloni di velluto e un maglioncino chiaro.
> Poi siamo uscite di nuovo. Per strada abbiamo comperato del whisky. Un'abitudine non solo dei neri in America. Nei locali è molto caro e nessuno ha da ridire se un avventore si presenta con la bottiglia portata da casa. La nostra meta è il Savoy Ballroom, il locale più elegante di Harlem. L'ingresso costa due dollari a testa. Nella sala molto spaziosa e bella siedono circa cinquecento persone e ci sono tre orchestre. Anche qui tutti mi guardano, sono di nuovo l'unica bianca. A un certo punto mi assale il dubbio. Non sarò stata troppo arrogante a farmi portare lì? Ma la preoccupazione svanisce presto e la se-

rata si rivela molto gradevole. Dopo aver ordinato della soda, abbiamo tirato fuori il nostro whisky e ci siamo divertite come tutti gli altri. Le combo suonano benissimo e tutti mi invitano a ballare, è bellissimo. Sta già albeggiando quando Thomas, uno dei miei ballerini, si offre di accompagnarmi a casa. Nelly glielo permette.

All'indomani, ore 9.20, Inge non può più tornare indietro. Prende dalla sala da pranzo una sedia e la porta nel lungo corridoio dove, accanto al guardaroba, c'è il telefono a muro. Fa il numero, lascia squillare a lungo, nessuno risponde. La donna non le ha detto di chiamare tra le 9 e le 10?
"Hello?" Ecco di nuovo la stessa voce femminile, finalmente. "I am sorry, he has just left", ma Siegfried l'ha pregata di chiederle se può raggiungerlo alle 15 di quel pomeriggio nella lobby dell'hotel Commodore, 42esima Strada angolo Lexington Avenue. Può andarle bene? Per un attimo Inge è come paralizzata: il padre non la vuole ricevere a casa sua, è evidente. Forse davvero ha avuto altri figli e ora si vergogna. Ma non ha alternative.
"Thank you, yes, I will be there at 3 pm!"
Strano. Suo padre sembra essere più irraggiungibile di una superstar della moda.
Alle 15 in punto Inge scende dall'autobus M2 alla 42esima Strada. Una volta tanto non si è portata dietro l'attrezzatura fotografica, indossa la sua gonna preferita e sopra un pesante Dufflecoat chiaro. Natale è alle porte. Nella monumentale lobby in stile art déco dell'albergo non c'è anima viva; in sottofondo si sentono solo canzoni di Natale. Inge si siede su una poltrona di pelle marrone da dove può tenere d'occhio l'ingresso ed essere vista facilmente. Entra un signore sulla sessantina, che però attraversa frettolosamente la hall e punta dritto alle toilette. Non è Väti. Poco dopo lo stesso signore riappare e riattraversa la lobby, questa volta con passo posato. No, non può essere il padre, non può essere così ingrigito negli ultimi quindici anni. E se non si riconoscessero?

"Inge?" sente chiamare da dietro le spalle. Eccolo, è lui. Lei si alza e gli casca tra le braccia: "Papà, che bello!". Quell'abbraccio le pare durare una frazione di secondo e insieme un'eternità. È come se stesse vivendo un momento di vigile incoscienza. Inge si scioglie dall'abbraccio, lo guarda negli occhi scuri, poi gli afferra una mano. È rimasta lieve e morbida come ai tempi delle passeggiate per Essen. Poi si siedono, ma perché uno di fronte all'altra e non accanto sul grande divano? Ordinano due tè. Chiacchierano e ridono per più di un'ora. Ma quel breve attimo iniziale, quel sentimento di profonda vicinanza, non c'è più. È come se stessero di fronte due persone profondamente ferite. Inge racconta degli anni passati nella caserma di Gottinga, del patrigno e dei fratelli, della sua paura che la cacciassero da scuola, perché figlia di un ebreo. Il padre le racconta del periodo nel campo di prigionia nei Paesi Bassi. L'avevano trattenuto per tre settimane prima di permettergli di imbarcarsi per gli Stati Uniti. Durante quella traversata ha conosciuto l'attuale moglie, anche lei ebrea. È molto felice con lei. Anche se il padre non glielo dice espressamente, Inge capisce che nella nuova vita del genitore non c'è posto per lei. L'incontro è cordiale e al tempo stesso sembra un interrogatorio, come se entrambi ritenessero l'altro colpevole non si sa bene di che cosa. Inge ha la sensazione di perdere in quel momento, per la seconda volta, il padre. E questa volta per sempre. Sente il sangue gelarsi nelle vene, poi tornare di nuovo fluido, riscaldato da quello che sta provando per quell'uomo: compassione.

È buio quando Inge, stordita, esce dall'albergo. Väti l'ha abbracciata ancora una volta, ma adesso in maniera impacciata. "Salutami tanto Trudel," le ha detto. Poi ognuno se ne è andato per la propria strada. Tutto qui. Inge vorrebbe piangere, ma non ci riesce. La compassione di poco fa è prima delusione, poi furia. Sentirà ancora parlare di me, pensa.

È l'ora di punta, i marciapiedi sono gremiti di gente appena uscita dal lavoro e che ha fretta di tornare a casa. Qua e là le facciate hanno già addobbi natalizi. Tutto d'un tratto Inge sente che New York è troppo grande, troppo rumorosa, che le è estranea. Entra in un pub irlandese. A parte due uomini seduti al bancone, il locale è vuoto. Inge ordina un whisky e prende posto nell'angolo più lontano e buio del locale. E lì inizia a piangere. Forse avrebbe fatto meglio a non provarci nemmeno a incontrare il padre. Quell'incontro non è stato un nuovo inizio, ma piuttosto la fine di un lungo e tormentato addio. Dal jukebox parte un disco di Louis Armstrong, *I Can't Give You Anything But Love*.

A Inge ci vogliono un po' di giorni prima di ritrovare la forza di prendere ancora in mano la macchina fotografica e mettersi a caccia di nuove storie. Nei giorni a cavallo tra Natale e Capodanno la high society di New York organizza tantissimi balli, eventi filantropici e di beneficenza. Grazie agli amici dei suoi padroni di casa Inge riesce ad accedere ad alcuni di questi. Per prima cosa si reca ai grandi magazzini Ohrbach e per pochi dollari acquista un vestito da ballo di tulle bianco, molto comodo, abbastanza lasco da permetterle di nascondere la macchina fotografica e il flash. Così equipaggiata riesce a scattare diverse istantanee niente male. Durante un ballo in onore del duca di Windsor, immortala un giovane uomo seduto a un tavolo insieme a Elizabeth Arden, la proprietaria della celebre azienda di cosmetici: i due stanno parlando animatamente, Inge pensa si tratti di un famoso attore di Hollywood. Invece quell'uomo è il senatore del Massachusetts John Fitzgerald Kennedy, che otto anni dopo sarebbe diventato il trentacinquesimo presidente degli Stati Uniti d'America.

A un gala di beneficenza riesce a fotografare Elsa Maxwell, l'allora corpulenta e indiscussa regina delle cronache mondane dell'alta società newyorchese. La Maxwell è temuta soprattutto a Hollywood, i suoi articoli al vetriolo hanno fatto precipitare più di una star dall'Olimpo, ma la sua penna affilata ha anche contribuito a farne ascendere qualcuna. In altre parole, Elsa Maxwell non manca mai a una festa e dove c'è lei c'è gente famosa.

Inge non ha ancora abbandonato l'idea di riuscire a incontrare l'inafferrabile Irving Penn, ma sa che non potrà di certo succedere durante le feste natalizie. E lo stesso vale per il più famoso dei fotoreporter di guerra, Robert Capa. Viene a sapere che Capa è in Europa e non si sa quando tornerà. Attraverso la redazione di "Life", Inge cerca di avere anche qualche informazione su Werner Bischof, un altro illustre fotografo di Magnum, di origine svizzera. Su "Life" ha letto un reportage di Bischof sull'India e ne è rimasta profondamente colpita. Sa che Bischof dovrebbe passare da New York all'inizio del nuovo anno, e poi ripartire alla volta del Perù. Anche questo incontro non avviene, ma Inge dimostra un'altra volta il suo fiuto e la sua tenacia. Due anni dopo l'astro nascente della Magnum perderà la vita in un incidente automobilistico sulle Ande, seguito a breve da Capa, che morirà in Indocina a causa di una mina. Nessun progetto mancato, però, fa perdere a Inge il gusto per la festa perenne che rappresenta New York. I Morgan si danno da fare per lei. La invitano a cene e a eventi culturali. Nei jazz club Village Vanguard e Birdland sente suonare i migliori artisti e le loro combo tra cui Charlie Parker e Miles Davis. Inge fa di tutto per nasconderlo, ma si sente sola, nonostante la compagnia. Ha nostalgia della famiglia, della madre, di Maren e Olaf e anche di Günther. Pensa spesso a Rosemarie e ai colleghi dei giornali di Amburgo, ai loro pranzi o anche solo ai caffè nella mensa della Dpa. Dalla Germania le sono arrivati diversi auguri per il nuovo anno. Günther le ha chiesto: "E come va con i soldi, ne hai ancora?" e poi è passato a raccontarle che tutta Gottinga è già presa dai preparativi per il Carnevale e che quest'anno nel suo istituto si terrà una festa in costume. "Qui tutti sembrano su di giri, in preda a una sbornia." Anche l'editore Heinrich Maria Ledig-Rowohlt le ha scritto. Le manda i suoi migliori auguri per un felice 1953 e le chiede di chiamarlo al più presto. Ha bisogno del suo aiuto e chissà che non ne possa nascere una bella storia per Inge. Di più non dice, ma quelle poche parole sono sufficienti per risvegliare la sua curiosità. È sempre stato il suo motore, la curiosità. Hans Huffzky le ha fatto avere un voluminoso plico contenente i tre numeri di "Constanze" nei quali sono stati pubblicati i suoi primi ritratti dei fotografi di moda. "Dalla nostra fotoreporter a New York", c'è scritto. Huffzky le dice anche di essere molto orgoglioso di lei. Lei ne è contenta, e in un certo qual modo si sente anche consolata. L'amica Gassy, invece, sembra un po' preoccupata.

> Per amor del cielo, fatti viva. Ogni tanto vengo assalita dal panico, tutto sembra dissolversi, liquefarsi. Gli appigli per non perdere l'orientamento sono maledettamente pochi, eppure così necessari. Cosa stai combinando dall'altra parte dell'Atlantico? Quando ti avanza un po' di tempo raccontami tutto, sono terribilmente curiosa. Ti auguro tantissimo successo, ogni bene e fortuna. Sono sicura che ti capiteranno un sacco di cose belle d'ora in poi. Cari saluti! Gassy.

Inge ci impiega una settimana intera a raggiungere al telefono l'editore Ledig-Rowohlt.

"Che gioia sentirla. Lo sa che nel frattempo è diventata una vera celebrità? I ritratti dei fotografi sono fantastici. Soprattutto quello di Richard Avedon e la modella, superlativo. E come sta? Bene?"

"Sì, qui tutto benissimo. Certo, fa molto freddo e la città è un vero *melting pot*, come si usa dire da queste parti." Poi gli chiede della lettera, in cui le ha accennato a una cosa urgente.

"Ho bisogno di un po' di tempo per spiegarle la questione. La richiamo tra un attimo." Ma prima di riattaccare le chiede se si ricorda quando ad Amburgo le ha parlato di Ernest Hemingway, uno degli autori della sua casa editrice. Passa un po' di tempo, poi il telefono squilla di nuovo.

"Eccomi qui. Allora, a proposito di Hemingway. Nel frattempo è riuscita a leggere qualche suo libro? *Fiesta*, *Per chi suona la campana* o *Il vecchio e il mare*, appena uscito." Ledig-Rowohlt le dice che le traduzioni tedesche dei libri di Hemingway non lo convincono più. Il linguaggio della traduttrice che lavora dagli anni trenta per Rowohlt è troppo antiquato, troppo affettato. Manca del tutto il "sound" e il "groove" di questo scrittore, considerato il "più moderno" tra gli autori americani viventi. Sono mesi che la casa editrice sta cercando di mettersi in contatto per iscritto con Alfred Rice, l'agente newyorchese di Hemingway. Ma invano. Ledig-Rowohlt pensa che l'agente, un ebreo, odi i tedeschi, e per questo non gliene importa nulla delle traduzioni in tedesco. "Secondo me c'è solo un modo per risolvere la questione. E cioè andare personalmente da Hemingway a Cuba," dice Ledig-Rowohlt. "Solo che dalla Germania ci si impiega troppo tempo. Così ci siamo chiesti se non potesse andarci lei." Dalla Florida sarebbe giusto un salto. Ledig-Rowohlt è così, pensa Inge, totalmente non pratico del mondo. Per lui tutta l'America è a portata di mano se ci si trova in quel continente.

Hemingway vive nella Finca Vigía, a San Francisco de Paula, una piccola località fuori L'Avana. "Se poi ci portasse anche qualche foto di Hemingway e del posto dove vive, sarebbe fantastico. Che ne dice? Tra l'altro, la sua quarta moglie – Mary Welsh – è una ex fotoreporter, cosa che potrebbe essere interessante anche per lei." Inge gli risponde che sarebbe andata volentieri da Hemingway, tanto quello che voleva fare a New York l'ha più o meno fatto. Prima però deve informarsi sul modo migliore per raggiungere Cuba. E probabilmente c'è bisogno di un visto. "Non appena ne so di più la chiamo. Va bene?"

"Sì, certo," le risponde Ledig-Rowohlt, "un po' di tempo ce l'abbiamo, per quanto Hemingway sia stato già varie volte dato come possibile Premio Nobel per la Letteratura. L'ultimo libro, *Il vecchio e il mare*, è stato nominato anche per il Pulitzer. Per questo abbiamo bisogno di buone traduzioni."

Se non ci saranno problemi per il visto, Inge pensa di poter arrivare all'Avana per metà febbraio. Lei stessa racconta:

> Devo ammettere che la geografia non è il mio forte. Consultando su un atlante scolastico la cartina che raffigura l'America del Nord e l'America Centrale, le distanze tra il Canada e il Golfo del Messico non sembrano poi questa gran cosa. Studiando però più approfonditamente la cartina, si scopre che la distanza in linea d'aria tra New York e L'Avana è di 1800 chilometri, il che equivale alla distanza tra Amburgo e Barcellona o Francoforte e Madrid. E se si viaggia in macchina, treno

o nave bisogna aggiungerne altri cento. Di ciò mi rendo però conto solo a New York, dopo aver controllato quanto ho in cassa. Non mi sarei mai potuta permettere un volo di linea. Per fortuna però gli americani sono estremamente disponibili se ci si apre con loro. [...] Sandra mi fa conoscere una stilista la cui madre ha aperto a Clearwater, sulla costa occidentale della Florida, una grande scuola d'arte e ora sta organizzando un congresso sull'architettura moderna.
"Vada lì," mi dice la figlia. "Da mia madre può restare tutto il tempo che vuole. La chiamo e le dico che sta arrivando."
La Florida dista da Cuba giusto un tiro di schioppo, solo che non so come arrivare in Florida.
Anche in questo caso non mi posso permettere l'aereo e nemmeno il treno o l'autobus: il biglietto costa quaranta dollari. Inoltre, da quando sono sbarcata negli Stati Uniti, non ho ancora guadagnato chissà quanto, il che mi costringe a essere ancora più parsimoniosa con quel che mi avanza. In compenso ho saputo che negli Stati Uniti si possono trovare passaggi in macchina per pochi soldi. Compro dunque un quotidiano e tra le centinaia di inserzioni che offrono viaggi verso i luoghi più sperduti degli Stati Uniti, ne trovo anche diverse con destinazione Miami, Florida. Solo che nessuno cerca una donna come compagno di viaggio. Tento lo stesso e telefono a un signore di Brooklyn. Ha ancora un posto libero, ma essendo io donna non vuole prendermi.
"Personalmente non avrei nulla in contrario," mi spiega, "il fatto è che se gli altri compagni di viaggio la vedono, mi danno buca." E in effetti, c'è stato uno studente che si è ritirato. Il perché di questa singolare congiura contro il gentil sesso non l'ho mai scoperto. Ci accordiamo sul prezzo, quindici dollari, un'inezia, considerando la distanza.
Nei tre giorni di viaggio attraversiamo il New Jersey, il Maryland, la Virginia, la Carolina del Nord, la Georgia e l'Alabama. Una notte pernottiamo per un dollaro e mezzo da un insegnante di scuola superiore. Sulla finestra della sua casa c'è un cartello con la scritta: "Ospitiamo turisti. Pernottamento 1,5 dollari". La notte successiva dormiamo, per cinque dollari a testa, in un motel, un albergo per automobilisti. Arrivati nella piccola località di Daytona Beach

ci separiamo. Trovo da dormire da una signora originaria di Francoforte, che mi cede il divano per un dollaro. Il giorno dopo mi metto sul ciglio della strada e faccio cenno alla prima macchina che passa. Al ragazzo che si ferma dico: "Devo andare a Tampa e ho perso l'autobus. Mi può dare uno strappo?".
"Io non vado così lontano. Ma se mi aspetta finché ho dato l'esame e intanto fa il tifo per me, allora la porterò a Tampa."
Durante quel viaggio di un'ora non fa che parlare del suo esame di Diritto. La cittadina è posta nel bel mezzo del nulla. La scuola però deve essere rinomata viste le tante macchine degli insegnanti e degli studenti parcheggiate fuori da quell'enorme edificio. Prima di andarsene Norman, così si chiama il ragazzo, accende ancora la radio. Le chiavi della macchina le ha lasciate nel cruscotto. Se solo volessi potrei andarmene chissà dove. Quando torna è di buon umore. "Penso di essere passato," dice. Poi proseguiamo il viaggio.
Giunta a Tampa, telefono alla scuola d'arte, e poco dopo il direttore mi viene a prendere in macchina. Da quel momento in poi comincia la favola. La scuola è un palazzo in stile coloniale spagnolo. Con i suoi bellissimi atelier è però solo una minima parte della grande tenuta della mia padrona di casa. Una tenuta che si estende per chilometri e chilometri lungo una spiaggia da sogno del Golfo del Messico. L'enorme parco invece finisce in un bosco che a sua volta finisce nella foresta tropicale. Sulla spiaggia passeggiano impettiti i pellicani, mentre le fronde delle palme da cocco vengono mosse dal vento. È il paradiso in terra, sul quale splende da un cielo incredibilmente azzurro il sole dei Tropici. Il direttore mi conduce in un atelier di pittura, dove avrei abitato. Orchidee grandi come piatti e fiori di banano di un viola quasi plumbeo si affacciano alla mia finestra. Un cameriere cinese attende i miei ordini, mentre davanti alla mia finestra sei giardinieri di colore seduti su piccoli trattori tagliaerba percorrono in su e in giù il prato. Frastornata da tutta questa meraviglia, da questo lusso, dalla bellezza dei Tropici, dal caldo e dal viaggio faticoso, mi lascio cadere sul letto e mi addormento subito.
Il congresso di architettura al quale avrei voluto assistere finisce però già il giorno dopo. Ciononostante, trascorro otto giorni

incredibilmente belli a Clearwater. A farmi compagnia c'è solo la madre ottantatreenne della mia conoscente di New York, alla quale appartiene tutta questa meraviglia tropicale. È davvero un'anziana deliziosa. Mi mette a disposizione la sua macchina (con tanto di autista in livrea), con la quale faccio lunghissimi giri. Il primo a Tampa dal console cubano. Ormai mi sento praticamente arrivata a destinazione, il mio desiderio di fare la conoscenza con Ernest Hemingway mi pare a portata di mano.
Ma il console, un burbero signore di una certa età, relegato in un ufficio spoglio, dice: no. E poi spiega con tono scortese: "Lei non può lasciare gli Stati Uniti. Il suo passaporto prevede solo un soggiorno di dodici mesi negli Stati Uniti, niente altro".
Volto i tacchi e mi reco immediatamente all'ufficio postale da dove invio un telegramma alla rappresentanza diplomatica tedesca a Washington. Il testo del telegramma è il seguente: "CHIEDO INTERVENTO PRESSO AMBASCIATA CUBANA STOP DEVO RECARMI URGENTEMENTE A CUBA STOP". E già il giorno dopo mi raggiunge la risposta: "CONSOLATO CUBANO ISTRUITO A EMETTERLE VISTO DIPLOMATICO!". Il console in questione non è però quello di Tampa, ma il console generale che sta a Miami, cioè a seicento chilometri di distanza. L'insegnante di intaglio mi porta fino a Sarasota, da lì prendo un bus per Fort Myers e a Fort Myers trovo un agente di assicurazioni diretto a Miami, il quale, una volta giunti a destinazione, scarica me e il mio bagaglio in mezzo alla strada, con la stessa naturalezza con la quale mi ha dato il passaggio. Mi dice ancora "Goodbye" e sfreccia via.
È una sensazione decisamente singolare ritrovarsi in una città con milioni di abitanti, giganteschi luoghi di divertimento, in uno dei posti più cari al mondo e sotto il sole dei Tropici, e sperare in un segno benevolo del destino. Indecisa sul da farsi, comincio ad armeggiare con la mia macchina fotografica e a guardarmi intorno. Proprio allora passano due giovani donne. Sono a piedi scalzi, portano i capelli corti e sono di ottimo umore. "Perché non ci fai una foto?" mi chiedono ridendo.
"Certo che ve la faccio. Ragazze così carine non si vedono tutti i giorni." Faccio qualche scatto e cominciamo a parlare.

Sono due hostess, in vacanza, e in procinto di cambiare lavoro.
"Già che ci siete, cercatene uno anche per me!" dico ancora, mentre loro fanno per andarsene. Subito mi invitano a dormire a casa loro. Poi mi mostrano la strada per arrivare dal console generale cubano. È sistemato in un ufficio moderno, con aria condizionata e tutti i comfort. Ci vogliono giusto tre minuti per avere il mio visto. Poi prendo un taxi e mi reco dalle mie nuove amiche. La chiave di casa me l'hanno già data prima. L'appartamento consiste di un'unica grande stanza.
Poco dopo arrivano anche le ragazze annunciando festose: "Abbiamo trovato lavoro, anche per te. Da domani servirai i cocktail da Jim. Unica raccomandazione: non deve capire che non sei di qui. Ti abbiamo presentato come la nostra cugina Inge di Chicago".
Il giorno dopo andiamo insieme da Jim. "Diciotto dollari a settimana fissi, più le mance!" dice lui. Poi mi spiega come servire le bevande e come rivolgersi ai clienti. Sono assunta. La maggior parte degli uomini che frequentano il locale sono bookmaker delle corse di cavallo. Parlano in un linguaggio da addetti al mestiere di cui io non capisco pressoché nulla. Alcuni di loro fanno ordinazioni che nemmeno riesco a immaginare cosa vogliano dire. Le mie amiche mi tengono d'occhio. Non appena rivolgo un sorriso verso di loro, accorrono senza dire nulla e si mettono a parlare con il cliente. "È un po' pazzerella, sir," gli dicono, "ma innocua."
Tra Miami e Cuba non ci sono collegamenti via nave. Non ho scelta, questa volta devo prendere l'aereo, ma il volo costa quarantotto dollari. Per le mie finanze troppo. Scopro, però, che c'è anche una seconda compagnia aerea, cubana, che serve la tratta tra Key West e L'Avana. E il prezzo andata e ritorno è di soli venti dollari. Mi dico: deve esserci un perché. E il perché lo scopro dopo poco. Sono aerei costruiti tra le due guerre. I passeggeri si stanno raccontando che il giorno prima un aereo simile – ma di un'altra compagnia (a quanto pare ce n'è più di una) – è precipitato con quaranta persone a bordo nel Golfo del Messico. "E quante se ne sono salvate?" chiedo io.
"Ah, no, sono morti tutti!"

Prima di addormentarsi cullata dalle risate delle hostess, Inge pensa che è stata proprio fortunata a incontrarle: sono state meglio di un centro di informazioni turistico! Manca poco a Key West, e manca poco a Cuba. Andrà tutto bene.

Se lo ripete anche quando, il giorno dopo, è di nuovo sulla strada, indossa delle favolose scarpette gialle a cui a Miami non ha saputo resistere, ma gli automobilisti, coppie anziane dirette a una vacanza di pesca, la oltrepassano, fino a quando accanto a lei non si ferma un taxi. Dentro, ci sono due uomini. Inge dice subito a quello al volante che non può permettersi un taxi fino a Key West, e che spera in un passaggio. L'uomo allora le risponde di saltare su: è fuori servizio, e sta andando proprio in quella direzione; a lui e al suo compare una persona in più non dà affatto fastidio.

Il tanfo all'interno è da voltastomaco. I due tizi davanti non fanno che passarsi una bottiglia di quello che sembra whisky e quando ne hanno abbastanza la depositano senza tanta grazia tra il cambio e il sedile. Non si premurano di tapparla, così da essere pronta all'uso, e a ogni scarto della vettura gocce ambrate schizzano dappertutto, impregnando la già butterata tappezzeria. Ecco spiegata l'origine di quell'aria mefitica; alcol d'annata e tessuti vetusti e mai lavati.

Ma andrà tutto bene, si ripete Inge, come tutto è sempre andato bene, e d'altronde non è mica la prima vettura da rottamare sulla quale è salita per un passaggio.

Escono dalla città ad andatura di crociera, poi l'autista comincia a pigiare sul gas. Prima non ci ha fatto caso, ma i due uomini indossano dei berretti che tengono ben calcati dietro le orecchie. Ogni tanto uno dei due cerca la sua attenzione attraverso lo specchietto retrovisore e gli occhi che Inge tenta di non incrociare appartengono a uomini alterati dall'alcol.

"Sei sposata?"

Inge non risponde. Non sa nemmeno chi dei due abbia parlato. Poi quello sul sedile del passeggero la cerca di nuovo con insistenza dallo specchietto. Si liscia la barba – anche questo non l'avevo notato, si dice Inge – e non la lascia andare con lo sguardo.

"Sei sposata?" ripete.

Inge comincia a pensare che non andrà tutto bene. La fortuna a un certo punto si esaurisce, è risaputo, solo che non pensava che si sarebbe esaurita tanto in fretta. Questa volta è finita in macchina con due dalla faccia da gangster e lei è una straniera: chi verrà a cercarla se la scaricano in una palude. Quello che ha parlato ha sgranato gli occhi acquosi. È in attesa di una risposta. Dove sono la sua parlantina brillante, la sua capacità di tirare fuori una storia, quando servono veramente?

"No," dice Inge. Ha scelto la sincerità, forse spera che i due la apprezzino e la lascino stare. Ma quello al volante non sembra intenzionato a rallentare, anzi, a Inge pare che abbia deciso di accelerare ancora un po'. La strada è sgombra, è una lama che taglia in due il mare connettendo tante piccole isole. La punta più meridionale degli Stati Uniti è meravigliosa e il paesaggio straordinario, unico, da sogno, se solo Inge potesse appoggiare la schiena al sedile e rilassarsi un po'. E invece è rigida e in allerta, il tizio con la barba ha increspato l'angolo della bocca. Un ghigno?

"Come è possibile che tu non sia sposata? Sei una ragazza così carina..."

Il paesaggio è cambiato, adesso ci sono pietraie e ogni tanto qualche arbusto. Qui non mi troverebbe nessuno, pensa Inge, che decide di giocarsi il tutto calando l'asso che, finalmente, si accorge di avere.

"Sto andando a Cuba da Hemingway; anche a Key West è una celebrità, chissà se lo conoscete."

Silenzio.

I due sembrano stranamente soddisfatti da quella risposta. Hanno smesso di fissarla dallo specchietto e si sono accesi, quasi all'unisono, una sigaretta. Il fumo ci mette un secondo a invadere l'abitacolo e quando Inge chiede se può abbassare il finestrino, quelli scrollano le spalle, faccia come vuole. Ma poi sembrano cambiare idea, e dicono a Inge di lasciar perdere, tanto tra poco saranno arrivati, e lei potrà respirare tutta l'aria buona che desidera. La vettura sbanda tra le corsie e Inge si trova sbalzata da una parte all'altra, sbatte forte la testa contro il finestrino, si sente intontita. Quanto manca a Key West? si chiede, ma non fa in tempo a dar voce al pensiero che la macchina rallenta e accosta in una piazzola di sosta.

No, pensa Inge, questa volta non andrà tutto bene.

Quando Inge riprende conoscenza, sdraiata sul sedile posteriore dell'auto, tutto è come prima. Il tanfo, l'aria irrespirabile, i due uomini che guardano diritti davanti a loro. Il silenzio. Fa per sedersi, ma dalla vita in giù non sente più nulla. Fingi di dormire, Inge, la cosa più simile al fingerti morta. L'auto fila veloce e alla lunga quel rollio le concilia una specie di sonno. Prima di svenire, però, fa in tempo a promettersi che quello che è successo nella piazzola di sosta non lo racconterà a nessuno. Una persona così speciale ancora non esiste.

"Non volevi arrivare a Key West il più presto possibile?"

Inge non sa chi dei due uomini pronuncia questa frase, e in fondo neanche le interessa. Per fortuna la scaricano davanti all'aeroporto, che ospita quasi solo aerei della US-Army. Per quello stesso giorno c'è la possibilità di prendere un volo a sette dollari su un piccolo monomotore a elica. Inge cerca il bagno, si lava, si sistema, beve dell'acqua, e poi corre ad acquistare il biglietto. Le sue scarpe sono ancora di un giallo splendente. L'idea di mettere più chilometri possibili tra sé e Key West le infonde un po' di energia.

Il 19 febbraio 1953, alle 20.15, il velivolo atterra a Cuba. In quel periodo dell'anno, il clima sull'isola è piacevole. Caldo, ma non afoso. Anche l'umidità non è eccessiva, ma quando Inge scende dall'aeroplano comincia a sudare come se fosse stata investita in pieno dall'estate tropicale. Gli unici odori che sente sono quelli del cherosene e del petrolio, e su questi il lezzo dei frutti in decomposizione. Ha la nausea.

L'aeroporto, se così si può chiamare, è costituito da un paio di edifici molto più simili a baracche. Un faro illumina malamente l'antistante piazzale sconnesso. Inge fatica a orientarsi, e se fa dei movimenti troppo bruschi partono delle fitte che dalle cosce arrivano fino alla base del collo. Segue gli altri che si dirigono verso la scritta luminosa HABANA – INMIGRACIÓN e lì si mette diligentemente in fila. Dopo quasi un'ora è il suo turno: consegna al funzionario seduto in una sorta di loculo il passaporto, lui lo timbra e glielo riconsegna. Fuori dall'aeroporto si ritrova avvolta dal buio; se possibile l'odore al quale si era ormai assuefatta adesso è ancora più insistente e il frinire ritmico di grilli e cicale è assordante. Non c'è ombra di autobus. Poi, improvvisamente due fari potenti bucano il buio e un taxi le si avvicina traballante. La prima reazione di Inge sarebbe quella di scappare, ma il taxista ha una faccia gentile e le chiede solo un dollaro per portarla in centro. "Bueno, vamos!"

"Hotel?" chiede il taxista. Inge gli risponde che non sa ancora dove risiederà e lo prega di portarla in centro, a meno che non conosca un albergo a buon mercato.

"Claro, Señorita! El hotel Washington es bueno y barato."

L'albergo si trova in una stradina stretta e poco illuminata del centro storico. Il posto sembra piuttosto dimesso ma tutto sommato decente. Il pavimento è ricoperto da bellissime piastrelle, le pareti dipinte di un verde smeraldo chiaro.

Varcato l'ingresso ad arco c'è subito il bancone, dietro al quale si vede un pannello di legno con appesa una manciata di chiavi dall'aspetto molto pesante. Ci sono anche cinque uomini corpulenti e vestiti nel tipico stile cubano: pantaloni stretti di lino e ampie *guajabere*. Inge appoggia la borsa e fa segno che desidera una stanza. Gli uomini prima si guardano, poi guardano lei. "Va bene," dice uno mentre un altro le si fa sotto trascinando una sedia. Poi cominciano a parlare dell'imminente e meraviglioso Carnevale. Inge aveva sentito che se si prendeva una stanza per almeno otto giorni si aveva diritto a uno sconto. Così inizia a contrattare. Prima le vengono chiesti due dollari a notte, alla fine si accordano su 1,75 dollari. La stanza di Inge è al quarto piano. Due degli uomini le portano il bagaglio. La stanza è oscurata, attraverso le tende verde opaco brilla la luce. Poi finalmente resta sola.

La stanza ha lo stretto necessario. La toilette e il bagno si trovano sul corridoio. Inge non vede l'ora di fare una doccia. Di acqua ne scende poca. Si siede sul bordo del letto di ferro, distrutta. Che cosa ci faccio qui?

Per non arrivare del tutto impreparata, Inge si è fatta dare dall'archivio di "Time" un dettagliato articolo su Cuba. Giusto un anno prima Fulgencio Batista è tornato al potere con un colpo di stato e da allora ha cominciato ad abbattere tutte le garanzie costituzionali dell'isola. Nel reportage della rivista americana si nomina anche Ernest Hemingway. A quanto pare usa frequentare un locale in particolare, El Floridita. Inge medita di andarci quella sera stessa. Chissà, magari lì ad attenderla potrebbe esserci un altro *moment décisif*. Bussano alla porta. Inge apre esitante e si ritrova davanti un tipo enorme con i baffi. È talmente grande che occupa tutta la porta. Inge intimorita gli chiede che cosa vuole.

"Il solito," risponde lui.

"Non con me, spiacente," replica lei sbattendogli la porta in faccia.

È una locanda per traffici sessuali. Devo assolutamente andarmene da lì, e al più presto possibile. Ma l'uomo non ci pensa affatto a mollare la preda e andarsene. Così gli dico: "Devo scendere, se vuole può venire con me".
Digrigna un "bene" e mi trotterella accanto, giù per le scale. Non consegno la chiave, e appena in strada accelero il passo. Lui però non si lascia seminare. Mi fermo a comperare francobolli. Lui mi aspetta. Poi, svoltando una seconda volta, vedo l'insegna: "Hotel per famiglie St. Carlos". Con un balzo sono dentro e mi rendo subito conto che vi abitano solo persone anziane e tranquille. È molto più caro del Washington, ma a quel punto sono disposta a pagare qualsiasi prezzo.
All'uomo e ai cinque ceffi del Washington spiego che devo ri-

partire immediatamente. Loro mi fanno prendere la mia roba e andare, ma solo dopo aver messo altri due dollari sul bancone. Tornata al Carlos, appena vedo il portiere scoppio a piangere. Sono successe troppe cose tutte insieme. Quando mi sono calmata, gli confido che sono a Cuba per incontrare Hemingway. Udendo quel nome il portiere dice: "Ah, Papa!". È la prima volta che sento quel nome. Ma già poco dopo so che quando il cubano dice "Papa" può intendere solo due persone: o papa Pio XII o Hemingway.

I primi giorni all'Avana, Inge si sente paralizzata. Sa che deve concentrarsi sul suo lavoro, sulla sua missione, ma la tentazione di mollare tutto e tornare subito in Germania, a Gottinga, deve essere forte.

L'editore Rowohlt le ha dato il numero di telefono di Hemingway. E così, ogni mattina, come prima cosa si impone di comporre quel numero. Il telefono a muro della pensione, un modello vecchissimo, si trova in una saletta. Più passano i giorni e più Inge moltiplica i tentativi. Così alla ormai consueta telefonata del mattino, aggiunge quella di mezzogiorno e a volte quella serale.

Invano.

Le rare volte in cui qualcuno alza la cornetta, probabilmente un domestico che Inge capisce a malapena, visto che conosce solo poche parole di spagnolo, la risposta è sempre la stessa: "No, no, Papa no sta, not here, perdón". Lei lascia il numero di telefono della pensione con preghiera di essere richiamata.

Invano.

La pensione si sta trasformando in una prigione senza sbarre. Che cosa ci faccio qui? si ripete. Lascia detto al personale che, nel caso dovesse telefonare "Papa", di venirla per favore a chiamare immediatamente. Ma "Papa" non richiama. In compenso dagli Stati Uniti le arriva un po' di corrispondenza.

Passano ancora alcuni giorni di attesa prima di ricevere le tanto agognate lettere di presentazione da New York. Grazie a queste conosco il direttore della più grande agenzia di stampa cubana, il direttore della televisione e altri personaggi importanti. Finalmente posso mettermi a lavorare, fare foto, venderle e guadagnarmi un po' di soldi di cui ho disperatamente bisogno.

È quello che serve a Inge per rimettersi in carreggiata. Comincia allora a prendere in considerazione l'idea di muoversi come si muove sempre: e quindi presentarsi direttamente alla Finca *Vigía*. Va al club dei giornalisti americani: almeno lì, spera, passerà qualche ora gradevole nella speranza di incontrare qualcuno che ha un contatto diretto con Hemingway.

Una sera viene invitata in un circolo di caccia molto esclusivo, a venti chilometri dalla città. Lì, le promettono, conoscerà L'Avana dei benestanti, L'Avana bene che non si dà appuntamento prima di mezzanotte. Ci sono le orchestre, gli uomini portano il frac o lo smoking, le signore sono tutte in abiti da sera. Inge si muove tra un tavolo e l'altro. Ci sono mani da stringere, persone importanti da conoscere e di cui memorizzare nome e ruolo. C'è il console americano, quello del Venezuela e seduto al tavolo accanto quello del Brasile. I signori più attempati sorseggiano whiskey e sgranocchiano noccioline, mentre i più giovani in abiti sgargianti si scatenano su una pista da ballo.

Il contrasto con quello che Inge ha visto in quei giorni lungo le strade della *Habana Vieja* non può essere più forte. Ha appena scoperto L'Avana che conta e questa città composta da bianchi potenti e ricchi assomiglia a un inferno mondano di intrattenimento e gioco. Nulla a che vedere con le donne e i loro bambini che chiedono l'elemosina e che Inge incontra nelle sue sortite alla ricerca dello scrittore americano. I contrasti sociali nella Cuba di Batista sono enormi. Mancano pochi mesi all'assalto alla Caserma Moncada da parte di Fidel Castro e i suoi *barbudos* e ancora sei anni alla caduta di Batista dopo una lunga guerriglia, ma è chiaro a tutti che l'isola è sul punto di esplodere. Per utilizzare le parole di un film sulla rivoluzione che verrà girato nel 1964 – *Soy Cuba*, di Michail Kalatozov –, a Cuba è stato portato via lo zucchero, e sono rimaste solo lacrime.

La vita notturna sfrenata suscita in Inge un inevitabile fascino, ma la giovane reporter se ne stanca abbastanza in fretta.

Dov'è Hemingway? E se non si fa vivo? E se la sua presenza a Cuba fosse solo un mito montato ad arte? Ai giornalisti americani che incontra e a cui chiede informazioni non dice che un giorno, disperata, ha preso un autobus e si è spinta fino alla finca di Hemingway. Le è sembrata abbandonata, con i muri scrostati e il giardino incolto. Sì, forse Hemingway ha lasciato l'isola mesi prima e questo è tutto uno scherzo.

I giornalisti americani la mettono in guardia. Presentarsi senza preavviso a casa dello scrittore? Guai a lei. Quell'uomo è imprevedibile, ed è una vera e propria impresa coglierlo nel momento giusto, e cioè dopo i suoi due drink – spesso scolati prima di mezzogiorno –, ma prima che si ritiri con qualche ospite illustre a tempo indeterminato.

"Miss Schönthal, si levi dalla testa questa folle idea," le dice un giornalista con aria strafottente. Inge ascolta i consigli, ma per lei non c'è niente di nuovo perché di cose come queste ne ha lette tante sui rotocalchi. A cominciare dal cuoco cinese di Hemingway che deve essere sempre pronto a mettere in tavola dalle dieci alle trenta persone. Si dice che possono presentarsi amici di vecchia data come il duca di Windsor, Marlene Dietrich, Gary Cooper e Ingrid Bergman, il direttore d'orchestra Leopold Stokowski, ma anche persone che lo scrittore ha incontrato solo qualche volta e addirittura estranei. Per Hemingway, secondo le notizie stampa, l'unica caratteristica che deve avere una persona è quella di essere interessante. Un volto particolare, magari segnato da un combattimento o da un incidente di caccia, oppure un'attitudine spiccata per la pesca o la boxe. Fantini, pugili, toreri, comparse del cinema, generali, giornalisti e lealisti spagnoli. L'importante è che primeggino nel loro campo, che dimostrino coraggio e che, se necessario, siano disposti a rischiare la vita per una causa. E poi le donne. Grandi, piccole, bionde, rosse, intelligenti e meno intelligenti, tutte però affascinanti e uniche.

Ma sarà tutto vero?

Sia come sia, una giovane fotoreporter tedesca potrebbe essere abbastanza interessante per Ernest Hemingway?

Inge è di nuovo in albergo, si sta facendo la doccia e quando esce vede arrivarle incontro uno degli inservienti. Sta correndo, trafelato com'è si mangia le parole, ma poi Inge capisce.

"Señorita Inga, señorita Inga, Papa al telefono!"

Inge si mette addosso la prima cosa che trova e corre giù. "Hello, I am Inge Schönthal," esordisce.

"Are you from Rowohlt?"

"Yes," dice Inge senza esitazione, come se fosse una foto da scattare sul momento. Dire la verità, e cioè che non è un'impiegata dell'editore tedesco, ma solo un'emissaria che vorrebbe tanto immortalare quello schivo scrittore, rischia di lasciarla lì con la cornetta in mano e il segnale muto dall'altra parte. È risaputo che Ernest Hemingway odia i giornalisti, ma non può continuare a negarsi all'infinito all'editore che da trent'anni pubblica i suoi libri in Germania. Poi, in tono concitato, Inge spiega che Heinrich Maria Ledig-Rowohlt l'ha pregata di portargli una missiva: per questo è partita oltre due settimane fa da New York alla volta dell'Avana. Sono mesi che l'editore cerca di mettersi in contatto con lui attraverso il suo agente di New York, Alfred Rice.

"May I come and visit you in San Francisco de Paula?"

Domani a mezzogiorno andrebbe bene, risponde Hemingway: "Il mio autista la verrà a prendere". Inge gli dice che non ce n'è bisogno, prende volentieri l'autobus. "Se preferisce. Allora a domani per il lunch." Inge sta per salutare, ma poi lo scrittore americano aggiunge: "Ah, non si dimentichi il costume".

Hemingway a quanto pare ha fatto velocemente uno più uno. Se questa donna non si fa problemi a prendere l'autobus, non deve essere troppo avanti con l'età e dunque di certo non sfigurerà in costume da bagno.

A quanto si dice, Hemingway è molto felice con la sua attuale, quarta moglie, Mary Welsh – ex corrispondente di guerra del "Times" –, ma nella testa di Inge girano ancora le pagine dei rotocalchi e pensa: vecchio marpione.

La tenuta di Hemingway a San Francisco de Paula si trova a circa venti chilometri dall'Avana. Il viaggio in autobus è piuttosto faticoso, le strade sono piene di buche. A un certo punto mi ritrovo scaraventata sulle ginocchia di un carpentiere, il quale prende la palla al balzo per mettersi a parlare. Ma visto che non capisco nulla di quel che dice, a un certo punto mi limito a pronunciare la parola magica "Hemingway", alla quale prontamente segue la risposta "Ah! Papa". L'uomo si offre di mostrarmi la strada che porta alla casa dello scrittore. San Francisco de Paula è una località abitata da persone di colore. Le case di legno a un piano sono tutte tinteggiate di rosa e giallo, hanno un piccolo patio esterno e non si distinguono l'una dall'altra. Il carpentiere che porta la mia borsa infila una strada laterale e poco dopo ci ritroviamo davanti a una sbarra di legno con un cartello sbiadito sul quale leggo: "Vietato l'accesso alla proprietà! Visite solo dopo appuntamento telefonico!". Della casa non si vede nulla. Percorriamo un viottolo stretto e incassato, fiancheggiato da cactus e che si inerpica piuttosto ripidamente. Sopra di noi rami con grandi fiori tropicali formano una sorta di cupola. Poi all'improvviso il sentiero si apre e mi ritrovo davanti a una casa a due piani circondata da palme reali cubane. Una casa d'epoca, in tipico stile coloniale, con una struttura elevata a forma di torre. Scopro poi che la torre è il rifugio dello scrittore, quando ci sono ospiti e lui vuole lavorare in pace. Lo studio consiste di un'unica grande stanza, arredata solo con un enorme tavolo e una pesante poltrona di legno grezzo nero. Da lì la vista sul mare è favolosa, in lontananza si scorge anche l'Avana, che dista una ventina di chilometri. La tenuta di Hemingway si estende per sei ettari e si chiama Finca Vigía.
Sull'uscio di casa, protetto da una rete contro le mosche, compare una donna. Indossa pantaloncini gialli, una camicia dello stesso colore e scarpe di rafia. È snella, bionda e decisamente bella. A occhio e croce le do poco meno di quarant'anni. È Mary Hemingway, la quarta moglie dello scrittore. L'ha conosciuta a Londra, durante la Seconda guerra mondiale, quando lei lavorava come reporter per "Time Magazine".
Guarda prima me e poi il barbuto carpentiere che mi ha ac-

compagnato e che tiene ancora la mia borsa. La vista dell'uomo sembra stranirla.

"Il signore è con lei?" mi chiede.

"Ma no," dico io, e prendo all'anziano signore le mie borse. Lui sorride, mi fa un cenno di saluto e se ne va.

La signora Hemingway e io entriamo in casa. Improvvisamente si accorge della mia attrezzatura fotografica e dice: "Per carità di Dio, non vorrà mica fare foto? Lui non deve assolutamente vedere la macchina fotografica". E senza aggiungere altro afferra l'attrezzatura e la nasconde dietro a un portariviste, così pieno delle più recenti pubblicazioni da sembrare un'edicola.

Hemingway è a caccia. Ci sediamo al tavolo e io tiro fuori alcune riviste che hanno pubblicato mie foto. Tra queste ci sono anche quelle del mio ultimo viaggio in Spagna. In quell'occasione ho tra l'altro fotografato e intervistato l'attrice Joan Fontaine. Mary Hemingway conosce bene la Spagna, il che rende la nostra conversazione più facile e finiamo per piacerci di minuto in minuto sempre più.

Dopo circa mezz'ora mi dice: "Perché non andiamo a farci una nuotata?".

Vicino alla casa c'è una piscina di colore azzurro chiaro, lunga dieci e larga cinque metri, una cabina per cambiarsi e una doccia. Ci tuffiamo in acqua. E mentre ce ne stiamo lì a sguazzare un cameriere di colore, dagli occhi color nocciola e l'espressione divertita, ci porta qualcosa di ghiacciato da bere.

Dopo il bagno sono invitata a pranzo, al quale prende parte anche il segretario di Hemingway, Roberto.

Vengono servite delle fantastiche insalate, una pietanza piccante al pepe e deliziose tortine alle fragole. È stata la signora Hemingway in persona a preparare il pranzo. È una squisita padrona di casa e una cuoca eccellente.

Mi serve abbondantemente e lei pare apprezzare. "Finalmente un ospite che mangia. Gli altri hanno sempre problemi di linea, soprattutto se – come Marlene Dietrich – arrivano da Hollywood."

Il più contento di tutti è però Roberto, che viene sempre preso in giro perché mangia troppo. Ora c'è qualcuno che può misurarsi con lui. Non ho ancora ripulito del tutto il mio piatto, quando sulla porta appare un marcantonio barbuto, un vero armadio d'uomo: Ernest Hemingway.

"Sono in ritardo," si scusa, e dopo avermi lanciato una veloce occhiata aggiunge: "A proposito, pensavo fosse una novantenne!".
Mi metto a ridere, ci diamo la mano, e non ho nemmeno il tempo di sentirmi imbarazzata, perché Hemingway comincia subito a intrattenersi con me. Mi chiede un sacco di cose; quello che però gli interessa di più è sapere come se la passa il suo vecchio amico Ernst Rowohlt. Io mi metto a raccontare. Improvvisamente si intromette la signora Hemingway: "Guarda cosa ha fatto Inge. Non ti sembrano meravigliose?" e tira fuori i giornali che ho portato. Non sono preparata a questo assalto e arrossisco. Ora sa che sono una reporter e temo che ciò potrebbe renderlo più abbottonato e accomiatarmi. Ma non va così. Guarda attentamente e con evidente piacere i miei scatti. Si libera anche delle sue ciabatte lasciandole sotto il tavolo e si mette comodo. Un boy porta un fiasco di Chianti e la conversazione continua con brio.
Di tanto in tanto guardo di soppiatto la macchina fotografica. Non so cosa darei per fare una foto. Ma non dico una parola pensando che, a conti fatti, devo già ritenermi soddisfatta del risultato fino a quel momento raggiunto. Hemingway è però una persona molto sensibile – come constaterò ripetutamente nel corso delle nostre frequentazioni – e sembra captare tutto ciò che a un altro passa per la testa. A quanto pare ha un senso in più degli altri. E così a un certo punto mi dice: "Niente paura, avrà la sua foto!". A quel punto penso sia ora di andarmene, ma la signora Hemingway mi prende la borsa e dice: "Resti per cena!". Nei paesi caldi la siesta è una necessità vitale. E anche a casa Hemingway è d'obbligo. Così i miei due amabilissimi padroni di casa mi conducono nella biblioteca, una spaziosa stanza tutta in bianco. Sugli scaffali, sempre bianchi, è ammassato un numero incredibile di libri, sul tavolo bianco pile di giornali, riviste e piccoli volumi colorati. Hemigway mi sistema i cuscini sul divano e solo dopo essermi coricata i due escono silenziosi dalla stanza. Mi addormento subito.
Al risveglio sento della musica. Proviene da una scatola nera, la rudimentale radio di Hemingway. E non c'è nemmeno un tele-

visore. Al calare rapido del sole, Hemingway mi invita a fare un salto in macchina all'Avana, dove vuole comprare i giornali. Al volante c'è René Villarreal, l'autista di colore che da quattordici anni vive con loro. E mentre René va a prendere i giornali, Hemingway mi conduce al Floridita. È pieno di turisti. E non appena entriamo si leva un brusio, un mormorio, un bisbigliare. La maggior parte dei turisti è venuta lì solo per vedere Hemingway. Perché qualsiasi forestiero che desidera incontrare Hemingway sa di dover venire qui. Prendiamo posto al bancone. Io mi sento incredibilmente orgogliosa.

"Un drink uguale a quello di Papa?" chiede il barista.

"Sì, sì, señor!" rispondo. Al che mi versa un doppio Daiquiri. Un drink infernale, composto da quattro parti di rum, un po' di lime (un tipo di limone molto aspro), ghiaccio pestato e sciroppo di zucchero di canna.

I turisti si avventano sfacciatamente su Hemingway. Chi vuole un autografo, chi lo tempesta di domande, tipo: cosa sta scrivendo, cosa pensa delle donne e che opinione ha riguardo agli esperimenti nucleari. Lui risponde paziente, gentile e in modo puntuale. Un commerciante di pelli di Chicago gli consiglia una precisa valigia da viaggio. Un texano piuttosto corpulento definisce *La valle dell'Eden* il più bel libro di Hemingway. Lui lo ringrazia cortesemente e dice: "Ha ragione, è un gran bel libro. Lo dirò al mio amico Steinbeck quando lo vedo" (già, perché *La valle dell'Eden* è un libro di Steinbeck). Infine, una signora gli chiede chi sono io: "Una diplomatica dell'Abissinia," sussurra Hemingway.

Diversi avventori lo invitano a bere un drink insieme a loro. Lui dice di sì, ma non beve. In compenso paga il conto per tutti quelli che lo hanno invitato. Alla mia domanda su come riesce a sopportare tutta questa invadenza, mi risponde: "Be', in fin dei conti, comperano e leggono i miei libri, e a ben vedere vale anche la pena ascoltarli".

Durante la cena di quella sera, Hemingway dice alla moglie: "Inge è una che regge bene l'alcol".

Quando, infine, me ne torno in albergo con l'autobus, non ho ancora la foto, ma un invito a pranzo per il giorno successivo in un ristorante cinese.

Il locale si trova al quinto piano di un edificio nel quartiere cinese, ed è famoso per la sua cucina. Hemingway peraltro usa le bacchette con grande destrezza. Poi, una volta che il cameriere ha sparecchiato, Hemingway dice: "Bene, ora possiamo fare la nostra foto di famiglia". Lui, sua moglie, il segretario Roberto si mettono in posa, io piazzo il cameriere cinese dietro di loro, per rendere la mia foto più esotica, infine infilo la mano nella borsa e... rimango di pietra. C'è il flash, ma non la macchina fotografica. L'ho lasciata in albergo. Mi viene da piangere. Hemingway e Roberto invece scoppiano in una fragorosa risata. A loro pare una fantastica barzelletta.

Quella che doveva essere una breve visita si trasforma in un soggiorno di quasi tre settimane. Sono i coniugi Hemingway a insistere. Inge non può stare in quella topaia, lì da loro c'è tanto spazio. Un'ottima partenza, seguita da un immediato passo falso. Ernest Hemingway non ne vuole sapere di cambiare traduttrice. Motivi linguistici? Letterari? No. Questioni più prosaiche. Il cognome della sua storica traduttrice in tedesco, Annemarie Horschitz-Horst, è molto aristocratico, ma lo si può pronunciare in modo molto volgare. Horschitz-Horseshit-Cacca di cavallo. E questa cosa a Hemingway piace molto.

Il reportage di Inge per la rivista "Constanze", pubblicato nel numero di luglio 1953, sarà un vero e proprio omaggio allo scrittore. A leggere tra le righe Inge sembra quasi un po' paralizzata nella sua adorazione. Non le capita spesso di sentirsi in soggezione.

> Hemingway mette su dischi come gli capita, musica jazz, vecchissimi blues, Armstrong e classica. Lui ama tutta la musica, anche quella lirica.
> La sera continuiamo a parlare a lungo della Spagna. So ovviamente che Hemingway ha una grande passione per questo paese. Resto però sorpresa della sua profonda conoscenza. E sorpresa sarei stata durante quelle tre settimane un sacco di volte. Hemingway aveva una conoscenza approfondita praticamente di tutto. Si capiva che aveva studiato ogni questione in modo puntuale. Ed era un sapere tutt'altro che accademico: si intendeva di boxe, come se lui stesso fosse stato pugile per tutta la sua vita. Si intendeva di zoologia, e avrebbe dato del filo da torcere anche a un esperto. Ho assistito personalmente a situazioni nelle quali i pescatori cubani chiedevano a lui spiegazioni su un dato pesce, a che famiglia appartenesse. E anche i generali di stato maggiore di qualsiasi paese sarebbero impalliditi d'invidia se avessero saputo del suo incredibile bagaglio di conoscenze riguardo alla storia militare. Infine, i marinai si sarebbero affidati ciecamente a lui e alle sue doti di navigazione. [...] È la persona più generosa che abbia mai conosciuto. Ma non è generoso per vanità o indiscriminatamente, vede chiaramente chi ha bisogno, dove c'è bisogno. Ama intrattenersi con le persone, e poco gli importa se si tratta di un barista, di una donna che vende biglietti della lotteria, di un giornalista o del re dello zucchero ospite a casa sua.

Inge scopre subito che i giornalisti americani con cui ha parlato non le hanno mentito. Le cose urgenti vanno discusse a colazione, perché da mezzogiorno in poi Hemingway è quasi sempre obnubilato dall'alcol; ovviamente rum, ma anche Martini. A volte per le 12.30 ha già bevuto cinque Martini Dry. E ancora Gin e Daiquiri, tre o quattro quando arriva l'ora di trasferirsi al Floridita.

Di tanto in tanto lo scrittore e Inge escono in mare a pescare. Con loro sulla *Pilar* c'è anche l'amico pescatore Gregorio Fuentes, la fonte di ispirazione per *Il vecchio e il mare*. Inge porta sempre con sé la macchina fotografica, ma i primi giorni Hemingway si rifiuta categoricamente di essere immortalato. Ed è solo grazie all'aiuto di Fuentes se alla fine lo scrittore cede. Il pescatore dice che vorrebbe assolutamente una foto di loro tre. Hemingway tiene duro un po', ma poi capitola. Prima, però, bisogna fare delle prove, degli scatti preparatori prima di quello decisivo. Soprattutto Inge e il pescatore sembrano divertirsi. Hemingway, invece, ricorda un vecchio orso in piedi su braci incandescenti. La sua risata sembra forzata. Inge corre ripetutamente avanti e indietro tra la macchina fotografica e i due uomini per impostare l'autoscatto. A un certo punto pensano di inserire nel quadretto anche un marlin. Il pesce preso dalla ghiacciaia è rigido come uno stoccafisso. Inge e Hemingway reggono l'animale, che pesa sicuramente una trentina di chili, per la spada, mentre

Fuentes cerca di aiutarli da dietro. Una nuvola di piombo che gravita sul cielo dei Tropici richiederebbe l'utilizzo del flash, ma non si può, e dona quel bianco e nero così intenso.

Eccolo, lo scatto. Dal quale però la maggior parte dei giornali taglierà il vero ideatore della messinscena, ovvero il pescatore.

Inge realizzerà solo qualche settimana dopo di aver eternato un momento unico. Una foto-oracolo che traccerà un prima e un dopo. E che farà il giro del mondo.

La foto che però Inge preferisce di quei giorni passati alla Finca Vigía è un'altra. È quella in cui si vede Hemingway dormire sul pavimento del salotto. Nel dormiveglia lo scrittore deve essersi accorto della presenza di Inge e della macchina fotografica, e si arrabbia moltissimo. È una delle poche volte, in quelle tre settimane, che l'aria si fa tesa. Hemingway le vieta categoricamente di pubblicare quella foto fintanto che è in vita. Inge glielo promette.

Oltre al già ricordato rum, Hemingway ha l'abitudine di bere a pranzo una o due bottiglie di vino rosso, preferibilmente Valpolicella o Chianti. Poi, una volta finito il pranzo, segue una sorta di rituale. Lo scrittore prende alcuni cuscini, li getta per terra, vi si corica sopra e si concede una breve siesta. Il pavimento di pietra è l'unica superficie che rilascia un po' di fresco. La foto scattata da Inge coglie Hemingway in un momento di pace, come raramente lo si è visto. L'uomo dalla corporatura massiccia e incline a pose da avventuriero virile e senza paura, nello scatto di Inge appare quasi disarmato.

Sono invece rare le occasioni in cui Inge lo vede scrivere. Hemingway si alza alle 6 del mattino e lavora per tre, quattro ore.

Hemingway in realtà scrive soltanto in camera da letto, nonostante possieda uno studio speciale, una torre quadrata con in cima una stanza arredata in maniera spartana. Da qui si gode una vista magnifica sulle palme e, più oltre, sul verde paesaggio cubano (a essere verdi sono gli ananas e le canne da zucchero). H. sparisce qui dentro solo quando ha ospiti e all'improvviso desidera stare solo. Altrimenti lavora in camera da letto.
Davanti all'ampio letto basso c'è qualche paio di vecchi, scalcagnati e troppo grandi sandali, mentre i due comodini a destra e sinistra sono inondati di libri e appunti. Tutte le pareti

della grande stanza rettangolare sono coperte di scaffali traboccanti di libri, vecchi giornali e riviste. Quando lavora, H. sta soprattutto a un tavolo da architetto, la maggior parte delle volte ha uno o tutti e due i sandali davanti a sé, e scrive a mano, usando una matita (sul tecnigrafo ce ne sono di solito cinque o sei). Scrive con la macchina solo quello che gli risulta facile (i dialoghi, per esempio, gli risultano facili). Scrive 500-1000 parole al giorno; più scrive e meno la coscienza sporca si fa sentire quando va a pescare per uno-due giorni.

Per quanto a un primo sguardo si abbia l'impressione che la stanza sia in gran disordine, a una seconda occhiata si vede che tutte le piccole e grandi cose inutili (corni di bufalo, una locomotiva giocattolo, vecchie foto, mazzi di lettere tenuti insieme da vecchi elastici ecc.) nella loro mancanza di valore hanno un certo ordine e si addicono a H.: hanno un valore affettivo.

H., che è un meraviglioso affabulatore (quando è di buon umore, ma può benissimo restare zitto anche per ore, senza che il suo silenzio sia arrogante) e un esperto di prima categoria in tutti i campi di suo interesse, non ama parlare del proprio lavoro. È superstizioso al riguardo: nonostante i tanti "facts" che potrebbe dire in merito, pensa che, accanto a tanta solidità, nella sua "scrittura" ci sia anche molto di fragile e imponderabile che non sa spiegare. Pensa che scrivere sia una faccenda profondamente personale, solitaria. Ciononostante H. ha sempre condotto, e ancora conduce, una vita movimentata, allegra e divertente, ma fa ogni cosa con la medesima, profonda serietà... odia tutto ciò che è lasciato a metà, impreciso, ogni sorta di bugia, di finzione.

E, cosa curiosa, scrive spesso in piedi. La macchina da scrivere Royal di colore grigio scuro posa sul *Who's Who in America*, a sua volta piazzato su un ripiano alto della libreria. Accanto c'è un plico ancora chiuso, è dell'editore milanese Mondadori, e lì vicino il disco di Louis Armstrong *Satchmo at Symphony Hall*. Anche nella stanza da letto si trovano ammonticchiati numerosi plichi non ancora aperti. La scrivania è un vero caos: ci sono lettere, blocchetti di appunti, cartucce per il fucile, scatole di sigarette e timbri. Inge è da subito parte integrante della casa. Tutti si danno un gran daffare perché si senta a proprio agio: il *butler* René e il pescatore Gregorio sono costantemente al suo servizio, e quando lei desidera la portano con la Chevrolet cabriolet deluxe all'Avana. Mary Welsh è una "padrona di casa squisita". Dopo quella foto in barca a Inge viene permesso di fotografare tutto quello che desidera. Ne uscirà una vera e propria *homestory* e una sera Hemingway concede addirittura di mettersi in posa per lei, insieme a La Farge e l'editore Lippincott Williams e moglie, dietro al bancone del Floridita.

Solo una volta "Papa" e Inge si scontrano violentemente. Hemingway è tornato piuttosto di malumore da un giro in barca di diversi giorni con dei miliardari newyorchesi. E così, in un locale dell'Avana si scola prima uno dietro l'altro parecchi bicchieri di rum e poi, come un colonialista sadico e arrogante, inizia a gettare monetine per il locale. I bambini si lanciano per terra per accaparrarsele, si spintonano e bisticciano. Hemingway, ormai completamente ubriaco, sembra divertirsi un mondo. Inge assiste sconvolta alla scena e prova a fermarlo. "La smetta, quello che sta facendo è orribile!" Hemingway a quel punto perde completamente le staffe. Proprio una tedesca gli vuole insegnare l'educazione? Il giorno dopo, di mattina presto, Inge infila le sue cose nella borsa, ha deciso di andarsene, ma allo scrittore sembra non importargliene niente. È il 5 marzo 1953. A quanto pare Hemingway è rimasto in piedi tutta la notte ad ascoltare Radio Mosca. "È morto Stalin!" lo sente gridare. Ma a Inge non importa e fa per andarsene, quando lui la chiama perché vuole darle una lezione. Lo sa, questa stupida ragazzina tedesca, che Stalin ha liberato la "sua" Berlino? Le urla attirano Mary Welsh, che cerca di convincere Inge a rimanere. Alla fine Inge resta alla Finca, e quando la partenza da Cuba sarà ormai imminente, Hemingway le propone di accompagnarlo in veste di fotoreporter a una caccia grande in Africa. "Ma una battuta di caccia mi pareva troppo anche per un'amante dell'avventura come me," scrive Inge.

L'incontro con Ernest Hemingway sarà lo scoop della fotoreporter Inge Schönthal che per un breve attimo la rende famosa ovunque. Prima di ripartire per Amburgo, alla fine di maggio del 1953, trascorre ancora un periodo a New York. "Constanze" pubblica sul numero di luglio la foto con Hemingway e il marlin in copertina. Dopodiché lo scatto compare su "Picture Post" e su "Paris Match". Tutti vogliono sapere specialmente una cosa. "Come si è comportato il famoso scrittore nei confronti di questa giovane e graziosa reporter? Vista la sua nomea di donnaiolo, le ha fatto delle avance?" Sì, aveva provato a flirtare "un po'", ma lui allora aveva cinquantaquattro anni, motivo per cui a lei pareva già molto anziano. "A me dava l'idea di un ottantenne. E poi a mezzogiorno era già ubriaco perso."

Ma soprattutto Hemingway è un uomo molto complicato. Su di giri, euforico, appassionato e maniacale, affabulatore. Ma anche incline alla depressione e a lunghi momenti di isolamento, durante i quali chiude fuori di sé tutto e tutti. Tuttavia la gente a Cuba lo adora, a partire dal suo personale.

Il 23 gennaio 1954, alcuni mesi dopo il ritorno di Inge Schönthal in Germania, i media diffondono una notizia spaventosa. Sembra che il Cessna con a bordo Ernest Hemingway e la moglie Mary si sia schiantato sul Kilimangiaro. Il settimanale "Die Zeit" riporta: "Per dodici ore tutta New York e probabilmente l'America intera era piombata in uno stato di grande angoscia. La radio aveva diffuso la notizia che Ernest Hemingway e la moglie erano precipitati sul Lago Vittoria. La sua morte veniva data pressoché per certa, anche se mancavano riscontri oggettivi. Il 24 gennaio un canale radiofonico particolarmente solerte aveva addirittura trasmesso una commemorazione funebre per il più grande romanziere americano. Alla tragedia si aggiungeva inoltre il fatto che fosse accaduta proprio nei pressi del Kilimangiaro, la più alta montagna dell'Africa. Una coincidenza fatale, pensando al racconto di Hemingway *Le nevi del Kilimangiaro*. Nello stesso si narra del protagonista scrittore che muore con davanti agli occhi proprio il Kilimangiaro. [...] Ma già la mattina dopo i telefoni a New York avevano cominciato a squillare all'impazzata. 'Hemingway è vivo!' ci si comunicava freneticamente".

Lo "Spiegel" pare avere qualche dettaglio in più. Ai suoi lettori racconta che si sarebbe trattato di un atterraggio d'emergenza: "Roy Marsh, il pilota, aveva fatto ancora un paio di giri sopra le Cascate Murchison, poi tirando giù la cloche del Cessna preso a noleggio aveva puntato dritto sul bush. Era stato un atterraggio d'emergenza da manuale. Si era spezzata solo la ruota destra del velivolo. Hemingway, la moglie e gli accompagnatori, rimasti tutti illesi, si erano incamminati per raggiungere un'altura dove trascorrere la notte nella foresta pluviale".

Una storia che suona fatta su misura per Hemingway. Sia come sia, Inge è comunque felice di non aver accettato l'invito alla battuta di caccia in Africa.

Tra il 1953 e il 1954, Hemingway è l'astro indiscusso della letteratura americana. Il produttore Mark Hellinger, un ex giornalista di New York, comincia a lavorare alla trasposizione cinematografica dei suoi libri. Hollywood è disposta a pagare cifre da capogiro per assicurarsene i diritti. Nel panorama letterario Hemingway è una popstar ante litteram; di lui scrivono addirittura i tabloid. Dopo la visita di Inge a Cuba, Heinz Helfgen, giramondo e reporter a caccia soprattutto di scandali per conto del tabloid "Abendpost" di Francoforte, si mette a sua volta in viaggio per Cuba. Il giornale annuncia il reportage con toni sensazionalistici: "Helfgen ha incontrato all'Avana, sull'isola di Cuba, il grande bevitore e cantore della 'generazione perduta' Ernest Hemingway, il maestro del racconto breve, l'inventore del dialogo telegrafico, il narratore di storie di pugili, cacciatori e avventurieri". Nel testo il giornalista si vanta di aver "scovato Hemingway e bevuto a più non posso per tutta la mattinata. Impossibile tirargli fuori una sola parola sensata". C'è in atto una vera e propria caccia a Hemingway. Basti pensare che di lì a poco "Constanze" pubblicherà altri tre articoli su di lui. Affermare che sia stato proprio il reportage di Inge a scatenare tutto questo interesse è probabilmente esagerato; più plausibile invece credere che Inge stessa non fosse consapevole del fatto che i suoi reportage si inserivano nella strategia editoriale perseguita dalla casa editrice Rowohlt. Una strategia che testimoniava una volta ancora il fiuto eccellente dell'editore Heinrich Maria Ledig-Rowohlt. Era stato lui a intuire che di lì a poco Hemingway avrebbe ricevuto le più alte onorificenze e che per questo motivo le traduzioni tedesche dei suoi libri dovevano esserne all'altezza. E ci aveva visto giusto. Pochi mesi dopo la visita di Inge a Cuba, Hemingway riceverà il Premio Pulitzer per *Il vecchio e il mare*. E l'anno successivo, cioè nel 1954, il Premio Nobel per la Letteratura.

Inge, grazie alle sue fotografie, si ritrova da un momento all'altro catapultata dentro all'offensiva della casa editrice. Se allora qualcuno le avesse detto che, di lì a qualche anno, lei stessa avrebbe preso in mano le redini di una casa editrice, molto probabilmente sarebbe scoppiata in una fragorosa risata. Eppure, a distanza di anni, la foto-oracolo è ancora lì a testimoniare un destino ormai tracciato.

Inge sente di essere finalmente arrivata su un palcoscenico importante, un palcoscenico che le permette da quel momento in poi di scegliere lei quali incarichi accettare e quali no. Sa di essere stimata nel mondo editoriale, anche se i guadagni non sono per questo faraonici. Per gli incarichi che accetta, riceve solo di rado un anticipo, il rischio è tutto sulle sue spalle. Ma lei va comunque avanti. Ormai quella è la sua vita. Da poco ha preso in affitto ad Amburgo un piccolo appartamento nella Brahmsallee 15 e i risparmi bastano anche per un Maggiolino Volkswagen cabriolet. Riesce inoltre a passare regolarmente un po' di soldi anche alla madre a Gottinga. Tutto procede alla perfezione. Inge si fa stampare il suo primo biglietto da visita. Il collega Ulrich Mohr è molto contento. Le fotografie di Inge Schönthal si vendono benissimo, peccato che i clienti non siano affidabili nei pagamenti. Ma Mohr sa come sollecitarli e alla fine farle incassare quel che le spetta.

Gottinga. Amburgo. New York. L'Avana.

Adesso si può solo puntare ancora più in alto.

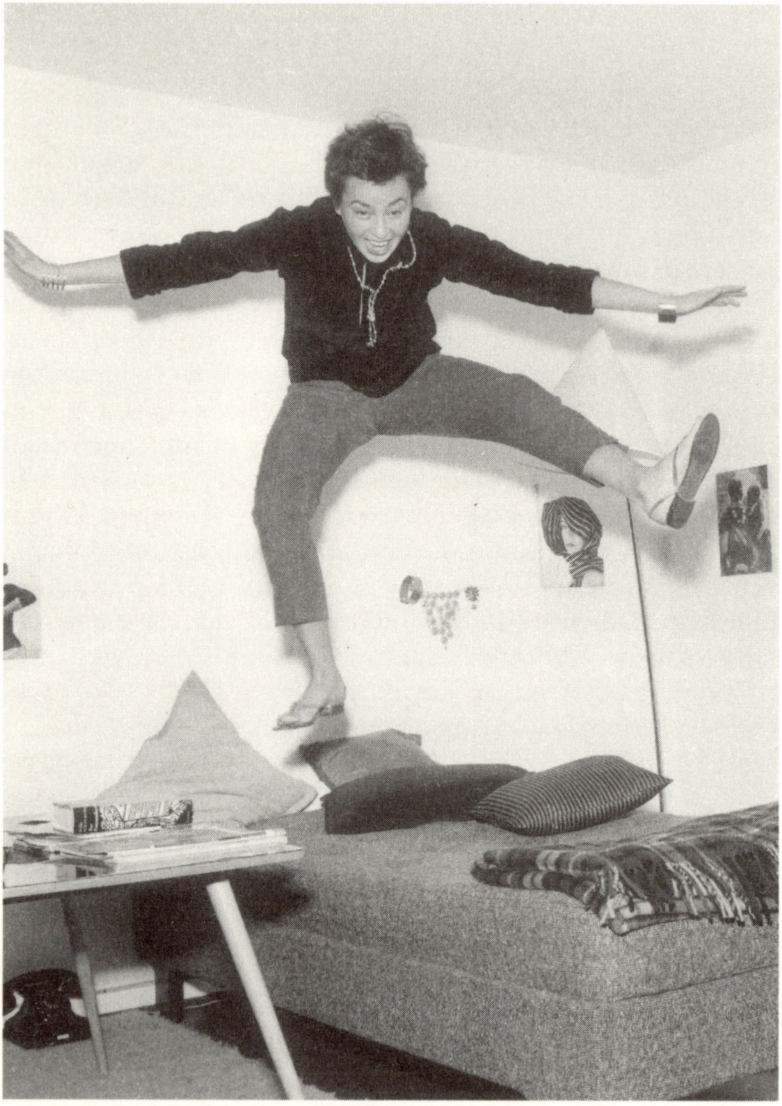

5.
Affermazione al fronte

Novemila chilometri e dieci centimetri.
È questa la distanza che agli inizi del 1954 separa Inge dal Brasile. I novemila chilometri non sarebbero neanche un problema. A costituire un ostacolo al momento insormontabile sono quei maledetti dieci centimetri del tratto iniziale dell'intestino. Infatti l'appendice comincia a tormentarla giusto due settimane prima che la *Babitonga* salpi da Amburgo.

"Constanze" le ha affidato un nuovo grande reportage fotografico in Brasile, ma quell'inutile prolungamento del colon vuole metterle i bastoni tra le ruote.

> Per un attimo ho rischiato di perdermi il golfo di Copacabana, la cittadina di Petrópolis con le sue lussuose residenze estive e le belle ragazze di Rio de Janeiro. Sono finita sotto i ferri. Poi però ce l'ho fatta lo stesso a imbarcarmi, seppur – ancora malferma sulle gambe e senza appendice – da Anversa e non da Amburgo.

> Questa volta il viaggio non è su un lussuoso piroscafo. La *Babitonga* è una nave mercantile, con trentasette uomini di equipaggio e uno sparuto gruppo di passeggeri. Oltre a Inge, un'anziana signora che non vede l'ora di riabbracciare i figli in Brasile, un'insegnante tedesco-brasiliana e un commerciante di frigoriferi.

Per un mese abbiamo cavalcato le onde. Onde che di continuo cambiavano colore, passando dal grigio mercurio al viola. Io me ne stavo al sole, mi incantavo a guardare le stelle e leggevo. Come nutrimento della mente mi ero portata dietro una piccola biblioteca.

A offrirle quel passaggio è di nuovo l'imprenditore del lievito Rudolf-August Oetker.

Tutte le volte che penserò al Brasile avrò davanti agli occhi quest'incredibile immagine: l'enorme golfo lungo il quale si distende il quartiere più chic della città, Copacabana, con i suoi grattacieli alti venti piani, e la spiaggia bianca, colorata da migliaia di puntini, gli ombrelloni.

Inge ha poco più di ventitré anni e ha acquisito sul campo le competenze tecnico-fotografiche che ora le consentono di viaggiare per il mondo. Ha un suo stile, una sua creatività, una leggerezza che in fondo non è altro che emanazione del suo carattere: ha fatto suo il *moment décisif*. Forse è ancora lontana dall'essere una professionista matura, ma la direzione che sta prendendo è nettamente tracciata, e prova ne è un'aumentata padronanza di un altro mezzo creativo, la scrittura.

Coperte da minuscoli bikini e da giacchette di spugna, l'ombrellino da sole sottobraccio, ai piedi scarpe con la zeppa, alle orecchie bizzarri pendagli, così agghindate le donne brasiliane si recano a passettini veloci al lavoro, o meglio al divertimento. Quasi tutte sono di carnagione scura, hanno capelli mossi e neri, occhi scuri, alcune sono di una bellezza che ricorda quella degli indiani d'America, altre spiccano per una grazia nera e tutte sono incredibilmente pulite, nonostante l'acqua spesso scenda a singhiozzo dai rubinetti, a causa del grande caldo. Quando le bellezze di Rio indossano ampie gonne risalta il loro vitino mozzafiato. E non c'è stata volta in cui, rivolgendomi a loro, non abbia incontrato una gentilezza e disponibilità incredibili.

Solo sul finale dell'articolo si avverte una lieve critica alle condizioni sociali. Il lavoro costituirebbe per molte donne solo una specie di "passatempo".

Chi vive a Rio o è ricco sfondato, oppure vive in miseria. Qui, la classe media, come la intendiamo noi, non l'ho vista da nessuna parte. L'obiettivo di tutte le ragazze carine, dolci e incredibilmente femminili con le quali mi è capitato di parlare sembra essere solo il matrimonio!
I domestici a Rio sono esclusivamente neri, e però non abitano nella casa padronale, ma in capanne di bambù situate sui dossi delle colline intorno alla città. E lì guai se si fa vedere un bianco.

Il primo reportage di Inge dal Brasile, *Le belle di Rio*, viene pubblicato sul secondo numero di maggio di "Constanze". C'è un bel ritratto di giovani donne: Rachel, un'architetta, Marisa, una segretaria di redazione del periodico illustrato "Manchette", Lilith, un'agente immobiliare, e infine Gisela, un'impiegata dell'ambasciata tedesca, che la ospiterà a casa sua. In apertura di servizio c'è la foto, tagliata a margine vivo, di una sorridente diciottenne. È Lucy Lucena, che Inge ha conosciuto sulla spiaggia di Rio. In realtà è Lucy a riconoscere subito la giovane fotoreporter: è stata proprio

"Manchette" a pubblicare la foto di Inge con Hemingway e il marlin. Il reportage su "Constanze" si conclude con un'anticipazione. Sul prossimo numero Inge Schönthal racconterà della visita fatta "allo scrittore di viaggi Richard Katz nella sua romantica casa nei pressi di Rio".

Katz, un praghese di minoranza ebraico-tedesca, durante la guerra è emigrato prima in Svizzera e successivamente in Brasile, paese a cui ha dedicato numerosi libri.

Un'altra grande occasione. Ma Inge scrive alla redazione comunicando che ha altre idee, un paio di progetti che sulla carta sembrano fecondi di spunti interessanti. Il primo è un volo sopra Rio, il secondo, più ambizioso, la porterebbe addirittura nella foresta amazzonica.

Il Brasile è così grande! Forse Richard Katz può aspettare ancora un po'.

Nella stessa missiva, Inge racconta anche di aver appena conosciuto il capo ufficio stampa della Panair do Brasil, la compagnia aerea leader dell'America Latina. Il cognome non se lo ricorda, ma il bizzarro nome di battesimo le rimane stampato in testa. Mozart. Per Inge, don Mozart.

"Chissà, forse i genitori erano appassionati di musica classica."

Nei reportage che seguono Inge si sofferma a lungo sull'incontro con don Mozart. Si sono dati appuntamento all'hotel Excelsior di Rio. Inge, giusto perché avesse qualche informazione in più su di lei, gli ha fatto recapitare il suo servizio su Hemingway pubblicato da "Manchette".

> Nella lobby dell'albergo mi si presenta un signore elegante con barbetta nera e abito bianco di prammatica. Mi dice che non ci sarebbe stato bisogno di mandargli l'articolo, tutti lo conoscono e la compagnia aerea sarebbe stata molto contenta di mettersi al mio servizio. Questa è la gentilezza di Rio.

Un'offerta del genere Inge, ovviamente, non se la lascia sfuggire e rilancia che le sarebbe piaciuto fotografare Rio dall'alto per poi vendere il servizio a grandi testate europee. È la vita da freelance, che a Inge calza a pennello. Adesso che ha abbastanza polso e potere di negoziazione, può permettersi di scegliere, con ancora più libertà, i reportage e poi piazzarli al miglior offerente.

"Voglio dire, non solo il golfo con il Pan di Zucchero e la spiaggia di Copacabana. Questi li conoscono tutti. A me interesserebbe vedere da vicino le valli e addentrarmi il più possibile nelle gole circostanti. Mi capisce, don Mozart?"

La sua compagnia aerea avrebbe potuto aiutarla in questo?

"Il titolo del reportage potrebbe essere: *Ecco quanto è bella Rio dall'alto*. Sarebbe anche una magnifica pubblicità per la vostra linea aerea, non trova?"

Negli appunti Inge annota: "Era una proposta a dir poco sfacciata, e ne ero perfettamente consapevole. Don Mozart però non aveva fatto una piega e con tipica nonchalance sudamericana aveva chiesto: 'A che ora vorrebbe partire? Domattina un nostro pilota potrebbe essere a sua disposizione'. Caspita, che generosità, avevo pensato".

E invece non se ne farà nulla.

Mentre Inge e don Mozart discutono animatamente per definire i dettagli dei viaggi, al tavolino accanto un signore non fa niente per nascondere di stare origliando. È anziano, piuttosto corpulento, veste anche lui completamente di bianco e non smette un secondo di tirare da un enorme sigaro. A un certo punto si alza, sembra che voglia andarsene, ma quando passa accanto a Inge si blocca per mormorare qualcosa che lei non capisce e poi, con un movimento discreto, che a un osservatore esterno potrebbe apparire incongruo vista la stazza e la sfrontatezza con cui ha rubato le parole dei due, le porge un biglietto da visita. E questa volta se ne va per davvero.

Inge afferra il biglietto, vorrebbe dire qualcosa a quell'uomo, ma lui è già lontano. Allora gira il cartoncino. Lo scarabocchio dice:

"Gentile signorina, qualora fosse interessata, sarò lieto di averla, in qualsiasi momento e per tutto il tempo che desidera, mia ospite nell'albergo Amazonas a Manaus".

Inge mostra il biglietto a don Mozart, magari anche a lui va di farsi una risata. Ma don Mozart legge con attenzione e intanto annuisce. Poi solleva lo sguardo, inarca le sopracciglia, contrae le labbra. È impressionato, forse anche un po' invidioso.

"Complimenti, *menina* Schönthal, ha appena ricevuto un invito personale dal più grande assicuratore del Brasile, un uomo ricco sfondato. È di Manaus. Un tempo la sua famiglia era poverissima, ma lui, grazie alle piantagioni di cauccù, ha guadagnato una fortuna. Si è fatto pure erigere un monumento nella sua città natale."

Quando ancora si facevano soldi con il cauccù, il misterioso ammiratore di Inge aveva fatto costruire a Manaus un albergo di lusso. Solo che poi era arrivata la plastica, e da un giorno all'altro il cauccù aveva smesso di essere redditizio. E insieme alla gomma naturale a pagare il prezzo era stato tutto l'indotto che aveva creato, compreso l'albergo Amazonas, prima popolato da imprenditori e faccendieri, mentre adesso i turisti che si spingono fino a quella città sul Rio delle Amazzoni sono solo pochi avventurieri. I turisti a caccia di emozioni, continua don Mozart, non bastano certo a far tornare l'albergo ai vecchi fasti. Forse, conclude, un reportage fotografico potrebbe cadere nelle mani di potenziali clienti facoltosi e fare il miracolo?

Inge è un po' confusa. Il nome Manaus non le dice molto, quasi niente. E l'uomo dello scarabocchio potrebbe essere solo un imprenditore in braghe di tela che tenta l'ultima disperata mossa per rialzarsi.

Ma poi importano veramente le intenzioni di quell'uomo? Andare alla scoperta fotografica di questa parte settentrionale del Brasile potrebbe essere davvero interessante.

"E se invece le chiedessi di organizzarmi un volo per Manaus?"

Il sorriso trattenuto di don Mozart di poco prima adesso si distende in una risata di approvazione. Poi si alza, va al telefono, compone un numero. Da dove è seduta, Inge capisce solo alcune parole, tra cui "Signor presidente, sì, signor presidente, sì". Sembra che don Mozart stia quasi rassicurando quello che parrebbe essere il presidente della Panair do Brasil. Quando finalmente don Mozart chiude la telefonata – "Certo, signor presidente, grazie, a tra poco, certo, sì, presidente" – e raggiunge di nuovo Inge, lei ha già capito che il suo nuovo amico ha messo in moto qualcosa. La trascina fuori dalla hall, le dice che il presidente ha giusto dieci minuti, devono sbrigarsi, è un'occasione d'oro, anche se al momento Inge non sa dire per chi lo sarà.

Raggiungono quasi di corsa gli uffici della Panair, e senza fargli fare anticamera la segretaria del presidente li fa accomodare nel suo ufficio.

"Sta arrivando."

Inge cerca di sbirciare, ma subito entra a passo deciso un uomo vestito in maniera impeccabile. Il passo marziale fa scattare nella testa di Inge ricordi di altri passi, tuttavia il direttore si dimostra molto gentile. Sfoggia buone maniere pur facendo intendere di essere uno di quegli uomini tutti d'un pezzo, ai quali bastano poche domande per capire chi hanno di fronte, per metterlo a nudo. Una dote che Inge apprezza. Se è corso fino a lì per incontrare quella sconosciuta è perché si fida del suo collaboratore e soprattutto perché vuole accertarsi di persona se alla compagnia aerea conviene mettere in conto al budget pubblicitario un volo per l'equivalente di duemila marchi.

Il colloquio è breve e il presidente della Panair fa capire a Inge di aver preso informazioni su di lei, il che equivale a dire che ha letto il suo reportage pubblicato su "Manchette", che tiene a un angolo della scrivania come se fosse stato poggiato lì per caso.

"Va bene, *menina*," dice dopo i dieci minuti pronosticati da don Mozart. "Giovedì può partire. Buon volo e buona permanenza!"

Inge e don Mozart ripercorrono al contrario il tragitto dell'andata. Ma questa volta non sono trafelati, e Inge non viene condotta per mano come un cagnolino che non conosce la strada. Sono di ottimo umore e decidono di tornare alla hall dell'Excelsior per un cocktail.

Don Mozart ha approfittato della spedizione in ufficio per controllare la posta e ha preso con sé un plico di telegrammi che vuole scorrere velocemente. Tra questi ce n'è uno che attira la sua attenzione.

"*Menina* Schönthal, a quanto pare c'è un giornalista tedesco con i suoi stessi piani."

E poi aggiunge, ridendo sotto i baffi: "Sarà di nuovo uno di quei tedeschi scrupolosissimi. Tutti i tedeschi sono scrupolosissimi".

Inge non raccoglie la provocazione.

"Come si chiama?" chiede.

"Wolfgang Weber, leggo qui."

Inge trasalisce, il cocktail che si sta portando alla bocca ripiomba sul tavolino.

"Vuole scherzare? Ha detto Wolfgang Weber?"

"Perché, lo conosce questo signor Weber?"

"Certo che lo conosco. Tutti lo conoscono. La sua fama è leggendaria tra i giornalisti tedeschi."

Neanche lo scoop con Hemingway può misurarsi con il curriculum di Weber. Inge sa che competere con lui è una partita persa in partenza.

Tra le due guerre mondiali Wolfgang Weber ha lavorato per la leggendaria "Berliner Illustrierte", una rivista considerata in Europa l'antesignana del fotogiornalismo, e proprio durante il Primo conflitto Weber è riuscito a compiere l'impresa di documentare attraverso fotografie anonime di soldati ciò che accadeva nelle retrovie del fronte. Scene molto private, intime quasi, scattate grazie alla prima fotocamera tascabile della Kodak entrata in produzione pochi anni prima. Compatta al punto da poter stare nella tasca di un gilet – o nella divisa dei soldati, come annunciato sui manifesti pubblicitari –, si era rivelata lo strumento ideale.

Ma ora Wolfgang Weber lavora per la testata erede della "Berliner", cioè la "Neue Illustrierte".

"È sempre in giro per il mondo e non sbaglia mai un colpo," dice Inge. "È il decano dei fotoreporter. È una star."

Non c'è bisogno che Inge aggiunga quello che sta pensando. Ritrovarselo qui, tra tutti i posti interessanti sul pianeta, è una maledetta sfortuna.

"Capisco," dice don Mozart, che poi prova a rincuorarla dicendole che Weber è sì diretto a Manaus, ma a quanto sembra è più interessato a uno dei simboli dell'epoca d'oro del caucciù, e cioè al teatro lirico della città. Opera di architetti e artisti chiamati da tutt'Europa, il fastosissimo Teatro Amazonas – immortalato successivamente dal film *Fitzcarraldo* di Werner Herzog – era il vero simbolo dell'epoca d'oro del caucciù. Insomma, nella città e nella vicina foresta amazzonica c'è spazio per entrambi i fotoreporter.

È difficile mettere Inge alle strette. Non ha la lucidità di analizzare la situazione, ma per la prima volta sente che il momento decisivo le è scivolato via fra le dita. Anzi: qualcuno lo ha acciuffato prima di lei.

Per un attimo Inge si perde nei suoi pensieri. Ma è solo un attimo, poi si riprende e leggermente imbarazzata per quel momento di debolezza sorride a don Mozart. Più tardi scriverà nei suoi diari: "Una cosa mi era chiara: dovevo assolutamente parlare con Wolfgang Weber, chiedergli di non occuparsi dei temi che interessavano a me. Già, ma come fare, non è che mi potevo presentare da lui in albergo... Più ci pensavo e più mi innervosivo".

"Sa quando arriverà a Rio?" chiede Inge a don Mozart.

"Penso sia già in Brasile, se non erro a Curitiba, nel Sud del paese, dove vivono molti tedeschi espatriati. Qui dovrebbe arrivare domani."

Un giorno. Forse c'è ancora tempo.

"Sarebbe disponibile per un piccolo scherzo?" dice Inge.

"Dipende," risponde don Mozart. Per la prima volta sembra un po' preoccupato e si trincera dietro il suo ruolo. "Non dimentichi che sono pur sempre il capo ufficio stampa di Panair do Brasil. Ho una reputazione da difendere."

Inge si spazientisce. Si alza, comincia a girare nervosamente per la lobby, poi torna a sedersi accanto a don Mozart. A quel punto è lui che le fa una proposta: "Wolfgang Weber sa che faccia ha? La conosce?".

"Non credo proprio," risponde Inge. Chissà se il grande fotoreporter accetterebbe di farsi immortalare, come Blumenfeld, Avedon, Rawlings e Beaton. Ma per ora lei è per lui una sconosciuta e non sa come venire a capo di quell'ostacolo seccante.

"Allora l'idea ce l'avrei io. Domani Weber si presenterà direttamente negli uffici di Panair do Brasil. Io poi lo accompagnerò in albergo. E qui entra in scena lei. Capita casualmente nella lobby, io la vedo e la presento a señor Weber come la più brava fotogiornalista brasiliana del momento.

Mastica un po' di portoghese? Perché sarebbe utile se parlasse un ibrido di portoghese e inglese."

Inge non ha capito bene cosa ha in mente don Mozart, ma dice di sì. Mastica il português brasileiro, Inge? Quattro frasi imparate sulla guida e altre quattro colte per strada. Però quelle sa dirle con molta convinzione, quasi fosse anche lei una delle ragazze di Copacabana. E tanto basterà per conoscere personalmente Wolfgang Weber. Alla fine per Inge lui è sempre un collega da cui si può imparare.

Il giorno dopo don Mozart le telefona e le conferma che Weber è arrivato. Prenderà alloggio all'Excelsior. L'appuntamento è alle 14 nella hall dell'albergo. Inge non si sarebbe stupita se don Mozart si fosse dileguato all'ultimo momento. E invece... Meglio così.

Quel martedì il caldo è insopportabile, e l'umidità appiccica i vestiti al corpo dopo solo due passi. Nell'appartamento di Gisela, l'addetta dell'ambasciata tedesca che la ospita, non c'è aria condizionata. Solo in soggiorno c'è un ventilatore a soffitto che manda un sinistro rumore di ferraglia. Le vecchie pale di legno girano così lente che tenerlo acceso è soltanto uno spreco di elettricità.

Inge porta con sé alcuni provini a contatto dei lavori più recenti e diverse copertine con la foto di Hemingway e il marlin. Quando arriva nella hall climatizzata dell'Excelsior vede don Mozart e Wolfgang Weber già immersi in un discorso.

Weber ha un aspetto stropicciatissimo. D'altro canto, che aspetto vuoi che abbia uno che ha da poco lasciato l'inverno iraniano per catapultarsi nel caldo tropicale di Rio? pensa Inge.

Come pattuito il giorno prima, don Mozart introduce Inge come uno straordinario talento del giornalismo brasiliano.

Weber è molto stupito e ascolta attentamente.

"Perché, avete qualcosa del genere qui?" commenta a un certo punto lasciando chiaramente intendere che forse il teatro lirico di Manaus è un'attrazione minore rispetto a quella che si è trovato davanti. Infatti poco dopo ecco la proposta: "Le andrebbe di essere la prossima copertina per la 'Neue Illustrierte'?".

Inge, diversamente da tutti i mostri sacri della fotografia che è riuscita a immortalare, non ha paura di stare dall'altra parte dell'obiettivo. Certamente non è la sua passione, non è quello che vuole fare, e il più delle volte il suo protagonismo è stato propedeutico ad animare l'immagine, infondere narrazione alla scena. Detto questo, Inge accetta volentieri e si danno appuntamento per il pranzo il giorno dopo, per discutere i dettagli. Don Mozart sorride soddisfatto.

Il giorno dopo si incontrano di nuovo tutti e tre nell'elegante Cafeteria all'ultimo piano del più importante grande magazzino del Brasile. Iniziano a parlare in inglese, sporcato ogni tanto da qualche parola in portoghese.

Inge ha visto molti reportage di Wolfgang Weber e gli confessa la sua grande ammirazione per lui. Lui ne è evidentemente lusingato. Mentre parla, sfoglia le riviste che Weber ha portato con sé. In una c'è il reportage dall'Iran, dove lo scià tornato al potere sta reprimendo gli oppositori. Una doppia pagina mostra un cecchino con il fucile imbracciato. Ma in pigiama: è questo a rendere lo scatto così sorprendente.

"È stato lei a dire a questo giovane persiano di mettersi in pigiama?" chiede Inge. Come se quella *chuzpe* non bastasse, aggiunge che la foto le sembra proprio messa in posa.

Weber la fissa intensamente. Inge lo fissa a sua volta, divertita. Ha colpito nel segno? Lo ha smascherato? Una giovane reporter che mette alle strette il vecchio volpone e ne rivela i trucchi per la foto perfetta.

Ma Weber non ha intenzione di abbassare gli occhi. La vuole sfidare, sembra dire, la mossa sta a Inge. Come lettere in sovraimpressione nella sua testa, compare la frase che ha appena pronunciato. E tra le parole inglesi e portoghesi, ecco che spunta la sfacciataggine di troppo. Non ha detto "messa in posa", ma "taroccata". E per giunta, la parola le è scappata nella sua lingua madre: *Getürkt*.

"Collega tedesca?" dice Weber quando vede impallidire Inge. "Be', brava, bella recita. Ma da questo momento si gioca a carte scoperte."

Inge allora abbandona l'inglese, il portoghese inventato e in tedesco comincia a travolgere Weber con il racconto di come sia diventata dall'oggi al domani una fotoreporter. Gli mostra le foto con Ernest Hemingway, parla dei giorni bellissimi passati a Cuba nella finca dello scrittore.

"Be', questo la rende ancora più interessante," commenta Weber, impressionato.

Poco dopo i due, con don Mozart al seguito, sono sulla spiaggia di Copacabana. Inge, con un top, un foulard e orecchini d'argento, si mette in posa, in mano ha la cover di "Manchette" con Hemingway e il pesce tenuto per la spada, davanti a lei c'è un pescatore nero, sullo sfondo il Pan di Zucchero.

Per qualche ora Inge si trasforma in modella. È un bel gioco, che vale la pena godersi per il tempo che dura, perché dopo bisogna tornare al lavoro. E a proposito, prima di salutarsi, Inge si raccomanda con Weber di non dimenticare di menzionare che lei è lì per "Constanze": "Altrimenti addio lavoro". E addio paga.

Un paio di mesi dopo la "Neue Illustrierte" esce con questa foto in copertina accompagnata dallo strillo:

"Qui, davanti a questo monolito alto 385 metri, emblema di Rio de Janeiro, Wolfgang Weber ha incontrato questa ragazza, la giramondo più giovane della Germania...".

Wolfgang Weber regala a Inge un mirino speciale per la Leica che lei, finalmente, ha da poco acquistato. Prima di ripartire separatamente per Manaus, i due si ripromettono di fare a breve anche un reportage insieme: lui dalla prospettiva maschile, lei da quella femminile. Purtroppo il progetto non andrà mai in porto. Di tanto in tanto si scrivono. Si mandano cartoline, ma per tre anni non si incontreranno più. Quando uno dei due è di passaggio ad Amburgo, l'altro è in giro per il mondo. Il reportage su Manaus, Inge lo scrive esclusivamente per la rivista dei clienti Oetker.

> Dopo sette ore di volo atterriamo in un piccolo aeroporto che assomiglia a uno stretto asciugamano steso nella foresta vergine. Nel momento in cui il portellone si è aperto ho avuto la sensazione di soffocare. L'aria bollente e umida premeva sui miei polmoni, era come essere in una lavanderia satura di vapore. Ed ecco Manaus, una città veramente singolare, con magnifiche strade, un teatro enorme, ville lussuose, negozi, ma senza abitanti! Sulle strade cresceva l'erba. Manaus era una città morta. Qui un tempo vivevano i cercatori di caucciù arrivati da tutto il mondo. E avevano guadagnato una fortuna. Durante le grandi guerre in Europa il caucciù valeva quasi quanto l'oro. A quei tempi i ricchi della città mandavano a stirare gli abiti in Portogallo. Poi era arrivata la buma, una gomma sintetica. I prezzi del caucciù erano crollati segnando anche il destino di Manaus. Nel bel mezzo di questa città fantasma si trovava il lussuoso Amazonas. Un albergo dotato di ogni immaginabile comfort: aria condizionata, centoventi inservienti con uniformi inamidate di fresco, un'orchestrina, un'enorme sala da pranzo, dove si servivano i piatti più prelibati della cu-

cina francese. Solo che io ero l'unica ospite! Il direttore dell'albergo mi aveva raccontato di aspettare l'arrivo di americani a caccia di alligatori lungo il Rio delle Amazzoni e in cerca di momenti romantici. A quanto pare però quei momenti li avevano trovati altrove.

Dalla mia stanza potevo vedere il Rio delle Amazzoni, largo tre volte il Reno nei pressi di Düsseldorf. Sulla riva di fronte si affacciava la foresta vergine. Di notte sentivo le urla delle scimmie e il crc-crc dei pappagalli. Era uno spettacolo vedere le scimmie e i pappagalli rossi e verdi muoversi liberamente.

Un paio di giorni dopo il mio arrivo ero stata invitata a risalire con un motoscafo il Rio delle Amazzoni. C'erano momenti in cui la superficie dell'acqua sembrava ribollire. Erano i piranha ad agitarla, i temutissimi pesci predatori del Rio delle Amazzoni, capaci di staccare una mano immersa nell'acqua in meno di un secondo e di spolpare un bue adulto in meno di un minuto. Il pericolo più grande nella foresta amazzonica è però la formica Paraponera clavata. È tra gli insetti più aggressivi e micidiali. Il suo morso è molto più doloroso di quello del calabrone. Questa formica viene usata nei riti di iniziazione degli indios maschi. Al giovane vengono posate sul petto alcune di queste formiche che li pungono e i ragazzi devono sopportare il dolore senza lamentarsi.

C'erano volute diverse ore per raggiungere la confluenza del Rio delle Amazzoni e del Rio Negro. L'acqua del Rio Negro, come si evince dal nome, è nerissima, mentre quella del Rio delle Amazzoni celeste. L'acqua scura e l'acqua celeste fluiscono per molti chilometri senza mischiarsi. Un'immagine molto singolare [...]. Tornata nel caldo infernale di Manaus, mi era venuto un raffreddore così forte che mi avevano proposto un'iniezione. I brasiliani amano le iniezioni. Non c'è cuoca, estetista e addirittura *curandeiro* nero che non sappia farle. Una volta guarita ero tornata a Rio [...]. Avevo fatto un profondo respiro di sollievo quando l'aeromobile, dopo aver sorvolato i tremila chilometri di foresta vergine, mi aveva riportato sana e salva a Rio. Era ormai l'imbrunire quando, passando sopra al Pan di Zucchero, sotto di noi si era materializzato un mare di luci. Le luci che si riflettevano nell'acqua calma delle baie somigliavano a ghirlande luminose poste attorno ai dieci golfi.

Dopo la breve puntata a Manaus, Inge riesce ad avere un secondo volo gratuito. Il 19 febbraio 1954 decolla per Curitiba. Questa volta vola su un bimotore dell'aeronautica militare brasiliana (Fab). Il volo dura cinque ore con uno scalo a San Paolo. Wolfgang Weber le ha raccontato entusiasta di questa città nello stato meridionale di Paraná, che era in pieno boom e festeggiava quell'anno il centesimo anniversario dalla fondazione.

"Un secolo fa, Curitiba non era altro che un piccolo villaggio contadino, strappato faticosamente alla foresta. Oggi conta 150.000 abitanti. Come Rio e San Paolo, ha i suoi grattacieli e si espande al ritmo delle grandi città americane in tutte le direzioni," annota Inge sul suo diario.

Weber le ha raccontato dei tanti espatriati europei, in particolare tedeschi, stabilitisi a Curitiba. E in effetti, camminando per le strade della città, Inge nota moltissime persone bionde. Non ha però ancora individuato quale possa essere il tema del reportage. Va a visitare una scuola statale appena inaugurata ed è sinceramente impressionata da quanto sia moderna e grande. In una mostra dedicata al centenario trova parecchi riferimenti al movimento dello spiritismo, sempre più diffuso nel paese. A Curitiba Inge abita presso la famiglia di Roswitha, una giovane conosciuta a Rio. Roswitha, come la madre e il fratello, sono ferventi seguaci dello spiritismo.

Inge ne è affascinata, vorrebbe approfondire l'argomento con i suoi padroni di casa, e non perde occasione per affrontare una questione così spinosa. Inge arriva alla conclusione che lo spiritismo – così come gli altri movimenti religiosi e le sette – ha tanta presa in queste regioni principalmente perché la Chiesa cattolica si è allontanata dal popolo dei credenti, lasciando un grande vuoto. Lo scetticismo nei confronti del clero e della Chiesa è in costante crescita.

"Chi deve lavorare duro per guadagnarsi un po' di benessere ha bisogno di qualcosa che gli dia conforto e un senso alla propria vita."

Per la Chiesa ufficiale i seguaci dei movimenti spiritistici sono "eretici", annota Inge.

"Ma per quel poco che ho potuto vedere di persona, sono più propensa a credere che questi cosiddetti 'eretici' siano di fatto cristiani migliori, voglio dire, persone che perlomeno vivono secondo i valori che professano."

Il soggiorno di Inge in Brasile sta per volgere al termine, ma prima di tornare in Germania vuole vedere con i propri occhi quanto del suo paese di origine ha messo radici in questa parte del mondo.

A Rio si reca all'ambasciata tedesca per chiedere informazioni sulle comunità tedesche più popolose. I nomi che le vengono fatti sono Joinville, Blumenau, Florianópolis. Laggiù troverà le tipiche case a graticcio, quasi fosse tornata a Gottinga, feste tipiche come l'Oktoberfest e i dialetti più disparati della sua lingua madre. Ma da queste parti non sono abituati a vedere una donna viaggiare da sola, la mettono in guardia quando Inge spiega che la tratta di oltre mille chilometri tra Rio e Blumenau vuole coprirla con i mezzi pubblici. Inge però non sente ragioni, vuole andarci in autobus, e allora quelli dell'ambasciata si arrendono, ma che almeno accetti un ultimo consiglio: non alloggi in un albergo qualsiasi. Il locale convento ha delle stanze e l'ambasciata può farsi carico della telefonata ad abate Ernesto per informarlo che da lì a poco arriverà una giovane fotoreporter tedesca. Inge accetta, non le sembra un gran sacrificio dopotutto.

Il viaggio in autobus è tutt'altro che piacevole. Le strade per fortuna sono larghe, ma sterrate e piene di curve. Alcuni contadini sono saliti con dei polli legati per le zampe e cercano a tutti i costi di ficcarli sotto i sedili. Un'indigena si è portata dietro addirittura un maialino. E poi urla, battibecchi, risate, pianti, bambini che defecano e altri che corrono sguaiati. Tutto sotto un'aria stagnante che i finestrini aperti non riescono a far circolare a sufficienza, così che si forma una cappa bollente che emana un tanfo di sudore e feci.

Il bambino che una passeggera le ha piazzato in braccio improvvisamente vomita. Addosso a lei. Impolverata, puzzolente, stanca e affamata Inge arriva a Blumenau nel tardo pomeriggio del giorno successivo. Non le serve uno specchio per sapere che è in condizioni disastrose, così prima di recarsi al convento trova un albergo e si dà una ripulita. I giorni successivi li passerà con l'abate in giro per quella città fondata da alcuni contadini tedeschi a metà Ottocento.

Ma ora è arrivato davvero il tempo di partire e grazie a don Mozart Inge riesce a imbarcarsi su un volo Panair do Brasil per Rio. Una vera fortuna, visto che il Carnevale impazza e chiunque ne abbia la possibilità non se lo perde. Nel suo diario Inge annota:

"È venerdì, io torno nella 'cidade maravilhosa'. Il tempo lungo la rotta è stupendo e il volo, grazie al mio vicino che gentilmente mi ha ceduto il suo posto al finestrino, una vera goduria. Alle 13 – dopo cinque ore di volo – rivedo la bella Rio. Anche qui fa molto caldo, ma la calura è mitigata dalla brezza marina".

Che cosa è stato il viaggio in Brasile?

La conferma di una carriera appena avviata ma già consacrata da incontri illustri? O è una cesura con le esperienze professionali del passato?

Di ritorno ad Amburgo, mentre esamina insieme a Hans Huffzky, il caporedattore di "Constanze", il lavoro fatto in Brasile, Inge propende più per il punto di svolta.

I servizi sono molto ben riusciti e interessanti, su questo non c'è nessun dubbio. Il fatto è che dopo il reportage su Hemingway le aspettative nei confronti di Inge sono altissime. E la prima persona ad alzare l'asticella a ogni ingaggio è Inge stessa. Tutti sembrano attendersi da questa giovane talentuosa uno scoop dopo l'altro, anche perché di servizi belli e confezionati come si deve le riviste hanno i cassetti pieni.

Per molte redazioni un servizio firmato da Inge Schönthal è garanzia di esclusività, e particolarmente richiesti sono i suoi ritratti di personaggi illustri, non importa in che campo, se sociale, artistico, della moda.

Ma sono veramente questi i temi che lei, Inge, intende seguire anche in futuro? Vuole veramente ingabbiarsi in questo filone?

Il Brasile le ha aperto nuovi orizzonti, ha orientato l'attenzione sulle condizioni di vita delle persone e la dimensione politica. Tant'è che nel reportage sugli stati del Paraná e di Santa Catarina, Inge adotta uno stile nuovo. Per lunghi tratti il suo testo ricorda, sia per contenuti sia per scrittura, un reportage sociopolitico piuttosto che il classico reportage di viaggio adatto al grande pubblico. Ne è consapevole, per questo non ha nemmeno proposto quel testo a "Constanze". Sul manoscritto si legge, scritto di suo pugno, "probabilmente non adatto per 'Constanze'".

Però lo fa leggere a Huffzky. "Chissà, forse ti interessa a livello privato."

Inge, improvvisamente, si sente insicura. Forse c'entrano anche le reazioni di alcune lettrici di "Constanze" ai suoi articoli sul Brasile. Una lettera in particolare l'ha colpita. Gliela ha inviata la rivista brasiliana "Manchette". A scriverla è un certo Mario Dias Adorno, il quale peraltro non si riferisce a un articolo scritto da Inge, ma al servizio che la rivista brasiliana ha fatto su di lei. Il lettore stigmatizza l'ingenuità della giovane giornalista, che evidentemente conosce poco il Brasile e la sua cultura. Un'ignoranza che, continua Adorno, è però da imputare all'autore dell'articolo, il quale, a suo avviso, ha usato la fotoreporter come foglia di fico per nascondere la propria inadeguatezza giornalistica. Ma di lettori delusi e di aspiranti critici è pieno il mondo, una lettera del genere lascia il tempo che trova. La lettera che invece amareggia di più Inge la scrive don Mozart in persona, indirizzata proprio a "Constanze".

Il capo ufficio stampa di Panair do Brasil scrive di essersi fatto in quattro per spalancare le porte alla giovane giornalista, l'ha introdotta a persone illustri, le ha procurato voli gratuiti con la compagnia aerea che rappresenta, ma è rimasto profondamente deluso dalla superficialità dei suoi reportage. Particolarmente irritante ha trovato il fatto che lei avesse ridicolizzato di continuo il suo nome "Mozart", e usasse lui come una *running gag* negli articoli. Ed è vero, Inge aveva usato don Mozart come attacco per il suo pezzo su Manaus. Un attacco che voleva suonare come una "dichiarazione d'amore" e che don Mozart ha invece inteso come una presa in giro.

> "E allora, arrivederci," dice Mozart. E io in quel preciso istante mi sarei potuta innamorare di Mozart! Del capo ufficio stampa della Panair do Brasil, ovviamente, non del compositore. Don Mozart mi aveva appena consegnato l'invito per un volo sopra i territori inesplorati del Rio delle Amazzoni. Uscendo dal suo ufficio nell'arioso edificio dell'aeroporto di Rio de Janeiro, pensavo quanto fosse più bello chiamare un bambino Mozart anziché Hans, Franz o Theodor.

Ma a prescindere da questo malinteso, don Mozart sembra profondamente offeso anche per altri motivi.

> So per certo che ci sono stati molti brasiliani che hanno fatto il possibile per rendere a lei, giovane giornalista tedesca, il viaggio attraverso questo nostro vasto e ancora giovane paese il più gradevole possibile. Siamo consapevoli che abbiamo ancora molto da imparare dalla "vecchia" Europa, ma al tempo stesso pensiamo che potremmo anche noi avere qualcosa da insegnare alla stessa... cosa che nel suo articolo non viene mai messa in evidenza, nemmeno tra le righe, se capisce quel che intendo.

Eccome se lo capisce, Inge. Don Mozart, come lo sconosciuto signor Adorno, ha le sue ragioni. Quello che fa male di queste critiche è che contengono una certa dose di verità. In cinque anni di intenso lavoro Inge si è creata una firma, un marchio di fabbrica, una sorta di certificato di qualità che le permetterebbe di cavalcare l'onda del successo ancora per tanto tempo a venire. Il genere in cui – casualità o meno, forza d'animo o istinto per i "momenti decisivi" – si è specializzata è sempre molto richiesto. Potrebbe lasciarsi alle spalle le rimostranze di don Mozart e le opinioni di lettori che nulla sanno del suo lavoro. Potrebbe schioccare le dita, e imbarcarsi su un'altra nave, scegliere una stella del cinema o un artista affermato e passare con lui il tempo necessario per un altro reportage di successo e nel frattempo godersi un po' della loro vita dorata.

Ma Inge è troppo ambiziosa per fermarsi.

Ha poco più di vent'anni. Sa di aver raggiunto alcune vette, ma non sa se da lassù se ne vedono altre. Di certo vuole scoprire se esistono.

Una sera, pochi giorni dopo il ritorno dal Brasile, la viene a trovare nella Brahmsallee Uli Mohr. Non ci impiega molto a capire che c'è qualcosa che tormenta Inge, e in effetti lei sta rimuginando su quale direzione prendere. Le piacerebbe ripartire presto per Londra e incontrare Cecil Beaton, per proseguire la serie dei fotografi illustri. Inoltre le è stato proposto un servizio fotografico del castello dei duchi di Anhalt. Huffzky dal canto suo avrebbe voluto un servizio per "Constanze" su Picasso, che vive nel Sud della Francia. Oppure su Marc Chagall. Mohr, invece, le fa una proposta completamente diversa: perché quella primavera non lo accompagna a Capri per un documentario? "Potresti farmi da assistente: in fondo hai già lavorato a uno o due progetti simili con Rosemarie. E sia mai che nascano nuove idee..." le dice Mohr.

La proposta è allettante. Di più. Mohr sembra aver connesso quei punti che nella testa di Inge sembravano destinati a rimanere lontani. Perché è da un po' che Inge pensa a un reportage in Italia. Tempo addietro si era rivolta a un collega della "Stampa" per avere informazioni su argomenti di attualità politica e culturale italiani. Gli aveva anche chiesto se poteva procurarle un contatto con Curzio Malaparte.

"Dopo le riprese a Capri, potrei fermarmi per un po' a Roma," dice Inge, sovrappensiero, come se avesse già accettato quella proposta. È vero che a metà anni cinquanta, sotto il cancelliere Adenauer, la situazione economica in Germania è sensibilmente migliorata, ma dal punto di vista sociale e culturale si continua a respirare l'aria plumbea del dopoguerra. Invece, la rinascita intellettuale e antifascista in Italia che si concretizzava nella produzione cinematografica, letteraria e artistica si riverberava fin oltre le Alpi e Inge ne aveva percepito il fermento.

Inge non riesce a mettere la testa su un progetto che subito ne arriva un altro. Circa sei mesi prima, in un breve viaggio a Roma, ha conosciuto Federico Patellani, il fotografo che nel 1946, solo per citare il suo scatto più famoso, ha immortalato la ragazza che col suo sorriso festeggia la vittoria della repubblica al referendum del 2 giugno. Alto, dinoccolato, di un'eleganza disinvolta, "Pat" è stato reporter di guerra e ora fotografa sia i minatori sardi sia le dive di Cinecittà e Miss Italia. Proprio il tipo di maestro che entusiasma Inge! Infatti i due si sono trovati bene e adesso ecco la proposta: perché Inge non lo accompagna in veste di fotografa durante le riprese per un documentario che ha intenzione di girare quell'estate in Grecia e in Turchia? Inge potrebbe seguire passo passo la nascita di un film e al tempo stesso esserne, nei panni di una viaggiatrice straniera, il leitmotiv narrativo.

> La partenza per la Grecia-Turchia è stata tutta una caccia a inseguimento. Ho dovuto rileggere più volte il reportage sul Brasile per "Constanze" per evitare che i brasiliani si infurino, inoltre Federico Patellani, nelle sue costose telefonate da Milano nel suo francese alquanto incomprensibile e velocissimo, mi ha elencato le cose che mi sarei dovuta portare per questa "expedition". Ci sono pellicole in bianco e nero in tutti i possibili Din, due Leica, di cui una per il bianco e nero e l'altra

per il colore (una me la sono fatta prestare), un piccolo e maneggevole flash (che, con il sole accecante del Mediterraneo e le pellicole estremamente sensibili, è stato usato pochissimo o per nulla, ed è rientrato ad Amburgo tutto ammaccato).

In realtà non ho la minima voglia di fare questo viaggio, devo ancora digerire il Brasile, tre mesi ai Tropici, l'Amazzonia ecc.: sono tornata da appena tre settimane. Ma la proposta di Patellani è molto allettante, ne uscirebbero come minimo il doppio dei miei 2000 marchi tedeschi perché vogliamo girare un piccolo documentario, *Viaggio nei paesi di Ulisse...*, fare numerose interviste televisive e reportage, almeno cinquanta pagine di servizio a puntate per la rivista italiana di cultura cinematografica "Le Ore", per "L'Illustrazione Italiana" e per lo svizzero "Illustrierte Farbreportagen". La parte finanziaria di questa escursione non mi interessa granché, ho preso i soldi guadagnati in Brasile e incrociato le dita perché li riportassi, ma l'aspetto per me di gran lunga più eccitante è imparare qualcosa da Pat, fucina di idee nonché star internazionale tra i fotoreporter.

Che sappia il fatto suo l'ho visto sei mesi prima a Roma, quando l'ho intervistato. Ho capito che Pat passerebbe sui cadaveri pur di ottenere la foto giusta, con la giusta luce, la giusta combinazione di circostanze. Se questo significa stare una settimana su una strada di campagna, in treno o aereo, non fa nulla, l'importante è che le foto "vivano", siano animate. Voglio anche imparare la tecnica di Pat, il virtuosismo con cui si destreggia con la macchina fotografica sdraiato a pancia in giù, cambiando obiettivo in un secondo. La sua è sempre una velocità degna di un prestigiatore. Inoltre, il reporter deve sempre poter condurre la regia: far rilassare le persone, lasciarle ridere con naturalezza, fargli passare la paura della macchina fotografica. Far abbandonare le pose da film alle star del cinema, liberare artisti famosi dalla loro timidezza di fronte alla stampa, renderli umani ecc. Tutto questo e molto di più voglio imparare da Pat. Inoltre Pat era ed è un brillante venditore delle sue cose, suggerisce all'editor il filo rosso di un reportage, gli fa prendere forma attraverso aneddoti ed esperienze vissute che espone gesticolando con veemenza.

Salgo sul treno per Milano il 25 aprile 1954, carica all'inverosimile. Fa freddo. A Milano piove sempre. Ho perciò bisogno di vestiti, cappotti per il freddo, per la piena estate, escursioni in montagna, cocktail e ricevimenti ufficiali (la visita alla regina di Grecia, per esempio), vecchi pantaloni lunghi e caldi maglioni per le notti in tenda (ci siamo informati e abbiamo scoperto che non ci sono sempre hotel lungo il nostro itinerario), abbigliamento sportivo leggerissimo, pratico da lavare e stirare, non troppo scollato perché in certi paesi è molto disdicevole.
Inoltre al telefono Pat ha ordinato di portarsi come effetto personale solo uno spazzolino da denti, perché l'auto è già stracarica di cavalletti, lampade e macchine fotografiche (+ 4 persone). Il viaggio dovrebbe durare come minimo due mesi. Quando a Milano sono scesa stanca morta dal treno alle 6 del mattino, di colpo ho avuto paura. Non conosco nessuno, a parte Pat con cui ho lavorato un giorno, ma come saranno gli altri? Eppure questa piccola paura l'ho avuta solo per un minuto, ho già vissuto situazioni vaghe, incerte e rischiose a sufficienza, situazioni in cui nel giro di un secondo ho dovuto scegliere tra un sì e un no, e dove il mio istinto, la mia esperienza nel confrontare ciò che è giusto, interessante ecc. mi hanno aiutato. In questo lavoro si è sempre messi davanti a scelte, e sono talmente rapide che non c'è tempo per chiedere a persone più assennate. Ormai sono lì e non posso tornare indietro, ormai l'unica cosa possibile è un tuffo di testa.
Mi si avvicina di corsa Pat con un cappotto di lana a quadri, fresco e ciarliero come una cascata. Mi presenta Hugo, il nostro cameraman, e il suo assistente Carlino. Hugo è sui cinquant'anni, svizzero, ex star del tennis, e ha vissuto quindici anni in Argentina. È timido, molto gentile e taciturno, e ha un affascinante sorriso da bambino.
Carlino ha una cotta per Pat, con i suoi occhi grandi come una mora, è minuto e non fa che correre dietro al suo signore e padrone, che per essere un italiano raggiunge la considerevole altezza di 1,89. Ci siamo bevuti un caffè di saluto in uno dei colorati bar della stazione. Poi siamo andati subito nel garage dove cinque garagisti raggianti lavorano come forsennati all'auto di Pat. Davanti c'è una montagna di bagagli che avrebbe riempi-

to un camion di medie dimensioni, accanto alla quale siedono tristi la moglie di Pat, il figlio quindicenne e Tonci, la nostra ragazza tuttofare. Tonci, amica di famiglia, sarà la nostra amministratrice delle finanze, interprete, script-girl, perché oltre al francese e all'inglese parla quasi tutte le lingue balcaniche, ma essendo sposata a uno iugoslavo è diventata anche lei iugoslava, e adesso tutti sono tristi perché non ha ottenuto il visto greco, a ogni modo molto difficile da ottenere. Pat sbraita, è preso da una specie di raptus, ma nello stesso istante lo vediamo dietro il vetro della cabina telefonica che con le sue mani, i piedi e il sorriso più charmant del mondo cattura le simpatie del console greco… inutilmente, Tonci deve aspettare la risposta da Atene. Siamo partiti, ma come! Tanto per cominciare il mio bagaglio è stato disfatto, non ne è rimasto quasi nulla, e a malapena è entrato nell'Alfa Romeo verde oliva e velocissima di Pat (la versione internazionale particolarmente veloce). Sono alquanto timida, innanzitutto perché non sono abituata al francese italianizzato del team, capisco solo la metà, e inoltre Pat è talmente dittatoriale nel dire questo pantalone chic qui, quel vestito là, è troppo come bagaglio, che mi sono arresa e, abbattuta, ho preso posto nello spazietto tra Hugo e Pat, che da Milano ha sfrecciato verso sud a 140 chilometri all'ora. Pernottiamo al Passo del Furlo, nella locanda dove Mussolini usava fermarsi durante il Ventennio nei suoi trasferimenti in auto da Roma, e arriviamo mezzi morti a Roma, dove Pat e io andiamo svelti a Cinecittà per fotografare Silvana Mangano per il "Picture Post". Silvana interpreta Nausicaa o Penelope nel film *Ulisse* che stanno girando con Kirk Douglas. Pat fa un rapido baciamano a Silvana (che siede in un angolo molto seccata), e di punto in bianco, contro la volontà della direzione di produzione e dei parrucchieri che la circondano, la appoggia contro una colonna per ottenere uno dei suoi sorrisi da sirena. Ma niente, Silvana ha mal di testa ed è inaccessibile. Pat si arrabbia e inveisce contro Roma e il mondo intero, fa battute e, con passettini degni di un maestro di danza, mostra una posa a Silvana. "Non è abbastanza sexy, più schiena, più sorriso misterioso da dentro a fuori," grida furioso. Mi stupisce che tratti così la moglie del produttore; inoltre ritengo che

la natura l'abbia dotata di un naso troppo lungo e affilato, e sia troppo magra, si crea l'effetto "riso amaro".
Silvana sembra abituata agli scatti di collera di Pat, e dopo un po' si tira su le vesti da greca e gira il mostruoso copricapo argenteo esattamente come vuole Pat. (Tra l'altro è stato Pat a scoprire Elsa Martinelli, le ha urlato e sbraitato contro per ore, finché non ha ottenuto le prime foto da star buone.)
Dopo l'intermezzo "Mangano" torniamo di corsa in città e all'Upim compriamo ogni sorta di filo, aghi, cordicelle per il nostro viaggio, nonché pesante stoffa nera non trasparente con cui vogliamo creare un sacco per cambiare in fretta, alla luce del giorno e in pieno sole, le macchine da presa e le pellicole della Leica. Il nostro spirito di squadra è ancora spensierato, siamo ancora in Italia, Pat è nel suo elemento. Sfrecciamo dunque verso sud, direzione Brindisi, a circa seicento chilometri da Roma, dove partirà la nostra nave. Fatico a tenermi ancorata al sedile per non essere catapultata in avanti, perché Pat frena come un pazzo, perché VEDE sempre qualcosa di interessante, di fotografico, di giornalistico, ma come minimo cinquecento metri prima e di sicuro un secondo prima di me. Bisogna "imparare a vedere come un obiettivo" è una delle sue massime preferite.

Durante la traversata sull'Adriatico, Inge e Patellani si rifiutano di passare il tempo nel buco di cabina a loro assegnato, si installano su un paio di sedie a sdraio in coperta e come due colleghi di vecchia data buttano giù il programma del viaggio. E trovano anche il tempo di interrogarsi su cosa serve per fare il loro lavoro.

Ed ecco le nostre risposte: 1) Bisogna sempre essere pronti a mettere in conto inconvenienti e pericoli. 2) Bisogna avere la capacità di seguire un solido canovaccio e improvvisare. 3) Bisogna avere un'empatia (intuitiva) per accogliere con simpatia l'oggetto di una storia. 4) Bisogna saper usare la macchina fotografica per poter raggiungere il massimo grado dell'auspicato concetto di "movimento" ecc. attraverso gli strumenti tecnici (era quello che sapevo fare meno e che cercavo di imparare da Pat!). 5) Sicurezza nel mostrarsi, sapere esattamente per cosa mostrarsi sicuri di sé e quando essere discreti e un po' timidi. 6) Bisogna conoscere i lettori, sapere i loro interessi (anche i redattori e cosa interessa A LORO, e che cosa risponde alla linea del loro giornale). 7) Una insaziabile curiosità. 8) Fortuna, fortuna, fortuna!

Da questo lavoro nascerà *Viaggio nei paesi di Ulisse*, un documentario di quaranta minuti per la Rai. Certo, la pellicola tradisce una certa indecisione, restando in bilico tra documentario e film. Ci sono lunghe sequenze dove si vedono scene di vita quotidiana in campagna, contadini greci al lavoro nei campi, pastori con le greggi e durante la macellazione rituale degli animali, madri che allattano i figli, una manifestazione sportiva nella piazza di un paese, giocolieri che si esibiscono in diverse prodezze, uomini che si sfidano alla lotta libera, una processione funebre e, infine, una festa con uomini a piedi e a cavallo nei costumi tradizionali. Chissà, forse in memoria della liberazione dai turchi. A questi fotogrammi che intendono raccontare la dura vita in campagna, Federico Patellani sovrappone quelli di Inge che spesso finisce quasi incidentalmente nell'inquadratura. Inge che si intrattiene con qualcuno, Inge che prende in braccio un bambino, Inge che scatta fotografie.

In una scena Inge è appesa nel vuoto, avviluppata in una rete di funi che viene issata su una parete rocciosa fino a un monastero, nei pressi del Monte Athos. In cima alla montagna l'attende un monaco che serve all'improvvisata protagonista una grappa. Non mancano ovviamente una visita all'Acropoli e al mercato coperto di Atene e nemmeno un viaggio in nave attraverso il Canale di Corinto. Per Inge quel film è l'occasione di mettere in luce il suo talento drammaturgico. C'è una scena in cui si strappa euforicamente le vesti e si getta tra le onde. Una barca a vela le passa accanto, un giovane biondo e aitante le lancia una cima e cerca di tirare a bordo la sirena. Ma gli sfugge. Poco dopo la giovane vaga tra le stradine bianche di un paese, sembra cercare qualcosa; probabilmente il grande amore. Improvvisamente le si para davanti il giovane che aveva provato a soccorrerla in mare. La bacia. Alla fine del documentario si vede Inge che accompagna un giovane bruno sull'isola dove è nato. Lì trova la casa dei genitori vuota e completamente distrutta. La scena finale mostra il giovane che piange seduto sulla struttura di metallo di un vecchio letto. Omero saluta da lontano.

Inge accompagna la realizzazione del film fotografando un soggetto dopo l'altro, il più delle volte sono maschi: contadini, soldati, giocolieri, lottatori, giovani. Allegra e sorridente, si avvicina di corsa a loro, scatta la foto e un attimo dopo non c'è già più, nulla riesce a tenerla ferma. È frenetica, ipercinetica, vorace, quasi bulimica.

Da dove arriva questa irrequietezza? Dalla pura curiosità, dall'ambizione, dal bisogno vitale di riconoscimento?

Il fatto che nel giro di pochi anni ha perso il padre naturale due volte?

Il bisogno di amare ed essere amata, come tutti?

Dopo il ritorno nell'autunno del 1954 dalla Grecia, sono tante le riviste che chiedono a Inge di proseguire la serie di personaggi illustri. Soprattutto Huffzky, che col tempo diventa sempre più suo amico, la sollecita a mettersi finalmente a lavorare al ritratto di Pablo Picasso. È un'altra missione impossibile, al pari di Hemingway, e lo stesso Huffzky lo sottolinea: "Secondo me non ce la farai mai ad avere un'intervista da Picasso". Inge accetta comunque, forse è quello di cui ha bisogno in questo momento, e poi Huffzky è riuscito a pungerla nell'orgoglio: Inge si offre di provvedere alle spese del viaggio, in cambio lui, in caso di successo, le pagherà un buon compenso. Affare fatto.

Nel corso di questi anni in giro per l'Europa, l'Anatolia, l'America del Sud e del Nord ho messo in piedi una specie di organizzazione molto simile a quella dei trafficanti di droga e dei baristi. Solo che è meno criminale della prima e meno alcolica della seconda. Ho amici, conoscenti e colleghi in quasi tutte le capitali, e questi a loro volta hanno contatti con ogni genere di persona e organizzazione. Loro aiutano me e io aiuto loro se c'è bisogno di un mio contatto in Germania o in qualche altro posto del mondo. Questo genere di rete di mutuo soccorso e di informatori è un bene prezioso per chiunque viaggi molto per il mondo, e in particolare per un reporter. Sono contatti che vanno curati e coltivati, anche solo con una cartolina per il compleanno, e al tempo stesso sempre più allargati.

E anche per il mio incontro con Picasso sono partita da questa rete. A Parigi avevo conosciuto il giovane mercante d'arte Heinz Berggruen, di cui avevo conservato un biglietto da visita. Non chiamo direttamente lui, ma una giornalista a Parigi, chiedendole di appurare se lui sia in città. Tutto qui. So che chiamandolo o scrivendogli direttamente e svelandogli le mie intenzioni mi risponderebbe quello che so già: "Un'intervista con Picasso, *chère amie*? Impossibile".

Picasso è a Parigi. Compero dunque un biglietto aereo per il giorno dopo e alle 11 varco, senza preavviso, la porta della Galleria Berggruen. A lui chiedo poi, senza tanti giri di parole, di annunciarmi subito a Picasso. Ci manca poco che cada dalla sedia. Poi dice, anzi prova a dire: "Impossi..." ma lo interrompo e replico: "Questa risposta la conosco già!".

Quando finalmente comprende che ogni tentativo di sbarazzarsi di me sarebbe vano, dice: "C'è un'unica persona che può risolvere la questione, Daniel Kahnweiler!". Poi prende il telefono e compone il numero.

So chi è Daniel Kahnweiler: il più famoso mercante d'arte di Parigi, un uomo che ha sotto contratto i più grandi pittori contemporanei e del quale tutti vanno dicendo che possieda un'intera cantina di Picasso mai visti e mai stati sul mercato.

È dunque a questo gigante tra i mercanti d'arte che telefona Berggruen. E mentre telefona lo vedo agitarsi sulla sedia e arrossire ripetutamente. Quando infine depone la cornetta, mi dice: "Purtroppo è sfortunata. Kahnweiler è l'unica persona con la quale ogni tanto si sente. Non c'è speranza. Non le resta che tornarsene a casa. Provi semmai in estate. Allora potrebbe anche incontrarlo qualche volta sulla spiaggia di Cannes, mentre fa il bagno, e se è proprio fortunata, scambiare due parole con lui. Questo," dice facendo spallucce, "è quanto, altro non è proprio possibile".

"Insisto: mi annunci al grande Kahnweiler!" gli rispondo. E lui, per quanto di malavoglia, lo fa. Io a quel punto lo ringrazio e me ne vado di gran carriera.

Pare che Pablo Picasso sia scontroso come un toro e non ha certo bisogno di giornalisti che gli ronzino intorno. Per lui i media non esistono. Inge però pensa già al ritratto che vorrebbe fargli. Ci sarà lui, il grande artista, davanti a una sua opera. Semplice ed efficace.

Inge arriva da Kahnweiler in un momento critico. Nella galleria c'è grande confusione. Kahnweiler ha finalmente deciso di traslocare in un appartamento. I massimi artisti del Novecento hanno un debito sconfinato con il grande collezionista che aveva saputo conservare le loro opere anche quando lui, ebreo tedesco, era stato costretto a nascondersi durante l'occupazione nazista di Parigi. La galleria lo ha ospitato per trent'anni, ci ha lavorato giorno e notte, e ci ha anche abitato, circondato dai capolavori. Ci sono casse e armadi ovunque. Kahnweiler controlla con occhio vigile che ogni singolo oggetto venga impacchettato come si deve e prega i suoi collaboratori "che nessun biglietto vada perso", così si esprime riferendosi alle pecette che indicano con precisione ogni contenuto degli scatoloni.

Kahnweiler è un signore anziano, molto intelligente, senza capelli, che mi squadra con occhio critico e attento. Mi ascolta e poi scuotendo la testa dice: "Sarebbe un sabotaggio se la annunciassi a Picasso. Non sono autorizzato a farlo, sta lavorando. Giusto un attimo fa mi sono sbarazzato del corrispondente di 'Newsweek'". Poi, dopo una pausa, prosegue: "Anche se credo che lei lo divertirebbe molto!". Sento crescere la speranza, ma già la frase successiva la spazza via: "Aspetti fino all'estate, allora forse lo potrà incontrare in spiaggia…".
Questa l'ho già sentita. Mi alzo e gli dico: "E io a Cannes ci vado lo stesso".
Non so se la mia determinazione l'abbia irritato o impressionato, sta di fatto che a un certo punto snocciola a denti stretti il numero di telefono di Picasso e poi torna alle sue casse e ai suoi cataloghi. Mi segno il numero, lo ringrazio, prendo un taxi al volo e torno nello studio di Berggruen. "Ho il numero di telefono, ora però dobbiamo studiare un trucco per arrivare a lui."
Fa un lungo respiro, gli sto evidentemente dando il tormento. Ma non appena pronuncio il nome dell'attuale compagna di Picasso, Jacqueline Roque, lo vedo animarsi. "È lei l'esca giusta per far abboccare il pesce grande," dice. "Gli ha appena fatto foto molto belle per un giornale d'arte. Cerchi di avere un'intervista da lei. E poi si faccia raccomandare a lui."

A Inge c'è voluto qualche mese prima di far fruttare la sua "organizzazione" di contatti e far capitolare Berggruen, ma finalmente, nella primavera del 1955, eccola seduta nello scompartimento di un treno in direzione di Cannes mentre scrive a macchina una lettera a madame Roque, pregandola di riceverla. Aggiunge poi che le piacerebbe vedere le foto che ha scattato a Picasso e conclude dicendo che l'avrebbe richiamata.
Appena arrivata in Costa Azzurra, Inge si accorge di avere ancora un po' di tempo prima di affrontare Picasso e ne approfitta per far visita a un altro pittore, sempre su raccomandazione del mercante d'arte Heinz Berggruen: Marc

Chagall. L'artista russo è una delle sue "prede" più facili. Docile e delizioso con quel suo sorriso gentile, Chagall si fa fotografare davanti a uno specchio sulla cui superficie ha dipinto una coppia di innamorati.

Tutto facile, ma ora è tempo di andare da Picasso, magari prendendo un autobus, non fosse che quel giorno sono in sciopero. E così, con la lettera in tasca, decide di salire a piedi la collina. Picasso vive fuori Cannes, in una località chiamata La Californie. La strada Re Alberto I sale a serpentina. Dopo circa un'ora Inge raggiunge l'Avenue Costebelle. Un nome decisamente troppo altisonante per quella strada accidentata, pensa Inge. Prosegue lungo una stradina sconnessa, ma molto romantica, che la conduce direttamente a La Californie, la villa liberty di Picasso che dagli anni venti ha cambiato nome diverse volte e che adesso ha adottato quello del quartiere dove risiede.

Tutt'intorno ci sono ville di inizio secolo piuttosto pretenziose. Ma La Californie sembra disabitata. Non un'anima viva, non un cane rimasto solo ad abbaiare, niente di niente, neppure le tende alle finestre. In compenso l'aria profuma di mandorli in fiore, di gelsomino, mimose e lavanda, come a testimoniare che qualcosa di vivo c'è rimasto.

Bisognerebbe dare una sbirciata, ma il muro di cinta sembra troppo alto. Se Inge si mette sulla punta dei piedi riesce giusto a scorgere uno scorcio dell'ultimo piano della villa e a contorno le cime delle palme. Non è granché con cui giudicare la dimora di Pablo Picasso, ma a Inge appare spettrale e grigia. Abita davvero lì il grande pittore?

C'è però un campanello. La corda pende moscia e ha tutta l'aria di non essere stata usata da parecchio tempo. Inge la tira diverse volte, quasi si aggrappa. Nel portone di ferro c'è incastonata una specie di feritoia chiusa da una placca che Inge fino a quel momento non ha osato far scivolare a lato da quanto è arrugginita, ma ora non ha scelta visto che nessuno sembra degnarla di attenzione. Sempre che ci sia qualcuno.

Sbirciandovi attraverso vedo una guardiola. Dentro ci sono una poltrona rotta, un gatto seduto sul tavolo, una scopa abbandonata per terra. Accanto alla casetta, due bambini giocano in un garage dove è parcheggiata una vecchissima Hispano-Suiza del 1920. L'unica macchina di Picasso! Chiamo: "Ehilà!" e il bambino e la bimba, entrambi con i capelli rossi, scompaiono immediatamente nella guardiola. Dopo un po' dalla stessa esce una donna, anche lei rossa e piuttosto sciatta. Con passo strascicato si avvicina al portone e apre la finestrella. Riesco a scorgere solo i suoi occhi e il suo naso, le passo la lettera, le chiedo se madame Roque è in casa e la prego di consegnarle la mia missiva. "Vado a vedere," risponde la donna, e bam!, un attimo dopo la finestrella è di nuovo chiusa! Io volto i tacchi e imboccando Avenue Costabelle mi avvio lentamente per la lunga strada del ritorno in città.

E le tocca ancora aspettare. Per ingannare il tempo passeggia avanti e indietro per La Croisette, ma le lancette dell'orologio si muovono sempre troppo lentamente. Decide di tornare e prendere un po' di sole sulle sdraio dell'albergo. Di quanto si sono spostate le lancette? Troppo? Troppo poco? E se la chiamasse adesso madame Roque? Troppo presto e sembrerebbe ansiosa. Troppo tardi e passerebbe per una cafona che non ha riguardo per le vite degli altri. E poi magari madame Roque non è neanche in casa, e a quel punto Inge finirebbe solo per etichettarsi come invadente. E addio incontro con Picasso.

Inge è nervosa. Da quella telefonata dipende tutto. Il suo francese non è dei migliori. Ripassa mentalmente quello che vuole dire. Verso le 15 va alla reception, non ce la fa più a resistere. Consegna al signore al bancone un foglietto e lo prega di metterla in contatto con quel numero telefonico.

Dall'altra parte la linea è libera e per Inge cala il buio. Non si ricorda più niente del discorso che si è preparata tanto meticolosamente. Le sembra che il ricevitore le stia scivolando tra le mani.

Risponde una voce di donna e Inge riesce in qualche modo a imbastire una frase di senso compiuto. Vorrebbe parlare con madame Roque.

"C'est moi."

Il discorso sembra sparito per sempre e allora a Inge tocca improvvisare. Balbettando, chiede se ha ricevuto la lettera.

"Oui."

"Potrei farle visita domani?"

"Oui."

"Andrebbe bene verso mezzogiorno?"

"Oui."

Fine della conversazione. Inge mette giù. La telefonata è durata meno di un minuto.

Nonostante il francese raffazzonato e la laconicità di madame Roque, Inge è incredibilmente sollevata.

> Improvvisamente ho di nuovo appetito, che dico, una fame da lupi. Mangio un grande piatto di zuppa di pesce – la specialità della Riviera – accompagnato da mezza bottiglia di vino e finisco poi, leggermente brilla, in un cinema di serie B, dove danno tre film gialli, uno dopo l'altro.
> La mattina dopo mi alzo di buon'ora, devo comperare ancora un paio di scarpe. Non posso certo presentarmi a Picasso con le mie décolleté italiane a punta. Acquisto un paio di mocassini bassi, mi infilo un vecchio maglione verde e una gonna di tweed grigia – chissà se sono sportiva abbastanza.
> L'attrezzatura fotografica è micidialmente pesante! Così, al primo semaforo rosso, faccio cenno a un furgone. Alla guida c'è un idraulico gentile che mi dà uno strappo. Prendo posto tra barre di ferro e tubi. Ma nonostante questo passaggio, gran parte della strada me la faccio a piedi, visto che l'idraulico deve andare nella direzione opposta alla mia. Fa un caldo terribile e la salita è veramente faticosa. Arrivo su, sfinita.
> Giunta al portone, la stessa scena del giorno prima: il campanello non funziona, il gatto sonnecchia e i bambini giocano. Quando dico "Ehilà", il ragazzino avvisa la moglie del custode, una signora non proprio gentile e che, come il giorno prima, deve avermi detto: "Vado a vedere", richiudendomi la

finestrella del portone in faccia. Dopo un po' torna, sempre con quel suo passo strascicato e guardinga apre il portone di uno spiraglio.
Ce l'ho fatta, sono dentro!

Da vicino La Californie conferma quello che il suo istinto le aveva già detto. Come fa Pablo Picasso a vivere in un posto così? si chiede di nuovo.
Legata a una palma c'è una capra che placidamente bruca l'erba. Inge si incammina verso l'ingresso, quando improvvisamente salta fuori un enorme boxer. Il cane le corre incontro e abbaia rabbioso come se lei si fosse introdotta di soppiatto.
"Niente paura, non morde," le dice dalla casa una voce femminile. "Yan, vieni qui, tout de suite!"
Ma Inge è tutt'altro che tranquillizzata dalle parole della donna. Se adesso facesse marcia indietro, riuscirebbe a raggiungere il portone? Meno male che non ha messo i tacchi...
Per fortuna il cane obbedisce alla sua padrona e Inge si riprende presto dallo spavento. La donna che la riceve in modo cordiale è bruna e molto bella. Indossa una gonna, un pullover e un paio di décolleté nere. Deve trattarsi di madame Roque. E così è.
Madame Roque conduce Inge in una piccola stanza dove regna il caos. Ci sono due sedie con le sedute completamente consumate, una sedia a sdraio con sopra una montagna di pacchetti e pacchettini, vestiti, giornali. Su una macchina da cucire antiquata si trova un telefono non meno vetusto e impolverato.
"Che cosa posso fare per lei?" chiede madame Roque. Come già scritto nella lettera, Inge le dice di essere una giornalista della rivista femminile "Constanze". Le racconta di aver visto tempo addietro, in una rivista d'arte, delle bellissime fotografie di Pablo Picasso e che il suo giornale sarebbe interessato a pubblicarne qualcuna. Una porta della stanza è socchiusa, così ogni volta che Inge sente qualche rumore sbircia in quella direzione. A quanto pare dall'altra parte c'è

un corridoio, o quantomeno uno spazio di passaggio. Devono esserci ospiti in casa; del maestro, invece, neanche l'ombra. Poi volge lo sguardo verso la finestra e nota la magnifica vista sul mare luccicante.

Madame Roque ringrazia per l'apprezzamento delle sue foto, aggiungendo che lei in fondo non ne sa nulla di fotografia. Gli scatti pubblicati li ha fatti senza un motivo particolare e non ha intenzione di venderli. Volentieri gliene regala però un paio.

La generosa offerta puzza di commiato e Inge si rende conto che deve farsi venire in mente qualcosa, se non vuole che questo incontro si concluda con la stessa velocità con la quale si era conclusa la telefonata il giorno prima.

Madame Roque fruga nel cassetto di un mobile e tira fuori due stampe per Inge. E l'udienza da Picasso? Del resto, non può certo dire a madame Roque che la sua è stata tutta una tattica per arrivare al maestro.

Inge inizia a farfugliare, cerca di intavolare una conversazione, nella speranza che prima o poi venga pronunciata la parola magica: "Picasso". Tutto inutile. Madame Roque insiste perché Inge accetti le stampe. Ma all'improvviso si palesano sull'uscio due persone che poco prima Inge ha visto passare in corridoio. Si tratta dell'editore e collezionista spagnolo Gustavo Gili Esteve e di sua moglie. Dicono di avere un appuntamento con Picasso, desiderano consegnargli di persona il volume che hanno appena pubblicato su di lui e le sue opere. Madame Roque li prega di attendere un attimo, deve vedere se è già alzato e vestito, perché a volte dipinge fino a tarda notte.

"E se invece fosse ancora in pigiama, sarebbe un problema per voi?"

> Rimasta sola con l'editore spagnolo e sua moglie, prego i due di portarmi con loro da Picasso. Si mettono a ridere e dicono di sì; io in cambio prometto loro una foto bellissima insieme a Picasso.
> Madame Roque torna, porta via i due e invece lascia me lì. "Un

momento, per favore," mi dice. Ci vuole un bel po' prima che tornino. A quel punto penso, o me ne vado o passo all'attacco. E così, senza tanti giri di parole, chiedo a madame Roque: "Le potrei fare una foto insieme al maestro?". Lì per lì la sua reazione è di leggero spavento, poi però dice: "Vado a chiedere", e scompare. Questa volta torna dopo poco, si infila una bella giacca di pelle celeste e mi conduce da basso nel "sancta sanctorum". Lo spazio è composto da tre grandi stanze tra loro collegate, che danno sul giardino. Entrando rimango di stucco, non voglio credere ai miei occhi: non è possibile che Picasso viva in queste tre stanze, tra questo indicibile ammasso di cose. Non può essere! Non ci voglio credere! Ma ben presto ne ho la certezza.
In questo spazio gigantesco, tinteggiato di bianco e oro, con una quantità esagerata di orribili stucchi il maestro mangia, dorme e crea. Farsi strada attraverso questo caos è un'impresa. Il pavimento è ingombro di casse e cassettoni, vasi, piastrelle, bottiglie, ossa di animali, sculture in bronzo, modelli, cavalletti, giornali, lampade, quadri – alcuni finiti, altri incompiuti –, una vecchia sedia a dondolo e libri. In una grande ciotola ci sono carte, nacchere, banconote scadute, conchiglie, sassi, un accendino da pescatore, maschere. Una roba mai vista! Di mobili invece non ce ne sono quasi. Solo due armadi antichi, un tavolo, qualche poltrona di midollino rotta, uno strano letto e poco altro. Non ho mai visto un caos così pittoresco in vita mia.
E nel bel mezzo di questa confusione siede un signore gracile, con indosso un paio di pantaloni scozzesi, una camicia a righe e pantofole bizzarre: Pablo Picasso. Faccio una sorta di inchino di corte, al che lui, sorridendo amabilmente e mettendosi la mano sul cuore, fa a sua volta un profondo inchino spagnolo.

Ovviamente Inge lo ha già visto in foto. Ma quello che le tante foto non raccontano fino in fondo di lui sono gli occhi scuri, scintillanti, due diamanti neri. Elettrizzanti.
Picasso rivolge a Inge uno sguardo colmo di gentilezza e ride nel suo tipico modo, un po' clownesco. È una presenza

travolgente, che domina la scena. Inge lo incuriosisce tantissimo. Come tanti intellettuali prima di lui, vuole sapere come è stato essere una ragazzina in un paese nazista. Per Picasso è una sopravvissuta che porta addosso la storia recente.

Ma così come il pittore spagnolo fa suo lo spazio, è anche in grado di abbandonarlo, quasi fosse un illusionista. Un attimo dopo essere comparso davanti a Inge è già fuori dalla sua visuale. Scende a passettini quasi danzanti i pochi gradini che portano in giardino. Lì sfoglia, insieme ai coniugi Esteve, il volume che i due gli hanno portato. Sembra molto soddisfatto. Al posto della Rolleiflex Inge questa volta si è portata saggiamente l'assai più piccola e maneggevole Contaflex che la ditta Zeiss Ikon le ha dato in prova (per la Super Ikonta IV, Inge ha fatto anche da modella per una pubblicità). Che fare? Può o non può fotografare? Quasi di soppiatto scatta per alcuni minuti gli interni della villa La Californie, poi esce di nuovo in giardino e riprende Picasso mentre guarda insieme agli editori spagnoli il volume; scatta anche qualche foto alle sculture a misura d'uomo del maestro che si trovano in giardino. Señor Esteve propone di fare una foto con Inge che parla con il maestro.

Solo che sembra che Esteve non abbia mai fatto una foto in vita sua. Così Inge imposta per lui la macchina, tutto ciò che deve fare è schiacciare un pulsante. Poi si sposta accanto a Picasso, che approfitta per farle una miriade di domande sulle apparecchiature tedesche. La sua curiosità in merito spazia dalla tecnica fotografica all'industria e ovviamente all'arte. Inge cerca di rispondere mentre sotto il sole cocente aspettano che Esteve prema finalmente il pulsante. Nell'immagine Inge e il maestro sembrano due vecchi amici che si ritrovano dopo tanto tempo e scoprono che hanno ancora qualcosa da raccontarsi e di cui sorridere.

Il momento magico dura un istante, perché madame Roque prega gli ospiti spagnoli di seguirla per il pranzo e Inge capisce che adesso è arrivato davvero il momento di accomiatarsi.

"Torni a trovarci," le dice Picasso, prima che Inge venga accompagnata al portone. Nella lama d'ombra che questo proietta sta riposando placida una gallina, ultimo essere vivente che Inge vede prima di lasciare per sempre la villa di Pablo Picasso.

Inge non può essere più contenta di così. Questo ritratto farà il paio con quello di Hemingway e per godersi quel solitario momento di gloria decide di tornare a piedi in città.

Negli anni successivi Inge continua ad ampliare il palmarès dei suoi ritratti: immortala personaggi della letteratura, dell'arte e del cinema.
Durante una tournée per i teatri tedeschi fotografa Gérard Philipe, il protagonista bello e maledetto del film *Il diavolo in corpo*, il "James Dean" francese. A Parigi si fanno riprendere da lei l'artista Leonor Fini, la direttrice di "Harper's Bazaar" Francia, Marie-Louise Bousquet e la filosofa Simone de Beauvoir – il suo *Il secondo sesso* per Inge diventa una specie di Bibbia.

A casa di Simone de Beauvoir

Con il Prix Goncourt ricevuto per *I Mandarini*, Madame de Beauvoir (che in passato ha sempre abitato in hotel) si è comprata un monolocale a Montparnasse, arredandolo secondo il proprio gusto. Trionfano i colori brillanti, con poltrone giallo limone e lilla scuro, e una scala a chiocciola verde opaco che conduce alla camera da letto al piano di sopra. Madame de Beauvoir ha portato con sé qualcosa di speciale da ogni viaggio: un arazzo cinese in seta copre una parete, un poncho del Guatemala è appeso davanti alla porta, numerose, piccole e colorate divinità indiane sopra una mensola e poi libri, libri e ancora libri fino al soffitto, raggiungibili solo grazie a una scaletta avvolgibile.
Accanto alla scrivania, da cui vede un alto muro di cimitero coperto di edera, Madame de Beauvoir ha una parete di foto. Una parete intera con foto di amici: Sartre sotto la pioggia nei pressi di un ponte della Senna, una troupe cinematografica al lavoro nel deserto, Mao Tse-tung, alcuni bei giovanotti e persino Sophia Loren in posa classica.
Madame de Beauvoir sta scrivendo un libro sulla propria giovinezza: la rigida educazione in convento, la formazione intel-

lettuale fino a ventun anni (il libro sarà pronto tra sei mesi). Il suo ultimo libro, un saggio sulla Cina odierna, *La lunga marcia*, verrà pubblicato fra non molto in Germania.

Heinrich Maria Ledig-Rowohlt commissiona a Inge un reportage sull'artista e grafico Raymond Peynet, che disegna le illustrazioni per la casa editrice Rowohlt. Peynet è famoso per la coppietta di innamorati Valentina e Valentino, che all'epoca dell'occupazione nazista di Parigi hanno cercato di rendere la vita almeno un po' più sopportabile con il loro irriducibile romanticismo. Ledig-Rowohlt accompagna Inge a Selb, in Baviera, dove lavora Peynet. Negli scatti di Inge si vede Raymond Peynet, "il prototipo par excellence del filou" come lei stessa lo definisce, rompere una quantità enorme di porcellane difettate, per ritrovarsi poi, sfinito e disorientato, davanti a una montagna di cocci. Scelta stilistica di Inge? Sì, ma non solo. Mai come in questo caso i cocci stanno lì a simboleggiare i risvolti del tutto imprevisti della sua trasferta bavarese a casa Peynet. L'illustratore si è innamorato di Jane Rosenthal, moglie del famoso imprenditore nel campo delle ceramiche Philip Rosenthal, e di lei si innamora perdutamente anche Ledig-Rowohlt. A sua volta Jane Rosenthal ricambia il sentimento di quest'ultimo. Il risultato è un divorzio lampo e un successivo matrimonio con l'editore. A Peynet rimangono i cocci. A Inge foto bellissime e un suo ritratto che le regala l'artista.

Fin dal ritorno dal Brasile e poi dalle riprese in Grecia con Federico Patellani, Inge si è ripromessa di lavorare d'ora in poi per reportage di più ampio respiro, che mettano in evidenza questioni sociali e politiche. A testimoniarlo è un vivace scambio di corrispondenze con ambasciatori e organizzazioni internazionali attive nelle regioni che le interessano. Nel dicembre del 1955 accompagna l'editore Ledig-Rowohlt a Stoccolma per il conferimento del Premio Nobel per la Letteratura allo scrittore islandese Halldór Laxness. Inoltre lavora sempre più spesso per il periodico "Kristall" del gruppo editoriale Axel Springer e di tanto in tanto scrive brevi articoli anche per la "Bild Zeitung".

Il mensile "Kristall", fondato da due giovani giornalisti nel 1946, si rivolge al ceto medio e si occupa soprattutto di riportare su carta i servizi e i commenti radiofonici riguardo avvenimenti politici e culturali. Inge vorrebbe proporsi proprio per questa rivista per un viaggio in Russia. Anche l'Africa e Hong Kong sono ai primi posti nella sua agenda. Ma i suoi ritratti sono così richiesti da scandire ancora per qualche anno il ritmo della sua carriera giornalistica. Con il passare degli anni Inge è riuscita inoltre a creare una rete di contatti, per i tempi veramente singolare: non solo giornalisti e redazioni di testate, ma i loro stessi direttori, e poi i responsabili delle case editrici ed esponenti di spicco del mondo economico. Grazie alla conoscenza di Melvin J. Lasky, editore e co-direttore del periodico "Der Monat", Inge ha intessuto contatti in tutta Europa con diverse riviste politico-culturali di alto prestigio. Tra il 1956 e il 1958 è spesso in contatto con il mensile "Preuves", il pendant francese di "Der Monat". A Parigi conosce il direttore François Bondy e Herbert Lüthy, due intellettuali svizzeri e, proprio per questo, animatori ideali di una nuova cultura democratica ed europea. Lüthy, con la sua faccia occhialuta da studioso – è uno storico di formazione –, si innamora perdutamente della fotoreporter di Amburgo. Se solo potesse, sposerebbe Inge seduta stante. Per mesi verga, con elegante grafia, struggenti lettere d'amore, ognuna accompagnata da un bellissimo disegno. Ogni pezzo di carta immacolata che gli capita tra le mani al ristorante o in un caffè Lüthy lo trasforma in un piccolo capolavoro per l'amata. Anche François Bondy, l'influente critico letterario che secondo Inge è convinto di essere semplicemente irresistibile, non è insensibile al suo fascino.

I corteggiatori di Inge provengono tutti da un ambiente intellettuale che si prefigge di rinnovare il Vecchio continente. Non a caso testate come "Der Monat" in Germania, "Preuves" in Francia e l'inglese "Encounter" vengono finanziate con i soldi del Piano Marshall, che tra i suoi fini ha quello di sostenere la rinascita culturale in una precisa direzione politica. A giocare un ruolo centrale in questa strategia è proprio

Melvin J. Lasky. Le sue simpatie giovanili per Trockij lo hanno trasformato in un nemico giurato di Stalin e del regime sovietico. Così su "Der Monat" appare la firma davvero significativa di George Orwell, e poi contributi di Ignazio Silone, Hannah Arendt, Thomas Mann, Saul Bellow, Arthur Koestler, Heinrich Böll e persino del futuro cancelliere socialdemocratico Willy Brandt. Insomma, il meglio della cultura liberale, democratica e, a volte, persino di orientamento progressista. È una novità per la Germania, dove gli anni cinquanta rappresentano – anche nel campo del giornalismo – un periodo in cui la Guerra fredda spiana la carriera a molti personaggi compromessi con il nazismo, basta che le loro menti autoritarie "alla tedesca" declinino all'americana il concetto di Law & Order. Quelle testate così elitarie, perciò, non potrebbero sopravvivere senza i finanziamenti statunitensi. Lasky quei fondi li riceve attraverso l'Associazione per la libertà della cultura, fondata dalla Cia nel 1950 con lo scopo di vincere la guerra culturale contro il comunismo sovietico, cosa che, naturalmente, si scoprirà molto più tardi. Se ancora nel pieno della contestazione sessantottina lo scafatissimo e colto François Bondy affermava di non essersi reso conto che proprio la Cia era stata la maggiore sostenitrice di quelle riviste, è davvero difficile pensare o pretendere che se ne accorgesse Inge. Per lei, senz'altro, quei nuovi corteggiatori erano più stimolanti dei vecchi arnesi conservatori e bacchettoni. L'unica cosa che, alla fine, poteva diventare noiosa e molesta è che anche Melvin Lasky avesse perso la testa per lei, bombardandola di lettere in gara con Lüthy, lo spasimante svizzero.

Sono ormai cinque anni che, terminata l'esperienza di "apprendista e assistente" di Rosemarie Pierer, Inge Schönthal gira il mondo come freelance. Il che per una donna nell'Europa del dopoguerra non è affatto una cosa usuale, né tantomeno lo è il suo successo. Le donne che sono riuscite a farsi un nome in quel campo si contano sulle dita di una mano. Ci sono le svizzere Annemarie Schwarzenbach,

Ella Maillart e Sabine Weiss, ci sono la tedesca Marianne Breslauer, l'americana Eve Arnold e l'austriaca Inge Morath, queste ultime due fotografe dell'agenzia Magnum.

Quelli tra il 1956 e il 1958 sono per Inge anni di viaggi continui tra Amburgo, Londra e Parigi. Ed è proprio nella capitale francese che si nasconde un altro *moment décisif*.

> Nell'estate del 1956 vengo a sapere che Billy Wilder sta per girare il remake della trasposizione cinematografica del romanzo *Arianna*. La versione tedesca del 1931 è stata interpretata da Elisabeth Bergner e Rudolf Foster. Ora le parti sarebbero andate a Audrey Hepburn, Gary Cooper e Maurice Chevalier, un cast d'eccezione. Le riprese, peraltro, vengono fatte non a Hollywood, ma nella città dove si svolge la storia, cioè Parigi. Una notizia che per tutti i giornalisti che si occupano di cinema in Europa ha voluto dire una sola cosa: "Si va a Parigi!". E anch'io penso che può essere una chance per me, e così, pur non avendo alcun incarico ufficiale, mi metto in viaggio. A spese mie e senza conoscere praticamente nessuno che potrebbe spianarmi la strada verso quel famoso quartetto: Wilder, Hepburn, Cooper, Chevalier. L'unica cosa che possiedo è una lettera di presentazione di Ernst von der Decken – responsabile delle pagine culturali della "Welt am Sonntag" – per Billy Wilder. Conosce il regista dagli anni berlinesi di Wilder, dunque da prima del 1933, quando tutti e due lavoravano per la "Berliner Zeitung am Mittag". Con questo unico viatico mi metto dunque in viaggio.
> Ma già poco dopo il mio arrivo a Parigi ho dovuto constatare che le mie chance sono pari a zero. I giornalisti hanno letteralmente preso d'assalto l'atelier nel quale si gira *Arianna* e per questo Wilder ha vietato in modo risoluto la presenza della stampa sul set durante le riprese. Ovvio che anche a me la produzione dà il benservito. Qualcuno però mi ha detto che forse avrei potuto accedere all'atelier grazie a una particolare raccomandazione, e ha fatto il nome di un reporter di "Paris Match", il più grande settimanale francese. Memorizzo il nome del reporter e mi faccio portare al giornale. "Paris Match"

è una bellissima rivista, che dal punto di vista della qualità non deve temere il confronto con l'americana "Life". La tiratura raggiunge diversi milioni di copie e gode di fama internazionale. La sede si trova in rue Pierre Charron. Il palazzo è di quelli antiquati, con un unico ascensore nel quale entrano giusto due persone. Nel momento in cui, trafelata, mi catapulto nell'atrio, l'ascensore è appena ripartito. Faccio cenno all'uomo all'interno, e questo blocca l'ascensore e torna giù.
"Certo, lei ha una gran fretta," constato. "Immagino che anche lei stia andando a 'Paris Match'."
Usciamo allo stesso piano e un attimo dopo lui scompare. Io mi metto alla ricerca del reporter che mi è stato consigliato, un ungherese. Lo scovo poco dopo, solo che è in partenza per Budapest, dove è appena scoppiata la rivolta. E né lui né altri hanno la testa per occuparsi di me e della mia richiesta. Ciononostante è così gentile da tirar fuori un biglietto da visita e scrivere sul retro: "Mio caro Cravenne, per favore dia una mano a...". Improvvisamente però si arresta ed esclama: "Ah, ma eccolo qui in persona!", indicando un signore. È l'uomo dell'ascensore.
Georges Cravenne è il più importante giornalista cinematografico francese. Il suo potere nel mondo del cinema è enorme, tanto che non c'è grande star che non segua personalmente. Per mia fortuna sono un'attenta lettrice di giornali – un requisito imprescindibile per un buon reporter – e, non tralasciando nemmeno i trafiletti rosa, so che Cravenne è sposato con l'avvenente attrice Françoise Arnoul. Perciò quando il reporter ci presenta, io colgo immediatamente l'occasione per parlare a Cravenne di sua moglie e complimentarmi. Il ghiaccio è presto rotto. Cravenne chiama uno dei suoi collaboratori allo Studio Boulogne, cioè lì dove Wilder sta girando, e questo *confrère* mi dà un cartellino rosso sul quale c'è scritto: "Il possessore di questo cartellino è autorizzato ad assistere per tutto un pomeriggio alle riprese di *Arianna*". Sono riuscita ad aprire la porta più importante.
Chi ha visto il film *Arianna* si ricorderà di certo della scena che io ho visto girare dal vivo quel pomeriggio: Gary Cooper, che occupa una suite del Ritz, sta versando dello champagne

a Audrey Hepburn. Nella stanza accanto ci sono dei musicisti che suonano. Gary dà una spinta al carrello del tè sul quale si trovano quattro flûte e lo spedisce nella stanza accanto. I musicisti vuotano i bicchieri e con una spinta rimandano indietro il carrello per farsi riempire di nuovo i calici. Peccato che quella scena divertente non voglia proprio riuscire. A ogni spinta almeno uno dei quattro calici cade. Io ho l'impressione che nel frattempo tutta la crew di *Arianna* – scriptgirl, tecnici delle luci, operai – sia già un po' brilla. Si divertono un mondo a vedere gli sforzi vani di Gary. Audrey Hepburn, raggomitolata come una scolaretta su una poltrona Louis XVI, si sta sbellicando dalle risate. Poi finalmente Gary, la vecchia volpe dei western, trova la soluzione – sorprendentemente semplice peraltro – al problema: la superficie del tavolino è di legno morbido e così lui pianta degli spilli fin giù alla capocchia intorno alla base dei calici. E a quel punto la gag riesce perfettamente. Billy Wilder si mette immediatamente in azione. La scena viene girata almeno una ventina di volte. Audrey, Gary e Billy sono concentratissimi. Quando infine le luci sul set si spengono, Audrey appare sfinita e il regista le dice: "Thank you, Audrey, ora vai a riposare".

A questo punto Inge ne approfitta e si rivolge direttamente al regista. Le basta fare il nome di Ernst von der Decken per attirarne l'attenzione. Billy Wilder, un po' alticcio, capisce subito che l'inglese di Inge ne tradisce l'origine germanica e comincia a parlare in tedesco. Le racconta della sua gioventù, di quando aveva la sua stessa età, e anche lui faceva il giornalista, ma si occupava di cronaca nera, al seguito della polizia nella notte berlinese. Si guadagnava poco, le racconta, così di pomeriggio si recava in un hotel e si faceva pagare per ballare e bere il tè con delle ricche signore. A mo' di commiato, il regista si mette a rovistare tra gli accessori di scena alla ricerca di un *Pickelhaube*, l'elmetto prussiano con il chiodo. Ed è con questo in testa che posa per "la fotoreporter tedesca" davanti a una statua romana. Inge non se lo fa ripetere due volte e quando lo scatto sarà pronto lo manderà a Wilder che, a sua volta, da Hollywood, lo rispedirà a Inge trasformato in una cartolina di auguri per il nuovo anno.

Il mio sesto senso mi dice che quello è il momento giusto per svelargli il mio vero obiettivo: l'intervista con Audrey Hepburn. So che l'impresa può ancora fallire. Audrey è la nipote del barone olandese Aarnoud van Heemstra, e per questo durante l'occupazione di Arnheim i nazisti l'avrebbero spedita in un campo di concentramento, se i partigiani non l'avessero nascosta. Comprensibile dunque che Audrey non nutra particolari simpatie nei confronti della Germania, come ho letto in un'intervista fattale da un collega americano. Esprimo questi miei dubbi a Billy Wilder, il quale si limita a replicare: "Lasci fare a me. Torni domani".
Il giorno dopo, seduta su una cassa tra la signora Wilder e Maurice Chevalier, assisto per ore alla scena in cui Audrey con occhi tristi osserva Gary Cooper mentre lui fa una valigia. Sono rapita dalla pazienza di questi due grandi attori, che continuano a ripetere la stessa scena senza ribellarsi, ma sono altrettanto rapita dall'indiscutibile autorità esercitata da questo grande regista, il quale infine riesce a trasformare questo

intermezzo in un piccolo gioiello di introspezione psicologica. Ciononostante, pare insoddisfatto. Poi, improvvisamente, mi si avvicina e dice: "E allora, che gliene pare? Secondo me Audrey è ora come ora, in assoluto, la miglior giovane attrice al mondo". Un attimo dopo torna a essere il dominus dispotico dell'atelier. Fino a quel momento Audrey non mi ha pressoché sfiorata con lo sguardo, mentre io non mi sono persa una sola delle parole da lei pronunciate o un suo gesto. Quel giorno indossa un cappotto di lana color champagne e scarpe in tinta con tacchi piuttosto bassi. In mano tiene una stoffa di chiffon dello stesso colore con la quale giocherella nervosamente. Si vede che desidera dare il meglio di sé e che al tempo stesso teme la severità di Billy Wilder. Io continuo a starmene lì, ormai sempre più convinta che anche quel giorno non porterò a casa l'intervista. Poi d'un tratto vedo Billy prenderla per mano e condurla direttamente da me. Mi presenta: "Questa è Inge Schönthal!" sorride e scompare. Lei mi guarda, mi dice cortesemente, ma con assoluta indifferenza: "How do you do?" e va a sedersi sulla sua poltrona, per farsi pettinare per la scena successiva. Io mi rimetto, sola soletta, sulla mia cassa, chiedendomi se quel "How do you do" sia già l'intervista. Pare proprio di sì. Perché di nuovo trascorre un'intera ora, senza che lei o Billy mi abbiano degnato di un solo sguardo. Ma quando ormai sono decisa ad andarmene, è lei a venire da me e a chiedermi: "Le va di prendere un tè insieme?".

Mentre le due donne parlano, Gary Cooper se ne sta appoggiato al bancone del bar. Inge ormai si muove come un'*habituée* tra le stelle del cinema. Ci vuole un po' prima che la Hepburn si sciolga. È formale, tiene le distanze, le sue maniere sono impeccabili. Si comporta da giovane lady e in quanto tale esibisce la qualità che le si richiede: la riservatezza. Non porta più il taglio sbarazzino, capelli corti con frangia, visto in *Sabrina* e *Vacanze romane*. Adesso i capelli castani le arrivano alle spalle e sono leggermente mossi. È molto più alta e ancora più snella di quanto si aspettava Inge e lo sguardo adolescenzialmente malizioso adesso ha cominciato a virare verso una decisa femminilità. A corto di argomenti, Inge prova ad accennare al marito di lei, l'attore Mel Ferrer, e l'attrice, incredibilmente, si lascia andare. Comincia a raccontare che si telefonano tutti i giorni, che non hanno ancora una casa loro e che per questo gli arredi comprati in giro per il mondo sono ancora impacchettati in bauli e casse. Ora l'attrice parla a ruota libera e Inge tira un sospiro di sollievo: ha la sua intervista.

Il 1957 di Inge comincia con tante idee. Le scarabocchia sulla sua agenda, come al solito. I nomi di Axel Springer, di Ledig-Rowohlt, dell'assistente di quest'ultimo – indicata sempre con "Be Be", ovvero Annelotte Becker-Berke –, di Gassy, di Blumenfeld sono sottolineati, cancellati, uniti da frecce, oppure da essi si dipartono linee che puntano a un'altra pagina. E ancora: numeri di telefono, nomi di riviste, "Kristall", "Constanze", parole che si ripetono, "ok", "team", "Usa", un bigliettino di un Camera repairing di New York. Perché è da qualche mese che nella testa di Inge si affaccia il pensiero di un secondo viaggio negli Stati Uniti. Ci impiega un po' a organizzarlo, ma finalmente il 4 aprile 1957 Inge mette di nuovo piede nella Grande mela. E, come cinque anni prima, abita di nuovo a Manhattan, ma questa volta sulla Riverside Drive. Adesso è ospite della designer Eva Zeisel. È nata in Ungheria ed è amica dai tempi dell'asilo di Arthur Koestler, l'autore di *Buio a mezzogiorno*, il fortunatissimo romanzo di denuncia dei processi di Mosca, con cui condivide quell'amarissimo disincanto. La Zeisel lavora soprattutto con la ceramica in uno stile fortemente influenzato dalla Bauhaus e in quegli anni sta ottenendo un enorme successo disegnando nuove linee per gli utensili da cucina.

Negli anni trenta – il miglior periodo del modernismo classico – la Zeisel ha lavorato a Mosca come direttrice delle manifatture delle porcellane. Sospettata di frequentare una cerchia di dissidenti e di aver complottato a una congiura contro Stalin, nel 1936 è stata ingiustamente arrestata, passando oltre un anno in carcere. Tra i molti intellettuali e scienziati che si sono battuti per la sua liberazione c'è stato anche Albert Einstein. Così, dopo il rilascio nel 1939, insieme al marito Eva Zeisel si trasferisce negli Stati Uniti per ricostruirsi una carriera e una vita. Durante e dopo la Seconda guerra mondiale, il suo appartamento a New York diventa un importante punto di incontro per molti intellettuali, scienziati e personaggi famosi.

E poi c'è Jeannie, la figlia quindicenne di Eva, che guarda Inge come se fosse una sorella maggiore. Quella ragazza di neanche ventisette anni la affascina, perché sembra sprizzare idee una dietro l'altra e tutto quello che dice le pare alimentato da un fuoco interiore.

Quello che però più intriga Jeannie è la capacità di Inge di improvvisare. Si è presentata a New York con pochi soldi in tasca, con giusto un paio di vestiti, ma con quello spirito di sopravvivenza che le permette, dopo aver ricevuto l'invito per un importante party, di "saccheggiare" un grande magazzino. Con quattro spicci Inge riesce a procurarsi abiti e gioielli e a combinarli in una mise da serata mondana che lascia tutti a bocca aperta. Inge diventa presto una di famiglia. Quando non le capita di essere al centro dell'attenzione delle personalità che frequentano casa Zeisel – nonostante siano passati cinque anni, non si è sopita la curiosità nei suoi confronti: come si viveva ai tempi del nazismo? –, a Inge piace sedersi a tavola con la sua "sorellina" a gustare il *borscht* che prepara direttamente Eva Zeisel.

Attraverso la designer, Inge conosce l'architetto Philip Johnson, che andrà a trovare e ritrarrà nella sua casa nel Connecticut, considerata l'esempio più bello dell'architettura contemporanea. È la leggendaria Casa di vetro, talmente integrata con l'ambiente naturale che la circonda che quasi scompare sullo sfondo degli alberi.

La Casa di vetro fa parte di un gruppo di edifici molto eterogenei che, secondo un progetto ben ponderato, sono stati assemblati all'interno di un paesaggio ideale. È un lungo casermone all'apparenza minuscolo, dal tetto piatto, completamente trasparente, composto da gigantesche lastre di vetro per specchi fra travi di acciaio saldate tra loro, su cui si riflettono gli alberi tutt'attorno.

A poca distanza sorge il suo esatto contrario, un casermone del tutto privo di finestre che funge da foresteria, nel mezzo una piscina rotonda con una bizzarra rampa che sale verso l'alto, a cui fa da contrasto una "scultura" di Jacques Lipchitz alta quasi cinque metri, un mostro spettrale dalle possenti travi, strambe braccia in acciaio.

Il terreno alle sue spalle digrada in un avvallamento, gli alberi si raggruppano finché, a qualche distanza, un fitto bosco non crea la quinta conclusiva, oltre la quale lo sguardo può tuttavia spaziare lontano, fino al cielo.

L'interno della Casa di vetro riserva un'altra sorpresa. Tanto appare piccola dall'esterno, tanto sembra spaziosa dentro.

Questo artificio è conseguenza della trasparenza del vetro. Potendo vedere da una parte all'altra della casa, si sottrae volume-

tria interna, mentre stando all'interno essa sembra dilatarsi nella natura che la circonda. [...]
La Casa di vetro è chiaramente inadeguata alla normale vita di una famiglia. Certe pratiche di un matrimonio richiedono una delimitazione dell'ambito di vita generale. Le persone non possono neanche vivere nelle sfere di Ledoux o nei prismi di vetro di Mies van der Rohe.
L'eccellenza dei progetti di Frank Lloyd Wright viene meno nel momento in cui i bambini giocano sui balconi dei suoi soggiorni, esattamente com'è per Le Corbusier. Esiste però la possibilità di riunire in un unico fabbricato la soluzione per cui ha optato Johnson nel suo sistema di case a New Canaan: una Casa di vetro, un edificio chiuso adibito a funzioni private.
Una casa del genere è la Wiley House a New Canaan, dove il soggiorno comune, una gabbia di acciaio e vetro, è collocato sopra un podio chiuso.

A casa Zeisel, Inge incontra ed esce spesso con il cugino di lei, John C. Polanyi. Un flirt? Lui è un chimico che molti anni più tardi riceverà il Premio Nobel. La madre di Eva, Laura, è la sorella di Michael Polanyi, anch'egli chimico come il figlio John, e di Karl Polanyi, il grande sociologo autore del seminale *La grande trasformazione*, che si scaglia contro alcuni falsi miti dell'economia classica.

Negli stessi giorni, in uno studio radiofonico di Manhattan, Inge fotografa il regista di origine greca Elia Kazan, diventato famoso soprattutto grazie ai film *Un tram che si chiama Desiderio* (1951) e *La valle dell'Eden* (1954). Quando Inge lo incontra, Kazan è senza lavoro e sotto attacco da parte degli intellettuali che non approvano la sua decisione di deporre davanti alla Commissione McCarthy. Kazan, lui stesso iscritto al Partito comunista dal 1934 al 1936, adesso ha deciso di collaborare. Per questo è considerato un traditore.

Inge con la macchina fotografica appresso non si ferma un attimo, tutte le porte sembrano aprirsi per lei, tutti sembrano pronti a concedersi, in una corsa a farsi illuminare dalla fotoreporter del momento. Qualcun altro, invece, quella porta gliela sbatte in faccia. È il caso di Albert Einstein, che nella lista delle personalità che Inge vorrebbe incontrare occupa sicuramente una posizione di primo piano. Sempre a casa Zeisel, conosce Leó Szilárd, un fisico nucleare e biologo molecolare ungherese, che è frequente ospite dell'attico dove Inge alloggia. Szilárd è stato tra gli scienziati in prima linea nel Progetto Manhattan, che sviluppò la prima bomba atomica. Nel 1939, attraverso la voce di Albert Einstein – suo amico e collega –, lo scienziato ungherese, insieme a Enrico Fermi, aveva informato il presidente americano Roosevelt sull'utilizzo dell'uranio nella costruzione di bombe dall'estremo potenziale distruttivo.

Anche Szilárd si innamora di Inge e la invita di frequente al cinema e, prima o dopo, a cena in uno dei tanti ristoranti asiatici della zona. Le loro conversazioni sono sempre molto *charming*, ma forse non quanto lui vorrebbe, considerati anche i trent'anni di età che li dividono. Ne nasce però una grande amicizia. Sollecitato da Inge, Szilárd prova ripetutamente a presentarla a Einstein, ma questi, appreso che si tratta di una fotografa, risponde acido: "Grazie, ma non intendo incontrare una Lichtaffe". Per Einstein una "scimmia con i flash" che saltella da una parte all'altra per strappare qualche immagine è qualcosa di insopportabile.

Inge rientra in Europa tra maggio e giugno, e la sua agenda riprende a dettare il ritmo da dove si era interrotta – Ledig, Springer, "Krystall", Be Be... Sembra tutto uguale, ma in realtà è tutto diverso perché ora non ha più bisogno di fare l'autostop per raggiungere i suoi appuntamenti di lavoro. Adesso guadagna abbastanza per poter volare. E così, una bigia mattina dell'autunno del 1957, Inge è all'aeroporto parigino Le Bourget in attesa della coincidenza per Amburgo. Ha dormito poco, per un pelo non inciampa sulla scaletta dell'aereo, prende posto, allaccia la cintura di sicurezza e si addormenta seduta stante. A svegliarla è il profumo di caffè che le porge una hostess.

"Dormito bene?" le chiede il passeggero alla sua sinistra. Una voce che le sembra di conoscere, ma che adesso ancora non sa se associare a un ricordo lontano o recente. Lo osserva meglio. All'apparenza sembra avere meno di quarant'anni e anche il volto le fa lo stesso effetto della voce udita poco prima. Da dove arriva quest'uomo?

Inge vorrebbe dire qualcosa, ma lui la prende in contropiede, le confessa che è molto contento di averla incontrata. Nuovamente. Va bene, pensa Inge, allora non sto sognando, quest'uomo l'ho davvero incontrato da qualche parte. Ma poi lui dice qualcosa che manda in crisi Inge e le fa sospettare che invece quello è proprio un sogno.

"Perché lei è il mio libro, vero?"

Inge lo guarda prima basita, poi sempre più confusa. Si sforza di ripetersi la frase in testa, alla ricerca di un appiglio, e alla fine lo trova. Alla parola "libro" a Inge si accende finalmente una lampadina.

Improvvisamente ha davanti agli occhi il ricevimento che il suo amico paterno, l'editore Ernst Ledig-Rowohlt, ha dato lo scorso giugno ad Amburgo per il suo settantesimo compleanno. È lì che ha conosciuto il suo compagno di volo. E adesso si ricorda anche il suo nome. È l'editore di Amburgo Walter Blüchert.

Riavutasi dalla sorpresa, Inge gli chiede cosa intendesse con la sua domanda "Lei è il mio libro, vero?".

"Lei ha intervistato Hemingway, Picasso, Anna Magnani. È stata alla conferenza stampa di Truman. Conosce il duca di Windsor. Ma come diavolo ha fatto?"

"Gentilissimo signor Blüchert," dice Inge, "è una lunga storia, che certo non riuscirei a raccontarle in mezz'ora."

"Verissimo," replica lui, "e perché non la racconta, invece, in un libro?"

La proposta che le è stata appena fatta da Blüchert non potrebbe cascare in un momento migliore. Sono anni che gira come una trottola. Ha bruciato una tappa dietro l'altra e raramente si è concessa un momento di riposo.

Ma ultimamente si è trovata a fare un pensiero. Che cosa si prova quando si passa da enfant prodige a una specie di veterano? Si sente qualcosa, come uno strappo, oppure ce ne si accorge quando tutto diventa troppo facile? Forse nessuna delle due opzioni. Forse a questa sensazione non è stato dato ancora un nome, è piuttosto uno stato che può oscillare tra la paura e l'assuefazione, in un limbo in cui l'ingenuità che apre tutte le porte comincia a sfumare.

Il più delle volte Inge ha viaggiato a suo rischio e pericolo, e adesso potrebbe essere l'occasione giusta per fermarsi un attimo e mettere un punto a ciò che ha fatto. E così, una volta sbarcati ad Amburgo, Inge promette a Blüchert di farsi viva presto con un'idea di scaletta.

"Benissimo," risponde lui, "ci conto. Così stiliamo anche già un precontratto. Se vuole le anticipo una bozza."

Se si esclude un viaggio di lavoro in Ghana per "Constanze", Inge non ha ancora progetti per i prossimi anni. Al viaggio in Ghana tiene moltissimo perché finalmente andrà in Africa. Ma ha tutto il tempo per buttare giù le prime pagine del libro il cui titolo al momento recita *Come diventare reporter?*

> Ho cominciato otto anni fa con letteralmente nulla in mano. Le prime foto le ho scattate con una macchina presa in prestito e il giornalismo era per me terra incognita. Adesso posseggo un equipaggiamento fotografico completo, una macchina da scrivere e del giornalismo ne capisco quel tanto perché le riviste prendano sia le mie foto sia i miei testi. A volte mi finanziano i viaggi, altre no, anticipo di tasca mia. Alcuni miei reportage, per esempio quelli su Ernest Hemingway e Pablo Picasso, hanno avuto risonanza internazionale. Non mi reputo una reporter di grido, ma non sono nemmeno più la giovane alle prime armi. C'è chi sostiene che io abbia fatto carriera grazie al mio fascino e alla mia impertinenza. Personalmente conosco colleghe che sono molto più affascinanti e molto più impertinenti di me, e ciononostante hanno avuto meno successo. Con questo voglio dire

che le cose non sono così semplici come a volte appaiono. Detto questo, è anche vero che solo talento e impegno non bastano per fare carriera! Ho incontrato molte reporter donne brave quanto me e anche di più e avevano pure una bella scrittura, cosa che non posso dire di me. Eppure, nonostante questi pregi sono meno conosciute e guadagnano di meno.

Inge pensa che questa breve presentazione possa bastare per inquadrare l'impostazione che vuole dare al libro. Non è sua intenzione scrivere un manuale. Lei stessa in questi anni non ha messo a punto un vero e proprio sistema, ma pensa di aver fatto sue alcune regole fondamentali "che possono forse essere utili anche ad altri – non solo a delle reporter, ma a molti giovani che vogliono conquistarsi il loro mondo, così come io ho conquistato il mio". Nella prefazione aggiunge poi:

> Non ho completato alcun percorso, né nella vita, né nella professione. E forse il segreto del mio successo sta proprio nel fatto che, a ogni nuovo incarico, mi sento come una scolaretta delle elementari. Non ho mai smesso di meravigliarmi. Sarà stato questo a fare la differenza.

Il libro potrebbe avere undici capitoli. Inge non ci mette molto a imbastire una scaletta. Per ogni capitolo indica il collegamento diretto con le sue esperienze. La prima domanda alla quale vuole rispondere è: *Si può imparare il mestiere di reporter?* Quando lei ha iniziato non c'erano ancora scuole di giornalismo, così come nelle università non si insegnava Scienze della comunicazione e dei mass media. Nel secondo capitolo Inge entra subito in medias res raccontando dell'incontro che ha dato una svolta alla sua professione. Partendo da Hemingway a Cuba pone la domanda: *Come si intervista un grande scrittore?*, seguita da quella più generica: *Come ci si avvicina agli inavvicinabili?* Per rispondere a questa domanda racconterà gli incontri con Greta Garbo, Audrey Hepburn e Pablo Picasso. Un altro capitolo sarà dedicato alla domanda: *Come mi muovo nella high society?*

Che si trattasse di un ballo in casa dei duchi di Windsor a New York o della serata di gala a Stoccolma per il conferimento del Nobel per la Letteratura a Halldór Laxness, Inge è sempre riuscita a trovare nel giro di poco l'accompagnatore giusto e l'abbigliamento più consono all'occasione. Per rispondere alla domanda: *Cos'è uno scoop?*, pensa di attingere al repertorio di persone illustri che ha incontrato, spiegando anche da cosa sono più attratti giornali e riviste. Nota importante: pubblicare non è sinonimo di successo; è bene sapere dove la storia verrà pubblicata, perché anche il reportage più bello può perdere completamente di valore se finisce sulla testata sbagliata. Una cosa che lei stessa ha sperimentato ripetutamente. Per questo vuole dedicare un intero capitolo al tema *Il rapporto con i redattori*. E visto che non è affatto improbabile incontrare nel corso di un reportage qualche collega, è utile, e a volte può risultare addirittura decisivo, stabilire buoni rapporti e, se si presenta l'occasione, anche *Lavorare con un collega*. Sono incontri che a volte sfociano in vere e durature amicizie e in alcuni casi aiutano a piazzare una storia. Anche al *Giornalismo di moda – un mondo a sé* Inge intende dedicare un intero capitolo. Il titolo scelto per il capitolo successivo – *Immortala ogni stazione ferroviaria!* – è la sintesi di due suoi tratti più caratteristici: la curiosità e l'attenzione a tutto. Perché anche il più piccolo e insignificante evento può trasformarsi in una storia sensazionale, se solo si è in grado di coglierlo. E infine, essendo a quei tempi tutt'altro che normale vedere una donna nei panni della reporter, Inge ha deciso che a questo tema dedicherà il capitolo *Io in quanto donna*. Le parole chiave che annota al riguardo sono: *Impiego di mezzi personali, comportamento originale, no a disponibilità incondizionata. L'abbigliamento giusto può fare molto più di quel che si immagina. Infine, cosa importantissima, bisogna conquistare la fiducia delle mogli*. Inge, intraprendente, sincera e, alla fine, anche formidabilmente realista: deve misurare i suoi consigli sui costumi di quegli anni, per essere davvero utile alle giovani aspiranti giornaliste. Nell'ultimo capitolo racconterà di incidenti, contrattempi e pericoli durante un viaggio.

Per questo dodicesimo e ultimo capitolo ha scelto il titolo: *Fratture e colpi di sole*.

Quelle dell'editore Walter Blüchert non sono state parole a vanvera, tant'è che, una volta ricevuta la scaletta del libro, lui risponde a stretto giro di posta. Inge, com'è nel suo stile, insieme alla scaletta del "vademecum per giornalisti" ha allegato anche la bozza di un contratto, redatto e controllato nei minimi dettagli con l'editore e suo amico Ledig-Rowohlt. Anche questa una piccola lezione di professionalità. Perché è così che si fa. Dopo un breve scambio di corrispondenza, Blüchert promette a Inge di farle avere velocemente un precontratto. Questo vuol dire che Inge tra poco dovrà mettersi a lavorare al libro. Ma prima, agli inizi del 1958, l'aspetta il viaggio in Ghana. Come già in Grecia al seguito di Patellani, anche durante questo reportage Inge fa le ricerche per i suoi servizi e contemporaneamente accompagna in veste di fotografa un team di documentaristi che vogliono fare un film sulla neonata Repubblica indipendente del Ghana. Anche dietro a questo documentario c'è Ulrich Mohr. Non solo ne è il produttore, ma scrive pure un articolo dettagliato sulle riprese in Ghana per la rivista aziendale della Dr. Oetker. Il titolo del documentario è già stato deciso – *Filmiamo per Oetker in Africa. Avventure tra la foresta vergine del Ghana e le sue piantagioni di cacao* – e così viene presentato:

> L'idea di realizzare un film che mostra da dove proviene il cacao, come viene raccolto, lavorato e infine trasportato da noi, è stata dell'ufficio pubblicità. Due terzi di tutto il cacao consumato nel mondo arriva dall'Africa e il Ghana ne è il più grande produttore nel continente africano. Per questo il paese, prima di conquistare l'indipendenza – proclamata il 6 marzo 1957 –, era noto anche sotto il nome Costa d'Oro. Ma chi sa veramente com'è il Ghana, chi sa che le bacche

di cacao crescono sugli alberi, che i suoi frutti sono bianchi e si scuriscono dopo un processo di fermentazione? Chi sa qualcosa degli uomini nelle piantagioni, che coltivano questo prodotto così importante?

Inge segue dunque la troupe e in parallelo cerca storie di donne singolari per "Constanze". Questo è da sempre il suo modo di lavorare. L'apertura su doppia pagina del primo servizio di Inge dal Ghana è però un po' contorta. Sotto il titolo – *Inge è stata in Africa* – si legge:

> Lì dove sulla cartina geografica dell'Africa occidentale si scorge una piega verso ovest, c'è il Ghana, un paese di 4,5 milioni di abitanti. Non meravigliatevi però se non doveste individuarlo sulla mappa. Il Ghana, come Repubblica indipendente africana, esiste solo da un anno. Prima si chiamava Costa d'Oro ed era una colonia britannica. Ed è in questo paese che "Constanze" ha inviato la propria reporter per avere un'idea dal vivo del paese, dei suoi abitanti e soprattutto delle donne. Inge è volata prima ad Accra, la capitale del Ghana con 130.000 abitanti, e poi ha viaggiato in lungo e in largo per il paese.

Poi per un paio di settimane a inizio febbraio Inge scompare dai radar, non si sa dove sia, non manda telegrammi, non scrive lettere, non telefona, niente di niente. Ad Amburgo la redazione comincia a preoccuparsi. A un certo punto giungono notizie su di lei da parte di due tedeschi che lavorano nella città di Kade. Scrivono di aver letto sul giornale locale "Daily Graphic" di una giovane fotoreporter tedesca alla quale sono state rubate, vicino alla località di Nkawkaw, tutte le pellicole con le foto già fatte e anche la preziosa macchina fotografica. I due tedeschi si dicono molto dispiaciuti di non aver potuto aiutare la reporter Inge Schönthal. "Ci sarebbe piaciuto accoglierla, darle qualche consiglio, raccontarle tante cose interessanti sulla vita di questa popolazione, visto che viviamo qui da quasi tre anni."

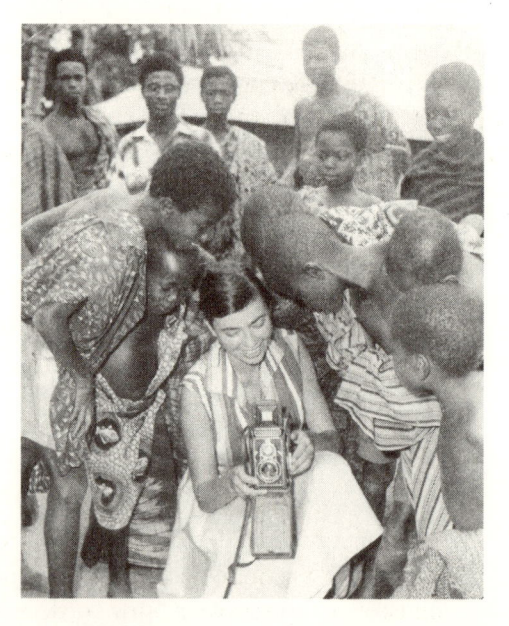

Inge per fortuna è stata previdente e ha portato con sé una seconda macchina fotografica. E come già in passato, anche questa volta "Constanze" pubblica un autoscatto a colori di Inge. La foto mostra lei con sette bambini raggianti che giocano in mare. Anche la didascalia di questa immagine è alquanto bizzarra e con un retrogusto coloniale: "Sette piccoli negretti sguazzano insieme a Inge nell'acqua tiepida. Normalmente era circondata da diverse centinaia di questi bambini che dalle 6 del mattino fino al tramonto giocavano in mare".

Sulla pagina a fronte c'è, invece, un piccolo scatto in bianco e nero che mostra Inge seduta in cerchio con sei giovani uomini bianchi in pantaloncini corti e camicia bianca e un domestico nero che serve loro da bere. Il testo spiega che si tratta di ingegneri svizzeri lì per lavoro e in età da matrimonio, "seduti attorno a Inge Schönthal nel bel mezzo della foresta vergine di Kumasi. L'avevano contattata telegraficamente per raccontarle che da lì a poco tutti loro si sarebbero sposati con una ragazza tedesca. Il perché è presto detto. Uno di questi giovanotti in cerca di moglie si era rivolto per questo anche a 'Constanze'. E gli erano arrivate via posta così tante lettere di giovani e attraenti donne tedesche che i suoi amici avevano deciso di approfittarne". E adesso questi giovani uomini sono impegnati a loro volta a rispondere alle possibili future mogli. Sempre nell'apertura, in un angolo a sinistra, il grafico ha inserito la foto di una certa Evelyn Theus, un'interprete originaria di Berlino che ha appena sposato un ingegnere svizzero. Nella mano sinistra la donna tiene, apparentemente senza alcun timore, un pitone. Dalla didascalia si apprende che il neosposo ha portato in dote altri ottantacinque serpenti. Nelle pagine interne continuano i ritratti.

La moglie del ministro dell'Interno
In quanto moglie del ministro dell'Interno, Mary Krobo Edusei è stata fino a poco tempo fa la donna più importante del suo paese. Poi il primo ministro si è sposato e la "prima" donna è diventata sua moglie. Come ogni signora ghanese beneducata, Mary non se ne cura. Sempre vestita all'ultima moda parigina, è considerata una delle donne d'affari più abili del paese. Già all'età di diciassette anni ha avviato un commercio di sale, vestiti, stoviglie, zucchero e tessuti in lana, guadagnando ben presto 40.000 marchi.

Ha servito spumante alla nostra reporter, parlando con entusiasmo di Stoccarda. A suo dire, la più bella città tedesca.

La sua casa è saltata in aria
"Una donna è come una coperta: se ti ci copri pizzica, se la togli senti freddo," dicono gli uomini della tribù dei guerrieri Ashanti. Nancy Tsiboe, che vive tra loro, a Kumasi non è dello stesso avviso. Fa opposizione, del resto, e poiché gli Ashanti non credono che sia solo animata da buone intenzioni nei loro confronti, di recente hanno fatto saltare in aria il suo "Happy Home Institut". Nancy, infatti, si batte, per esempio, contro la poligamia. Nel suo istituto insegna ogni aspetto dell'economia domestica alle giovani ghanesi. Il novanta per cento delle ragazze è analfabeta. Per questo Nancy vuole almeno educarle a essere perfette donne di casa. Nel bel mezzo della foresta vergine, Nancy Tsiboe, che è sposata a un editore di giornale, ha dunque creato una moderna scuola femminile. Inoltre, si batte per un'istruzione migliore, per avere scuole e perché il maggior numero possibile di ragazze del suo paese possa studiare. Le prospettive lavorative sono molto buone. Un'infermiera ghanese, per esempio, viene pagata come una collega inglese prima dell'indipendenza del Ghana. Un'infermiera di sala operatoria dispone persino di un proprio bungalow, lo Stato le mette a disposizione un'auto che può pagare poco alla volta, va in pensione a quarantacinque anni, ha due mesi all'anno di ferie pagate e ogni cinque anni può fare un viaggio in Europa.

Le donne del Ghana
Migliaia di ghanesi sono donne d'affari molto capaci. Le donne ghanesi, infatti, danno un contributo determinante al commercio. Soprattutto di tessuti, alimentari e oggetti per la casa. Molte di loro non sanno né leggere né scrivere, ma nel loro generoso décolleté arrivano a infilare anche 80.000 marchi. E guai a provare a imbrogliarle sul prezzo! Il privilegio delle *mammies* di condurre i commerci risale all'epoca in cui era ancora pericoloso per gli uomini entrare nel territorio di un'altra tribù. Al tempo le donne venivano mandate a fare la spesa. E ancora oggi le donne ghanesi abili negli affari vengono mandate una volta

all'anno in Inghilterra o Europa, per acquisti all'ingrosso. A Manchester, città laniera inglese, i produttori le accolgono come regine e organizzano in loro onore ricevimenti e cene. Una vera *mammy* non impiega certo i soldi guadagnati nel bilancio domestico, ma investe il capitale. La maggior parte delle volte nell'acquisto di case o camion, comunemente chiamati *mammy's lorries*, i camion delle *mammies*. A ragione, visto che la gran parte è di loro proprietà. I camion inoltre portano le *mammies*, vicine e lontane, in città. Si presentano al mercato con galline e altri animali, frutta, verdura, pesci, balle di tessuti, aghi per cucire, pentole, tazze, fili di perle. Questi ultimi sono l'unico capo d'abbigliamento delle bambine e vengono avvolti intorno al basso ventre. Come pendant, si indossano braccialetti di perle. Ciò che più diverte le *mammies* al mercato sono le chiacchiere, le contrattazioni e le urla con cui ci si insulta prima di un acquisto. È così che l'affare diventa divertente!

Il 1958 sarà per Inge Schönthal un anno molto speciale. Eppure già nel corso di quell'anno più di un evento, più di un incontro lasciano presagire un radicale cambiamento nella sua vita. Anche il lavoro in Ghana può essere considerato una spia. Manca di mordente, non sembra esserci un vero filo rosso lungo il quale costruire il reportage. In alcuni scatti, poi, Inge sembra rigida e poco ispirata. In una foto in cui si è ritratta insieme a un capo tribù non ha più il guizzo di un tempo negli occhi, anzi, sembra quasi intimidita. E lo stesso vale per l'autoscatto che la immortala insieme alle "regine dei diamanti". Sono ritratti perfetti, ma molto didattici, come se fossero stati pensati per un testo scolastico e non per una rivista che vuole trasmettere emozioni. Il fatto è che Inge non è più la ragazza ingenua di provincia che spalanca con meraviglia e curiosità gli occhi sul mondo. Ha ventisette anni e da sette è in viaggio come fotoreporter. Ma il successo non è tutto, come le fa capire l'orologio biologico. Inge si sta avvicinando ai trenta. Gassy, l'amica del cuore dai tempi della scuola a Gottinga, è sposata da tre anni con il fisico Johannes Geiss, al quale è stata appena assegnata una cattedra all'Università di Berna. Altre amiche hanno già figli.

Ora, non è che lei non avesse avuto delle liaison, ma l'uomo della vita non l'ha ancora incontrato.

A un caro amico, che in quel momento si trova a Hong Kong, Inge scrive che sta pensando di mettere su una sua piccola agenzia di testi, foto e consulenza pubblicitaria. L'amico (il giornalista Wolfgang Menge, che in quegli anni sta lavorando per l'"Hamburger Abendblatt" come reporter in Asia) la incoraggia, ma al tempo stesso le chiede se pensa di poter essere veramente felice nel mondo delle *public relations*. Considerando la sua intraprendenza, il mestiere di freelance è quello che le calza a pennello; almeno fino a quel momento è stato così. Un'altra possibilità potrebbe essere lavorare con Ulrich Mohr, che la vorrebbe molto più spesso al suo fianco come assistente per i progetti cinematografici che ha in mente di realizzare. E se invece prendesse in considerazione un posto fisso in una redazione? si chiede Inge. Mah, l'unica cosa di cui è sicura al momento è che, tornata dal viaggio in Africa, vuole dedicarsi anima e corpo al libro *Come diventare reporter?* L'editore Walter Blüchert ci tiene tantissimo, soprattutto dopo aver ricevuto un capitolo di prova. E se il libro dovesse diventare un successo, forse avrebbe anche delle chance come scrittrice. Le entrature le ha. Ormai fa la spola tra Amburgo, Berlino, Parigi e Londra, e conosce gran parte degli intellettuali che gravitano intorno alle riviste "Der Monat", "Preuves" e "Encounter". E qui Inge si pone per la prima volta la domanda se abbia fatto bene a non finire il liceo a Gottinga. Anche perché senza maturità non potrà mai accedere all'università. Inge comincia a guardare il mondo con occhi diversi, non più pieni di stupore. Non è più la ragazza sprovveduta, anche se di tanto in tanto le piace farlo credere.

Dai documenti che ha messo da parte risulta evidente un crescente interesse per la politica, al quale cerca di dare una struttura attraverso letture mirate. Pare che sia soprattutto il direttore editoriale di "Der Monat", Melvin J. Lasky, a consigliarle articoli che parlano della Germania del dopoguerra. Si tratta principalmente di articoli che lui stesso ha scritto per "The New York Times", "Times Magazine", "The Reporter", "The Encounter" e "The New Leader". Gli articoli di Melvin J. Lasky spaziano dal reportage sulla Germania dell'Est, ora sovietica, all'analisi della gioventù tedesca che "non sa ancora quale direzione imboccare, salvo essere sempre più individualista e volgere le spalle a ciò che agita invece le masse". Una delle questioni sulle quali ragiona Lasky è se la Germania possa veramente avere di lì a poco di nuovo un esercito. Lui stesso sembra dubitarne. Lasky ha anche fatto un reportage su Gottinga, per capire e spiegare come mai questa piccola città universitaria sia stata risparmiata dai bombardamenti alleati. Tra i documenti che Inge conserva c'è anche la lettera *Dialoghi dall'altra riva*, che lo scrittore svizzero Fritz R. Allemann le ha mandato da Lipsia, così come un resoconto di Alberto Moravia del viaggio che aveva compiuto nel 1956 attraverso la Russia e che in Germania è stato pubblicato su "Der Monat".

Non avere neanche trent'anni ed essere all'ennesimo bivio della propria vita. Adesso però Inge è ben più equipaggiata per prendere delle decisioni. E forse la sua arma più appuntita è una dote che fino a quel momento non è stata tra le sue prime scelte. La consapevolezza. Come lei stessa scrive nel 1957 in un'introduzione per il progetto del suo libro, sa di essere una ragazza fortunata.

> Sono una reporter. Un mestiere circondato da un alone di romanticismo. Amo il mio mestiere. Mi ha portato già in quattro continenti. Mi ha fatto incontrare tantissima gente famosa e non. Con la maggior parte di queste persone sono tuttora in contatto e posso andarle a trovare in qualsiasi momento. Grazie a questi contatti ho amici ovunque. In qualsiasi parte del mondo, c'è sempre chi mi può presentare ad altri. Per molti versi sono in una posizione decisamente invidiabile.

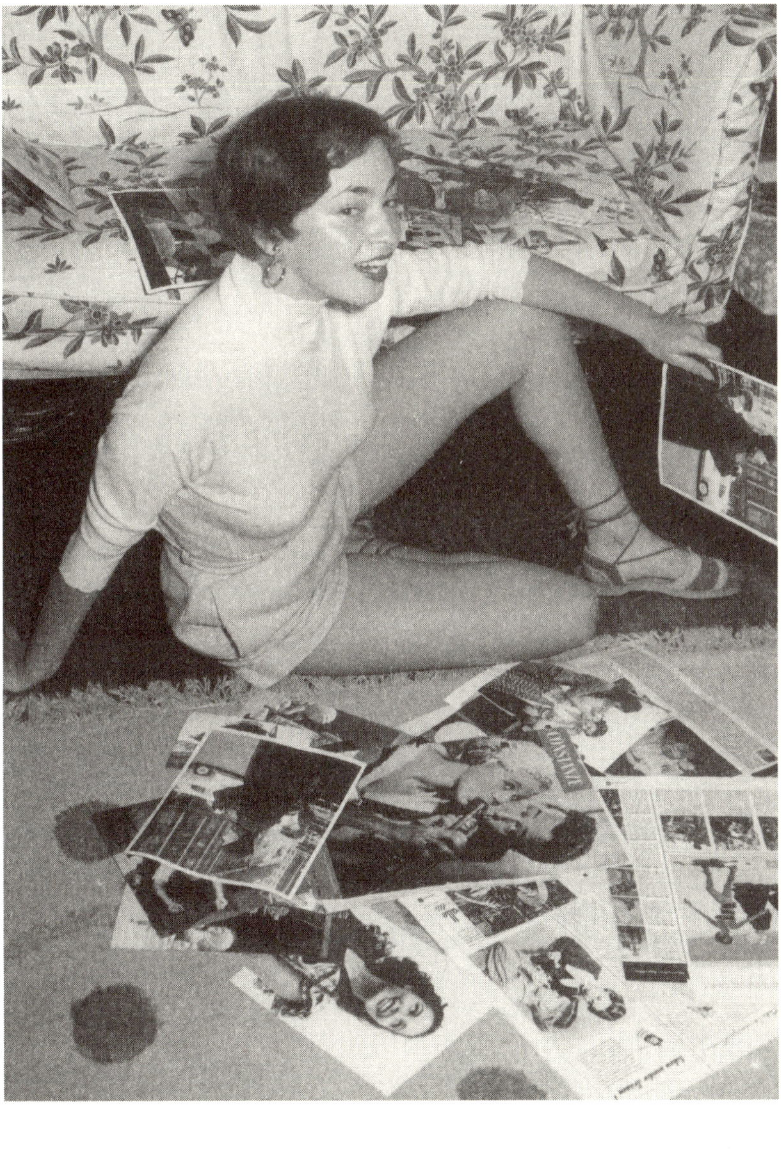

6.
L'uomo moderno

Finalmente a casa.

È il 14 luglio 1958 e Inge è appena atterrata ad Amburgo da un secondo viaggio in Ghana (si è presa qualche settimana di pausa ed è andata a trovare, tra gli altri, il cineasta di origini tedesche Sean Graham, che ha conosciuto qualche mese prima). Ad accoglierla in Germania c'è una temperatura talmente ideale che sembra uscita da una cartolina. Venti gradi, caldo ma non afoso, il clima mite di una città che gode delle correnti dell'Atlantico. Una giornata da passare all'aperto, a passeggio, respirando un'aria sicuramente più rinvigorente di quella che Inge ha appena lasciato in Africa. Ma lei ha tutt'altra idea, e già si pregusta la quiete del suo piccolo appartamento nella Brahmsallee. È lì che può riordinare le idee, fermarsi un po' e ripartire con la stesura del libro.

Ma appena mette piede in casa, il telefono inizia a squillare, come se avesse aspettato solo quel momento per farlo.

"Ciao Inge, allora sei veramente tornata dall'Africa. Sono proprio contento. Hai ricevuto il mio invito? Stasera do una festa in onore di un giovane editore milanese. Ti aspettiamo."

Dall'altra parte della cornetta c'è l'editore Heinrich Maria Ledig-Rowohlt.

Inge gli risponde che è appena entrata in casa, che ha le valigie piene di vestiti sporchi da portare in lavanderia, e non ha letteralmente più nulla di decente da indossare. Detto questo, certo che le farebbe piacere esserci quella sera.

"Può essere che arrivi un po' più tardi. Nulla in contrario, vero?"

"Figurati, Ingelein, non vediamo l'ora di averti con noi. Abbiamo letto su 'Constanze' la storia sulle *Diamond Queens*. Ti sei data da fare come sempre. A stasera, allora!"

La quiete dell'appartamento dovrà aspettare, pensa Inge, anche perché adesso si sta arrovellando per far mente locale su un certo editore milanese. Come si chiama l'editore italiano che l'anno precedente ha pubblicato in prima mondiale il romanzo *Il dottor Živago* del russo Boris Pasternak? È stato l'evento letterario dell'autunno del 1957, ne hanno parlato tutti perché è uno di quei colpi che capitano una sola volta nella vita, se si pensa poi che la casa editrice è nata da pochissimo tempo. E gliene ha parlato Rowohlt stesso, perché per un soffio non è riuscito ad acquisire i diritti per la Germania.

Niente, il nome proprio non se lo ricorda. Tanto vale inforcare la bicicletta gialla e portare i vestiti nella lavanderia dietro l'angolo, sperando che facciano in tempo a prepararle qualcosa per la sera stessa. La bicicletta gialla è una sorta di portafortuna, magari anche questa volta, distratta dalla pedalata, Inge riuscirà ad acciuffare quel nome che continua a scivolare via.

Niente anche questa volta. L'unico modo è andare alla fonte, e così sulla strada del ritorno Inge si ferma in una libreria, parcheggia la bici, si fionda da un libraio che conosce e sa tutto. Ecco, finalmente! Giangiacomo Feltrinelli Editore!

Adesso i ricordi cominciano a riaffiorare. Anni prima, durante il suo primo soggiorno a New York, deve aver incontrato, in occasione di un ballo in onore dei duchi di Windsor, la madre di questo editore. Non l'ha anche fotografata? Una donna elegantissima, distinta, con un certo fascino che non era stato scalfito da quell'incidente durante una battuta di caccia in cui aveva perso un occhio. Era negli Stati Uniti con un Visconti, e aveva dei bellissimi gioielli: questo Inge lo ricorda bene. La famiglia è ricchissima, commercia nel legname e possiede diverse aziende, ma Inge non sa molto di più.

Di Giangiacomo si dice che sia, con grande rammarico della madre, un fervente comunista.

Erede di una delle famiglie più ricche d'Italia, convinto comunista e primo editore di un romanzo "anticomunista" scritto da un autore russo. Come è possibile una simile biografia?

Inge riesce poco prima della chiusura a ritirare un paio di vestiti dalla tintoria. Per la serata da Ledig-Rowohlt ha optato per una delle gonne ariose e colorate che si è fatta fare ad Accra, tanto con quell'abbronzatura le starebbe bene uno straccio qualsiasi. Sarebbe necessario anche un salto dal parrucchiere, i capelli hanno bisogno di un nuovo taglio, sono lunghi e sfibrati, ma non c'è più tempo.

Verso le 21, finalmente sale a bordo del suo Maggiolino nero, in direzione di Reinbek, la cittadina residenziale a est di Amburgo dove vive Ledig-Rowohlt. Quando Inge fa il suo ingresso, la festa è già in pieno svolgimento. C'è tantissima gente e un fracasso assordante. Ci sono capannelli di persone che discutono, altre appartate a mangiare e bere, altre ancora in circolo che fumano. L'aria è viziata, quasi irrespirabile, e in sottofondo si captano le note di una canzone di Harry Belafonte.

Tra la massa di corpi e le volute di fumo, a un certo punto spunta Jane, la moglie di Ledig-Rowohlt, che con un gran sorriso e con passo leggero nonostante i tacchi a spillo va incontro a Inge. Jane è sempre bellissima. Con quegli occhi profondi e l'incedere deciso sembra una diva, come sua sorella, l'attrice Yvonne Furneaux.

"Hello, my dear, che bello saperti di nuovo qui con noi," dice Jane. "Hai proprio un bell'aspetto. Prenditi un drink e qualcosa dal buffet. Immagino che tu conosca gran parte degli invitati. Per quel che riguarda l'editore Giangiacomo Feltrinelli, penso che Heinrich ci tenga a presentartelo personalmente."

Inge non ha fretta. Quel mondo le è mancato, senza dubbio, e per ammirare quello spettacolo in movimento non c'è platea migliore di una poltrona posta in un angolo dell'ampio salone. Così, gonna svolazzante e bicchiere di champagne in mano, Inge si accomoda. E osserva.

Laggiù in fondo c'è Hans Huffzky. Sì, è lui, e a quanto pare sta discutendo vivacemente con una signora avanti con l'età. Stanno litigando? Meglio lasciar perdere. Ci sono giornalisti, critici, intellettuali, staff della casa editrice, molti appartenenti all'intellighenzia.

Già, ma Feltrinelli dov'è? Non sa neanche che aspetto abbia. Ma se Jane le ha assicurato che lei conosce praticamente tutti, forse se si concentra sulle facce nuove ha qualche chance di individuarlo prima che le sia presentato.

Per esempio, quel tipo in piedi in un angolo dall'altra parte del salone. È solo, sembra immune dal lasciarsi attrarre dalle cerchie che si creano e si distruggono a ogni cambio di argomento. Tiene una sigaretta in bocca, ha baffi scuri e folti e porta occhiali con la montatura di corno. Un bell'uomo. Spicca in mezzo agli altri, ma sembra farlo inconsapevolmente. Se la serata prevede vestito di gran gala, quell'uomo che aspira a pieni polmoni dalla sua sigaretta sembra appena arrivato da un viaggio. Anzi, sembra quasi che in viaggio ci stia tutto il tempo, senza sosta. Indossa ampi pantaloni di lino, una camicia scura, abbottonata fino in cima, una giacca leggera e mocassini senza lacci. Non è privo di eleganza, ma è un'eleganza un po' stropicciata, sbadata. Inconsapevole, appunto.

Forse è lui Giangiacomo Feltrinelli. Anzi, è lui, si convince Inge, e un po' titubante si alza per raggiungerlo.

"Salve, parla tedesco?" gli chiede. "Posso presentarmi? Inge Schönthal. Lei non è l'editore Giangiacomo Feltrinelli?"

Lui annuisce e sorride cordialmente.

"Credo di aver incontrato sua madre a New York. È possibile?"

La faccia di Feltrinelli si fa grigia. Inge pensa di essere già incappata nella prima gaffe. Ma poi per fortuna l'editore milanese risponde.

"A dire il vero," dice, "non sono sempre aggiornato su quel che combina mia madre, ma sì, lei risiede spesso negli Stati Uniti." Feltrinelli si toglie la sigaretta senza filtro dall'angolo della bocca. Ha le unghie rosicchiate e gialle di tabacco, a Inge basta quel gesto veloce per notarle. "E lei, perché era a New York?" le chiede.

"Sono giornalista ed ero lì per un reportage."

"Ah, capisco."

Feltrinelli parla un tedesco perfetto e Inge gli chiede come sia possibile. Lui le racconta del ramo sudtirolese della sua famiglia e dei suoi tutori tedeschi. "A casa mia si è sempre parlato tedesco."

Quell'uomo le trasmette una strana sensazione. Da una parte appare tranquillissimo, dall'altra si coglie un certo nervosismo. È molto charmant e al tempo stesso quasi timido. Forse è solo riservato, se non addirittura un pizzico diffidente, ma è impossibile non lasciarsi influenzare da quell'aura di costante allerta che emana. Da lontano, e a causa di quegli occhiali spessi che porta, Inge non è riuscita a notare gli occhi vivaci. Ma ora, a mezzo metro di distanza, vede che sono di una limpidezza pungente, senza però essere duri. All'opposto, anzi, gli addolciscono il viso e sembrano gentili. La voce è delicata. Il suo tedesco così fluido ogni tanto tradisce un leggero timbro latino, che invece di sporcarlo lo rende particolare.

È un uomo che sembra contenerne tanti altri. È come gli scampoli di biografia che Inge conosce di lui. Sembrano impossibili da conciliare, eppure esistono.

"Eccoti finalmente! E a quanto pare non ti devo nemmeno più presentare il nostro ospite."

La voce dietro di lei è quella di Ledig-Rowohlt. Inge si volta e i due vecchi amici si abbracciano con slancio.

"Come vedi, caro Ledig, ci siamo trovati anche senza di te," dice Inge sorridendo.

"Mi fa piacere," replica il padrone di casa, "e non voglio certo disturbarvi. Stai benissimo, Ingelein. Per non parlare della tua gonna così colorata. Come sempre sei la più bella – a parte la mia Jane, ovviamente. Vi siete già viste?" e un attimo dopo è già altrove, ad accogliere ospiti arrivati in quel momento, a baciare dorsi di mani e a stringerne altre.

La serata passa in un batter d'occhio. Inge e Giangiacomo Feltrinelli si sono accomodati su un divano di pelle nel salone e ben presto si sono ritrovati a chiacchierare come due conoscenti di lunga data. Che errore non aver portato la macchina fotografica, pensa Inge a un certo punto. Che ritratto magnifico avrebbe potuto scattare! Tra i due è Inge quella che parla di più. Racconta dei suoi incontri famosi. E poi la "carta" Hemingway è quella che funziona sempre. Soprattutto con un giovane editore avido di particolari sull'ultimo Premio Nobel americano.

Più Inge e Giangiacomo parlano, più gli invitati in casa Rowohlt sembrano diradarsi, come se si allontanassero. Anche il fracasso e l'aria viziata sono scomparsi. A un certo punto il padrone di casa tiene un breve discorso sul successo travolgente del *Dottor Živago* in Italia. Anche le traduzioni del romanzo in francese e tedesco, quest'ultima pubblicata da Gottfried Bermann Fischer, arriveranno presto nelle librerie. Giangiacomo, quasi un po' imbarazzato, ringrazia Ledig-Rowohlt per la bella serata e racconta che in Italia *Il dottor Živago*, lo scorso autunno, ha venduto nel giro di poche settimane ben trentamila copie, e che è in viaggio perché ci tiene a conoscere di persona gli editori scandinavi che ne hanno acquistato i diritti per la pubblicazione.

Inge si allontana momentaneamente da Feltrinelli per salutare un po' di invitati, ma poi è di nuovo da lui. Riprendono a chiacchierare animatamente mentre si avvicina la mezzanotte.

"Non rimarrò ancora per molto. Domattina voglio proseguire verso nord," dice Feltrinelli.

"È ospite qui?" chiede Inge.

"No, sono in città, al Vier Jahreszeiten. Tra poco chiamerò un taxi." Al che Inge lo informa che anche lei deve tornare in città e che, se lui gradisce, può dargli un passaggio.

"Sempre che si accontenti del mio Maggiolino Volkswagen."

"Volentieri, grazie!" le risponde Feltrinelli, che si alza subito per accomiatarsi.

Inge ne approfitta per dare un'ultima occhiata al salone e agli ospiti. Nel corso della serata si è meravigliata dell'assenza del giornalista polacco-americano Melvin J. Lasky. Chissà, forse l'ospite d'onore da Milano, uno spirito libero e per giunta un comunista dichiarato, era troppo per i suoi gusti.

Sono quasi le due del mattino quando Inge e Giangiacomo, a bordo del Maggiolino decappottabile, arrivano ad Amburgo. La notte è calda, limpida e stellata. Inge parcheggia davanti al Vier Jahreszeiten al Neuer Jungfernstieg. Prenota un hotel di lusso e poi si presenta alla festa di Rowohlt vestito così? È davvero buffo questo aristocratico, si dice

Inge. Ma anziché salutarsi, decidono di sedersi su una delle panchine lungo la riva del Binnenalster, uno dei due laghi interni della città. Solo un attimo, si dicono.

Con il trascorrere delle ore Feltrinelli è diventato più loquace. Pare aver messo da parte quella timidezza sospettosa, a tratti malinconica. È un'altra contraddizione. Alterna momenti in cui si fa più silenzioso a momenti in cui apre squarci sulla sua vita e si racconta.

Certo, è stata un'immensa fortuna per una casa editrice così giovane come la sua avere ottenuto un così grande successo, dice Feltrinelli a un certo punto. Ma non è un successo piovuto dal cielo, anche se così si potrebbe pensare leggendo alcuni articoli. Dietro alla pubblicazione del *Dottor Živago*, c'è stato un grande lavoro, non privo di molti rischi. Feltrinelli le racconta di come è riuscito a mettersi in contatto con Pasternak e a far portare il manoscritto di nascosto fuori dal paese. La sua casa editrice non è stata l'unica a interessarsi al romanzo, c'era anche un editore francese sulle sue tracce. L'unico rammarico di Feltrinelli è di non avere ancora conosciuto Pasternak di persona. Il loro è sempre stato un rapporto epistolare. Per un occidentale non è affatto facile mettersi in contatto con scrittori sovietici. E soprattutto per gli scrittori è pericoloso intessere relazioni con editori stranieri. Pasternak, per esempio, ha subìto per questo le più terribili vessazioni e dopo la pubblicazione del *Dottor Živago* in Occidente è stato radiato dall'associazione degli scrittori.

"Ma come faceva a sapere, stando a Milano, che da qualche parte in una dacia russa c'era uno scrittore di nome Boris Pasternak che stava scrivendo il romanzo del secolo? Il nome Pasternak non era poi tanto noto in Occidente," gli chiede Inge.

"Buona domanda," risponde Feltrinelli. "Tutto è nato dal lavoro di scouting che avevo chiesto di fare a un giovane libraio che nel marzo del 1956 si è trasferito in Unione Sovietica per collaborare con Radio Mosca."

Feltrinelli aveva proposto a Sergio D'Angelo – questo

il suo nome – di guardarsi intorno, vedere cosa offriva la produzione letteraria contemporanea, se c'era qualcosa di interessante da tradurre. Non avendo l'Unione Sovietica sottoscritto la Convenzione di Berna sui diritti d'autore, qualsiasi casa editrice al di fuori dell'Urss poteva reclamare per sé i diritti di un libro in Occidente, qualora venisse pubblicato entro trenta giorni dalla prima edizione in Unione Sovietica. Per questo Feltrinelli ha reclutato, come del resto anche altri editori, un esperto in letteratura russa.

Poi, a fine aprile del 1956, D'Angelo era venuto a sapere che Pasternak, conosciuto fino a quel momento in Occidente soprattutto per le sue poesie, stava per finire il manoscritto di un voluminoso romanzo sul periodo della Rivoluzione russa. A quanto era dato sapere, Pasternak aveva offerto il manoscritto già a diversi editori e giornali sovietici e il romanzo era in procinto di pubblicazione per la casa editrice Goslitizdat.

"Così ho immediatamente incaricato il mio contatto a Mosca di andare a trovarlo nella sua dacia nella colonia degli artisti di Peredelkino. Doveva convincerlo a dargli una copia del manoscritto e proporgli un contratto di edizione in lingua italiana," prosegue Feltrinelli. Dopo qualche discussione e ritrosia lo scrittore accetta. Al momento dei saluti, però, Pasternak aggiunge: "La invito sin d'ora alla mia fucilazione".

Živago è l'innesco di una presa di posizione che smentisce e supera le imposizioni ideologiche di una certa epoca. Per Giangiacomo Feltrinelli è la cosa giusta da fare, anche a costo di essere preso a schiaffi dal proprio partito. E poi a sostenerlo c'è pure la raccomandazione di Pietro Zveteremich, il suo esperto di letteratura russa, che nella scheda di valutazione ha scritto: "Sarebbe un delitto contro la cultura se questo romanzo non venisse pubblicato". Questo ha convinto Feltrinelli, togliendogli ogni dubbio sulla pubblicazione del romanzo.

I sovietici, su ordine di Nikita Chruščëv, hanno provato a bloccarne la stampa facendo pressioni sul Pci, partito al quale in quel momento è iscritto. Feltrinelli è stato minacciato di essere cacciato, ricordandogli i "suoi doveri di militante comunista". La linea del partito, infatti, va realizzata "nel proprio campo di attività" e bisogna difendere il Pci "da ogni attacco".

Feltrinelli termina il suo racconto dicendo a Inge che la sua militanza era ormai diventata una faccenda dolorosa. Il fiume di parole via via sempre più agitato si interrompe così. Giangiacomo estrae nervosamente dalla tasca il pacchetto di Senior Service e accende una sigaretta senza filtro. Ed eccolo di nuovo quello sguardo – come se fosse da tutt'altra parte – che Inge ha già notato durante la festa a casa di Ledig-Rowohlt. E come qualche ora prima torna a chiedersi: diffidenza o timidezza?

"Mi scusi se l'ho tramortita con i miei racconti."

"Si figuri, nessun problema, mi ha fatto piacere ascoltare, e poi sono stata io a chiederle come era venuto in contatto con Pasternak."

"Sì, ma adesso tocca a lei raccontarmi qualcosa di più della sua professione," la prega Feltrinelli.

Inge comincia dalla fine, e quindi dal libro che le sta occupando la testa. Il suo obiettivo, racconta, è quello di invogliare soprattutto le giovani donne a lavorare per giornali e riviste. D'altra parte in Germania quello è ancora un mondo quasi esclusivamente maschile. Per quel che riguarda invece i reportage, non ha nulla di particolare in programma; la priorità è il libro. Al momento si mantiene grazie a una rubrica su "Constanze" che si occupa di moda e società, o più precisamente della high society, dunque di pettegolezzi. La rubrica si chiama *Polvere di stelle* e lei si firma con uno pseudonimo. Normalmente correda i testi con qualche suo scatto.

"Ma se devo essere sincera, dopo otto anni non ho più tanta voglia di dare la caccia a personaggi illustri del cinema, della letteratura, dell'arte o della moda."

"E Cuba come le è sembrata?" le chiede a bruciapelo Feltrinelli. "È da tempo che vorrei andarci."

Inge un'idea se l'è fatta: passeggiando lungo le strade dell'Avana, ha visto la miseria e un paese inquieto, ma con quell'uomo che ha davanti vuole essere onesta fino in fondo e gli dice che ha passato la maggior parte del tempo ospite a casa di Hemingway e di sua moglie.

Chiacchiera dopo chiacchiera si sono fatte quasi le 6 del mattino. Quell'attimo iniziale da passare sulla panchina si è trasformato in un profluvio di parole lungo quattro ore.

Inge dice a Feltrinelli che, se solo potesse, lo accompagnerebbe volentieri nel suo viaggio attraverso i paesi scandinavi. E visto che ormai sono in confidenza, gli consiglia di darsi una regolata con le Senior Service e di aver maggior cura delle sue unghie.

Feltrinelli scoppia a ridere: "Va bene, per farle piacere le prometto che mi farò crescere le unghie come quelle di Struwwelpeter!" dice, riferendosi a Pierino Porcospino, il ragazzino nato dall'immaginazione di Heinrich Hoffmann che a mo' di protesta nei confronti dei genitori si fa crescere capelli e unghie.

"Certo," continua Feltrinelli, "sarebbe fantastico se mi potesse accompagnare, solo che non avrò un minuto libero finché non avrò visto i colleghi editori. Le manderò un telegramma non appena avrò concluso la parte di lavoro, e chissà, forse avanzerà ancora un po' di tempo per noi due. Avevo già in programma una sosta nel Nord della Scandinavia, tant'è che ho con me anche una tenda e uno zaino, non si sa mai."

"E allora aspetto sue notizie."

Si abbracciano, poi lui scompare. Che tipo, pensa Inge mentre costeggia l'Alster per tornare a casa. Feltrinelli è uno che, dal punto di vista materiale, avrebbe potuto avere qualsiasi cosa, ma sembra non importargliene. Quell'uomo ha una missione. La cosa che sembra stargli più a cuore è avvicinare le persone di qualsiasi estrazione sociale a una cultura nuova, che le renda più consapevoli e capaci di afferrare il loro futuro. Nel corso di quelle ore le ha riempito la testa di idee per nuove collane di saggistica, libri urgenti, di attualità, "necessari".

Inge arriva al suo appartamento stanca morta e al tempo stesso si sente, come mai le è successo prima, letteralmente sopraffatta da questo uomo decisamente fuori dal comune.

Il giorno dopo la visita di Giangiacomo Feltrinelli a casa Ledig-Rowohlt, il quotidiano "Hamburger Abendblatt" scrive:

> Tanto è ruvida e spigolosa l'immagine del suo autore di spicco, tanto giovane e gioviale è il suo editore italiano, che ha portato il medico-poeta Boris Pasternak al successo in Occidente. Un successo non senza ripercussioni politiche, peraltro. Giangiacomo Feltrinelli, in viaggio verso i paesi scandinavi per incontrare editori e concedersi anche una vacanza, ha fatto una breve tappa ad Amburgo e si è prestato a una lunga intervista, in perfetto tedesco. E non certo perché ha bisogno di pubblicità, piuttosto per quell'innata cortesia che contraddistingue i mediterranei. La notorietà gliel'ha procurata in un modo quasi travolgente il voluminoso romanzo *Il dottor Živago*. Il trentaduenne Feltrinelli non ha bisogno di introiti supplementari, essendo figlio di un imprenditore edile milanese assai facoltoso. Si dedica all'editoria per puro idealismo. Lo spunto gliel'ha dato l'esperienza partigiana, alla quale ha preso parte su posizioni socialiste marcatamente di sinistra. Così, dopo la guerra ha messo in piedi un istituto di ricerca sulla storia del socialismo. Nel 1954 si è aggiunta la casa editrice che oggi pubblica tra i sessanta e i settanta titoli all'anno. Oltre alle opere di scrittori stranieri come Theodore Dreiser e Karen Blixen, figurano soprattutto saggi e scritti di formazione per le classi popolari. Da poco si sono aggiunti nel catalogo anche giovani e giovanissimi autori italiani. Alla

domanda: "E come scopre questi autori che sono merce rara ovunque?" Feltrinelli ha risposto: "Sono loro che vengono da me". E non è difficile credergli, basta cogliere quel suo sguardo aperto e retto.

Inge non ha mai creduto nei colpi di fulmine, né tantomeno nel grande amore. Per lei sono cliché, modi di dire che non hanno senso, e mai si tira indietro a ribadirlo ad amici o colleghi. Sono concetti, secondo Inge, che minimizzano troppo e ingrandiscono eccessivamente incontri e situazioni. Certo è che l'incontro con Giangiacomo Feltrinelli presenta tutti gli elementi per essere catalogato come l'inizio di una grande storia. Ma una vera storia d'amore? Inge ancora non lo sa, e forse non si pone neanche la domanda. Ma il 14 luglio 1958 è successo qualcosa, questo Inge non lo può negare nemmeno a se stessa. Quell'incontro le ha aperto un altro mondo, anzi altri mondi a lei fin lì sconosciuti. È stato come un terremoto, una scossa che l'ha svegliata, un faro che le ha indicato un nuovo progetto di vita che a tavolino forse non sarebbe stata capace di pianificare. È come se il fatidico momento decisivo per la prima volta si fosse presentato a lei direttamente, in carne e ossa, senza lasciarle il tempo di riconoscerlo. Per la prima volta, appunto, non ha scelto una strada da seguire; è stato il mondo ad arrivare da lei.

Dal giorno, ormai dieci anni prima, in cui ha caricato la bicicletta gialla sul retro del camion che l'ha portata da Gottinga ad Amburgo, è come se avesse seguito incessantemente un percorso, un tracciato invisibile, che l'ha condotta nel punto nel quale si trova ora.

Come le è difficile parlare di amore, le è difficile parlare di destino, ma anche in questo caso la vividezza di quell'incontro le ha lasciato qualcosa di troppo forte per non far alzare un sopracciglio di stupore.

Distesa sul suo letto, prova a tenere a bada le emozioni. Quello che intravede in quell'uomo è la possibilità di un nuovo progetto di vita. E lei vuole assolutamente esplorarlo. È nella sua natura, è la sua curiosità congenita a spingerla in quella direzione, verso quell'uomo che più appare enigmatico e più la attira.

Inge è stanca morta. Si rigira tra le lenzuola, poi si ferma a fissare il soffitto, ma non sa neanche più se ha gli occhi aperti o chiusi. Si dice che nulla le può impedire di seguire quella nuova strada, nemmeno il libro che praticamente deve ancora cominciare, e che forse, in un momento di lucidità, dovrebbe ringraziare perché, se non fosse stato per quello, dopo il viaggio in Ghana forse sarebbe ripartita per un'altra località esotica, magari senza ripassare da Amburgo... Ma è un ragionamento che conduce un'altra volta a quella parola, "destino", che cerca di scantonare. Meglio lasciar perdere.

E se poi va tutto a rotoli? Se ciò che è appena accaduto si rivelasse solo per quello che a un occhio esterno potrebbe passare per una piacevole serata? Un'affinità elettiva tra due molecole che però dura una sola notte? Troppo rischioso, meglio prendere sonno.

E se invece facessi una sorpresa a Feltrinelli? pensa Inge a un certo punto. Potrei preparare una borsa, presentarmi nella sala colazioni del Vier Jahreszeiten e insistere perché mi permetta di accompagnarlo nel viaggio attraverso i paesi scandinavi. Potrebbe funzionare. La cocciutaggine l'ha sempre ripagata dello sforzo e magari a Feltrinelli potrebbe risultare utile una fotoreporter al seguito per documentare il tour zivaghese.

Alla fine Inge decide di restare ancora un po' distesa. Ma di nuovo si trova a scambiare occhiate con il soffitto sopra di lei. Pensa alla madre. Neanche Trudel avrebbe mai utilizzato le parole destino, coincidenza, premonizione. Piuttosto lei avrebbe parlato di segni. E ci vuole tanta consapevolezza per saperli riconoscere e, poi, accettarli. E questo gliel'ha insegnato a fare lei, fin da giovanissima, fin dalla battaglia per la sua sopravvivenza.

Nell'ultimo attimo prima di addormentarsi Inge si rende conto che in quel preciso momento della sua vita lei è la donna giusta per Giangiacomo Feltrinelli, e lui è l'uomo giusto per Inge Schönthal. Tutto combacia. Come una fotografia scattata nell'istante perfetto.

Non è da escludere che anche Giangiacomo Feltrinelli sia rimasto sveglio quella notte. Non ha proprio messo in conto di incontrare durante il viaggio attraverso l'Europa del Nord quel piccolo uragano di nome Inge Schönthal. È partito per quel tour con tutt'altre priorità, e con tutt'altri problemi. Certo, la pubblicazione in prima mondiale del *Dottor Živago* gli ha regalato un inaspettato successo, ma non per questo si sono dissolti i grattacapi che lo assillano quotidianamente. Per esempio il rapporto con i suoi compagni di partito. Il contrasto con loro, le critiche, non solo le ha previste, ma ne ha tratto anche le conseguenze. Per evitare a se stesso e al Pci un processo di espulsione che sarebbe stato un vero e proprio scandalo, sul finire del 1957 ha deciso di non rinnovare la tessera. E poi ci sono le questioni private. Feltrinelli si è appena separato dalla seconda moglie, Nanni De Stefani, una giovane donna romana figlia di un noto commediografo. È una rottura che lui considera un fallimento personale. Questo secondo matrimonio non è durato neanche un anno a causa di uno specioso tradimento di lei. Anni dopo, in un'intervista Nanni De Stefani racconterà che Giangiacomo aveva aspettative assai contraddittorie riguardo al matrimonio: "Da una parte non tollerava la donna tradizionale. Al suo fianco voleva un'intellettuale con un lavoro, interessata a tutto, moderna e di ampie vedute. Dall'altra si aspettava una casa sempre in ordine e che tutto funzionasse alla perfezione".

Poco prima della partenza da Milano, Giangiacomo Feltrinelli scrive al pittore Giuseppe Zigaina. È un suo grande amico che vive in Friuli e che a sua volta è molto vicino a Pier Paolo Pasolini. Zigaina sta per sposarsi e Giangiacomo gli manda questa lettera:

Caro Pino, ti invidio veramente, perché credo che tu tra non molto avrai tutto quello che io ho sempre desiderato, ma non sono riuscito ad avere. La prima volta sono stato io, forse per la mia o la nostra inesperienza, a distruggere qualcosa di bello e sano. La seconda volta sono stato ripagato con la stessa moneta e ho sofferto come prima avevo fatto soffrire [...]. E visto che siamo in argomento, posso solo dirti quanto sia triste arrivare all'alba dei trentadue anni e vedere bloccata la strada verso il futuro, quanto sia triste dover ammettere di aver giocato con la vita e la sincerità di una donna, che certo avrà avuto i suoi difetti, ma che era una persona assolutamente retta. E quando finalmente si è maturi abbastanza per dare all'altro tutto quello che si è capaci di dare e apprezzare ciò che si riceve, ecco che sotto la superficie non c'è nulla. Ma ora basta, altrimenti rischio di annegare nell'autocommiserazione.

Quel misto di inquietudine e malinconia nello sguardo di Giangiacomo che a Inge pareva di aver già colto la sera del loro primo incontro a casa di Ledig-Rowohlt sembra dunque nascondere un "animo romantico". Inge pensa di aver intuito fin da subito questo lato di Giangiacomo, e fin da subito ne ha intravisto l'unicità: non c'è nulla di kitsch in quel romanticismo, piuttosto c'è una venatura di tragicità. Un romanticismo alla tedesca.

E non c'è altro documento che testimoni meglio questo tratto di Giangiacomo della lettera di ringraziamento che Feltrinelli scrive a Pasternak dopo la pubblicazione del *Dottor Živago*:

Grazie per *Il dottor Živago*, grazie per tutto quello che lei ha fatto per noi. In questo nostro tempo, nel quale i valori umani sembrano caduti nell'oblio, gli uomini paiono degradati ad automi, dove la maggior parte degli individui sembra fuggire da loro stessi e risolve i problemi dell'ego conducendo una vita all'insegna dello stress e rinnegando qualsiasi moto dell'anima, il suo romanzo ci dà una grande e duratura lezione. E questo vale anche per me. Tutte le volte che d'ora in poi mi sentirò smarrito, non riuscirò a individuare la direzione, potrò rivolgermi al *Dottor Živago*, e lì trovare una grande scuola di vita. *Živago* mi aiuterà sempre a ritornare ai valori semplici e profondi anche quando mi parrà di averli smarriti del tutto.

Si gira pagina. Ma non completamente. Inge, per quanto travolta dall'incontro con Giangiacomo Feltrinelli, ha ancora alcuni progetti in cantiere da seguire, contatti da coltivare e da perfezionare con una rete di persone che non si può buttare alle ortiche dopo una notte insonne a fissare il soffitto. L'editore Walter Blüchert fa pressione affinché si giunga alla firma del contratto per il libro *Come diventare reporter?*, e si stabilisca anche una data di consegna. Per la prefazione si è già accordata con un collega, il giornalista John Jahn. Inge vuole spuntare per sé e per Jahn un anticipo più consistente. Intanto, la segreteria di redazione di "Constanze" le ha commissionato altri due testi per la rubrica *Polvere di stelle* e le ha fatto sapere che l'idea di mandarne uno da Parigi e l'altro da Londra andava benissimo. Inge ha infatti in programma di passare da lì a poco qualche giorno in entrambe le capitali. Insomma, gli ingranaggi professionali continuano a girare alla perfezione.

Il 21 luglio 1958 è venuta a farle visita ad Amburgo Gassy, la sua amica del cuore dai tempi della scuola. È da tanto che le due non si vedono, ora possono finalmente chiacchierare e raccontarsi le reciproche novità. Dal loro ultimo incontro sono successe tantissime cose. Inge vuole assolutamente sapere da Gassy come ci si sente nel ruolo di moglie. E non è che adesso Gassy pensa di mettere al mondo anche dei figli? Com'è la vita in questi anni di boom economico in Svizzera, un paese che è riuscito a tenersi miracolosamente fuori dalla guerra? Gassy dal canto suo non vede l'ora di saperne di più di questo editore italiano, al quale Inge ha accennato in una lettera. Ma a parte questo, Gassy è soprattutto curiosa di vedere se l'amica è rimasta la stessa, o se presa dal vortice della sua vita di reporter è cambiata al punto tale da non essere più riconoscibile. Gassy ha trovato un impiego in uno dei laboratori della facoltà di Fisica nella quale il marito lavora come professore ordinario. Di tanto in tanto si è anche baloccata con l'idea di fare domanda come hostess nelle compagnie di bandiera Lufthansa o Swissair. Ma non se ne è fatto nulla, perché al marito era arrivato un inaspettato invito come visiting professor a Chicago. I coniugi Geiss da lì a poco avrebbero dunque traslocato negli Stati Uniti.

Inge e Gassy passano il tempo a chiacchierare, ad aggiornarsi, a confidarsi. Sono giorni veramente spensierati, come solo possono essere quelli tra due vere amiche. Quasi ogni sera Inge trascina Gassy a qualche cocktail o festa. Inge fa Inge. Esuberante, vivace, chiassosa, pronta a tutto. Ma a Gassy non sfuggono piccoli gesti di irritazione, o alcune nuvole rapide che le velano gli occhi giusto il tempo che serve perché torni a essere se stessa. Quell'editore decisamente speciale, come lo definisce Gassy dopo i racconti di Inge, l'ha scossa profondamente, non c'è dubbio. E Inge può anche ballare tutta la notte, tanto Gassy sa quello che sta pensando: Feltrinelli manterrà la promessa? Tornerà a farsi vivo dal Grande Nord?

Poco dopo le 9 di mercoledì 23 luglio, una Inge visibilmente agitata rientra a casa con la spesa. Ha comperato panini, uova e un pezzo di speck, per concedersi l'ultima sostanziosa colazione insieme all'amica. Gassy, infatti, quella sera riprenderà il treno della notte per la Svizzera. Inge ha trovato nella cassetta della posta una lettera con francobolli svedesi, e sul retro, come mittente, le iniziali GGF. È una lettera di Giangiacomo Feltrinelli.

"Gassy, ti spiace friggere tu lo speck e le uova?" chiede all'amica, per poi ritirarsi nella stanza da letto. Ma già un attimo dopo eccola di nuovo. L'agitazione di qualche minuto prima non ha più l'alone tetro dell'attesa, adesso è un'ansia raggiante. Getta le braccia intorno a Gassy e dice felice: "Mi vuole vedere presto. Propone di incontrarci tra una settimana a Copenaghen e poi proseguire per stare insieme qualche giorno".

Inge è un fiume in piena. Eccola finalmente la Ingemaus che Gassy conosceva dai tempi della scuola, felice, piena di energie, irrefrenabile, testardamente decisa a cogliere con ottimismo qualsiasi occasione la vita le offra. Insomma ben diversa dalla Inge della sera prima, quando di ritorno dalla casa di Uli Mohr le amiche hanno parlato fino a notte fonda e lei è apparsa stranamente indecisa, incerta riguardo all'incontro con l'editore Feltrinelli. Solo ieri non sapeva bene come comportarsi, era piena di dubbi. Una Inge così smarrita Gassy non l'aveva mai vista.

Adesso, invece, è la Inge di sempre. Getta la testa all'indietro, mentre continua a parlare veloce, gesticola, ride, e gli orecchini non smettono di tintinnare. Sì, Inge è tornata.

La missiva di Feltrinelli è breve e concisa. Il viaggio sta procedendo esattamente come ha sperato e anche dal punto di vista lavorativo si sta rivelando un successo. Ha già contattato diversi editori e di tanto in tanto si concede anche qualche momento di solitudine e riflessione, mentre al volante del suo Squalo, cioè della Citroën DS nera, attraversa gli spazi immensi del paesaggio scandinavo. Al momento le cose sembrano fatte: *Il dottor Živago* verrà pubblicato da lì a poco nei Paesi Bassi, Svezia, Norvegia, Finlandia e Danimarca.

"Non appena arrivo a Copenaghen le mando un telegramma. Il suo Struwwelpeter!"

Ma nella lettera di fine luglio che ha scritto a Zigaina, raccontandogli del viaggio attraverso i paesi scandinavi, Giangiacomo non fa parola dell'incontro con Inge. Si lascia andare invece a considerazioni poetiche sulla solitudine.

Starmene per conto mio, essere a contatto con la natura e viaggiare mi ha dato pace, per questo posso parlare di queste cose con calma e consapevolezza. Al momento mi trovo su una piccola barca a motore in viaggio da Naurk a Honnersgung, Capo Nord. Stiamo attraversando i fiordi della Norvegia, con le montagne ancora innevate, il mare è di un pervinca scuro e il sole non scompare mai dietro all'orizzonte. È uno spettacolo grandioso, a momenti quasi terrificante. Ho lasciato la macchina a Kiruna, in Svezia, e domenica mattina, quando sarò di ritorno, voglio riprendere la strada per il Nord, e rivedere questi stessi posti dalla terra. La solitudine qui è una cosa immensa. [...] Credo che questo sia uno dei più bei viaggi che ho fatto. A volte sono però anche triste, perché tutto questo è troppo bello per viverlo da soli.

Ciononostante non è andato a caccia di avventure, anche se le bionde "giovani svedesi sono uno spettacolo delizioso e di una bellezza davvero affascinante. Avventure però nessuna. Un po' perché sono in vena contemplativa e un po' perché qui il sesso non è un problema, motivo per cui questo non è una ragione sufficiente perché due persone si incontrino".

Ben presto tutto sarebbe cambiato per Inge e Giangiacomo. Forse entrambi l'hanno percepito già quella sera del 14 luglio 1958, a casa del comune amico Heinrich Maria Ledig-Rowohlt. Solo che tutto è ancora molto incerto. Ma allora perché Feltrinelli nella lettera a Zigaina non fa parola dell'incontro con la fotoreporter Inge Schönthal? Forse per scongiurare un altro disastro, per una sorta di scaramanzia dopo l'infelice esperienza con Nanni De Stefani. Ma nonostante titubanze e angosce, è chiaro che la serata a casa Rowohlt ha fatto nascere in entrambi il presagio che quella notte è successo qualcosa. E così, quando arriva il tanto atteso telegramma da Copenaghen, Inge si imbarca sul primo traghetto per passare un po' di giorni con Feltrinelli.

Sletten, a pochi chilometri dalla capitale danese, è un luogo fuori dal tempo. O almeno per Inge e Giangiacomo è così. Amore, sole, sabbia, mare, lunghe passeggiate e chiacchierate. Si potrebbe pensare a una luna di miele senza matrimonio. Giangiacomo è sempre più Struwwelpeter. Orgoglioso, mostra a Inge le sue unghie lunghe e i capelli arruffati. Ripartono da dove hanno lasciato e in quel luogo magico si concedono il lusso di prenderselo tutto, il tempo, per conoscersi meglio, per sapere di più delle reciproche vite, addirittura per fantasticare qualche vago progetto per il futuro. A tal proposito Feltrinelli propone, per i loro piani, il nome in codice "cospirazione". Ma anche se sono giorni belli, Feltrinelli ha fretta di tornare in Italia. Ci sono da prendere decisioni importanti in casa editrice, com'è normale che sia in una realtà nata da poco e lanciata a mille sull'onda dello *Živago*. Per esempio, dice Giangiacomo, nello zaino ha le bozze di un romanzo.

"Come si intitola?"

"*Il Gattopardo.*"

Giangiacomo racconta che l'autore è il siciliano Giuseppe Tomasi di Lampedusa, che è morto l'anno precedente, e che il manoscritto del romanzo si trovava in un cassetto a casa dello scrittore. È stata Elena Croce, la figlia del filosofo Benedetto Croce, a ricordarsene. Tomasi di Lampedusa era un amico di famiglia. Ancora in vita lo scrittore ha inviato il romanzo a diverse grandi case editrici, tra cui anche Mondadori ed Einaudi. Ma è stato rifiutato da tutti. Solo Giorgio Bassani, il responsabile della sede della casa editrice Feltrinelli a Roma, ha cominciato a fare pressioni su Giangiacomo affinché lo pubblicasse al più presto. Inge si fa raccontare tutto e rimane affascinata dalla storia di questa nobile famiglia siciliana ai tempi di Garibaldi e dalla sua parabola discendente sullo sfondo della fine della Vecchia Europa.

Inge lo ascolta e pensa che uno così non lo ha mai incontrato. È, in un certo senso, un uomo nuovo, come qualche tempo dopo lo definirà Kurt Wolff, l'editore di Kafka e di Karl Kraus, secondo il quale Giangiacomo Feltrinelli è stato, appunto, l'unico *homo novus* che avesse mai incontrato.

Per Inge è nuovo perché è capace di tenere insieme le contraddizioni che lo attanagliano, o almeno a non dare loro peso. Parla con entusiasmo del *Gattopardo*, ma l'impressione è che in realtà sia solo moderatamente interessato a quella storia di decadenza. Lui, figlio di una delle più ricche dinastie imprenditoriali d'Italia, conosce bene la supponenza della classe sociale dalla quale proviene, quella classe sociale che non gli ha nemmeno permesso di frequentare la scuola come tutti gli altri. Racconta anche questo a Inge. Della sua infanzia, di sua sorella Antonella e dei loro istitutori privati. Le racconta di quanto spesso si è ritrovato solo, seduto alla finestra del salone a guardare con rabbia quel che succedeva per strada, come quella volta che pareva essersi imbambolato a osservare dei muratori sul tetto di una casa di fronte fino a quando si era ridestato per esclamare: "Quando sarò grande farò anch'io il muratore. Così potrò sempre vedere il sole ed essere libero!".

È come se avesse interiorizzato un modello e al tempo stesso il modo di scardinarlo. E ha deciso di farlo prima con il suo impegno attivo nel Partito comunista e poi con i libri. È nuovo perché le convenzioni non lo interessano, dopo che le convenzioni hanno provato a interessarsi a lui. L'attività politica è stato il primo passo per mettere finalmente una certa distanza tra lui e la classe sociale dalla quale proviene. Una decisione che non ha avuto ovviamente il plauso della famiglia, e ha irritato massimamente la madre Giannalisa, una donna obnubilata dalla ricchezza, severa fino alla crudeltà e di simpatie monarchiche. Ma, per quanto ribelle, Feltrinelli non si muove con i paraocchi. Quello che gli importa veramente è l'onestà intellettuale. Per certi versi a Inge ricorda molto il guerriero descritto da Albert Camus in un discorso tenuto poco dopo il conferimento del Premio Nobel per la Letteratura nel 1957, all'Università di Uppsala.

> Nemmeno ai giorni nostri la bellezza può essere al servizio di un partito; la bellezza, nel breve o lungo lasso di tempo,

risponde solo al dolore o alla libertà dell'uomo. Un artista impegnato è solo colui che non rifugge il combattimento, ma ciononostante si rifiuta di unirsi a una truppa regolare – sto parlando del guerriero.

Di regolare Giangiacomo Feltrinelli non ha proprio nulla. Mentre i compagni del Pci hanno invano cercato di dissuaderlo dal pubblicare il romanzo "antistalinista" di Boris Pasternak, ora sono gli intellettuali di sinistra a giudicare il manoscritto di Tomasi di Lampedusa troppo di "destra", troppo "decadente" e fuori dal tempo per una casa editrice che si prepara alle nuove avanguardie.
Lungo la spiaggia di Sletten, Inge passeggia con l'uomo il cui unico obiettivo è portare zizzania con i suoi libri. L'uomo nuovo.

L'agenda di Inge non è mai stata così pasticciata. Fino all'autunno inoltrato del 1958 la riempie di appuntamenti, numeri, nomi. Come se ogni tratto di penna servisse per tenerla ancorata ancora più saldamente alla sella del mestiere di fotoreporter. Continua a frequentare la consueta cerchia di amici e conoscenti, e se possibile infittisce ancor di più le relazioni. Sono tutte persone che nel corso degli anni le sono state vicine e adesso sembra che lei voglia tenersele ancora più strette, quasi temesse che una volta preso il largo da loro non ci sarebbe più stata la possibilità di un ritorno.
Tra i nomi che ricorrono più frequentemente figurano quelli dei suoi più importanti mentori: Hans Huffzky, Uli Mohr e Heinrich Maria Ledig-Rowohlt, e anche quello di Axel Springer. Li incontra per discutere di progetti, o anche solo per pranzare insieme a loro. Di tanto in tanto frequenta ancora la mensa della Deutsche Presse-Agentur di Amburgo, oppure fa una gita in barca con dei colleghi o va a nuotare con Huffzky.
Come d'abitudine, una volta alla settimana Inge stila una lista delle persone alle quali vuole telefonare o scrive-

re. "Mutti", la madre, e i fratellastri Maren e Olaf ci sono sempre. Qua e là appunta anche la parola "Väti", ma dopo quell'incontro nella hall dell'hotel Commodore, a Manhattan, Inge è come se volesse cancellarlo per sempre dalla propria vita. Tra gli altri nomi che compaiono spesso ci sono quelli dei giornalisti Herbert Lüthy e François Bondy e di sua moglie Liliane. E sempre più spesso quello del fotografo Erwin Blumenfeld: dal loro primo incontro nel 1953 a New York sono rimasti amici. Inge racconta che nessun altro le scrive lettere più ironiche e sagaci di lui. Vede spesso l'imprenditore Rudolf-August Oetker, che la invita regolarmente alle sue feste di compleanno e di Capodanno. E ovviamente un nome che compare di frequente è quello di Walter Blüchert, l'editore di Amburgo. Comincia a far pressione affinché Inge lavori più celermente al libro. Ma c'è qualcosa in quel lavoro che non funziona. Per parecchio tempo è rimasto fermo, anche se Inge ha già buttato giù qualche capitolo di prova, come quello sui "cocktail party".

> Un tempo si davano banchetti, oggigiorno esistono i cocktail party. Un banchetto durava circa sei ore. Il cocktail party inizia alle 6 del pomeriggio e finisce due ore dopo. A un banchetto relativamente poche persone ricevono relativamente tanto da mangiare e bere. A un cocktail party di solito si presenta talmente tanta gente che non bastano le sedie. Si riceve un cocktail o un bicchiere di spumante e minuscoli stuzzichini che ci si infila svelti in bocca così da poter avere almeno una mano libera. L'altra regge il bicchiere.
> Il tempo che tutti gli invitati sono arrivati e gli ospiti hanno fatto i saluti, e il cocktail party è finito.
> A un cocktail party si chiacchiera molto, ma si dice ben poco. Non è richiesto un ampio vocabolario. Non serve andare oltre un "grazie", un "prego" e un "pardon". In ogni caso non si arriverà mai a un discorso sensato. Oggetto della conversazione è il party del giorno prima o quello del giorno dopo.
> Il senso di un cocktail party – un senso dovrà pur averlo – è informarsi su chi è ancora dei nostri, chi non lo è più, e chi

si è appena aggiunto. Si potrebbe pensare che uomini e donne molto impegnati e famosi non abbiano tempo né interesse per i cocktail party. Quanto di più sbagliato! Prendono in giro se stessi assicurando: "Questa è l'ultima volta! Mai più!" e sottolineano la risoluzione abbandonando, a riprova, la compagnia dopo mezz'ora, ma solo per spostarsi a un altro party, dove dicono la stessa identica cosa. Alla fine dei loro giorni sospirano: "Quante cose in più avrei potuto fare se non fossi stato costretto a perdere così il mio prezioso tempo!". Eppure, a malapena si sono chiuse le porte del paradiso (o dell'inferno) alle loro spalle, che eccoli domandarsi come prima cosa: "Shakespeare dà un party? Sono invitato?".
Per quanto gli uni sorridano del cocktail party e gli altri imprechino al riguardo o li ritengano un'ulcera cancerosa di una società sempre più infettata, i saggi e gli antisociali si ritrovano al party di turno, per sfoggiare i primi un sorriso di superiorità, i secondi il proprio disgusto.

Un altro abbozzo di capitolo parla degli "agganci" lavorativi e funge da sprone per chi vuole intraprendere la sua professione.

Mi sento sempre domandare come ho fatto a conoscere persone famose come Ernest Hemingway, Pablo Picasso, il duca di Windsor, il principe e la principessa di Monaco, l'ambasciatore François-Poncet, l'attrice Audrey Hepburn e molti altri.
Qualcuno non mi dà neanche il tempo di rispondere e dice: "Lo so... grazie al patentino da giornalista!". Ma quando Ernest e Mary Hemingway mi hanno invitato alla battuta di pesca a Haiti, non avevo ancora il patentino, e un foglietto del genere non avrebbe certo fatto alcuna impressione su Pablo Picasso, non più che sul predecessore di Eisenhower, Harry Truman, o sull'ambasciatrice americana Clare Boothe Luce, il cui marito rilascia patentini da giornalista. È l'editore di "Life", il magazine illustrato più grande al mondo. Nessuno

di loro mi ha chiesto se ero reporter, e quando sono stata io a dirglielo non hanno mostrato alcun interesse.
C'è gente che sostiene che i miei successi professionali e mondani siano dovuti all'aspetto, lo charme e la giovinezza. Dal momento che sono una donna mi piace lasciarmi dire una cosa del genere, anche se per scherzo. Ma io non ci credo. Conosco infatti donne ben più belle, più giovani e fascinose che vorrebbero tanto vivere quello che ho vissuto io, e che non ci sono riuscite né – a mio parere – mai ci riusciranno. Mentre invece una persona brutta, capricciosa e dalla lingua biforcuta come Elsa Maxwell, la pettegola numero uno di Hollywood, viene invitata ovunque.
Agganci? Certo che ne ho. Ma quando ho iniziato non ne avevo. La mia carriera di giornalista è cominciata all'imbocco dell'autostrada Amburgo-Lubecca, città dove dovevo andare a fare un'intervista. Dopo che un camionista di tir e un agente di commercio su un'utilitaria (con il nome della ditta) si erano rifiutati di darmi un passaggio, sono salita sulla Lincoln 12 cilindri di un console generale accreditato ad Amburgo e ho sorpassato gli altri due. Oggi, quando ci ripenso, ci vedo un che di simbolico. La macchina con cui ho fotografato Lubecca me l'ero fatta prestare. L'articolo l'ho battuto con una macchina per scrivere presa in prestito. Così è stato il mio inizio, pieno di speranze ma per niente promettente.

Nella lista di Inge il nome di Gassy compare ogni due settimane. E infine c'è, con una cadenza quasi assillante, il nome della segretaria di redazione di "Constanze", Christiane Ibscher, che le sta con il fiato sul collo con le nuove proposte per la rubrica *Polvere di stelle*. La Ibscher deve essere stata tra le prime a intuire che Inge, di lì a poco, li avrebbe lasciati. Il mestiere le ha insegnato a capire se la persona che ha davanti ha fame di lavoro o meno, e Inge ultimamente sembra distratta. C'è ma non c'è. Tuttavia, visto che la sua fotoreporter di punta al momento si trova ancora ad Amburgo, e visto l'interesse delle lettrici per le novità e i pettegolezzi provenienti dal mondo del lusso e della moda delle grandi metropoli, non le lascia tregua.

Il nome, o meglio l'abbreviazione, che fino alla fine di quell'anno compare, invece, di rado è "GG", Giangiacomo Feltrinelli. Un eccesso di prudenza verso un amore appena sbocciato e quindi fragile? Una presa di distanza quasi scaramantica? O più prosaicamente Inge non vuole sovrapporre il piano sentimentale con quello lavorativo?

Quel che è certo è che forse per la prima volta nella sua vita Inge scopre una parte di sé che il suo carattere esuberante e aperto le ha sempre tenuto nascosta. La cautela.

Bertrand Russell dice che in amore la cautela può essere fatale per la vera felicità. Chissà se Inge l'ha mai letta questa frase, ma in un certo senso appare evidente che nel corso della sua vita ha sempre cercato di rispettare questa massima. Se avesse avuto cautela non avrebbe ottenuto nulla. Non si sarebbe fatta strada in un mondo di uomini, non sarebbe diventata quella che è. Più semplicemente, se fosse stata cauta non avrebbe inforcato la bicicletta gialla e non avrebbe mai lasciato Gottinga. Forse non sarebbe stata felice.

Ma Russell parla di questioni di cuore e qui il discorso si fa più complicato. Inge è stata cauta in amore? È stata felice?

Ha avuto storie, relazioni, prima del fatidico incontro con Giangiacomo Feltrinelli. È ovvio. È bella e giovane, è esuberante, è un ciclone. Non ha mai nascosto il piacere di giocare sul confine scivoloso tra l'ingenuità e la frivolezza, tra "la ragazza perbene di Gottinga" e la fotoreporter che fa girare la testa agli uomini durante le feste. Questa ambiguità che non ha nulla di confuso né di volgarmente premeditato le ha permesso di creare attorno a sé uno scudo che l'ha moralmente protetta da relazioni avventate. Se Giangiacomo è l'uomo nuovo, Inge è la donna nuova. "Se c'è qualcosa che rischia di bloccarmi, quel qualcosa va rimosso," ama ripetere. Che sia una relazione o la riottosa indisponibilità di una star della moda, poco importa. La donna nuova non ha spazio per la cautela. Eppure forse Inge non è mai stata davvero felice in amore. Forse a lei non è applicabile la massima di Bertrand Russell.

Ma di nuovo. In amore è stata cauta? È stata felice?

Per anni Inge ha avuto una storia segreta con Melvin J. Lasky, l'editore di "Der Monat". Fin da subito tra i due spicca una notevole differenza di coinvolgimento emotivo. Cos'è quell'uomo per lei? Rappresenta una figura di rilievo? No. Per Inge, Melvin J. Lasky rimarrà sempre una persona terribile, meritevole solo di un gesto di fastidio e di un leggero disprezzo in volto per chiunque osi chiederle di quell'uomo. È una relazione che vive nascosta, forse anche un po' da se stessa, grazie a quel formidabile meccanismo di difesa che ha adottato sin da bambina per affrontare i momenti più dolorosi: per smettere di ricordare basta non ricordare. Cancellare il passato – o il presente – a comando. Ancora una volta, è stata Trudel a insegnarglielo. Senza questo meccanismo di difesa sarebbe stato difficile per la piccola Inge convivere con la scomparsa da un giorno all'altro del padre naturale, e altrettanto difficile sarebbe stato superare il suo rifiuto a New York.

Se per Inge la relazione con Lasky si tramuta in una situazione di dipendenza quasi umiliante, per Lasky, invece, lei sembra essere stata più che altro un'amante. Nelle lettere che le scrive parla di sé come del suo maestro. Certo è che la giovane fotoreporter e l'affermato giornalista di dieci anni più grande – stempiatura sempre più incipiente e pizzetto più folto – intrecciano un *amour fou* che deve restare segreto e che viene vissuto solo quando a Lasky torna comodo, anche perché lui è sposato dal 1947. Ma se sul piano affettivo Lasky rimane sfuggente, per quanto un amante focoso, per quel che riguarda il lavoro cerca di aiutare Inge in tutti i modi. Continua a procurarle contatti importanti e la consiglia e l'aiuta ogni volta che lei ne ha bisogno. Forse coltivando qualche secondo fine. Per esempio trasformare questa "Wunderwaffe in gonnella del giornalismo tedesco" in una sorta di testa d'ariete per le sue attività antisovietiche a favore della "libertà culturale". Per il suo secondo viaggio a New York nel 1957, Lasky ha dato a Inge una lunga lista di contatti nel mondo dei media, della politica e dei circoli culturali. Tra questi c'è quello del regista Elia Kazan e un altro che porta a persone politicamente molto attive che gravitano attorno al guru della recitazione Lee Strasberg, che ha fondato il Method Acting e successivamente è diventato il direttore del famoso Actors Studio. A Parigi, Melvin J. Lasky le ha addirittura messo a disposizione il proprio appartamento, Inge può starci tutto il tempo che vuole quando lui è in viaggio o a Berlino. Ma per Inge quell'uomo che alterna passione e premura rimarrà sempre una persona terribile.

A una lettera datata maggio 1956, che Inge gli scrive lamentando che il loro amore è troppo prigioniero della logica dei suoi giorni liberi, Lasky risponde con forbite citazioni tratte dal libro di Johan Huizinga *Homo Ludens*. Nello stesso libro l'autore descrive i momenti di totale abbandono della coppia come l'essenza dell'amore. Usando le parole di Huizinga, Lasky le scrive che "*the fun of playing*" è il nocciolo, l'essenza dell'amore.

> Il gioco si oppone alla serietà… E possiamo ancora continuare a isolare così il gioco dalla sfera delle grandi antitesi categoriche. Se da una parte il gioco sta al di là della distinzione saggezza-follia, dall'altra resta altrettanto escluso da quella verità-falsità. Sta anche al di là della distinzione di bene e male… La bellezza non è inerente al gioco come tale, eppure esso ha una tendenza a unirsi a svariati elementi di questa. Alle forme più primitive del gioco si uniscono sin dall'inizio la gentilezza e la grazia. La bellezza del corpo umano in movimento trova la sua massima espressione nel gioco. Nelle sue forme più evolute il gioco è intessuto di ritmo e d'armonia, le doti più nobili della facoltà percettiva estetica che siano date all'uomo.

Giocare senza cautele, la formula per la felicità. Ma questi ragionamenti non devono aver consolato la giovane donna, tant'è che Inge gli replica in tono quasi disperato: "Come potrò mai innamorarmi di un altro uomo?".

Certo, avrebbe potuto confidare nel proprio istinto, nel proprio intuito. Ma non l'ha fatto neanche un anno prima, quando in un'altra lettera a Lasky gli scrive del profondo turbamento che sente per la loro relazione. Lui la tranquillizza con un profluvio di belle parole, assicurandole il proprio amore. Lei però si mostra restia a usare espressioni simili e risponde: "Tutto intorno a me appare così poco credibile, così irreale, ricorda molto più una messa in scena". Gli scrive che lei, a differenza sua, "ha paura" a usare le sue stesse espressioni, paura che queste non siano vere, autentiche fino in fondo e troppo affrettate. Può capirla "almeno in parte"? "Dove possa condurre questo volo, nemmeno voglio saperlo per il momento. Non me lo voglio chiedere e nemmeno desidero comprenderlo. And there is our little mysterium, or is it a grand one?" Scrive di aver "paura di commettere un errore". Inge ai tempi ha venticinque anni, e quell'amore pare non avere futuro. L'ha percepito dal primo momento.

Questo rapporto traballante con Lasky si trascina per poco più di tre anni. Il giornalista svizzero Herbert Lüthy, che adora Inge incondizionatamente, nel 1957 in una lettera le esprime tutta la sua contrarietà a questa relazione, a suo parere completamente sbilanciata. Lüthy critica però anche Inge e la sua incapacità di assumere una posizione chiara in questa *liaison dangereuse*. Non è sua intenzione fare il moralista, né la vita privata di lei né quella di Lasky sono, in fin dei conti, affar suo. Né tantomeno la vita coniugale di Lasky. Ma questa indecisione, questo "né così, né così", non nuoce a entrambi? Non finisce per distruggere entrambi, anche Lasky? "Quello che critico e accuso è questo pressapochismo." Parole decisamente forti, di cui Lüthy stesso è consapevole, tanto da cercare subito dopo di mitigarle, controbilanciarle: "La prego, la prego vivamente, cara Inge, non mi fraintenda: per quel che mi riguarda non ho veramente nulla da rinfacciarle, nessuna falsità e nessuna cattiveria: lei con me è stata fantastica e resta la donna più affascinante che io abbia mai conosciuto".

Inge fa leggere la lettera di Herbert Lüthy a Lasky, che reagisce in modo furibondo. Si dichiara profondamente irritato dall'impertinenza del collega, che ha osato immischiarsi in modo così arrogante nella loro relazione, per non parlare del tono. In una lettera a Inge, Lasky definisce Herbert Lüthy un "Herbertchen", un "montanaro", che conosce solo parole vuote. Uno scambio di accuse pesanti che presto prende la forma di un litigio pubblico tra Lüthy e Lasky, due galli nel pollaio.

Poi ecco la festa in casa Rowohlt e quell'uomo con i vestiti stropicciati.

Con Giangiacomo Feltrinelli Inge sembra finalmente aver trovato la forza di liberarsi dalla relazione senza futuro con Melvin J. Lasky. E forse di dare una risposta alle sue domande sull'amore. E sulla cautela.

7.
L'unione di due sistemi caotici

Inge e Giangiacomo hanno un rapporto simile con il tempo. Da una parte è un avversario da aggredire per farlo retrocedere e lasciare lo spazio per nuovi progetti, libri da pubblicare, idee da realizzare. Dall'altra è l'unica risorsa disponibile per dare futuro alla loro relazione. Inge ha bisogno di tempo per chiudere la storia con Lasky; Giangiacomo ha bisogno di tempo per chiudere le complicate procedure di annullamento del matrimonio con la seconda moglie. Inge non sa quanto le ci vorrà per essere pronta a fidarsi di nuovo di un uomo. Giangiacomo non sa quanto gli ci vorrà per essere pronto a fidarsi di nuovo di una donna. Entrambi hanno delle ferite da far rimarginare, umiliazioni da dimenticare e speranze da ricostruire. Tutte cose che hanno bisogno, appunto, di tempo.

Ci potrebbe volere una vita intera per far convergere due tali sistemi caotici senza farli collassare. Negli ultimi mesi del 1958 e nello scampolo iniziale del 1959, però, le leggi della fisica non si applicano più e il tempo accelera.

Il conto alla rovescia è cominciato.

Settembre 1958

Dopo il periodo estivo, Giangiacomo rientra in ufficio finalmente con le idee più chiare: quella per Inge non è un'infatuazione passeggera, tutt'altro. Si è innamorato. Già, ma il lavoro chiama, i giornalisti lo assediano. All'improvviso in tutto il mondo sono spuntate traduzioni non autorizzate del *Dottor Živago*, e poi una edizione pirata in russo. Alcune di queste sono state distribuite durante l'Esposizione mondiale a Bruxelles presso lo stand del Vaticano da espatriati russi. Feltrinelli è in allerta. Dietro a questa azione ci sono a quanto pare circoli antisovietici che collaborano con la Cia.

Da un'intervista al "Sunday Times":

> Mi ero opposto fermamente al fatto che circoli antisovietici potessero strumentalizzare politicamente il libro e nuocere in questo modo all'autore.

Ma non ha solo grattacapi. Sulla scrivania del suo ufficio milanese in via Andegari ci sono anche numerose lettere entusiastiche che si congratulano con lui per aver pubblicato *Il dottor Živago*. In una lettera scritta a settembre a Pasternak, Feltrinelli cita anche un paio di righe inviategli dallo scrittore Carlo Cassola:

> Ho finito di leggere *Il dottor Živago*. Non c'è altro libro contemporaneo che mi abbia tanto entusiasmato, tanto toccato, procurato maggior piacere intellettuale, trasmesso tanta consolazione e altrettanta rilassatezza.

L'incredibile successo del *Dottor Živago* manda su tutte le furie il regime sovietico e al tempo stesso sospinge la casa editrice. La Giangiacomo Feltrinelli Editore, fondata appena quattro anni prima, finisce in un vortice di notorietà che va ben oltre i confini italiani.

Se la sanguinosa repressione da parte delle truppe sovietiche della Rivolta ungherese del 1956 ha già spaccato i compagni di tutto il mondo in opposte fazioni, con la vicenda Pasternak la Guerra fredda è entrata a gamba tesa anche nella cultura: nell'autunno del 1958 la casa editrice ha pubblicato gli *Scritti politici* dell'ungherese Imre Nagy, catturato dall'Armata rossa e condannato a morte.

Sul tavolo di Giangiacomo in via Andegari 4 si accumulano pile di bozze. Il piano editoriale dell'anno successivo è molto ricco, soprattutto per la narrativa straniera: *Ritratto d'ignoto* di Nathalie Sarraute, *Casa Howard* di Edward Morgan Forster, *L'abitudine di amare* di Doris Lessing, *Zenzero* di James Donleavy, *Il sole si spegne* di Osamu Dazai, *L'Aleph* di Jorge Luis Borges, *La promessa* di Friedrich Dürrenmatt, *Homo Faber* di Max Frisch, *Il re della pioggia* di Saul Bellow, *La madre dei Re* di Kazimierz Brandys.

È una quantità di lavoro che prosciuga il tempo e che dà la febbre. Ma Giangiacomo riesce comunque a trovare momenti da dedicare all'unica donna che in quel momento è in grado di condividere con lui la febbre di quel lavoro. E così ci sono giorni in cui Giangiacomo spedisce a Inge anche due, tre telegrammi, la chiama più volte e le scrive almeno una lettera d'amore, se non addirittura due.

È come se vivessero in una favola. Ci sono tutti gli ingredienti: l'amore, le difficoltà della vita che lo contrastano e un uomo e una donna che provano a superarle. La domanda è se davvero può essere tutto così perfetto. E la risposta necessariamente costringe a uscire dalla favola per fare i conti con i travagli ai quali Inge Schönthal e Giangiacomo Feltrinelli, ognuno in modo diverso, saranno sottoposti nei mesi successivi. Secondo Inge chi, tra i due, più diffida del loro rapporto è Giangiacomo. In quanto erede di una grande fortuna è consapevole che le persone gli si avvicinano spesso con secondi fini, che ovviamente coincidono con i suoi soldi. Ma nonostante tutte le insicurezze e le cautele, i giorni felici passati insieme a Sletten hanno fatto breccia. Tornati ognuno alla propria vita, comincia un avvicinamento lento, innanzitutto epistolare, con lettere molto poetiche, a volte ironiche, e di tanto in tanto anche delle vere e proprie prove di forza che finiscono per gettare uno dei due – soprattutto Inge – in momenti di incertezza e profonda disperazione. La penna più elegante, sia per stile sia per contenuti, è quella di Giangiacomo. E questo a partire dalla grafia, incredibilmente leggera, tanto più se paragonata agli "scarabocchi" di Inge. Lei stessa li definisce così, ben consapevole che la sua grafia, come è capitato per altri destinatari, risulta spesso indecifrabile. Le lettere di lui rivelano una grande tenerezza, giocosità e di tanto in tanto una verve stilistica che intreccia svariate lingue. La chiama Ingelein, Ingemaus, Hundenase, Eskimoqueen, quest'ultimo forse il suo nomignolo preferito, che sottolinea il taglio all'eschimese degli occhi di Inge. Tra le righe, e per quanto marginalmente, cerca di rendere Inge partecipe del suo lavoro, dei grattacapi che caratterizzano la quotidianità di un editore. E di grattacapi ce ne sono parecchi da affrontare in quell'autunno del 1958. La cosa che più lo preoccupa è la salute di Boris Pasternak. Poi c'è *Il Gattopardo* di Giuseppe Tomasi di Lampedusa che sta andando in stampa, e lui è già alla ricerca di editori stranieri interessati a ottenerne la licenza di pubblicazione per i loro paesi.

Giangiacomo corrisponde con Inge perlopiù in inglese. Poco dopo i loro "giorni tranquilli a Sletten" il 4 settembre le scrive:

> My darling, my sweet Inge, when as a tough cultural sophisticated journalist you are excited and crowded by interesting men remember, darling, that you have one Struwwelpeter that loves you. [...] Sletten era ieri ma Sletten è ovunque, anche ad Amburgo o ovunque tu sia. E domani ci sarà un'altra Sletten... e un'altra... e un'altra ancora. [...] Vorrei tanto restituirti tutto quello che tu stai dando a me.

Inge nel frattempo gli deve aver scritto una lettera nella quale propone una breve pausa, affinché ognuno possa fare chiarezza e mettere ordine nella propria vita. Ha usato la parola "Waffenstillstand", armistizio.

Ma nella lettera successiva scritta da Parigi ha già cambiato idea: "It's absolutely idiotic and will help nobody!". Inge si scusa e pare piuttosto contrita: è che sta lavorando tantissimo e deve correre dietro a una miriade di appuntamenti. Tuttavia se vuole vederla può sempre raggiungerla a Parigi o a Nizza, gli propone a un certo punto, spavaldamente. Oppure tra qualche settimana in Italia. Di lì a breve sarà a Roma per vedere il fotografo Federico Patellani. E se invece ci si desse appuntamento a Milano? Oppure Milano è ancora un terreno troppo spinoso per incontrarsi lì?

Da queste lettere Sletten sembra appartenere a una vita precedente. E anche Inge ne è ben consapevole.

> Perché non ce ne siamo rimasti lì per sempre, non ci siamo costruiti due igloo eschimesi su Spitzbergen?

Poi anche Inge passa a parlare di lavoro. Gli raccomanda di leggere il "Time-Magazine" del primo settembre, dove compare una recensione molto bella del nuovo romanzo di Vladimir Nabokov, *Lolita*. Inge ne parla con Ledig-Rowohlt, e ne informa anche Feltrinelli. A quanto pare sta cercando di promuoversi lentamente agli occhi di Feltrinelli come trendscout di novità letterarie. Gli ha fatto sapere di conoscere personalmente il musicista Nicolas Nabokov, un cugino dello scrittore, e che avrebbe potuto organizzare attraverso di lui un incontro con l'autore. Non è però il primo consiglio che gli dà. Già in un'altra lettera di quel periodo gli ha raccomandato caldamente di leggere il libro autobiografico di Stefan Zweig, *Il mondo di ieri*, uscito postumo.

Questo genere di corrispondenza si protrae a lungo. Le lettere vengono spedite da mezza Europa. Il più delle volte sono scritte su carta da lettera degli alberghi, delle compagnie aeree o delle redazioni. A volte sono gioiose, altre profondamente angosciate per la paura di perdersi, prima ancora di aver avuto l'opportunità di conoscersi meglio. Un'altalena ininterrotta di emozioni nel bel mezzo di un autunno, quello del 1958, che vede entrambi molto impegnati. Nelle lettere di Inge si scorgono di tanto in tanto anche raccomandazioni quasi commoventi:

> Per favore non farti tagliare troppo i capelli, l'ultima volta erano decisamente troppo corti.

> Lo preferisce "un po' più selvaggio, stile Ivan il russo".

> E per favore non fumare così tanto! Guida piano! Ho sempre paura che ti possa succedere qualcosa.

Alla fine di settembre Inge si reca a Roma per incontrare Patellani con il quale vuole parlare di eventuali futuri progetti fotografici o filmici. Mentre cerca nuove storie per la rubrica *Polvere di stelle*, trova il modo di incontrare giornalisti e scrittori, tra cui Indro Montanelli, Ignazio Silone e Luigi Barzini jr (che nel 1942, sposando Giannalisa Feltrinelli, rimasta vedova nel 1935, era diventato il patrigno di Giangiacomo). Feltrinelli e Inge sperano di vedersi negli incroci dei loro viaggi, per esempio a Zurigo o a Monaco, ma quando lei è in Italia lui spesso si trova in Germania o viceversa. E a volte, come in un romanzo d'amore, si mancano per pochissimo.

A Roma, Inge riceve una lettera di Feltrinelli che le scrive che a Colonia ha incontrato un suo amico di Amburgo, Ulrich Mohr. Una sera, poi, mentre riposa nella sua camera dell'Hotel d'Inghilterra in attesa di una telefonata di Feltrinelli, una chiamata dalla reception la strappa al dormiveglia.

"Signorina Schönthal, c'è una visita per lei."

Inge si butta addosso la prima cosa che le capita e corre giù nella hall. Potrebbe essere Giangiacomo che le ha fatto una sorpresa, sarebbe nel suo stile in effetti. Ma appena mette piede nella hall si arresta di colpo. Non crede ai suoi occhi. Davanti a lei c'è Melvin J. Lasky. Inge è furiosa, e al tempo stesso vorrebbe scomparire seduta stante.

"Inge, dai, parliamo," la implora lui.

"Oggi no, ho un appuntamento, forse domani," gli dà il benservito lei, e poi scappa via, di nuovo su per le scale, lasciando Lasky immobile dove l'ha trovato, capace soltanto di gridarle a pieni polmoni l'albergo dove alloggia.

La mattina dopo Inge si sveglia prestissimo, sono appena le 6 di giovedì 30 settembre. Perché Giangiacomo non la chiama? Non sa che pensare. La risposta a questa domanda Feltrinelli gliela dà qualche giorno dopo in una lunga lettera. Si scusa per non averla chiamata, ma aveva deciso di prendere il treno delle 6.30 del mattino, e non gli era parso il caso di svegliarla così presto. Le dice inoltre che era contentissimo di aver conosciuto il giornalista Ulrich Mohr. "Ha proprio una bella faccia e modi semplici e diretti." Hanno mangiato insieme e si sono intesi a meraviglia. Mohr gli ha anche raccontato di una barca a vela che avrebbe potuto fargli avere a un buon prezzo. Feltrinelli dal canto suo ha capito quanto Uli Mohr tenga alla sua "pupilla".

A Roma, quello stesso giorno, Inge ha appuntamento con Indro Montanelli e la sua compagna Colette Rosselli per un pranzo veloce in piazza Navona. Dopodiché la sua intenzione è di recarsi nella vicina agenzia di viaggi per prenotare un volo per Vienna, la prossima tappa per i pezzi per "Constanze" e "Brigitte". Per un attimo pensa di raggiungere Lasky all'indirizzo che le ha urlato la sera prima, ma la sola idea la turba. Non se ne parla proprio, la relazione con quell'uomo è morta e sepolta; meglio tornare in albergo, dormirci sopra e magari restare in attesa di una telefonata di Giangiacomo. Distrutta, Inge rientra nella sua stanza. È davvero morta e sepolta la relazione con Lasky? Inge decide di uscire, lo raggiunge nel suo albergo e rimane a parlare con lui fino alle 11 di sera. Quando torna di nuovo all'Hotel d'Inghilterra, confida alla sua agenda lo stato del rapporto con il suo spasimante di vecchia data.

Our funeral.

Poi, nel bel mezzo della notte, Lasky la chiama, forse è un ultimo assalto disperato per ricucire, ma Inge resiste, e quando finalmente mette giù la cornetta può vergare sulla sua agenda le parole definitive.

It's the end.

E con una biro rossa scarabocchia a bordo pagina:

Picasso: in fondo esiste solo l'amore!

Da qualche parte in Europa, il 30 settembre, Giangiacomo, nel bel mezzo della notte, si alza, va alla scrivania. Questa volta per le cose più importanti sceglie il francese.

Darling, my darling! Je te prends par la main et ensemble on part pour un long voyage – le voyage de notre vie. Ce n'est pas un voyage d'hypothèse, mais des réalités, que nous construisons ensemble jour par jour, avec patience, avec amour. I kiss your eyes. Good night my love.

Ottobre 1958

Ottobre sarà il loro mese, ne sono sicuri. Ma uno dei primi appuntamenti salta subito perché Giangiacomo vola alla Fiera del libro di Francoforte, mentre lei si trova ancora a Roma per la sua rubrica *Polvere di stelle* su "Constanze". Sul momento Inge non capisce perché per Feltrinelli sia così importante quella "silly Buchmesse". Certo non può immaginare che solo qualche anno dopo la Fiera del libro di Francoforte diventerà anche per lei un appuntamento non solo imprescindibile, ma anche molto amato. Un palcoscenico che nell'arco di cinquant'anni non la vedrà mai assente.

Il volo di Inge del 4 ottobre per Vienna fa tappa a Monaco. E di nuovo spera di incrociare Feltrinelli; lui, infatti, ha accennato alla chance di capitare lì per qualche giorno. Lei si è portata avanti e gli ha già fatto avere le possibili coincidenze.

"Sarebbe proprio bello se ci ritrovassimo sullo stesso aereo già a Monaco," scrive lei in una lettera. E invece non c'è neanche l'ombra di GG. Alle 21.20 Inge atterra a Vienna e si fa portare con un taxi all'albergo vicinissimo al duomo di Santo Stefano.

"Un albergo orribile," scrive nella sua agenda, così orribile da procurarle attacchi di claustrofobia. "Già, ma dove vado a quest'ora di notte?"

Eppure non c'è proprio verso di prendere sonno, e così decide di fare comunque un giro per le strade buie del centro. Vaga senza meta finché non capita davanti al Marietta Bar, un locale in stile Jugendstil, molto noto a quei tempi. È l'1.30 e lei rimane seduta al bancone fino alle 4 del mattino. Tornando in albergo si dice che in quella "stamberga" non avrebbe certo fatto colazione, a parte il fatto che non le sarebbe stata nemmeno servita, visto che la mattina dopo si sveglia alle 10 con la testa che le rimbomba. Così esce e trova un piccolo caffè. E la prima cosa che pensa è di stare sognando perché l'uomo che le sta venendo incontro è proprio il compositore Nicolas Nabokov. È come se i colleghi dell'Associazione per la libertà della cultura la stessero pedinando. A Roma, nella hall dell'albergo, la settimana prima le si è presentato Melvin J. Lasky. E ora Nicolas Nabokov (a capo dell'associazione dal 1951) si sta dirigendo dritto verso di lei, come se avessero un appuntamento.

Il compositore è evidentemente contento di aver incontrato Inge, ma niente affatto stupito. La informa che si trova a Vienna per incontrare Igor Stravinsky. Inge e Nabokov si conoscono proprio attraverso l'Associazione per la libertà della cultura e gli eventi organizzati a Parigi e a Londra; inoltre lui è un ospite sempre molto gradito nella casa di Liliane e François Bondy a Parigi. Anche Herbert Lüthy conosce da anni Nabokov.

Più tardi ovviamente Inge scriverà a Giangiacomo Feltrinelli di questo curioso incontro. Inge gli racconta che Nabokov in borsa aveva una versione russa, non autorizzata, del *Dottor Živago*.

"Che te ne pare, non sono una buona spia?" chiede a Feltrinelli, pregandolo, subito dopo, in tono quasi implorante, di liberarla dalla sua vita da principessa.

Tutti questi maschi che vogliono sempre qualcosa da me, mi vengono a trovare, mi telefonano di continuo, mi fanno la corte, ci provano. Non è che non mi sappia difendere da sola, lo so fare benissimo – sono brava quasi quanto Madame de Staël, che era capace di trasformare i suoi innamorati in amici schiavi.

Il fatto è che le uniche avance, le uniche lettere, le uniche telefonate che lei desidera sono le sue, "my darling, mio adorato Struwwelpeter", gli scrive in un'altra lettera scusandosi se il suo tono può suonare isterico, se non addirittura disperato.

Quand'è che potrò esserci solo per te e per le tue cose? Potrei sollevarti da così tanti lavori. Sono così triste e arrabbiata se penso a tutto il tempo che stiamo sprecando.

Ancora il tempo. Ancora le ore trascorse senza potersi incontrare. Insopportabile.
Non passa pressoché giorno in cui i due non si scrivano. Feltrinelli cerca di tranquillizzare Inge. Un amore vero ha bisogno di tempo per crescere, le dice. Ovvio che anche a lui la separazione fisica pare a volte insopportabile. Ma sa, anzi ne è certo, che tra non molto saranno l'uno per l'altra. E questa certezza gli dà forza. È lei la sua forza.

My Eskimoqueen! Mio nasino freddo! I love you! GG.

Per il 5 ottobre Inge segna il compleanno di Uli Mohr. Vuole fargli gli auguri, ma non lo trova. Allora chiama i genitori di lui, che la informano che il figlio è in barca a vela. Per quel che riguarda Giangiacomo, invece, durante tutta la permanenza viennese, c'è solo un appunto. "Probabilmente ha preso dalla Germania direttamente un treno per Milano."
Tra il 7 e l'11 ottobre, Inge e Nabokov si vedono quasi tutti i giorni. Nabokov a quanto pare sta aiutando Inge a entrare in contatto con la cerchia di persone attorno alla famiglia del principe Maximilian von Hohenberg, il maggiore dei figli di Franz Ferdinand, ucciso a Sarajevo nel 1914. Sono

potenzialmente contatti preziosi per la rubrica di pettegolezzi sul bel mondo di Vienna, pettegolezzi che includono anche una visita alla Schatzkammer, la camera del tesoro imperiale. L'8 ottobre il duca Maximilian festeggia al Marietta Bar insieme a Nicolas Nabokov e a Inge il compleanno dell'attore e drammaturgo austriaco Helmut Qualtinger, che compie trent'anni. Il giorno dopo Inge va con Nabokov al Burgtheater a vedere la versione teatrale del film *Moulin Rouge*, ma scappano via durante il secondo atto. I due si trovano poi regolarmente all'hotel Sacher per mangiare insieme, con una certa predilezione per il Tafelspitz e, ovviamente, la Sachertorte. Il giorno dopo Nabokov presenta alla fotoreporter il musicista e compositore francese Georges Auric. Inge annota nella sua agenda: "Il più bravo compositore di colonne sonore al mondo". Le serate poi finiscono quasi sempre al Marietta Bar e spesso si protraggono fino all'alba.

Sono giorni frenetici. Inge cerca di riordinarli sulle pagine della sua agenda, ma lo spazio bianco si esaurisce in fretta e allora non bastano più frecce e trattini per connettere rimandi, numeri di telefono, ma anche annotazioni su lunghi shopping tour. L'agenda e la vita di Inge sembrano un immenso scarabocchio.

Non c'è bisogno di ricorrere alla grafologia per riconoscere negli appunti caotici di Inge tra il 5 e il 13 ottobre un'implosione di avvenimenti ed emozioni. Ed è proprio tenendo conto di questa confusione emotiva ed esistenziale, unita a un iperattivismo che la spinge spesso a passare le serate fino a notte fonda in compagnia di non poco alcol al Marietta Bar, che si comprende appieno la richiesta di aiuto a Giangiacomo, quando lo implora di liberarla al più presto dalla sua vita da principessa del feuilleton. Che Inge, qualche settimana prima, abbia usato la parola "armistizio" deve essere stato un lapsus freudiano. Tra Giangiacomo e Inge non c'è alcuna guerra. Si potrebbe invece supporre che Inge stia combattendo una battaglia tutta sua, che stia vivendo una catarsi, cambiando pelle. Si è persa. Gli amici conoscono il suo carattere vulcanico. Il vortice di impegni in cui si è ficcata è il suo ambiente naturale, ne uscirà quando ne avrà voglia o quando se ne stuferà, ha sempre fatto così. Inge è così. Ma questa volta sembra che da sola non possa farcela.

Sempre quell'autunno, in volo su un aereo della Pan Am verso Parigi, Inge manda a Feltrinelli una nuova, ancora più impellente richiesta d'aiuto. Nella lettera gli dice che se fosse dipeso da lei, se ne sarebbe rimasta sull'aeromobile per volare dritta a New York. L'idea di dover sopportare le domande degli amici riguardo alla storia con il suo principe milanese le pare intollerabile. Le sembra quasi di sentire Lil e François Bondy chiederle notizie del suo "flirt estivo".

Darling, mio adorato Giangiacomo, vorrei essere la tua "fidanza".

Il 15 ottobre Giangiacomo Feltrinelli scrive, in un misto di inglese e tedesco, alla sua amata. Le dice che non può starle lontano. Ha bisogno di vederla, di starle vicino, e le propone un piano per incontrarla il prima possibile a Zurigo.

Liebe Fräulein Inge,

was soll der grosse Struwwelpeter mit zehn (10, ten, dix, dieci) wonderful long nails, mit zehn herrlichen gepflegten Fingern if these hands can't touch your hands, if they can't caress your face, your lips? I think there is only one thing to do. Shall I tell you? You take a sleeper – I take my Citroën and we both rush to Zürich as soon, as fast as we can. (Will you tell the Lokomotivführer he should drive with particular care?!)

My darling Ingelein, what a day!! I wrote you a letter from the office this afternoon in a moment of relative calmness and this is the daily night letter. Darling today two letters, one telegram and one phone call. Struwwelpeter is going completely ...?! But who cares? I love you and it makes me so happy to speak, to write you. I mean who cares, as long as you darling don't mind reading all my messages.

Time tables will be held, with 10 days Verspätung – not a tragedy. A messenger of Claude Gallimard offered me to coedit L'Histoire Universelle de l'Art, not bad. I already told you about Ruth Fischer. The nice thing is that probably she really is clean. What worries me is all this Pasternak affair. There must be some terrific international secret service behind all this. I have not yet a complete set up of the whole affair. Do you know a comtesse de Proyart in Paris? She seems to be some sort of friend of Pasternak. But I think she is involved with the whole Dutch question. And what I resent is the told of her letter today ...? telling what to do – or ...? she will get her answer tomorrow!
But I will also have to takle the whole Bbc problem. Because you see, what I resent is the misuse of Dr. Zivago as propaganda, cold war ecc., ecc. It's because it discredits the work, it's because I do not want the author to get into trouble. Maybe I have to fly Saturday or Sunday to Den Hague.

Darling and you will be in Hamburg and hunderts of people will be able to see you, to talk to you and you will be the smiling glamorous efficient girl. But you always are my sweet curled Ingegoose, mit einer kalten Hundenase and lovely tender lips. And they do not know it. "Sie wissen nicht, mit wem sie sprechen." But one day ein Schiff mit acht Segeln und fünfzig Kanonen wird anlegen am Kai und wird beschiessen die Stadt!! Heute wissen sie nicht, was für ein Glück sie haben Dich sehen und sprechen zu können. Morgen werden sie heulen und schreien. Und das Schiff mit acht Segeln und fünfzig Kanonen wird entschwinden mit Dir! My darling, good night, sleep well, be wonderful. I love you sososo much, be lovely calm, smile to the people but be my only everlasting love. I kiss you.

Darling, forgive me please if in the last days I was too worried
G.G.

[Cara Fräulein Inge,
a cosa servono dieci fantastiche unghie e dieci dita finalmente ben curate se non possono carezzare il tuo viso, le tue labbra?

Penso ci sia solo una cosa da fare. Devo dirtelo? Tu prendi un treno notturno e io la mia Citroën, e tutti e due ce ne scappiamo a Zurigo, il più presto possibile (dirai al capotreno che dovrà guidare con particolare attenzione, vero?).
Mio tesoro Ingelein, che giornata! Ti ho scritto una breve lettera questo pomeriggio in un momento di relativa calma in ufficio. E questa è la lettera notturna di tutti i giorni. Oggi però – due lettere e un telegramma e poi ancora una telefonata. Sto diventando pazzo? Non importa! Io ti amo e mi fa così felice parlarti e scriverti. Non importa almeno fino a quando non ti sia una molestia leggere tutti i miei messaggi.
La mia agenda è ingolfata per i prossimi dieci giorni, è una tragedia. Un messaggero di Claude Gallimard mi offre di pubblicare una Histoire Universelle de l'Art, niente male! Ti ho già parlato di Ruth Fischer. La cosa buona è che probabilmente lei è davvero una persona a posto. Più di tutto mi turba l'affaire Pasternak. Amore, scusami se in questi ultimi giorni ero così preoccupato. Ci dev'essere dietro un terrificante lavorio da Guerra fredda, servizi segreti inclusi. Non mi sono ancora fatto un'idea precisa sull'intera questione. Tu conosci una contessa de Proyart a Parigi? Sembra essere in qualche modo un'amica di Pasternak, ma secondo me c'entra con i fatti olandesi. E la cosa che mi dispiace è il tono della sua lettera di oggi, in cui praticamente mi intima cosa fare e cosa non fare. Sia come sia, manderò la mia risposta domani. Ma devo anche affrontare il problema della Bbc. Perché, vedi, mi preoccupa l'uso dello Živago come elemento di propaganda nella Guerra fredda: per prima cosa ciò discredita il libro e poi perché non voglio che l'autore possa avere dei guai. Forse devo prendere un aereo per Den Haag sabato o domenica. Tesoro – e tu sarai ad Amburgo e centinaia di persone potranno vederti, parlare con te e tu sarai affascinante ed efficiente come sempre. Ma non sanno chi hanno davanti. Neanche immaginano con chi stanno parlando. Però un giorno una nave con otto vele e cinquanta cannoni attraccherà al molo, pronta a bombardare la città. Oggi non sanno di avere la straordinaria fortuna di vederti e di parlarti. Domani piangeranno e urleranno. E la nave con otto vele e cinquanta cannoni scomparirà con te.

Mio tesoro, buonanotte, dormi bene, sei fantastica. Ti abbraccio forte, stai brava, stai calma, ridi con la gente – però rimani il mio amore per sempre.
Un bacio!
Giangiacomo

Tesoro, perdonami se negli ultimi giorni sono stato troppo preoccupato.
G.G.]

Un mese intenso, che culmina il 23 ottobre quando Boris Pasternak riceve il Premio Nobel per la Letteratura. Un riconoscimento che non è piaciuto affatto al regime sovietico, che minaccia di togliergli la cittadinanza qualora accettasse. Pasternak a quel punto si vede costretto a rifiutare il premio, dopo aver fatto sapere all'Accademia svedese, attraverso un telegramma, di sentirsi "immensamente grato, commosso, fiero, strabiliato, confuso".

Novembre 1958

Parigi.
Inge ha fatto visita a Heinz Berggruen. Sono rimasti in contatto dai tempi di Picasso. Questa volta si sono dati appuntamento per un aperitivo nel bar di un albergo a Saint-Germain-des-Prés e lui le indica una donna, alta, bellissima ed elegante. Berggruen la conosce e la presenta a Inge. Si chiama Marianne Feilchenfeldt, è una gallerista di vent'anni più grande di Inge. Il suo cognome da nubile è Breslauer ed è stata una delle pochissime donne fotografe di successo della sua generazione. Marianne Breslauer ha studiato fotografia a Berlino all'istituto formativo Lette-Haus ed è una delle rappresentanti del movimento Neues Sehen. Poi, a vent'anni, diventa allieva di Man Ray e solo qualche anno dopo nel suo curriculum ha già diversi viaggi reportage con la svizzera Annemarie Schwarzenbach. Con l'avvento di Hitler, essendo lei ebrea, è scappata dalla

Germania. Ad Amsterdam ha conosciuto il mercante d'arte Walter Feilchenfeldt, che nella sua attività è stato legato a grandi pittori come Oskar Kokoschka e Marc Chagall e al critico e collezionista Paul Cassirer, portando l'intermediazione delle opere d'arte al massimo livello. Anche Walter Feilchenfeldt è emigrato dalla Germania. Walter e Marianne si innamorano e convolano a nozze nel 1936. Poco dopo Marianne appende la macchina fotografica al chiodo, per dedicarsi, insieme al marito, al commercio di opere d'arte. Inge e Marianne si sono piaciute subito e presto diventano grandi amiche. Sin dal primo momento hanno riconosciuto, l'una nell'altra, una certa affinità, e non c'entrano solo le esperienze vissute nella Germania nazista. C'è la professione di fotografe a unirle. A colpire Inge non è però solo l'aspetto umano di Marianne Feilchenfeldt, ma anche il fatto che abbia avuto il coraggio di rinunciare completamente alla fotografia per sostenere il marito nella sua passione e professione.

A questo punto della sua vita, forse Inge ha smesso di domandarsi se esistono le coincidenze. Forse specchiarsi in Marianne, quella possibile immagine di sé vent'anni dopo, è divertente, ma non facile. Finché si tratta di intenti condivisi, di traiettorie più o meno coincidenti, il gioco di riflessi non implica fatiche. Per Inge, invece, quell'incontro risulta davvero decisivo. Marianne non le mostra che cosa può essere, che tipo di persona potrebbe diventare, non le offre un modello alternativo. Marianne le mostra piuttosto che va bene abbandonare alcune cose, lasciarle andare. Liberarsene. Se un filo non è spezzato nettamente rimane sempre un filo.

E così, una volta tornata in Germania, Inge sollecita Lasky a restituirle tutte le sue lettere e gli intima categoricamente di non rivedersi mai più.

Primo filo tagliato. Rimane il lavoro.

È da tanto che Inge non ne può più di dare la caccia a personaggi famosi della cultura e della moda, ma adesso la noia si sta trasformando in malessere. Ne accenna anche a Giangiacomo in una lettera da Parigi.

> I'm so fed up and tired with it – dieser glamourösen Pseudo-Welt der Oberflächlichkeit.

> [Ne ho fin sopra i capelli e non ne posso più – con tutto questo pseudomondo scintillante che altro non è se non superficialità.]

Ma nemmeno per una persona aperta ai cambiamenti come Inge Schönthal è possibile rivoluzionare da un giorno all'altro una vita costruita mattone su mattone. Quando scrive a Feltrinelli che nei mesi a venire avrebbe dovuto occuparsi di un sacco di faccende e di appuntamenti non sta bluffando, non è un colpo di fioretto per prendere tempo. Basta scorrere l'agenda per essere colti dalle vertigini. Non c'è giorno che non sia pieno zeppo di cose da fare. Per la sua rubrica *Polvere di stelle* vola come una forsennata da Parigi a Roma, da lì a Vienna e infine a Londra. Da qualche mese "Constanze" ha cominciato a mettere il nome di Inge sotto i suoi articoli e non più lo pseudonimo. Inge nel frattempo ha iniziato a scrivere anche per "Brigitte", acquistato nel 1957 dalla proprietà di "Constanze" e al cui rilancio sta provvedendo Huffzky. E infine, tra i nomi segnati nell'agenda, spunta il palmarès completo dei suoi amici europei. È come se Inge volesse salutarli uno a uno ancora una volta, in una specie di "farewell tour" per poi sentirsi veramente e completamente libera per il suo nuovo progetto di vita con Giangiacomo Feltrinelli. Ormai non lo nega più a se stessa. Nonostante i dubbi, le paure, la diffidenza.

I rari momenti morti che le capitano in giro per le grandi metropoli li usa per andare a teatro o nei locali dove suonano il jazz. La musica classica, invece, non è tra le sue passioni. E quando si dà appuntamento con gli amici, non è mai in un posto qualsiasi, ma lì dove si deve essere se si vuole far parte di un certo ambiente. A Parigi ci si incontra al Les Deux Magots o al Café de Flore, a Vienna all'hotel Sacher o da Demel, e se le viene voglia di mangiare cinese e per caso si trova a Londra, allora sa di essere nel posto giusto al momento giusto perché lì ci sono i ristoranti migliori.

Con la mondanità Inge ha un rapporto ambivalente. Da una parte non si perde un ricevimento e non disdegna affatto di frequentare certi ambienti, dall'altra le persone che incontra in quelle circostanze le trova spesso faticose, troppo appiattite su quel che è di moda in quel momento.

E allora può capitare che in quei frangenti emerga la cocciuta bastian contrario che alberga in lei e che non ha paura di dire ad alta voce quello che pensa.

Il passo decisivo per una vita futura insieme a Milano, Giangiacomo Feltrinelli e Inge lo compiono alla fine di novembre del 1958. Inge si trova per qualche giorno a Zurigo. Si è data appuntamento con Herbert Lüthy, ha cercato di contattare telefonicamente Max Frisch e si è vista con la sua amica Marianne Feilchenfeldt, che ora vive lì. Poi, così, en passant, si è comperata un Rolex. A quanto pare "Constanze" e "Brigitte" devono ancora pagarle compensi per duemila marchi. Ha anche fatto un salto nella Confiserie Sprüngli, dove ha acquistato una confezione regalo di cioccolatini, e infine preso il Trans Europ Express per Milano. Giangiacomo vuole finalmente presentare il suo nuovo amore alla madre Giannalisa.

A prendere Inge alla Stazione Centrale, quel venerdì, si è presentato direttamente Giangiacomo. È evidentemente nervoso, ma questo non gli impedisce di esibirsi in mille premure. Poi con la Citroën DS raggiungono via Andegari 4, a due passi dalla Scala. Prendono l'ascensore e salgono al quarto piano. Inge è sbalordita da tutto quello che vede, ma si sforza con tutta se stessa di non lasciar trapelare nulla. È vivace e allegra come sempre quando incontra per la prima volta delle persone. La tavola è apparecchiata. Alle pareti ci sono grandi quadri del Rinascimento. Dopo un po' arriva Giannalisa: è ancora la donna bella e dall'aspetto severo che Inge ha incontrato qualche anno prima a New York.

"Benvenuta," la saluta in tedesco Giannalisa. "Giangiacomo mi ha detto che ci siamo già incrociate a New York. In che occasione, se posso chiedere?"

"È stato nel dicembre del 1952 a un ballo in onore del duca di Windsor."

Giannalisa invita Inge a prendere posto attorno al tavolo da pranzo rotondo. Viene servito un pranzo semplice ma molto buono: risotto alla milanese. Le due donne sembrano andare d'accordo. Inge teme che da un momento all'altro inizi il quinto grado. Eppure non accade nulla di tutto ciò. Giannalisa si dimostra molto riservata e dopo pranzo si ritira per riposare un po'. Giangiacomo e Inge, invece, si rimettono in macchina alla volta della Svizzera. Giangiacomo ha affittato solo per loro due, ad Ascona, in Canton Ticino, una villa dal nome profetico: Villa Poetica. Il primo Eskimocastle quasi sul suolo italiano.

Al ritorno in Italia, domenica sera, Feltrinelli le presenta l'amico di lunga data Giuseppe Del Bo, che da anni lo aiuta ad allestire la biblioteca e la collezione di documenti originali del movimento operaio internazionale. Questa biblioteca è il nucleo di quello che diventerà nel 1961 l'Istituto Feltrinelli e, più tardi, l'omonima Fondazione. Il lunedì a Inge rimane ancora un po' di tempo per fare un piccolo giro d'acquisti a Milano. E dopo lo shopping c'è un treno ad aspettarla, di nuovo diretto verso il Nord.

Il giorno successivo la partenza di Inge, Feltrinelli le manda una lettera.

> Mai prima ho sentito il tuo amore e la tua protezione in modo così forte e intenso e provo già una grande nostalgia di te. I am not depressed. Ti ringrazio amore mio per l'incredibile tenerezza e felicità che mi doni.

Le scrive di essere felicissimo di come è andato l'incontro tra Giannalisa e lei, e di come Inge l'ha vissuto.

> These are wonderful days we are living, the beginning of a wonderful life.

Tra poco l'appartamento in via Andegari sarà pronto per loro due. Promesso!

Sul treno che la riporta in Germania Inge ha scritto a Feltrinelli una breve nota:

> È stata una decisione intelligente da parte tua farmi venire a Milano – a very important step and a new perspective. I'm not as depressed as before and I hope so much that everything will turn out well.

Sul finire del 1958 non c'è più traccia di Melvin J. Lasky nella vita di Inge, mentre è rimasto intatto il suo rapporto con Herbert Lüthy. La loro amicizia non si è spezzata dopo il litigio con Lasky, anche se c'è voluto un po' per ricucirla. In occasione del suo compleanno, il 24 novembre 1958, Lüthy le ha scritto una lunga lettera, nella quale ha riesaminato la vicenda Lasky, per lui rimasta incresciosa.

> Mi dispiace che le mie lettere a lei non siano rimaste private, ma siano state fatte leggere a terzi. Cosa vuole che le dica, che mi metta a fare le pulci su chi ha detto cosa? Tanto

sarebbero sempre parole riportate. Dicerie infettanti come bacilli. [...] È stato ingenuo da parte mia pensare di potermene stare in disparte sul bordo della strada. E così ne è uscito un numero da circo. [...] D'altro canto, uno come me, con il cuore da provinciale, non si sarebbe mai aspettato che lettere private, confidenziali, potessero essere passate ad altri.

Lüthy è evidentemente ancora ferito, ma rimprovera anche se stesso.

Con il senno di poi avrei dovuto esserne consapevole. Potrei anche dire che me la sono andata a cercare. Sarebbe assurdo se paventassi ora una indignazione morale, vedo benissimo che figura ci faccio da questo punto di vista. Non proprio bella! Una via di mezzo tra sciacallo e mascalzone. Ciononostante, ribadisco, non me l'aspettavo. Ero preparato a molto, ma non a questo. Non capisco tale comportamento, mi è estraneo così come mi sono estranei i moti dell'anima dei pesci negli abissi marini. Non è la cattiveria che mi colpisce, ma la grettezza, la totale mancanza di eleganza. Può certo far piacere aizzare due galli l'uno contro l'altro. Solo che almeno si dovrebbe trattare di galli e non di pulcini azzoppati e accecati. Ma perché, che gusto c'era? Dio mio, Inge, tutto questo è robaccia da rotocalco. Talmente misera che non riesco nemmeno a essere arrabbiato, solo profondamente scoraggiato e rassegnato. E con in bocca un retrogusto alquanto sgradevole, come se avessi addentato una mela marcia.

E infine ecco l'ultimo, violento, se non addirittura cinico, affondo.

Cara Inge, che meschina tratta delle vacche che ha messo in scena. Oggi so che di Inge ce ne sono quattro, o forse cinque, se non addirittura molte di più, perché io continuo a voler vedere le cose sempre in modo troppo semplice. Tra queste diverse Inge ce ne sono almeno due che mi piacevano tantissimo, e a loro auguro di cuore fortuna, tanta felicità e allegria, basta che però non commettano l'errore di dirlo alle altre Inge, alle quali auguro invece molto successo, ma niente più. Spero per lei che sia in grado di tenerle ben separate anche in futuro. Io al momento non ci riesco.

Forse è proprio una delle Inge che piacciono a Lüthy a decidere di fargli una visita a sorpresa in quello stesso autunno, a Parigi. Nonostante l'amarezza – e la delusione – che trapela dalla lettera, Lüthy è contento di vederla. Finalmente possono parlare con un po' di calma e sancire la pace tra loro. Anche perché Inge ha un grande favore da chiedergli, ma quello non è il momento giusto, meglio farlo per via epistolare adesso che le acque tra loro si sono calmate. Ed ecco la richiesta: può metterla in contatto con Max Frisch? Ha appena visto a Francoforte la messa in scena di *Omobono e gli incendiari* e ne è rimasta entusiasta.

Tutto quel suo darsi da fare intorno a Lüthy per riuscire a incontrare ancora entro l'anno Max Frisch è solo un esempio tra i tanti dell'infaticabile tour de force che ha tenuto Inge continuamente in movimento durante questi mesi per tessere contatti. Ma c'è una sostanziale differenza rispetto al recente passato. Inge Schönthal sta entrando sempre più nel vasto mondo della letteratura e dell'editoria, come testimonia anche il fondamentale incontro con Gottfried Bermann Fischer e sua moglie Brigitte. La leggenda della loro "casa aperta" nella Erdener Straße a Berlino negli anni trenta – frequentata da artisti e scienziati, dove un giorno passa Thomas Mann e il giorno dopo Albert Einstein in scarpe da ginnastica – l'ha colpita enormemente.

Il progetto di una vita in comune con Giangiacomo Feltrinelli sta modificando il suo modo di vedere e di recepire il mondo. Un amore e una casa editrice che è una casa aperta.

Giangiacomo dal canto suo si confronta in quei giorni con sfide imprenditoriali ed editoriali del tutto nuove. La sua giovane casa editrice si è ritrovata da un giorno all'altro catapultata sulla scena internazionale. Le numerose traduzioni del *Dottor Živago* di Pasternak ricevono grande attenzione nelle pagine culturali dei giornali, mentre si viene a sapere che la salute di Pasternak è in costante peggioramento. Il suo rifiuto di accettare il Premio Nobel ha dato adito a moltissime speculazioni. Giangiacomo Feltrinelli non ha un attimo di respiro, deve stare simultaneamente su molti fronti e sempre in prima linea. Alla casa editrice manca, infatti, ancora una struttura di *public relations*, mentre Giangiacomo si sta imponendo sempre più come una persona di interesse pubblico. Sono in molti a chiedersi quale sia il suo credo editoriale e politico. Per molti intellettuali milanesi di sinistra resta un mistero, per non dire che seguono i suoi movimenti con sospetto. Quale ruolo intende ricoprire questo editore di sinistra, figlio dell'alta borghesia, nel quadro della Guerra fredda, nella diatriba tra Est e Ovest, e nei percorsi critici dentro la sinistra italiana? Lui stesso non è affatto contento di essere diventato tema di dibattiti e scontri politici. Il suo interesse si concentra sugli autori e sulla proposta della casa editrice, che deve esercitare spirito critico e rispondere alla sua vocazione illuminista. Feltrinelli ha girato il mondo collezionando e archiviando libri e documenti originali sulla storia dei movimenti sociali e della classe operaia. Dopo gli anni dell'accumulazione originaria la sua biblioteca si è trasformata in un istituto di ricerca che incomincia ad accogliere studiosi di provenienze diverse, non più esclusivamente di area comunista. Ma Feltrinelli non è un ingenuo, tant'è che in uno scritto di anni dopo si chiederà:

> Un editore può cambiare il mondo? Difficilmente: un editore non può nemmeno cambiare editore. Può cambiare il mondo dei libri? Può pubblicare certi libri che vengono a far parte del mondo dei libri e lo cambiano con la loro presenza. Questa affermazione può sembrare formale e non corrisponde in pieno a quello che penso: nel mio miraggio, quello che io credo il maggior fattore di quella tal "Fortuna" di cui parlavo, è il libro

che mette le mani addosso, il libro che sbatte per aria, il libro che "fa" qualche cosa alle persone che lo leggono, il libro che ha l'"orecchio ricettivo" e raccoglie e trasmette messaggi magari misteriosi ma sacrosanti, il libro che nel guazzabuglio della storia quotidiana ascolta l'ultima nota, quella che dura una volta finiti i rumori inessenziali.

Feltrinelli, che per sua natura è tendenzialmente caotico, è l'anima creativa e innovativa della casa editrice. Sono anni di grande effervescenza, tra ricostruzione post-bellica e boom economico, che l'editore affronta facendo leva sulla necessità di una nuova proposta culturale. Il suo programma a trazione tipicamente ambrosiana, venato di una forte cultura d'impresa, fin da subito comprende il ciclo completo del libro, dalla genesi della parola fino al suo consumo, passando per una società di distribuzione e da un'idea nuova di libreria, di seconda generazione. Eppure, pensa Feltrinelli, alla casa editrice manca qualcosa, proprio ora che è diventata così visibile sul piano internazionale. Inevitabilmente Feltrinelli pensa a Inge, dotata di uno straordinario talento comunicativo e grande temperamento, con notevoli doti di intuito e una grande voglia di stare in prima linea. Come fotoreporter ha inoltre dimostrato di saper organizzare il lavoro. Ha un sacco di idee ed è determinata a metterle in pratica. Inoltre non ha alcun problema a entrare in relazione con le persone, indipendentemente dal loro status e dalla loro provenienza. Insomma è quello che in tedesco si definisce "tüchtig", capace di dare una mano ovunque siano richieste le sue energie e le sue competenze. Inge, ancora una volta, sembra essere l'unica donna in grado di fargli da spalla.

Dicembre 1958

Inge Schönthal e Giangiacomo Feltrinelli finalmente si arrendono all'evidenza, cioè a quanto quell'incontro del 14 luglio a casa dell'editore Heinrich Maria Ledig-Rowohlt sia stato un momento decisivo nelle loro vite. Una fortunata coincidenza li ha portati infine, e dopo tanti giri e deviazioni, insieme. Due sistemi caotici che hanno finito per combaciare così meravigliosamente da sprigionare in entrambi forze fino ad allora sconosciute, forze che si sarebbero trasformate con l'andar del tempo in un'energia complementare e creativa. Considerando il momento particolarissimo che ognuno di loro sta vivendo, non avrebbero potuto trovare sintonia maggiore per unire le loro forze in un comune progetto di vita. La fiducia reciproca cresciuta in questi mesi e l'amore profondo che li unisce sembrano aver conferito alla relazione tra Inge e Giangiacomo fondamenta appassionate e fruttuose per il loro futuro impegno nella casa editrice. E per tutto questo hanno anche coniato una parola: nelle lettere parlano di "inteamwork". È il loro personalissimo "complotto", come lo chiama Giangiacomo. Lui è fermamente deciso a proseguire il proprio cammino insieme a Inge. "Ma la vera intimità richiede tempo," le scrive una volta, quando lei sembra nuovamente sopraffatta da dubbi e sconforto. E continua:

> Se tutto combacia troppo in fretta e troppo perfettamente, c'è il pericolo che, un attimo dopo, ciò che appariva meraviglioso si riveli un'illusione.

Per questo è di vitale importanza coltivare le proprie ambizioni. Persone prive di ambizioni nemmeno esistono veramente, il più delle volte sono già morte senza saperlo, così la pensa Feltrinelli. Mentre loro due si stanno per incamminare insieme lungo una strada assai ambiziosa. Solo che entrambi devono cambiare interiormente perché il loro progetto vada in porto.

> We both have to change and are already changing. Life is a continuous development and the decision of two people who are in love is to develop together.

Inge risponde a Feltrinelli con una cartolina raffigurante la *Macchina cinguettante*, un'opera del 1922 di Paul Klee. E se lei fosse semplicemente troppo ambiziosa per lui? scrive sul retro. E lui sarebbe stato disposto a dare un poco di spazio a tutta la sua energia e curiosità in modo che lei potesse rendersi utile? Per parte sua è disposta a scambiare il suo "sophisticated ego", come l'ha definito Giangiacomo una volta, in un ego collaborativo al servizio di un'idea più alta.

Ma prima ci sono delle cose da sistemare. Soprattutto per Feltrinelli. Inge non può ancora trasferirsi da lui in via Andegari, nel centro di Milano. Ci sono ancora tutte le complicanze per arrivare a un formale annullamento del suo precedente matrimonio. Una cosa non semplice e da avvocati costosi, visto che in Italia il divorzio è ancora al di fuori dell'ordinamento. Anche per questo Inge ogni tanto ha bisogno di ricevere segnali chiari e inequivocabili che per loro due ci sarà un futuro insieme. Lui questo lo sa. Ed è quasi commovente leggere come Feltrinelli, nonostante il lavoro soverchiante, trovi sempre il tempo per rassicurarla, via lettera o telegramma; con quale sensibilità e immagini poetiche di un'intima comunione riesca ad attirare a sé la sua *Eskimoprinzessin*. Tocca a lui preparare il nido del loro amore e del loro futuro insieme. La famiglia Feltrinelli dispone di vari possedimenti: tra questi una tenuta in Carinzia, una casa di caccia in Stiria, e infine, come la definirà Alberto Arbasino qualche anno più tardi, una villa simile a un mausoleo bavarese a Gargnano, sul Lago di Garda, e che durante la Repubblica di Salò era stata sequestrata da Mussolini come sua residenza. Giangiacomo ha inoltre da poco acquistato un belvedere diroccato nel paesino di Villadeati nel Monferrato, che necessita di ristrutturazione.

Oltre a tutto questo, c'è poi da seguire il lavoro quotidiano della casa editrice, che non è poca cosa. Nel dicembre di quell'anno, infatti, è uscito *Il Gattopardo*, lanciato a sua volta verso un grande e inaspettato successo. Le ristampe non sono mai abbastanza e gli editori stranieri fanno a gara per accaparrarselo.

Di nuovo ad Amburgo la metamorfosi professionale di

Inge pare definitivamente avviata. Prega Uli Mohr di aiutarla nella compilazione della dichiarazione dei redditi, forse il primo passo per mettere ordine in tutte le sue attività. Gli chiede anche se può occuparsi della vendita del Maggiolino cabriolet nero, qualora debba lasciare da lì a poco la Germania. L'editore di Amburgo Walter Blüchert si fa ripetutamente vivo con lei, a quanto pare non ha ancora perso del tutto la speranza che la reporter sempre più famosa Inge Schönthal porti a termine il progetto di *Come diventare reporter?* Si aspetta di ricevere il manoscritto al più tardi nel marzo del 1959. Inge cerca ancora di traccheggiare. Ci sono poi da compilare le note spese per "Constanze" e "Brigitte". L'editore Heinrich Maria Ledig-Rowohlt la invita spesso a cena e tra i due a volte scoppiano discussioni animate sui diversi scrittori, come se fossero colleghi. Ledig-Rowohlt a un certo punto si lamenta con lei, perché Giangiacomo Feltrinelli ha dato i diritti per la traduzione del *Gattopardo* all'editore Piper, anziché a lui. Inoltre sta mettendo a punto per l'anno prossimo una collana di tascabili che potrebbe rivelarsi un progetto interessante anche per la casa editrice Feltrinelli. È sua intenzione parlarne a Giangiacomo alla prima occasione.

A partire dall'autunno del 1958 nell'agenda di Inge ha iniziato a comparire anche il nome dello scrittore Gregor von Rezzori. Lo incontra con una certa regolarità a casa Rowohlt e ogni volta rimane a bocca aperta davanti a questo ospite che si comporta come una perfetta "donna di casa" e si mette ai fornelli per cucinare per tutti. Non è da escludere che questo scrittore pubblicato in Germania con successo da Rowohlt non nutra qualche segreta speranza che Inge raccomandi le sue opere all'editore Feltrinelli. E in effetti lei a una lettera per Giangiacomo allega anche una recensione del nuovo romanzo di Rezzori, *Un ermellino a Cernopol*. La recensione, a dire il vero, è però piuttosto critica. La storia in sé "è bellissima", scrive il critico letterario, purtroppo è anche troppo lunga e troppo contorta. L'ironia di Rezzori non pare però incontrare il gusto di Feltrinelli, tant'è che nel suo catalogo non comparirà nessuno dei suoi libri. Ciononostante Giangiacomo e Grisha, come gli amici chiamano von Rezzori, rimarranno a lungo molto legati. Lo scrittore è un istrione senza freni, capace di intrattenere schiere di ospiti, ed è pure lui sensibile al fascino di Inge, al punto che, incurante del rapporto tra lei e Giangiacomo, una volta si spinge a scriverle in tono scherzoso: "Se già non mi si concede dal punto di vista emotivo, potrebbe perlomeno concedersi a me fisicamente. Ne riparleremo di persona la prossima volta che sarò ad Amburgo".

Ogni tanto, tra un impegno e l'altro, Inge vola a Londra, dove si incontra con il suo vecchio amico, il fotografo Erwin Blumenfeld. E finalmente, per la rubrica *Polvere di stelle*, riesce a incontrare Cecil Beaton.

Non ho mai visto tanta perfezione, tanto senso per il colore in casa di uno scapolo! Il suo salotto risplende del caldo rosso scuro dei giganteschi tendaggi in velluto. Cecil è un artista estremamente poliedrico. Le sue foto sono famose in tutto il mondo, è stato ed è scrittore, scenografo, pittore, attore, direttore artistico e... stilista di se stesso. Profuma di Old Spice e indossa scarpe nere con tacco e fibbie (simili a quelle dei paggi nel Medioevo) e uno stretto abito grigio topo con passamaneria. Nonostante stia male, si è preso il disturbo di mostrarmi la casa: ovunque ci sono morbidi divani in seta (su cui nessuno si azzarda a sedersi), putti barocchi e splendenti lampadari in cristallo. Gli ricordo le sue famose foto: la duchessa di Kent in una cornice di fiori e prati, Greta Garbo con i suoi capelli fluenti, i suoi famosi abiti da sera! "Sì, un tempo ero solito fotografare un bel viso davanti a uno sfondo articolato, una pelliccia di leopardo, mobili molto preziosi. Oggi faccio a meno delle zavorre artificiose. Un bel viso deve parlare da sé!"

Poco prima del Natale del 1958, Giangiacomo vola per lavoro un paio di giorni a Palermo. *Il Gattopardo* è appena uscito e sono state programmate diverse conferenze stampa alle quali lui non può mancare. In una lettera a "Ingelein, amore mio, my queen" Feltrinelli le assicura di non fare altro che pensare a lei "tutto il tempo", domandandosi che cosa stia facendo in quel momento: come stai, Inge?

> Il soggiorno a Palermo è stato molto bello, ma io non ne ho potuto godere – a parte ieri mattina, quando ho trovato un paio di cose carine per la mia Ingemaus. Dobbiamo tornarci assolutamente insieme, perché solo insieme potremo godere della bellezza di questa città. Adesso sto andando a Roma e domani sarò di nuovo a Milano (dove finalmente troverò la tua posta).

E poi sul finire c'è un'altra bella notizia. A Roma vuole passare dall'ambasciata americana per gli ultimi dettagli del suo visto. L'ultima volta che è stato oltreoceano erano i primi anni quaranta ed era insieme a sua madre, e non certo per una vacanza, ma in visita dal dentista di fiducia (per Giannalisa, il dottor Gottlieb era il migliore, e nonostante il suo trasferimento da Vienna nella Grande mela la mamma di Giangiacomo non ne aveva voluto sapere di cambiarlo).
Ma dal 1945, per la sua tessera comunista e poi in veste di

ex membro del Pci, è persona non gradita. Ora però i tempi sono maturi, scrive a Inge da Palermo, "e non mi è più impedito l'ingresso negli Stati Uniti. Urrà!!! E così tra non molto andrò con te, amore mio, a New York".

E il visto arriverà, nel giro di sole tre settimane.

È l'effetto Pasternak? Molto probabilmente. La casa editrice ha motivato la richiesta del visto con la necessità per l'editore di trattare personalmente negli Stati Uniti gli affari legati al suo autore più importante. Il mutato atteggiamento degli americani non può quindi spiegarsi con un'improvvisa benevolenza nei confronti dell'editore milanese. Chissà, forse gli americani sperano che in futuro l'"ex" comunista Feltrinelli si impegnerà attivamente nella lotta contro l'Unione Sovietica (addirittura l'"Herald Tribune" e il "Washington Post" danno notizia del nullaosta firmato dal ministro della Giustizia William Rogers).

Per Inge sembra veramente iniziata una nuova vita. È fuori di sé dalla gioia. Sta per avverarsi uno dei suoi più grandi desideri? Già in agosto, durante i giorni insieme a Sletten, Inge e Feltrinelli hanno fantasticato su un viaggio insieme a New York. Inge ci tiene tantissimo a presentare a Giangiacomo tutte le persone che ha conosciuto, a partire da Leó Szilárd, che presto ricambierà la visita in Italia.

La ciliegina sulla torta sarebbe, dopo il soggiorno a New York, un prolungamento del viaggio a Cuba. Inge già si prefigura una visita a Hemingway nella sua Finca Vigía. Lo scrittore sarebbe sicuramente contento di rivedere la ragazza col bikini. E poi, Inge ne è convinta, Feltrinelli ed Hemingway si intenderebbero a meraviglia: entrambi sono mossi da spirito di avventura ed entrambi sono piuttosto complicati. E se invece iniziassero il viaggio proprio da Cuba? Potrebbero imbarcarsi in Germania su una nave cargo o passeggeri alla volta dell'Avana, per poi proseguire per gli Stati Uniti. Inge pensa di partire prima di Giangiacomo, forse per preparare il terreno, e così ad Amburgo si procura, dall'agenzia di viaggi Safari della Hapag-Lloyd, un elenco delle "traversate più economiche". Ma non c'è nulla sotto i 1000 marchi. Il prezzo del viaggio dipende dalla durata, che varia tra i dodici e i ventiquattro giorni. A quel punto lei si è fatta dare anche i preventivi per andare direttamente a New York. Sa che per Feltrinelli è un viaggio molto importante e in una lettera cerca di tranquillizzarlo con argomenti molto professionali (in fondo, lei si è trovata spesso dall'altra parte della barricata), aiutandolo a ragionare sulle domande che potrebbero fargli i giornalisti. Negli Stati Uniti il dibattito sul *Dottor Živago* è appena iniziato, ma è già molto acceso. La cosa peggiore, gli dice, è cercare di schivare la stampa, perché questo atteggiamento lo renderebbe una preda ancora più ambita. Molto meglio ragionare insieme sulle domande che i giornalisti potrebbero fargli e anticipare le risposte. Perché non le manda una lista di argomenti attuali riguardo al libro? Potrebbe provare a confezionare un comunicato stampa. Tra le domande che gli avrebbero fatto i giornalisti, ce ne sarebbe stata sicuramente una riguardante i suoi rapporti con il Pci. Sul finire della lettera Inge gli accenna a un problema di salute, dolori al bassoventre.

> Faccende di donne che non sto qui a raccontarti, mio adorato Struwwelpeter.

Nei prossimi giorni andrà in clinica per una visita. Ma non c'è motivo di preoccuparsi:

> È vero che al momento sono un po' acciaccata, ma lunedì sarò coraggiosamente *tough*. L'ambiente antisettico di una clinica popolata da suore mi farà essere gelida e risoluta – I hope so!

L'ultima annotazione del 1958 è del 20 dicembre, si tratta di un appuntamento alle 8.30 del mattino dal parrucchiere, poi più nulla fino a fine anno. Una cosa piuttosto strana per Inge.
Il Natale lo festeggia come ogni anno a Gottinga con "Mutti" e i fratellastri Olaf e Maren. E subito dopo parte alla volta della Carinzia, dove si trova uno chalet della famiglia Fel-

trinelli. Inge e Giangiacomo vogliono passare qualche giorno insieme a sciare. Tornati da questa breve vacanza, stavolta è Feltrinelli ad avvertire un leggero moto di disperazione. Alla sua "Ingelchen, darling, amore" scrive che tutto attorno a lui gli appare come sprofondato in un lungo sonno, privo di vita. Ogni due giorni le manda una lettera di due, a volte anche tre pagine, lettere alle quali seguono spesso telegrammi.

> Quando non ci sei mi pesa tutto, anche il lavoro, mentre quando ti ho vicina mi è così facile concentrarmi.

Con lei lontana deve fare uno sforzo incredibile per combattere la nostalgia "e indirizzare la mia testa e i miei pensieri su qualcos'altro". Dopo i meravigliosi giorni insieme è "ancora più triste" stare senza di lei. Ma nonostante questa mancanza si sente anche un uomo nuovo, più forte, "grazie alla nostra cospirazione, alla nostra intimità, al nostro amore".

Inge sulla via del ritorno dalla Carinzia si è a quanto pare data appuntamento con Uli Mohr e altri amici a Kitzbühel, per passare con loro ancora un fine settimana sugli sci. Feltrinelli le chiede:

> E tu come stai, meine Piepsmaus, mio topino, mia grande signora? Com'è sciare a Kitzbühel? Dai, ammettilo, da noi è stata molto più bello, più edificante, più tutto. Nessun paragone con Kitzbühel, vero amore?

A leggere queste ultime righe, sorge un dubbio: non è che Feltrinelli è un po' geloso?

Gennaio 1959

Il 1959 è cominciato da pochi giorni e Inge torna ad Amburgo. Una notizia che fa velocemente il giro nella mensa della Deutsche Presse-Agentur (Dpa). Nell'ambiente giornalistico ed editoriale circolano da tempo voci secondo le quali Inge è in procinto di spiccare il volo verso l'Italia. E questo ha messo in agitazione la cerchia più stretta di amici e colleghi. Com'è possibile che una di loro sia sul punto di andarsene, di dileguarsi, di mollare tutto? Non devono restare uniti, anche se forse non se lo sono mai detto?

Quella sera del 19 gennaio, è già tardi e lei sta per andare a letto, quando squilla il telefono. Gli ultimi giorni sono stati faticosi, è corsa dietro a tante piccole faccende, note spese, fatture, dichiarazione dei redditi, questioni bancarie; è passata dalla tintoria e dal calzolaio. L'assistente di Ledig-Rowohlt, Annelotte Becker-Berke, giusto il giorno prima le ha detto, non senza una punta di risentimento, che lei non è fatta per una relazione stabile, che deve rimanere una donna libera, deve restare la donna che è stata fino ad allora e che tutti amano. La segretaria di redazione di "Constanze", Christiane Ibscher, si è invece lamentata della crescente difficoltà di mettersi in contatto con lei e anche della sua scarsa solerzia nel lavoro. Che cosa le sta succedendo? Della sua storia estiva con l'editore comunista di Milano ormai lo sanno tutti. Molti degli amici più stretti di Inge hanno anche già avuto modo di conoscere Feltrinelli. Ma tutto questo può anche non voler dire nulla, perché la loro Inge ha sempre qualche sorpresa che sovverte le aspettative. Certo è che se questa volta dovesse trattarsi di qualcosa di veramente serio, la sua cerchia di amici la vedrebbe partire a malincuore.

Dopo aver lasciato squillare il telefono a lungo, finalmente Inge risponde. È Ledig.

"Volevo chiederti se domani sei libera per una cena da me. Pensavo di invitare un po' di persone che sarebbero contente di rivederti prima che tu sparisca di nuovo. Ci saranno anche Hans Huffzky e Grisha."

Gregor von Rezzori si trova ad Amburgo e si è offerto di cucinare.

Ledig continua a parlare – le dice che sta preparando un libro fotografico su Hemingway per celebrare il compleanno dello scrittore, che sarà una bella serata –, ma Inge sta pensando che quella telefonata è un segno del destino: sei mesi prima, proprio in casa Rowohlt, ha incontrato Giangiacomo.

Inge arriva con una delle gonne colorate che si è fatta fare in Ghana, anche questo un altro segno. L'atmosfera è quella di sempre, tutti su di giri, tutti affettuosi. Tutti pieni di *Witz*, di spirito goliardico.

In un angolo Hans Huffzky sta fumando una delle sue sigarette dal bocchino nero e sta parlando del futuro di "Brigitte", poi aggiunge che ha già in mente il plot di un romanzo autobiografico. In cucina c'è Gregor von Rezzori, con tanto di grembiule. Mentre si dà da fare ai fornelli canticchia e di tanto in tanto accenna qualche passo di ballo. Sui tavolini sono già disposte tapas squisite. Inge vuole sapere cosa sta preparando, ma Grisha la caccia bonariamente dalla cucina: vuole che sia una sorpresa.

Tapas e gazpacho freddo. Vino bianco ghiacciato e paella.

Come capita spesso, non c'è un argomento unico, le parole si sovrappongono, ci sono così tante cose da raccontare. Inge parla di Pasternak, del *Gattopardo*, dei tanti progetti di Feltrinelli, mentre Jane, la moglie di Ledig, alza il calice e brinda al "grande amore". Qualcuno guarda imbarazzato Jane, qualcun altro guarda Inge, come a chiederle conferma. Giangiacomo è il grande amore? Inge fissa la moglie del grande editore. Per un attimo vorrebbe confermare quel brindisi, ma si rende conto che sarebbe una semplificazione di ciò che sta vivendo con Giangiacomo. Allora si limita a sorridere di rimando e corre ad abbracciarla.

Arriva il momento dei saluti. Inge informa i suoi amici che fra qualche settimana partirà con Feltrinelli per gli Stati Uniti e Cuba.

E il ritorno, per quando è previsto? chiede qualcuno. Ma la festa è finita.

Aprile 1959

Inge e Giangiacomo sono appena atterrati in Europa, di ritorno dal loro viaggio americano. Sono stati mesi intensi, on the road e alla ricerca di nuovi contatti editoriali. La prima tappa è stata New York a fine gennaio, ma solo per ripartire, dieci giorni dopo, per Città del Messico e poi Acapulco, dove hanno noleggiato una macchina alla volta di Zihuatanejo, risalendo verso nord la costa del Pacifico. Al momento è il luogo più lontano da qualsiasi preoccupazione, da qualsiasi pastoia burocratica e da qualsiasi malalingua. Il posto ideale per sposarsi. E lo fanno in un "ufficio per matrimoni svelti" davanti a un funzionario con i capelli lunghi e unti e che recita il rito a memoria sbuffando da un sigaro. La luna di miele dura poco perché i neosposi ripartono per New York. Giangiacomo Feltrinelli, grazie soprattutto a *Živago*, trova porte aperte nel mondo editoriale. È Kurt Wolff a fare da apripista con le maggiori case editrici americane, lui che aveva fatto approdare *Živago* sul mercato americano. Ed è Wolff a ospitare Inge e Giangiacomo a Manhattan. Gli incontri si moltiplicano. Feltrinelli rilascia un'intervista a Barney Rosset, editore della migliore rivista dell'avanguardia culturale, "Evergreen Review", in cui riassume la breve storia della casa editrice e il futuro che le auspica.

Abbiamo iniziato a pubblicare nel 1955 e, tranne qualche eccezione, quei primi libri erano piuttosto brutti. Ora sono venuto in America perché oggi pubblichiamo libri migliori, decisamente migliori, e vorremmo pubblicarne ancora di migliori. Ho pensato che avere contatti diretti e personali con editori americani poteva essere un passo importante per sviluppare la nostra attività, per aggiungere nuovi autori al nostro Catalogo e per farci un'idea più precisa della produzione letteraria americana.

Con Rosset, che ha lanciato autori come Samuel Beckett, Henry Miller e Jack Kerouac, coglie l'occasione per parlare dei circoli Beatnik, di *Živago*, ovviamente, della censura, di stampa libera e di libertà di espressione. Per me, racconta Giangiacomo, la vita è in continuo sviluppo, e la maggioranza non potrà mai impedire alla minoranza di diventare a sua volta maggioranza. Nasce un'amicizia, come con Jason Epstein, che a soli ventotto anni dirige la Random House e che più avanti fonderà la "New York Review of Books". Lo stesso accade con Mike Bessie, ai vertici della Harper, con Bill Jovanovich, il montenegrino a capo di Harcourt Brace, e con Roger Straus, co-fondatore nel 1946 di Farrar, Strauss. Sono editori che diventeranno compagni di strada e, soprattutto, amici.

A New York è anche stagione di caccia. Feltrinelli prova l'affondo con Nabokov per *Lolita*, ma i due non si piacciono e il progetto sfuma. Va invece meglio con Karen Blixen e *La mia Africa*. La scrittrice danese è in tour negli Stati Uniti e Inge e Giangiacomo la incontrano per un pranzo nel suo hotel. Debilitata da diverse operazioni allo stomaco, la Blixen pasteggia solo a ostriche e champagne. Giangiacomo prende la parola, ma è Inge che riesce a trovare la giusta consonanza con la scrittrice e a conquistarne le simpatie. Uno dei sogni sarebbe Jack Kerouac, ma al momento ancora non si realizza. La giovane coppia, poi, si sposta a casa di Arthur Miller; sarebbe bello fare un saluto anche a sua moglie, sposata nel 1956, e che adesso, dietro una porta, si fa attendere cambiandosi di abito in continuazione. Inge e Giangiacomo cercano di guadagnare tempo, ma non c'è niente da fare. Stringeranno la mano a Marilyn Monroe un'altra volta.

E poi la breve puntata a Cuba. La coppia giunge a L'Avana a metà marzo con un volo notturno. Sono trascorsi neanche tre mesi da quando i ribelli di Castro hanno costretto il dittatore Batista alla fuga e all'esilio nella Repubblica Dominicana. La città sembra come in una euforia sospesa. Giangiacomo scrive:

> Città magnifica, molto caotica, con spagnoli, neri e cinesi, piena di vita, di colore, di brusio. Ogni tanto, sparsi qui o là, si incontrano barbuti guerrieri, con tanto di pistole e mitra, stravaccati su seggioloni davanti agli edifici pubblici, a guardia contro il nemico.

I due sposi hanno scelto l'Havana Hilton, sulla Rampa, nel quartiere Vedado. Inaugurato in pompa magna dal regime di Batista esattamente un anno prima con lo slogan "il più grande albergo dell'America latina", l'hotel conta oltre seicento stanze. Tempo pochi mesi e il nome dell'albergo verrà cambiato in Habana Libre. Inge e Giangiacomo non sanno che proprio lì, nella Continental Suite, Fidel Castro ha installato il suo quartier generale.

Il mattino dopo escono a passeggiare lungo il Malecón. Di fronte a loro si intrecciano le frange verde indaco del mare. Inge vuole mostrare l'*Habana Vieja* a Giangiacomo. Lei è vestita con una camicia di cotone gialla e con una gonna chiara svasata. Passano anche davanti all'hotel Washington e trascorrono tutto il tempo a fotografarsi a vicenda. Sulle strade bianche per il riverbero della luce si muovono coppiette trasognate, a piedi o in bicicletta, abbracci in movimento: davanti agli occhi di Inge e Giangiacomo scorre un fantastico tableau vivant, scintillante, ondeggiante, sensuale. Inge è contenta che i cubani siano stati liberati dalla dittatura. Giangiacomo prende appunti sul Movimento del 26 luglio di Fidel Castro. Chissà che ne pensa Hemingway di questa rivoluzione, si chiede Inge.

Quando è sera i due si ritrovano davanti al portone di legno della finca di Ernest Hemingway. Sembra non essere cambiato molto, da quando, sei anni prima, Inge è stata qui. Il portone è chiuso con uno spesso catenaccio e il cartello che informa i visitatori di annunciarsi si trova allo stesso posto. Anche il sentiero che porta alla casa è curato come al solito. Poi una voce. "Inge, increíble, me alegro de verte!"

È René, il *butler* di Hemingway. I due si abbracciano con trasporto. La figura gracile di Inge quasi scompare tra le braccia dell'uomo. "René, mira, este es mi marido, Giangiacomo," dice Inge orgogliosa.

No, Hemingway non è sull'isola, le dice René, in questi mesi si è fatto vedere poco. Sono mesi che non lo vede. Per quel che ne sa, è nella casa in California. Prima di andarsene, c'è giusto il tempo per un drink e per mostrare alla coppia la foto con il marlin che "Papa" ha fatto incorniciare e appendere su una parete della stanza da letto. Anche all'interno la casa è identica a come se la ricorda Inge. Nei giorni seguenti Inge e Giangiacomo prevedono giornate di bagni a Santa María del Mar, appena fuori L'Avana, una visita al Floridita e tante fotografie in cui Inge abbandona il bianco e nero.

Di nuovo a New York, non prima di essere passati da Miami per fare un saluto a Gassy, che proprio nella città della Florida si è trasferita dopo che il marito ha accettato la proposta di partecipare a un progetto di ricerca della Nasa; e non prima di aver noleggiato una Chevrolet con cui percorrono la stessa strada che Inge ha fatto sei anni prima, ma in direzione contraria, come a cancellare il ricordo terribile di quegli uomini.

Maggio 1959

Giangiacomo è a Milano. Inge ad Amburgo. Lui sa che lo aspetta il "caso Pasternak" con tutte le sue battaglie legali. Lei annota sul suo diario che la cosa più urgente è procurarsi una grammatica italiana.
Sta per cominciare un'altra storia.
La ragazza di Gottinga è partita per sempre.
È arrivata Inge Feltrinelli.

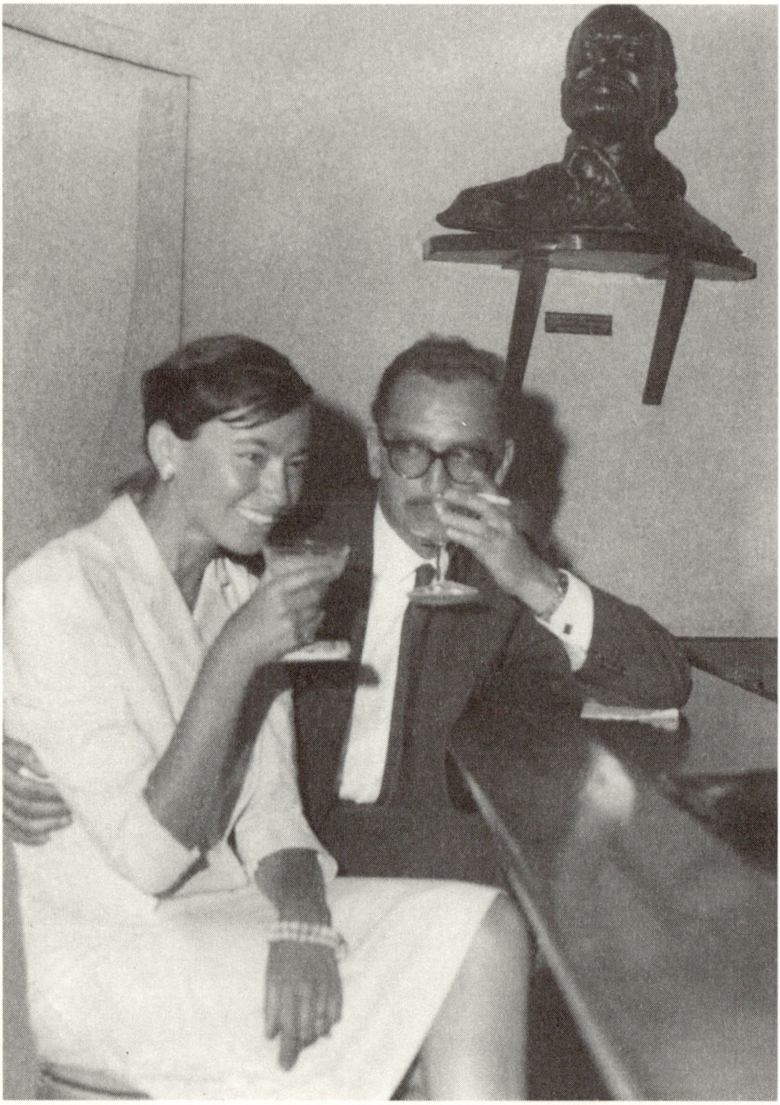

Nota dell'autore

Sono trascorsi ventidue anni dalla prima volta in cui mi sono chiesto perché, a parte i numerosi articoli e interviste sull'"ultima Grande Dame" dell'editoria europea, non esistesse una biografia vera e propria di Inge Schönthal Feltrinelli. Lei, nel 2001, aveva appena compiuto settantun anni e da oltre trenta dirigeva la casa editrice milanese. Io avevo quarantotto anni e da quattro ero caporedattore del magazine culturale svizzero "DU". In occasione della mostra che la città di Zurigo stava organizzando per il trentennale della morte di Giangiacomo Feltrinelli, le due curatrici del museo civico Straufhof, Sybille Gut e Francesca Tommasi, ci avevano proposto di dedicare il numero di marzo di "DU" proprio alla figura dell'editore.

A marzo 2002 si inaugurò la mostra "Feltrinelli: editore e rivoluzionario" e uscì il numero monografico della nostra rivista. Al suo interno pubblicammo una breve intervista a Inge, terza moglie dell'editore, illustrata da alcuni scatti dei suoi anni da fotoreporter, precedenti all'avventura dei libri.

Rimasi molto colpito dal conoscerla e dall'intuire qualcosa di più della sua giovinezza in Germania e degli anni che avevano preceduto il suo incontro con Giangiacomo.

Chi era Inge Schönthal? Nel 2003 diventai caporedattore e conduttore del format di conversazioni culturali *Sternstunden* per la televisione svizzera. Nel novembre 2005 invitai Inge Feltrinelli a una conversazione di un'ora al tavolo di *Stern-*

stunde Philosophie. In quella serata emersero finalmente i primi contorni dell'infanzia e giovinezza tra Gottinga e Amburgo e tutte le peripezie che avevano occupato i suoi anni cinquanta. Nel frattempo i trascorsi da fotoreporter di Inge Feltrinelli erano stati riscoperti pochi anni prima, in seguito alla mostra milanese organizzata dal figlio Carlo in occasione dei settant'anni della madre.

Nel luglio del 2014 a Lucerna moderavo *Impuls*, la nuova serie di conversazioni del KKL (Centro cultura e congressi). A dispetto dei suoi ottantaquattro anni, Inge Feltrinelli venne da Milano in treno per una chiacchierata pubblica. Durante la cena che seguì, per la prima volta azzardai a dire che era assolutamente necessario un libro sulla sua vita. Lei fece il suo tipico gesto sprezzante con le mani e, scuotendo forte la testa, disse: "Se lo scordi". E aggiunse: "Sono una persona insignificante". Sapevo però che aveva ricevuto varie proposte di biografi e che persino Isabel Allende avrebbe voluto cimentarsi con la storia della sua vita.

Tornai alla carica nell'inverno 2016 e sorprendentemente, durante una mia visita a Milano, si aprì uno spiraglio per una lunga intervista: "A primavera potremmo incontrarci ogni giorno per una o due settimane e chiacchierare… E poi si vedrà". Il 25 maggio 2017 ci vedemmo nel suo ufficio di via Andegari per una prima intervista: un'ora, trenta minuti, cinquanta secondi. E andammo avanti così, senza interruzione, per dieci giorni. Circa quindici ore di registrato. Dopodiché mi diede un elenco di persone che avrei potuto contattare: in particolare dovevo conoscere al più presto Gassy, la sua migliore amica in gioventù, e il suo primo maestro di ballo dell'epoca: Otto Hack. Imprescindibile, inoltre, un viaggio a Gottinga, la città dove era cresciuta.

Seguirono mesi di intenso scambio e incontri regolari, a volte pianificati, a volte richiesti da lei all'ultimo. Non c'era dubbio, era lei a stabilire il ritmo, sempre amichevole e generosa, ma spesso anche con un moderato tono di comando. Inge Feltrinelli poteva sembrare "dispotica", a volte persino brusca, ma era sempre fiduciosa, rispettosa e cortese in maniera esemplare. Sul lavoro era l'incarnazione del pragmatismo, per certi versi proprio tedesco, chi aveva a che fare con lei doveva essere "capace" – *tüchtig*. Nel corso degli anni ci siamo sempre dati del lei, chiamandoci per nome.

Nell'autunno 2017 mi ero ripromesso di trarre dalle chiacchierate con Inge Feltrinelli qualcosa come un primo schema narrativo, una specie di *guideline* nella sua movimentata vita, per poi poterne ricavare una struttura provvisoria per un libro. Glielo proposi e mi sembrò soddisfatta.

Nella primavera 2018 avviai la stesura del primo capitolo dedicato all'infanzia e alla giovinezza di Inge a Gottinga.

Nella seconda metà di agosto, a poche settimane dalla sua morte, ebbi modo di raggiungerla nella sua casa in Austria e, sebbene molto malata, riuscì a dedicarsi alla lettura dei primi passaggi. Tornato nella mia vecchia casa nel Canton Ticino, mentre scrivevo della sua visita a Hemingway a Cuba nel 1953 fui raggiunto dalla notizia della sua scomparsa.

Mi resi subito conto che avrei avuto ancora tante domande da farle.

L'archivio di Inge Feltrinelli, in procinto di essere descritto e ordinato dalla Fondazione Giangiacomo Feltrinelli, è una miniera che ha contribuito a donare a questo libro pagine ricche della sua voce (dai taccuini in cui si racconta del viaggio a Parigi e a New York, passando per i reportage in Spagna, Brasile e Ghana, e i suoi articoli per "Constanze", fino alle bozze del suo libro mai portato a termine, che raccontano di Greta Garbo, Erwin Blumenfeld, Richard Avedon, John Rawlings, Ernest Hemingway, Pablo Picasso, Federico Patellani, ecc.). Una miniera che non ha certo esaurito i suoi tesori e che aspetta di essere ancora indagata a fondo per le tante altre vite della ragazza di Gottinga.

Ringraziamenti

Un grazie di cuore a tutti coloro che mi hanno accompagnato e sostenuto nella lunga strada che ha portato a questo libro. Innanzitutto a Carlo Feltrinelli e alla sua famiglia e Tomás Maldonado, compagno di vita di Inge Feltrinelli, scomparso pochi mesi dopo di lei.

Il mio grazie va, in ordine alfabetico, a quanti sono stati disposti a ricevermi per una chiacchierata. Anche se la maggior parte delle persone qui nominate ha conosciuto Inge Feltrinelli solo a partire dai suoi anni a Milano, lo scambio con loro ha fornito il materiale umano ed esperienziale che mi ha permesso di avvicinarmi alla sua vita: Maria Luisa Agnese, Natalia Aspesi, Costanza Barbieri, Daniel Barenboim, Benedetta Barzini, Otello Baseggio, Bianca Beccalli, David Bidussa, Walter Feilchenfeldt, Gary E. Fisketjon, Gianluca Foglia, Richard Ford, Gassy Geiss, Silvia Grassi, Vittorio Gregotti, Otto Hack, Michael Krüger, Gad Lerner, Michael Lüthy, Giulia Maldifassi, Romano Montroni, Anna Nogara, Christoph Ransmayr, Jean Richards, Alberto Rollo, Gaia Servadio, Massimiliano Tarantino, Salvatore Veca, Massimo V. Zelman.

Ringrazio Dieter Bachmann, Marco Guetg, Georg Kreis e René Keist per l'amichevole conforto nei momenti di alterchi e dubbi. Un pensiero speciale anche alle prime tre lettrici del mio manoscritto Antonia Meier-Gamma, Jana Schünemann e Gigi Falk.

Grazie ad Andrea Affaticati e a Leonella Basiglini per le preziose traduzioni.

Desidero esprimere la mia gratitudine a Carlo Buga della casa editrice Feltrinelli. Con empatia, ha contribuito a dare una forma efficace alla lingua e allo stile del libro.

Immagini

Tutte le immagini appartengono all'Archivio Inge Feltrinelli. Tutti i diritti riservati, tranne dove diversamente indicato. Foto a p. 79 autore sconosciuto.

p. 14. *Inge a due anni*
p. 16. *Trudel Rosenmüller, la madre di Inge*
p. 19. *Inge a quattro e sei anni*
p. 40. *La Caserma Zieten*
p. 43. *Inge con le amiche*
p. 44. *Con "Papi" Otto e il pony Fritz*
p. 45. *Inge con la nuova arrivata Maren*
p. 47. *Inge a tredici anni*
p. 48. *Slitta nella Caserma Zieten*
p. 49. *Con Fritz nella Caserma Zieten*
p. 63. *Inge con la nonna materna*
p. 65. *Fototessera*
p. 70. *Arrivo ad Amburgo*
p. 76. *Inge prova una Rolleiflex*
p. 79. *Hans Huffzky e l'editore John Jahr*
p. 87. *Inge a Parigi.* Foto di Rosemarie Pierer
p. 89. *All'atelier di Jacques Fath*
p. 91. *Inge a Parigi.* Foto di Rosemarie Pierer
p. 94. *L'incontro con Anna Magnani*
p. 103. *In Spagna*
p. 105. *Inge e il torero Pepe Luis Vázquez; Nell'arena*
p. 106. *In Spagna, dietro e davanti l'obiettivo*
p. 113. *Con Heinrich Maria Ledig-Rowohlt*

p. 116. *Inge nello specchio*
p. 121. *Sulla terrazza a Manhattan*
p. 122. *Per le strade di New York*
p. 124. *La fotoreporter in attesa*
p. 126. *Greta Garbo*
p. 129. *Modelle a New York*
p. 131. *Richard Avedon e Dorian Leigh*
p. 140. *Siegfried Schönthal negli Stati Uniti*
p. 142. *John Fitzgerald Kennedy e Elizabeth Arden*
p. 163. *Alla Finca Vigía*
p. 165. *Ernest Hemingway al Floridita*
p. 166. *Provini Hemingway e il marlin*
p. 167. *La siesta di Hemingway*
p. 169. *Picnic con Hemingway*
p. 174. *Un salto ad Amburgo*
p. 176. *Sbarcata dal Babitonga*
p. 178. *Pubblicità Contaflex verso il Sudamerica*
p. 187. *Inge in copertina*
p. 201. *"Viaggio nei paesi di Ulisse."*
p. 202. *"Viaggio nei paesi di Ulisse." II*
p. 205. *Daniel Kahnweiler*
p. 213. *Con Pablo Picasso*
p. 214. *Lo studio di Picasso*
p. 216. *Simone de Beauvoir*
p. 217. *Inge vista da Peynet*
p. 223. *Billy Wilder e Audrey Hepburn*
p. 226. *Eva Zeisel*
p. 235. *"Inge è stata in Africa."*
p. 236. *Al lavoro*
p. 239. *Con un capo villaggio*
p. 243. *Tra i reportage*
p. 246. *Giangiacomo*
p. 290. *Marianne Breslauer*. Foto di Erwin Blumenfeld
p. 302. *Cecil Beaton*
p. 308. *Heinrich Maria Ledig-Rowohlt e Gregor von Rezzori*
p. 312. *Inge e Gassy a Miami*
p. 314. *Un drink al Floridita – L'Avana, Cuba*

Indice

11 1. Meticcia di primo grado

35 2. I fisici danzanti

64 3. Il lettino da campo

117 4. A Star is Born

175 5. Affermazione al fronte

244 6. L'uomo moderno

275 7. L'unione di due sistemi caotici

317 *Nota dell'autore*
321 *Ringraziamenti*
323 *Immagini*